客窗隨筆

子深自題

【增訂本】

吳子深 原著
蔡登山 主編

寒巖積雪

璚花蓮水堅
秀削群峰
林疏雲冷
□室枉

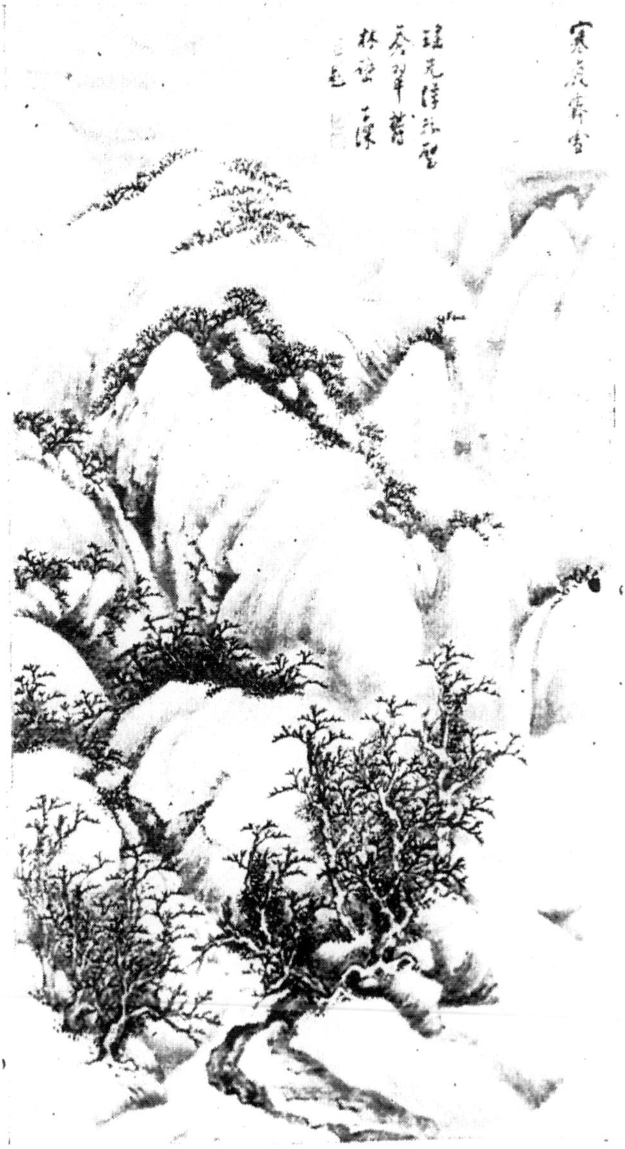

本書作者吳子深畫山水

本書作者吳子深畫山水

本書作者吳子深畫山水

本書作者吳子深畫竹

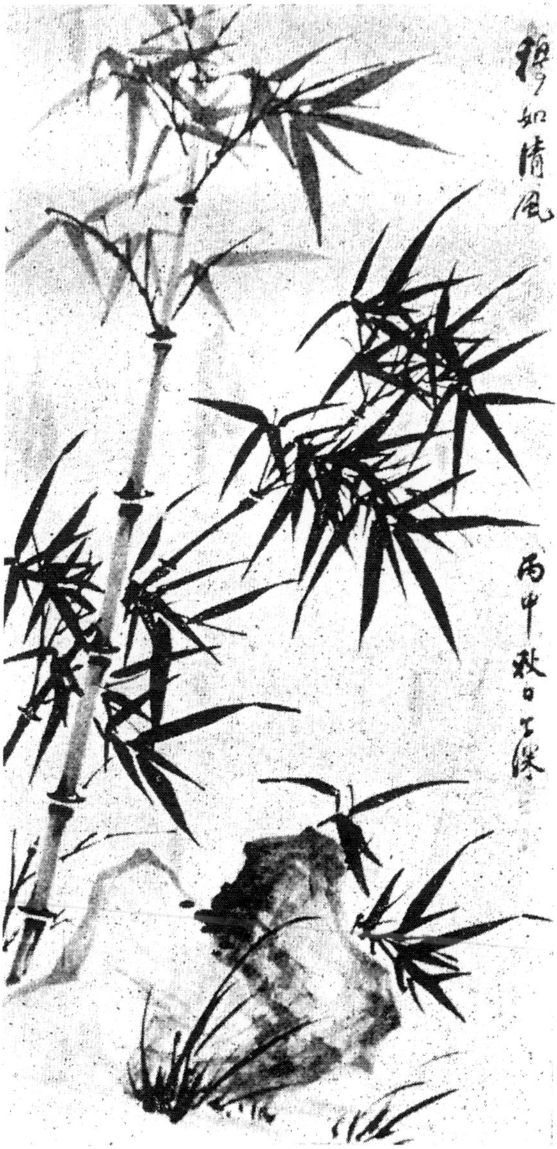

本書作者吳子深畫竹

本書作者吳子深畫竹石

本書作者吳子深畫松

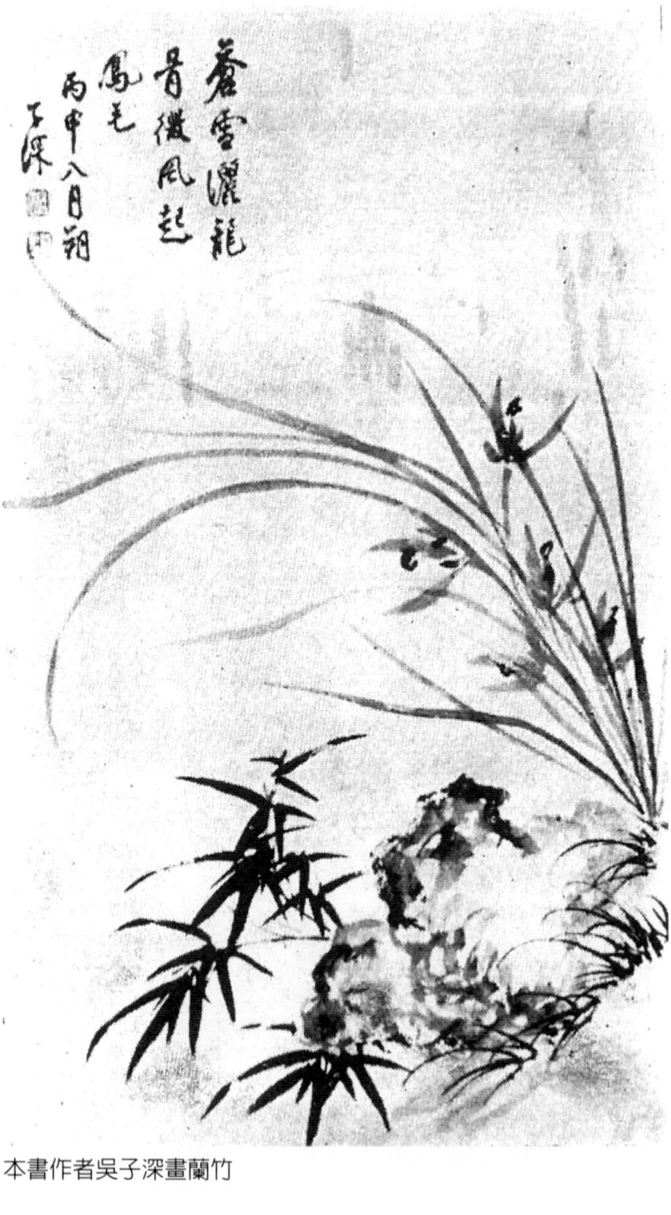

本書作者吳子深畫蘭竹

本書作者吳子深畫山水

本書作者吳子深畫樹

導讀 著名畫家兼中醫聖手的吳子深

蔡登山

他在三〇、四〇年代與吳湖帆、吳待秋、馮超然同被譽為海上「三吳一馮」的畫家，他就是吳子深。而這四人中，吳湖帆和馮超然的藝術成就最高，吳待秋、吳子深略遜一些，但都稱得上是名家。一九四九年之後，吳湖帆、吳待秋、馮超然三人均留滬濱，唯有吳子深南下香港。

吳子深（1893~1972），名原，字華源，一字子深，後以字行，號漁村，別署桃塢居士。他出生於蘇州桃花塢一個富裕家庭中。家族為皖南望族，在清咸豐時期從安徽遷居蘇州，家祖因經營酒業和漆業而致富。當年蘇州有「貴吳」和「富吳」兩家，「貴吳」指的是曾官拜廣東、湖南巡撫的吳大澂；「富吳」則是吳子深家族。「富吳」生有二子，長子名硯農，次子名伊耕，硯農從商經營家業，伊耕求取功名，兩人合作之下欲讓家族既榮且富。硯農娶妻南京曹氏生有六子一女，子深排第二。伊耕娶妻蘇州曹氏，生一子，但不幸早殤，因此吳子深便過繼給伊耕，以傳香火。

一八九九年，吳子深六歲時，家人便為他尋師啟蒙，找到了他的表兄包天笑，包氏文學底子深厚，又長於詩詞。在吳家人的請求下，他便至吳府教授吳子深四書五經、唐詩宋詞等。吳子深亦聰穎，在十五、六歲時已能隨口吟詩，所作五言、七言詩句，其質清新，頗得親友讚賞。吳子深的文學素養雖好，卻未往科考之路前進。自小，家人便覺得男人需有一技之長，才不致坐吃山空；又聽他的嗣母說：「不為良相，必為良醫。」讓他決定向舅舅曹滄洲習醫。曹滄洲是清末民初的大名醫，擅長中醫內科，醫德又好，曾入宮為慈禧及光緒皇帝治病。吳子深在十七歲時跟隨舅父習醫，四年過去，盡得舅父所學，尤其傷寒一科，本為曹滄洲絕技，秘不示人，因見外甥刻苦好學，虛心善問，所以破格傳授，諄諄教導。在盡得曹滄洲真傳後，吳子深又精益求精，於一九一四年前往上海向表弟曹庸甫學習，曹庸甫是曹滄洲之子，年少有為，吳子深在他身邊作助手，學習實務經驗，加以筆記，又有系統地研讀醫書如漢代張仲景的《傷寒雜病論》、明代李時珍的《本草綱目》，以及清代葉天士、徐靈胎等醫學大師的經典，讓自己的醫術更加精進。一九一七年吳子深染肺疾，大咯血咳嗆不已，晚間寒熱來往，盜汗虧損之極，自意必不起，後服友人徐竹笙所製油浸白菓轉危為安，從此悉心研習醫理，終成一代儒醫。

學醫有成的吳子深，回到蘇州原打算稍事休息，便開設診所。但在家中的期間，發現家裡充滿著藝文氣息。在生父吳硯農在將事業交棒給大哥壽祉後，他重拾對書畫的興趣。他年少時也曾中過秀才，只是因為需接手家業，才未往致仕之路前進，但家中藏有不少書畫真蹟及宋版圖書。現在硯農賦閒，於是透過遠親、書畫名家顧麟士（鶴逸）的介紹，請來了當時曾在京城為成親王作畫的名家周喬年，至吳府教畫。周喬年畫山水，人物俱佳，尤善畫馬，所作《八駿圖》曾使成親王讚嘆不已。吳子深因緣際會下，看到了老書家劉臨川（照）寫得一手飄逸清新的行楷和渾厚老健的隸書，讓他想起自己年少時也曾臨過柳公權、顏真卿字帖，又想起舅舅開藥單時所寫蒼秀沉雄的行書，因此產生了學習書法的興趣，於是將家中收藏的字畫一一取出。其中對董其昌那圓勁蒼秀的行書尤家偏愛，特別掛在房中，時時觀賞，用心臨摹。

不久，吳子深的興趣由書法轉至繪畫，他最初習畫，由李醉石、周喬年兩位親授。又親睹顧鶴逸過雲樓的名家真跡，這些藏品從不輕易示人，吳子深得以盡窺名品，頓使他大開眼界，得益匪淺。暗暗下了決心，要在書畫藝術上狠下功夫，取得成果。一九二〇年，吳子深畫了一幅《竹石圖》參加顏文樑和楊左匋所發起組織的第二屆「蘇州美術畫賽會」。一九二三年吳子深移居上海，當時名畫家如任伯年、張子祥、蒲作英、吳昌碩輩也群集海上鬻畫，生涯鼎盛，名利雙收。吳子深也活躍於海上畫壇。

一九二七年，吳子深與六弟吳似蘭斥巨資在蘇州「滄浪亭」創設蘇州美專校舍，在當時北平藝專、上海美專、杭州藝專、蘇州美專四大美專中，蘇州美專校舍最為美輪美煥。他更陸續捐出十二萬銀元及家藏善本七千餘冊、書畫名蹟廿餘件，使得校內資源更加完備。畢業於蘇州美專的周士心說：「校舍是羅馬式建築，在古老的蘇州，觀感一新，氣象不凡，設有中西畫系，並附設實用藝術，各系並有研究生學位，以備畢業同學繼續深造。」一九二八年二月，蘇州美專改組校董會，聘請張仲仁、許博明、葉楚傖、朱貢三、金松岑、汪典存、龔耕禹、徐慎之、王佩諍、趙眠雲、章君疇、朱梁任、陶小沚、吳子深為校董，並由校董會推舉吳子深為校董會主席，顏文樑為校長。

一九三三年，吳子深獲水利專家李儀祉來函，謂今涇渠開鑿完成，沃野千里，可得灌溉，希望東南工農家前去投資，種植棉麥，公私蒙利。他乃邀請紗廠巨子顧隸三先生同往，取名「華源農工調查團」，擬在西北創辦示範農場，但卻為楊虎臣所拒，當時正值西北大旱，他捐四十萬元興辦救濟院，收孤兒濟災民。一九三七年，抗戰爆發，吳子深離蘇去滬，在哈同路（現銅仁路）開「吳子深醫室」行醫，初時生意一般，以後病人增多，在海上小有名聲。一年後，為擴大醫務，特地租下威海衛路祥麟里三層樓洋房一座，名聲大振，有時還門庭若市的。當時吳子深享譽畫壇，在醫界也聲譽卓著。吳子深與吳待秋、吳湖帆、吳觀岱有「江南四吳」之稱，與馮超然等有「三吳一馮」之稱。吳子深懂中醫，掛牌替人治病；他也研究命理，興致好的時候主動為人算命。在當時名家輩出的上海，吳子深能有一席之地實在不容易。

吳子深至滬兩年後，他又逐步放棄醫學而專注於書畫，這期間他創作出不少佳作，如一九四二年的《竹石圖》、一九四三年的《梅竹雙清》，先後被龐萊臣、張大千稱為「逸品」，是「難得之作」。一九四四年畫青綠山水四屏條，把春夏秋冬四時景色的特點充分地反映出來，每幅畫上都有題詩。這四幅畫吳子深是很珍惜的，除了在開展覽會上標出「非賣品」僅供觀賞外，一直保存在上海家中。一九四五年，抗戰勝利，吳子深興奮萬狀，一夜未寢，畫《春筍圖》，並書「勝利」兩字，以志喜慶。同年夏天，吳子深在中國畫苑舉辦個人書畫展，反應極好。一九四七年五月又在無錫舉行畫展，觀者如雲。同年七月在蘇州展出。當時，他的作品就被人們搶購一空，如此地受歡迎，這樣的畫展勢必會驚動國內一些專業機構的關注，就在同年他受到國內許多機構的邀請，為學生們教授國畫，在傳授教學的生涯中，培養出許多傑出人才，為我國文化藝術留下很重的一筆。一九四八年，吳子深被聘為上海文化運動委員會主辦的美術獎評選委員，委員共二十人，均為海上書畫名流。

一九五〇年三月吳子深自上海過廣州轉來香港，先住在九龍尖沙咀彌敦道上的星光酒店，住了不足一月就搬到北角皇家公寓，並在公寓中設立中醫診所，診病之餘，逐日寫醫藥心得，在《天文臺》雙日刊發表，因此遠近人士，知者漸多，診務日漸繁忙，然在空暇之餘，仍不忘繪事，診所牆壁上掛滿山水墨竹。其後又在九龍佛濟堂設立診所，上午則到灣仔保康年藥局應診，來回奔波，有時只在過海小輪上吃一塊巧克力糖就算午餐，生活過得極其簡單。周士心說到吳子深在香港的畫展，他說：「就記憶所及有一九五〇、五一、五三年十二月均在思豪酒店，一九五五年十二月在聖約翰教堂，一九五七年十二月去東南亞各地開了五次畫展，一九六一年三月在聖約翰教堂；一九六四年七月在大會堂，此後在臺灣大約開過五次以上。每次成績都不差，但是因為負擔重，所有收入不能維持多久，有一次畫展結束，看他將所得分配給家人和親戚，他對我說：『士心，我這隻破船，啊喲，背後拖了匆匆少少的小船。』可見他心情的沉重。」

吳子深的女兒吳浣蕙秀外慧中，善英語，精繪事，山水蘭竹很有乃父之風，有一時期父女相偕到南洋開畫展。浣蕙小時拜入張大千門下，成為其弟子，後被張大千收為義女。張大千旅港期間，吳子深有時帶了畫去見張大千，請他補畫人物，吳子深的原話是「今天又來請親家種個人」。因為張大千是他女兒的乾爹，所以，他稱張大千為親家。吳子深曾經對人說過：「吳湖帆也不能人物，其山水中間有人物，則是朱梅邨代筆。」朱梅邨是吳湖帆的外甥，也是一位天才畫家，他幫舅舅

「代筆」是有可能的，但未必是因為吳湖帆「不能人物」也。但後來張大千遠遊南美，於是吳子深克服困難，山水中的人物，亦是出於自己之手。

五〇年代，吳子深滯留在新加坡，不僅畫畫也行醫。一九五八年五月在新加坡中華美術研究會主辦下，舉行過吳子深吳浣蕙父女畫展。吳子深還曾應越南政府之聘在順化大學講學，在越南期間，他還為吳廷琰總統治過病。一九六三年十一月二日，吳廷琰在政變中被殺身亡。政變後，吳子深返回香港，因驚恐過度，返港後大病一場。不過，他在越南行醫、開畫展掙了不少的錢。

一九六四年，吳子深應張大千之請從香港到台灣。張充和《曲人鴻爪》一書記有〈吳子深〉一則說一九六六年元旦，張充和在台北開曲會，也好崑曲的吳子深聞風也趕來，並在《曲人鴻爪》冊頁裡作了兩幅畫《墨竹》和《溪山圖》。張充和特別欣賞那幅《墨竹》，也非常喜歡畫上的題詩：「勁節英雄志，孤高烈士心。四時渾共一，霜雪不能侵。」同年，吳子深為陳誠治癒痼疾，經陳誠推薦，執教台灣藝術學院（當年的國立藝專）擔任國畫系教授。一九七一年八月在台北市中山堂舉行一生中最後一次畫展。同年並以五屏巨幅〈雲山無盡圖〉，獲中山學術文化基金會美術獎。這一年，張大千曾託張目寒轉達，希望與吳子深各畫冊頁十二幅，然後互相交換各半收藏，可惜吳子深作畫謹嚴，進度極慢，至過世時猶未完成半數，未能達成大千心願，成此藝林佳話。對於張大千和吳子深，書畫家陳定山曾有如此評論：「大千的畫，太白之詩也；子深的畫，杜甫之詩也。大千的布局，又如李廣行軍，不拘陣法，而自然剋敵，百戰百勝；子深的布局則刁斗嚴明，旌旗對列，如程不識之軍。程、李為漢武並時名將，而今之知李廣者多，於程不識也。」

吳子深一九七二年五月廿四日病逝於台北宏恩醫院，以七九高齡盍然長逝，一代大師，貧富兩忘，筆墨相伴。其有關藝術醫藥的著述，有根據《天文臺》報發表的文章，另加自行整輯，一九五八年三月由上海印書館出版的《客窗隨筆》，包括文藝篇、醫藥篇各一卷。《蘭竹譜》一卷，內有蘭竹樹石圖片四十幅。又《時診小論》一卷。及晚年在臺灣出版有中、英、法、日四國文字新版《吳子深畫譜》一卷，尚有甚多詩文論畫論醫手稿，積存書齋，尚未成書。

在山水畫方面，吳子深以古人為師。學畫者必須要從古人開始，練就一身深厚的繪畫功力，中國畫的學習要從臨摹開始，但是對於臨本的選擇是很重要的一件事，選擇得好，可以起到事半功倍的效果，選擇得不好，影響學習者的積極性，而且還浪費時間，所以應當是取法乎上。吳子深無疑是取法乎上的，他一開始就師南宗的董源，往近的是取得董其昌的繪畫，這兩個人都是南宗山水的大名家，這也使得他的筆墨清秀，竹石師文同，偃仰疏密，合乎法度。

除了山水，吳子深畫的蘭、竹也非常有名。葉公超評論道：「子深畫蘭，遠師趙子固，不落卑近之體；寫竹凝重有骨，錚錚然戛枝勁葉，如聞紙上之聲。元人以後蓋亦無所取法，而生平致力山水最深，今閱此冊，清奇鬱勃，格遠易高，董其昌論畫云：『朝起看雲氣變化，可收入筆端，吾當行洞庭湖，推蓬曠望，儼然米家戲墨』子深於此，可謂能嗣其奧秘者矣。」易君左在〈吳子深畫竹〉文中說：「近來在香港看畫竹子的人，只有兩位：一是陳芷町兄，一位是吳子深兄，芷町最妙的是醉竹，就是他在喝醉了的時候所寫的竹，滿紙充滿竹韻酒香，芷町最近送林靄民兄的一幅，可擬東坡。子深的眼界本來不凡，畫蘭竹更是自負。有人對文徵明的畫竹表示讚美的，吳子深說：文雖專師趙吳興，然寫竹則僅窺門牆而已。他在寫竹的歷史上下了一番苦功夫，把歷史上寫竹名家的精華，像他替病人看脈的那樣精密地處理，而他又是一位詩人，所以他的畫竹自然與人不同，有時獨創了許多空靈的意境和神妙的筆觸。」

吳子深認為「文人畫法與繪事家，雖同是以筆墨敷物像形，而懷抱各殊，作品亦不相同。蓋自顧虎頭王摩詰，宋之董巨二米三趙，及元代之高趙黃王倪吳。明之文沈。清初之四王惲吳，皆胸羅卷軸，德學兼備，偶然涉筆，雲峯煙樹，全是天真。所謂藉筆墨以攄發性情者，不可以跡象求也。……至於繪事家，則專以形象取勝，稍遜游行自在之樂，當非吾輩所尚。」吳子深的書畫養成，雖是以古為尚，但卻不拘泥於古法而時時參以己意，也就是說，吳子深重視以古法為根基，要後學習書學畫必須從古人入手，習之久後，心得自成，然後「自然忘放」，因此他說：「予意初學，固宜如此，習之已久，不妨任意揮灑，若拘定規範，不免為法所拘。」吳子深晚期在台的好友李漁叔說：「子深之畫，墨蘭承宋元遺法，用筆凝練，功力至深。墨竹出入王孟端、夏仲昭之間，識者謂子深畫竹為三百年來一人，殆篤論也。山水樹石得筆於董香光，上追黃鶴山樵以窺趙承旨，精心獨運，明潔簡妙，鬱為奇致，蕩為古馨，久而一片神行，悉泯筆墨痕跡。」可說至評。

吳子深的《客窗隨筆》出版於一九五八年三月，包括文藝篇、醫藥篇各一卷，易君左在序言說：「其書名《客窗隨筆》，醫藥藝文，無不備載，雖屬小品，而論述批評，往往有驚人獨到之處，發前人所未言，言凡人之所不敢言，文辭絢麗，尤其餘事，初集急於應世，頗多舛誤，今則重加整理，益以晚近所作，分訂兩冊，有十五萬言之多，手此一篇，對身心脩益，文章陶冶，裨助實多，故余樂為鄭重推薦。」而吳子深則自己說：「將前後所見宋元明清書畫名家，作畫方法，文房故事，與先哲醫理方藥，應診經驗，隨筆記錄，命之曰：《客窗隨筆》。」

但該書出版後，他又陸續寫，此次蒙香港中文大學劉沁樂同學的相助，將沒來得及收錄的文章，一一從香港《天文臺》的舊報紙掃描，發給我。更重要的是發現他的《西北夢痕錄》，編者陳孝威說：「茲篇為其舊作，歷敘往西北之行腳。舉凡風土、人情、政治、社會、以至於詩詞文藝、工農狀態，莫不鞭闢入裡，有極詳盡之描摹。當作遊記觀可也，當作史事觀亦可也，當作文藝觀，更無不可也。」除此之外還有〈在越南順化漢學院講詞〉、《回春醫話》、《星命叢譚》等等，增補內容幾達三分之一，不可謂不多矣。

《客窗隨筆》序

三吳襟江湖，宅平衍，具林壑之美，土候之宜，於是孕育靈秀，人文輩起，千百年來，不特軒冕於市朝者相接也，即名人高士之播在簡素，備諸志乘者，亦至更僕難數，夫豈不以吳人治學之方，精專深造而外，抑且雍容於所養，學之專，固通之可至於四海，而養之醇，則端攸賴於鍾毓之盛，涵濡之深，而非吳人之風流儒雅，吳地之山水清淑，不足以輕致之耶。

吳君子深三吳世家，以辟兵索居海上有年矣，雖屏棄其素封之業，遨翔之樂，退以醫術丹青自娛，而初不改其樂尚，益復求精專焉，求涵濡焉，夫以丹青之雅，濟醫術之專，凡近或以為若不相應，而不知觸發悟入之際，即異趣亦足以相成，顛旭觀公孫舞劍器以肆之於書法，其明證也，即論醫林，江南先後有徐靈胎、薛聲白兩家者，經方以外，或致力於謳歌節拍之微，或致力於聲詩之學，胥有述作，傳世勿替，則子深之頤養於牙籤玉軸，揮灑於晴窗几席間者，其為養又不寧開兩家之別裁，且與兩家相輝映，足使並世諸賢之探六氣通六法者，為之欣詠讚嘆而不能自已於懷耶！

子深聰明強記，讀書之餘，輒以己意梳剔故事，發揚妙緒，一一筆之於書，積之歲月，裒然成帙，於是將授之剞氏，而先以見示，屬弁一言為喤引，余老矣，衰病侵尋，學殖荒落，曾何足以窺子深之淵衷，然有感於學人之貴有修養而惟子深之能兼之也，故抒其意，藉子深之書以發之，亦以端為學之塗轍云爾。

丁酉仲秋唐天如謹序

《客窗隨筆》易序

余素清癯，然鮮疾病，今秋偶感風寒，寒熱咳嗆糾纏半月，得吳子深先生一方而癒。老友劉茂華，亦知醫藥，見余服方驚佩，問何人所醫？余舉子深以對，茂華歎曰：「此真可與言醫矣」。蓋時醫對於寒熱，不問虛實，但知發散，如豆卷薄荷之類，今子深竟用黃耆黨參，非深於古籍，明於脈理，不能亦不敢也。其脈案云：「兩脈皆弦而浮，形寒發熱，口味淡，神倦無力，咳嗽痰黏，此是陽氣不足，感受外凉所致，補中益氣證也。用東垣法，加以宣洩肺氣。」簡潔精審，尤非近代國醫所能企及。

他人所不能所不敢者，何以子深獨能細心探討，獨敢大膽嘗試？無他，他人不讀書，子深讀書；他人讀書不多且不勤，子深讀書既多且勤故也。余問之：國醫有經方與時方之別。經方者，引證兼及經史，窮理究源，故其根底厚，識見廣，研究精，治難症亦易於反掌。時方者，抄襲不過私傳，一知半解，故其仿效易，經驗淺，理解陋，卻小病亦頗費大事。子深國學修養，本極深湛，而又勤於所學，忠於所事，居恒與門人翻閱各家醫籍，旁徵博考，悉意參詳，故醫術日有進境，是取溫故知新之義也。常斥庸俗所謂古方不合治今病，猶古時日月不可照今人，同一可笑。實則古時人類樸實強健，然古方中十之七八均內外兼顧，雖攻表之劑，亦有參求，豈有今人嗜慾較多，體質不及前人，而反宜一味硬表攻耶。嗟乎！求之時醫中而能為此言者，余蓋未之前聞也。

子深亦以畫名，其畫，一如其醫之精湛獨造，所寫山水蘭竹，直入元人之室，又擅文辭，久為士林推重，近子深以其醫餘隨筆，刊之《天文臺報》，復徇讀者殷殷之請，彙集成冊，印行在即，而囑序於余。其書名《客窗隨筆》，醫藥藝文，無不備載，雖屬小品，而論述批評，往往有驚人獨到之處，發前人所未言，言凡人之所不敢言，文辭絢麗，尤其餘事，初集急於應世，頗多舛誤，今則重加整理，益以晚近所作，分訂兩冊，有十五萬言之多，手此一篇，對身心脩益，文章陶冶，裨助實多，故余樂為鄭重推薦——。

夫以子深學術之深，探討之勤，用力之猛，宅心之仁，求之治一藝者已不可得，況名醫而兼詩書畫三絕耶。余恨不知醫，於藝文並皆膚淺，愧對時賢，有負老友，故但願知醫者而益加猛進，勤研新學，多讀古書，並願能文者而益加奮勵，務崇樸實，杜絕浮華，服務人群，效忠國族，願共勉之！

易君左序

《客窗隨筆》自序

鄉先賢范文正公嘗曰：不為良相，即為良醫，歐陽文正詩：「晚知書畫真有益，卻悔歲月已無多！」誠以醫可濟人，畫能養性，語曰：「雖小造，必有可觀焉。」自惟不才，固不足以語此。來港以後，結習未忘，夜診染翰之餘，輒將前後所見宋元明清書畫名家，作畫方法，文房故事，與先哲醫理方藥，應診經驗，隨筆記錄，命之曰：「客窗隨筆」。前存一卷，彼時急於應世，未遑芟薙，頗多舛謬，今更增入若干條，合並剔選，釐成兩卷，言之不文，良用自慚，尚希博雅君子慨予指教，無任欣幸！

蘇台吳子深

目次

客窗隨筆——詩文存

客窗隨筆——楹聯類

客窗隨筆 下編 醫藥類

西北夢痕錄

客窗隨筆　上編　文藝類

收藏書畫

董文敏論收藏書畫，好事家與賞鑒家不同，好事家徒聞虛名，不辨筆墨，收藏家則得一名跡，必詳辨筆墨氣韻，又多閱誌錄，考訂源流，或擅詞翰，或自能作畫，如明季嘉禾項氏，清代平湖高氏，偶然涉筆，雖非行家，而精采奕奕，不讓古人，粵省筠清堂吳氏，嶽雪樓孔氏，皆胸羅卷軸，考訂周詳，清末江南藏家，陶齋尚書後，當推吾蘇過雲樓顧氏，自艮庵觀察至先師鶴逸先生，已歷百年，吳興龐萊臣京卿，後來居上，兩家所藏宋元明清各家真而且精者，幾至千餘，北宋以上，不免錯襍，然近世已無其匹矣。

收藏家每有秘笈秘玩印章，緣歷代朝貴，每以古人名蹟為苞苴，士人家得有佳跡，諱莫如深，懼如《清明上河圖》之賈禍也。清人入之中華，掃除明代弊政，不許中貴離宮，以防侵擾人民，高宗酷嗜書畫，一黃子久《富春山卷》，亦斥二千金購易，不蹈明代強徵惡習，倘彼時藉帝王之威，強迫入宮，人民懼於招禍，難保不有焚埋毀滅之事，吾人數百年後，猶得快睹先哲墨妙，及古代金石，未始非清代帝王之廓然大度，與珍護之功，今歐美各國，亦競相購覓，惟版帖尚鮮問津。安知他日不與磁器古畫並重耶。

歷代收藏家，好集唐宋元明零星冊頁，謂之千金冊，蓋代價不啻千金也，而唐五代畫冊，類多上方下圓之團扇，且無款記，即有名印，亦在石隙樹根，不易尋覓，販鬻商加添古人姓名，以求增重身價，故鑒辨古畫，最為難事。宋元以來，作者皆自題姓名，鑒辨較易。古人絹紙並重，雅不歧視，自米元章有絹八百年神去之說，遂紙重於絹。然唐五代畫跡，絹本較多，豈得因此而廢，矧我輩讀畫，要玩古人格律神味，與骨董家營商貿利不同，片鱗殘甲，亦足珍貴。

賞音不易

昔東坡守兩浙時，於雞棲豕牢間，見古木叢篁，放筆圖寫，大遭村婦漫罵，故有句云：「平生好書復好畫，書涴牆壁常遭罵。」又如趙撝叔金石書畫，名滿大江南北。其初蒞維揚，持一京中貴人荐函，及其得意作品十餘件，往謁某鹽商，以為必可見重，詎主人漠然視之，祇擇其一二幀，酬以十金。明日再往，則昨日之主人所選取之物，正懸在門房內，探聽之，知主人棄諸字簏，看門人好事拾之也。新羅山人華秋岳，詩書畫三絕，居京中半載，無人賞購，因不能償逆旅房租，以畫為抵，某日天雨，旅館傭人，檢取雨具裹紙，即其畫也，乃歎息出都。此三公皆藝苑前哲，至今寸縑尺素，珍如拱璧，榮辱之間，幾如天壤，丈夫乖遇有時，豈獨繪事而已。

墨竹

畫譜載墨竹始於五代郭崇韜夫人李氏，於紙窗月影用墨填寫，別具風致，後人遂相倣效，然唐王摩詰已有開元石刻，成都大慈寺亦有張立墨竹畫壁，孫位，張立，董羽皆晚唐人，崇韜夫人亦擅此技，遂誤以其始創也。

宋元人寫竹，皆沉著雄厚，至明初九龍山人夏太常，專師李息齋，蕭竦簡淡，別具法門，七八年前得見息齋墨君長卷，神似石室，蒼莽沉鬱，非積學深功者不能也。又見一立軸，作老木兩本，叢篠擁之，葉皆焦墨，略不露隙，而神韻飛動，所謂沉鬱中見蕭疏，分披中有條理者，趙文敏竹石之妙，與公殊法，然亦雅重公，其題此幀云：「李侯寫竹有清氣，滿紙墨光浮翠筠，蕭郎已遠丹邱死，欲寫此君惟此人」。

宋人云：「寧可食無肉，不可居無竹」吾人居十丈紅塵中，小庭植修竹兩三竿，風枝露葉，自有翛然出塵之致。昔中峯僧答趙承旨書云：「尊夫人寫墨竹一枝，懸諸方丈，此君心地清涼，助我說法」。吾等碌碌終日，塵氛滿眼，滌硯伸紙，寫墨竹一二枝，附以拳石細草，生機滿目，塵垢自滌，昔人謂「畫家多壽」，良非無因。

畫譜謂寫竹，須先「成竹在胸」，余意初學，固宜如此，習之已久，不妨任意揮洒，有妙合自然之樂。若拘定規範，不免為法所拘。倪雲林自題寫竹云：「聊寫胸中逸氣耳！不辨其似與否也」。此最合寫竹意趣，孟端仲昭，猶苦拘牽。

無錫王孟端，自號九龍山人，雅擅書翰，薦為中書舍人，墨竹兼息齋、丹丘之長，又得同里前輩倪雲林熏染，所寫山水，神韻超絕，余家舊藏一軸，渴筆寫古木一叢，間以疏竹，小屋兩楹，隔岸岡巒起伏，蘆荻沙渚，隱約湖波煙翠間，蓋取材都在荊溪、笠澤間也。其贈黃叔洪山水立軸，筆墨精謹，似在徐功文、陸天游之間，上有耐軒居士王達七言長律一首，詩曰：

萬古山川一鑑開，層層曲曲見樓台，
雲隨曉月風前墮，鷗逐春波溪裡來，
兩岸落花人蕩槳，半燈殘雨客啣盃，
寰區何處有斯地，物外四時無點埃，
豈但右軍多筆法，要知黃石是仙才，
奔灘觸浪飛頳鯉，絕筆凝嵐護翠苔，
玉室金堂疑太嶽，紫芝瑤草憶蓬萊，
相看六月不知暑，一榻清風真快哉。

此畫曾見三幀，除故都一幀，筆酣墨厚真跡外，餘二幀，雖規律具在，尚嫌呆薄，疑清初人摹本也。墨竹見有數本，以《梁溪竹爐》、《山房風晴》兩卷為最。

寫墨竹不用坡石苔草，亭亭一竿，干雲拂霄，若無筆塚研臼之功，不能狀其妙也，要在疏密合宜，向背得勢，明李日華論柯丹丘畫竹，謂「成竹在胸」，故行枝佈葉，合於自然，譬如國色，不藉鉛黛紈綺，洗淨面與天下婦人鬥美，此地位未易到也。余家舊藏顧定之墨竹一竿，備具此妙，暇日輒為倣寫，然非紙墨兼善，不敢從事。六七年前，偶得舊金箋一卷，長約四尺，寬亦二尺餘，寫雨竹兩枝，一氣呵成，較為得意，其他十幀之中，祇檢五六，稍有不如意，寧即毀棄，不敢濫竽以自誇也。

元僧覺隱禪師曰：「吾嘗以喜氣寫蘭，怒氣寫竹，蓋葉勢飄舉，花吐蕊舒，得喜氣之神。竹枝縱橫，如刀矛錯出，有飾怒之象，非因喜而寫蘭，遇怒而寫竹也」。試玩宋元大家真跡，無不堆墨如漆，用筆如錐，紛披錯雜，條理井然，豈率意揮洒，任性剔捺，便能倚晴涵雨，與造化爭勝，吾家仲圭竹譜有言；「寫榦如作篆書，踢枝如寫草書，解得斯旨，雪堂石室，不難至矣」

仲姬竹石，頡頏松雪，二十年前，於南潯龐虛齋先生家，得見《三竹圖》（案：現藏北京故宮）卷，高一尺，廣倍之，松雪翁寫墨竹一枝，自書「秀出叢林，某月某日為中峯禪師寫」。次為仲姬風篁，題為淑瓊侄女寫，最後仲穆斜枝疏葉，著墨不多，仍是水精宮家法，鄉先賢周公瑕所集也。按公瑕諱天球，書學文衡山，兼善墨蘭及篆隸，見《明史・文苑傳》，虛齋先生年高望重，見余所寫山林竹石，頗承稱譽，輒以吳興《三竹圖》，假余臨摹，置諸案頭，摩挲半載，自覺稍有所獲，又賺得天球《墨蘭卷》，日事臨倣，奈秉性魯鈍，未能深入堂奧為愧。

北宋黃山谷，嘗論竹有三百餘種，疏密高偃各有不同，不僅竿枝節三者之異也。風晴雨月，各擅勝場，每見元代趙文敏所寫墨君，弱幹細枝，濃墨闊葉，初疑為文敏隨筆，及見吾蘇滄浪亭之竹，濃葉細枝，與文敏所寫極肖，益信大家作品，皆有所本。

余作畫懶於洗研，而蘭竹則宿墨斷不能用，恐膠滯筆尖，不能揮洒自如，此間少佳紙，承友人贈余若干番，客邸無俚，隨意寫竹樹坡石，水章墨韻，頗得逸趣，文待詔云夏月作書可以逭暑忘倦，溽暑逼人，涉筆便寫，連成兩紙，不計工拙，風雨驟至，煩熱頓消，客中得此，亦足欣慰，曾得句云：「萬卷圖書一草廬，柴門不見駐高車，四山晴雨任渠變，惟有吾心總晏如」。

東坡於月下寫竹，文與可一見大為欽服，蓋所得全乎天矣。與可雖妙，猶存跡象，東坡師其意，不泥共跡，遂成出藍。學古人貴善能變，若步趨不失，世間何必有此，北宋迄今未逾千載，兩家真跡，除元和顧氏有東坡風竹一枝，故宮藏與可偃竹外，不可復見，吾輩取法，祇能從息齋、丹丘叩問消息，不能逕向石室、玉局乞慈燈也。

近代畫家，所寫山水花鳥人物，尚不失前代規模；惟墨竹、墨蘭，幾如廣陵散矣。豈近人才智不及古人；細究其故，作者功力，或不如古人深邃，而工具則相差太甚，緣山水人物，倘有敗筆，尚可掩飾，惟蘭竹則一落筆，便不能更改，章法尤難佈置，要在有疏有密，千頭萬緒，不稍錯雜，共知蕭疏為難，未解茂密之更非易也。

蘭竹筆法，同意殊形，坡石則非有相當工力，不能見意，至於護根草，尤視苔石為難，宋元以來，惟顧定之所寫墨君，獨立一竿，不藉掩映，分枝劚葉，疏密自合，非致力數十年不能到也。彼時自有真知，若在今日，難邀人賞！吾輩寫畫，在舒胸懷，米顛倪迂，自有千古，五百年後，豈無賞音。

元高房山、趙吳興皆以墨竹著稱，黃子久、王叔明、倪雲林、吳仲圭，除子久外，各擅勝場，曾見叔明一軸，渴墨寫喬柯拳石，不加渲染，用解索皴法，頗覺洒脫，四圍以淡墨布叢竹，疏密自然，題為《鐵網珊瑚》，又見雲林墨竹短卷，一枝數葉，渴潤兼施，風神之妙，不可思議，故宮方厓僧《竹石》一軸，或可彷彿，九龍山人王孟端雖屢倣效，猶嫌薄弱無韻，況餘子耶。

墨蘭

趙子固《墨蘭》卷（案：現藏北京故宮），葉祇兩叢，瘦勁而兼涵蓄，寫花七八，俯仰低昂，各盡其態，一展對間，似有微風吹動，靜氣迎人之妙，不得不歎為仙筆也。子固擅寫水仙，三四十年來，所見不下四五本，而墨蘭殊不多見，有衡山題跋，知為停雲館舊藏，衡山以寫蘭馳名，彼時便有「文蘭」之稱，畫譜稍其得漚波真傳，觀此知兼法彝齋矣。置諸案頭數月，屢經倣效，不能窺其萬一也。

子固別字彝齋，宋宗室後裔也。寫蘭蕙竹石，自出新意，氣味妍雅，一洗濃華刻劃跡象，傳世真跡無多。友人朱君藏有子固《墨蘭》軸，天真爛漫，若不經意，而有帶露迎風之勢，生平所見彝齋墨蘭真跡，僅一卷一軸而已。

五代北宋諸家寫蘭，多雙勾填色，古艷有餘，而乏秀潤高潔之致，似與孤芳自賞有間矣。昔人比蘭為佳人，又為王者之香，宜遠挹而不可近褻。戴文節公嘗謂，寫竹須有漢之留候，唐之鄴候風度，始能為琅玕傳神。沾沾於撇劃之間，陋矣。吾亦謂寫蘭要以晉之陶淵明、謝靈運為範。若任意揮洒。污及幽蹤，豈能為識者所取耶。

元趙子昂，雅工墨蘭。腴潤有餘，清勁不足，視彝齋蕭疏簡淡，似遜一籌。昔人嘗謂深谷幽卉，志潔行芳，寧不遇以終，未許尋常人士為其憑几寫照。嗣其後者，厥惟吾鄉先賢文衡山一人，平生所見不下二十件，敝篋所藏亦有四五卷，風莖露葉，純是天真，坡石苔草，俯仰得地，一筆寫就，尤見功力。按衡山入京後，同時貴顯咸思羅致門下，皆婉為辭卻，敝衣菲食，不入朱門，宜其意境超逸，不染塵埃。偶然染翰，清高絕俗，自非調朱披綠者，所能望其項背也。

不佞從事山水之外，好為青士寫照，先師顧鶴逸先生謂余墨竹已可頡頏明夏仲昭太常，而墨蘭自文衡山後迄今未有繼起者，子既朝夕染翰，無妨兼習，過雲樓藏文衡山、周公瑕、陸師道真跡不下十餘卷，可作師資，勿使君子佳人，久為參商可乎？時在民國初年，乃日寫數紙，二三年後，始稍窺其範，彼時盛行石濤、板橋蘭竹，見余所寫，咸謂不入時目，風會使然，作者難，知音亦不易，非虛語也。

墨竹之法有四，一竿，二節，三枝，四葉。寫蘭之法亦四，一葉，二花，三莖，四心。方式雖同，易學難工。初筆，以撇葉為難，要在勁利而不獷悍，柔潤而不虛浮，花莖俯仰得勢，一筆寫去不能再加填補，點花心要沉著圓轉，不可牽強。練習既久，自然熟諳，取法宜以文衡山、陳元素及文門諸子入手。然後上窺宋元，要有剛健婀娜之致。拳石幽篁，蒼苔勁草，隨意佈置，疏密得當，雖長卷巨幀，不嫌寂寞。石濤、板橋，非不工此，奈傖野之氣，令人厭倦，慎勿蹈其惡習。所嫌元明真跡，日亡日少，即周天球、陸師道，便面短冊，亦不經見。不佞從事診務，良鮮暇晷，薪盡火傳，未知在於何日，偶憶子固蘭卷，及之。

湖帆與余同宗同里，又同為甲午生，家富收藏，學習繪事，俱在民國元二年間，其家藏有宋鄭所南《墨蘭》卷（案：現藏耶魯大學），紙僅尺餘，不作坡石，寫花葉祇十八筆，所謂《十八筆蘭》卷是也。自題云：「一國之香，一國之殤，緬彼懷王，於楚有光。」款書所南，不鈐印記，蓋在宋亡之後，玩其詞句，猶倦倦不忘故國也。古秀在骨，意致高遠，誠如其人！畫譜載其兼擅墨竹，不輕落筆，故傳世無多，終其身，敝衣粗糲，不與北人酬酢，著有《心史》一卷，貯諸鐵匣，沉於吾蘇承天寺井。明末，寺僧修井得之，蘇撫張公國維刻之，清初顧亭林再刊於晉省，有長歌記其事。

此卷跋尾，皆三吳氣節之士，吳興龐氏亦藏一卷，即割裂跋語之半，倣其畫筆款誌而成，後為某顯貴購去，再以他畫向湖帆易此真跡，題跋雖缺其半，猶藝苑瓌寶也。余屢得寓目，銀勾鐵劃，視彝齋所作，跡象略殊，而浩氣勁筆，竟如一轍。文待詔云：人品不高，出筆便俗，孰謂繪苑之士，而可不務志節哉。

墨梅

宋揚補之，字無咎，晚號逃禪老人，書法歐陽率更，沉著痛快，擅墨梅，挺秀高華，深得水邊籬下之致，進呈御覽，徽廟題曰，此村梅耳，蓋譏之也。湍歸益自淬勉，再詣闕下，而兩宮已北狩矣。歷代寫梅，大都雙勾填色，惟華光長老以水墨寫紙窗月影，神韻獨絕，黃山谷題為如曉行籬落間，祇欠香耳，其見重如此。補之踵其法，以水漬改為細筆圈花，別開生面，六百年來，流傳不多，吾蘇過雲樓藏有一卷（案：現藏北京故宮），為范端伯作，分作四節，為未開，初開，盛開，將殘，附題柳梢青詞各一闋，元柯丹丘和之，書於卷末，余兩經寓目，閱時雖久，尚存大概。

此卷原為吾蘇潘氏舊藏，築有四梅閣貯之，錢塘戴鹿床為之圖，潘氏與余家俱自新安移蘇，世代簪纓，為吳中四望族之一，寶此卷已歷百載，遜清末，先師顧鶴逸先生斥重資易得，同時又得柯奎章墨竹四節，合裝一匣，書額，命名楊梅柯竹之齋（案：吳昌碩為治印）。

元末諸暨王元章名冕，晚號煮石山農，抱經濟之才，志切伊呂，跡寄江湖，文詞之餘，傍及繪事，擅寫墨梅，繁花疏枝，純出自然，曾見數本，無不力如龍象，氣魄雄厚，懸諸壁間，如月印空庭，微風欲動，題詩如「胡兒凍死長城下，始識江南別有春」，寄托遙深，逃禪、煮石皆兼工墨竹，清初孫退谷《庚子消夏記》，載有逃禪推篷竹一頁，未知若何神妙，煮石僅見雙勾竹一軸，自兩家之後，風流幾絕，無復能為羅浮仙子寫照矣，明陳白沙憲章，姚侍御雲東，下及文唐諸公，一花數萼，非不妍妙，特皆格於繩墨，未能掉臂獨行，頡頏前哲也。

墨菊

墨菊向乏專家，余舊藏唐六如墨梅軸，又於白門得文衡山墨菊軸，修廣相等，恆懸諸清氣軒，丁丑蘇滬被兵，兩軸先後被友人易去，六如寫梅，以水墨漬花，不用勾圈，自饒風韻，題有「斜日僧房怕歸去，還攜紅袖繞南枝」，知在僧寮所作，見於《江村銷夏錄》曾為簡靜齋所藏，衡山軸有清乾隆御題，以水墨寫花葉，間以筠石，俯仰得勢，墨彩如新，允稱合作。

五代北宋徐黃諸家寫菊，都以色粉渲染，元趙吳興、柯丹丘改用水墨，惜流傳不多，明代白石翁，慕栗里高風，喜為晚香補影，曾見兩軸一卷，花葉扶疏，迎風搖曳，衡山六如踵其意，風規不失，嗣後陳白陽隨筆揮洒，天趣橫溢，後來居上，然皆非專長，不能與夏太常竹，文待詔蘭，聯轡並馳也。

秦省宋芝田太史雅擅繪事，恪守倪黃法派，藏有古書畫數件，二十六七年前，余慕華嶽之勝，旅居西安半載，時太史已物化，其後裔悉舉示余，元畫僅雲林古木筠石一軸，明清畫六七卷，書則以解于伯機《心經》一卷為最，其中有明計汝和《墨香秋興》一卷，修不盈尺，廣三倍之，寫墨菊兩叢，以飛白法補石，蒼潤雄健，遠出沈文諸公之上，自題為同年許君所作，許外兄為姚侍御雲東，同宦京師，題七律一章，後有諸名賢和韻，明天順顧尚書清宇詩集，有「林良翎毛夏昶竹，岳正葡萄計禮菊」，知汝和名禮，又《李崆峒集》，有詠墨菊詩，云近時名手計汝和，兩公如此傾倒，其非尋常作家可知，惜翰墨尠傳，名不甚著，四十年來，僅見一卷，益信名之能傳與否，似有宿命，希有為貴，未可概論，昔人以梅蘭竹菊比之四君子，寫此者非熟諳文史，胸次高曠，斷難追摹，要在超乎象外，紙墨相發，庶幾清芬雅韻，永垂不磨，余常擬彙寫一卷，塵事碌碌，償願未遑。

馬遠山水

南海譚氏，藏古書畫頗多，宋馬遠絹本巨幛，筆酣墨飽，神味蒼鬱，非元明人所能企及，馬遠畫法，沉著中有縹渺，秀逸中見渾厚，所寫殘山賸水，寄意深遠，彼時汴京不守，恃長江為金湯，於繪事中，有黍離之慼，使觀者起毋忘故土之思，用意良苦，豈可以尋常六法家視之。

楊氏藏畫

泗水楊氏，藏歷代書畫四百餘件，在滬求售，也吳湖帆兄介紹，歸諸金融家王貫廬先生，邀余往觀，時吳瞿安先生亦在座，為其公子教授國文，相與鑒賞，楊氏收藏本富，此次攜來之件，名跡極多，約記如下，元陳維允《仙山樓閣》青綠卷，有倪雲林題詩，勁秀在骨，敷色沉厚，古拙之致，非明清諸公所能企及，明仇十洲白描《畫錦堂圖》，與文衡山小楷《畫錦堂記》，合裝一卷，珠聯璧合，允稱妙品。

五代無名氏《揭缽圖》

《揭缽圖》曾見仇十洲臨李龍眠本，精謹妍雅，傾倒之至，上海徐嘯波斥重資易得五代人所作一卷，筆力細勁如鐵，設色則濃厚古艷，十洲清潤有餘，蒼古不及，殆時代為之，不可強也。

嘯波以醫術馳名滬上，家富收藏，有五星研一方，自署五星研齋主，戊子之冬，太平洋輪沉沒，數十年精粹，盡付洪流，此卷幸先取出，得未損失，所謂宇宙名蹟，自有神物呵護，前歲之春，偶過其齋，再得展觀，丹翠盈目，如武陵人重入桃源也。

卷長五尺餘，起首寫竹樹成林，隔一山坡，坡後神將森列，世尊高坐，前有一美人，指揮鬼怪懸繩揭缽，缽是水晶，中覆一兒，掣雷飛羽，落燄驚沙，欲取缽中之兒，於是立者，臥者，緣竿而上者，自上而墜者，丹翠錯襍，神光浮動，蓋藏《寶積經》中所謂揭缽也。

按《寶積經》所載，有鬼子母者，為鬼神王般迦妻，有子一萬人，皆具大力，此鬼子母凶暴妖虐，殺人兒以自噉，人民患之，仰告世尊，爾時即攝取其最幼子賓迦羅盛著缽底，鬼子母周遍天下，七日之中，推求不得，至佛所問兒所在，佛答曰：「世間人民，惟有一子，或有三五子，而汝皆殺害，汝有萬子，惟失一子，何苦惱憂愁而推覓也。」鬼子母答稱：「我看見賓迦羅，永不殺世人之子。」佛即使鬼子母見賓迦羅於缽下，盡其神力，不能得取，還求於佛，佛言汝今受三皈五戒，盡壽不殺，當還汝子，鬼子母敕受三皈五戒，受持已訖，即還其子，佛言汝是迦葉佛，時羯肌王第九女，作大功德，以不持戒，故受鬼形，此揭缽之所由來也云云。

客居以來，所見北宋以前真跡，當以大千所藏顧閎中《夜宴圖》及嘯波之五代人《揭缽圖》為最，意境之高，用筆敷色之古，自不待言，而流傳千載，絹色完善，尤屬不可多觀，世人感於米漫士絹八百年神去一語，薄視絹本，葉公之好，豈得謂為真賞耶。

李希古《晉文公復國圖》

十年前，梁谿華君以宋李希古寫《晉文公復國圖》見示，筆力遒逕，敷色妍雅，不在龍眠之下，據寓意編，希古此圖，分裝兩卷，此為上卷，缺乞食野人一節，迄今六百餘年，絹素完好，神彩如新，不欲以殘失少之，考春秋魯隱公七年，晉公子重耳出亡，狐偃、趙衰諸賢從，君臣惕厲，不忘故土，齊楚之君，莫不欽敬，賴秦穆公之力，復主晉國，泰誓曰永言配命，自求多福，觀此益信，卷後有計六奇跋。計為清初梁溪人，著有《明季南北略》，除贊歎畫意之妙，復引有羿篡夏，有似逃歸有任，有眾一旅，有回一成，卒復夏祀。

唐安祿山之亂，肅宗靈武即位，任用賢能，掃滅胡虜，回都長安，德宗貞元西師之變，屢下明詔，歸罪朕躬，遂滅朱泚，彼數君者，身遘陽九，皆能君臣互勗，上下知恥，雖借兵鄰國，而事平之後，尚無遺患，所謂自助而後人助，如玄宗馬嵬納陳元禮之忠貴諫，毅然誅楊國忠、貴妃，以肅朝綱，德宗亦能嘉納善言，貶斥盧杞，與民更始，陸宣公所謂奉天之詔，山東豪傑，捧持痛哭，誓不與賊共戴天，固知賊不足平也，豈數行之書，能感動若此哉，蓋言出至誠，天人咸格，故能不賞而勸，不罰而信，且復國之難，逾於創業倍屣，創業之主，大都於前代朝綱失馭，神州鼎沸，民窮無告，一旦真龍者出，四方歸之，如水之就下，事半功倍，失國之君，必政昏臣偷，上下欺蒙，及至播遷流離，雖有奮發之心，而積重難返，軍民解體，如病入膏肓，滌蕩無由，自非有大過人之人主，得相如李泌、李綱，將如汾陽、武穆，不能挽狂瀾於既倒也。

宋明之末，綱紀久弛，強鄰壓境，君臣偷安，未之或攻，陸秀夫、文文山、史可法、瞿式耜諸賢，亦莫之救，雖曰天命，豈非人事為之也云云，此圖作於宋室偏安之後，殆亦欲警執政諸公，豈尋常調朱披綠畫院諸臣，可與共論耶。

李希古《採薇圖》

絹本，卷修八寸餘，廣二尺八寸，筆法勁利，墨韻深厚，伯夷抱膝長吟，與叔齊對坐，目光炯然，上蔭蒼松，繞以古籐，巖石分列，如虎蹲豹踞，令人不敢逼視，傍置一筐兩鋤，寓採薇之意，三千年後猶能想見孤標高致，為太史公列傳頰上添毫，真兩宋畫院第一名手也。

按希古姓李，名唐，河陽三城人，建炎間，為畫院待詔，寫山水人物，蒼秀沉鬱，宋高宗比之唐李思訓，不虛也，希古於宣和靖康間，即已著名，金兵據汴，南渡至杭，年齡已高，無所知者，鬻畫自給，賞音絕少，自題一詩云，「雪裏煙村雨裏灘，看之如易作之難，早知不入時人眼，多買燕脂畫牡丹。」想見彼時清濁混淆，滿腔憂憤，難以自抑，某日有中使過而識之，曰此待詔作也，歸而奏聞，應詔入院，聲譽大起，寸縑尺素，人共珍之，榮枯升沉，判若天壤，殆若有數存乎其間耶，誦希古此詩，不禁慨然。

此圖款書「河陽李唐畫伯夷叔齊」，計九字，分兩行，在右方石上，書亦古拙可愛，題者七八，除元明兩家外，清乾隆時成邸書《太史公伯夷列傳》一篇，八法敏妙，直逼吳興，北平翁覃溪《閣學賦》七古一篇，並云同時有一摹本，取以互勘，益見真跡之妙，明代為項氏天籟閣舊藏，至清初，展轉入粵，歸於黃氏，黃氏命畫工對撫兩本，道光庚申，南海吳榮光斥重值購歸，自題云，「二十年夢想，一旦得之，不禁狂喜。」越十年，由京赴黔藩任，舟之武溪，舟漏，海水浸入，竟未受損，比之趙子固之於落水蘭亭，後又為祛篋者所竊，翌歲再行購歸，足徵此圖在百餘年前，已珍重若此，況屢經兵燹，至今日者耶。

宋徽宗擅場文藝，怠於政事，金兵南下，汴京不守，身羈絕域，後人皆譏其耽藝亡國，比之衛懿公好鶴，後唐莊宗之溺於優伶，然魏武帝文帝之工於詞賦，唐太宗兼擅八法，而能安內攘外，創立國基，固未可一例論也。

詩以言志，言者無罪，聞者足戒，昔人以畫謂之無聲詩，如寫聖賢仙佛，啟後人欽敬之心，寫長林豐草，清泉白石，堅士大夫之不事躁進，潔身自重之志，吳道子寫《地獄變相》，長安屠沽競相改業，鄭俠寫《流民圖》，而宋神宗翻然改過，箴規之功，豈在三百篇之下哉。

今觀此卷，與《晉文公復國圖》卷，益見作者之憂深思遠，與陸放翁無詩不忘雪恥，千載之下，俱令人嚮往，詩畫之功顧不大歟。

項胥樵畫兩則

項聖謨山水，師法盧鴻《草堂圖》筆法，古秀在骨，形神畢似，同時董文敏極推重之。十年前，曾見一巨卷，兼工帶寫，雖一枝一石，皆俱涵煙籠霧之妙，卷修一尺六寸，長三丈餘，非半載不能竟也，又有大冊四十八頁，凡山水花鳥人物咸備，為清初朗某所集，每幅皆有對題，某古肆主人，購自北京，因整冊不易脫手，分裝四冊，十餘年來，煙散雲渺，未識何日再得重飽眼福也。

項聖謨，字孔彰，一字易庵，明季嘉禾子京先生之文孫也，子京先生收藏之富，甲於東南，孔彰幼本聰穎，耳濡目染，山水木石，花鳥果物，無不超凡入古，並擅詞章，題句雅健，寥寥數十字，寄意遙深，同時董思翁、陳眉公，咸賞之二十年前，在吾蘇過雲樓，見孔彰《招隱圖》兩卷，廣二丈餘，有董陳兩公題跋，寫林木盤屈，巖石幽邃，山光雲影，松篁周匝，茅屋數楹，堆書滿架，蓋所謂隱居處也，今此卷流之海外，為余門人王季銓所得，亦幸事也。來港以後，友人朱君亦示余一卷，雖不及過雲樓所見之妙，而筆酣墨飽，法度謹嚴，北宋風格，去人不遠，又倣古十二頁，山水花果，水墨設色，無不咸備，精妙之極，令人愛不釋手，此冊原為清初某親貴所藏，曾入御府，有高宗御璽可證，觀此數者，其他孔彰，不足美矣。

孔彰以寫松見長，彼時即有項松之目，與文衡山墨蘭有文蘭之稱，同負藝苑盛譽，實則孔彰樹石屋宇，無不兼妙，尤以渲染合宜，陰陽向背，合乎西洋畫透視之理，而骨韻兼超，與吾家墨井殊途同歸。

董文敏畫冊

明董思翁寫山水，雲煙變幻，蒼莽秀逸，得北苑巨然真諦，得意之作，不減元人，而墨韻淹潤，似尤過之，平生不肯妄施筆墨，余三十年所見真跡，雖不下三四十件，而精者除自藏三軸一卷外，又見巨冊三本，其一為蘇州顧鶴逸先生所藏，是八十二歲所寫，水墨淺絳青綠皆備，附有清初諸名人跋語，據其自題，在北京見唐宋元真跡，畫興特發，試筆成此，此外一倣古十幀，《秋興八景》兩冊，舊為無錫楊氏所藏，先後歸諸龐萊臣先生，余皆手摹，越時已久，邱壑位置，都不記憶矣。

王石谷早中年妙蹟

虞山王耕煙石谷，早年從王廉州遊，得其酣暢沉厚之趣，中年取徑唐六如，轉倣李希古劉松年，幾欲出藍，晚歲譽滿海內，索函紛集，反見拘牽，顧鶴逸先生謂其晚歲自構，反不如早中年之臨古，余家舊藏耕煙早歲《臨北苑夏山欲雨》互幀，墨氣淋漓，完庵石田，不是過也。

黃鶴山樵《青卞圖》

平等閣主狄楚青先生，收藏綦富，其黃鶴山樵《青卞隱居》畫軸，蒼莽沉鬱，不減巨然，又有錢舜舉《山居圖》卷，設色古艷，純法唐賢，倪高士《竹樹小山》軸，及董文敏《山水冊》，皆藝苑瓌寶，先生逝世，轉讓浙省魏氏，屢得寓目，平生所見叔明真跡，不下十餘卷，要以此圖為最，似在《夏日山居》之上，宜董思翁題為天下第一山樵也。

仇實甫山水人物

仇十洲，名英，一字實甫，江蘇吳縣人，弱冠時，在金閶門中市店肆作畫，寫人物花鳥，栩栩欲活，某日唐六如（伯虎）過其居，見其筆墨秀雅，譽不去口，十洲欲求指教，六如曰，同里周東村先生畫法至妙，余今日之略解筆墨，亦出自周師，無妨介紹，從此師承有自，筆法大進，舉凡學藝，從流溯源者易，自源涉流者難，蓋從流溯源，步步踏實，興趣自濃，若自源涉流，非有絕大天資，不能望其堂奧，十洲雖已有十載功能，而於古人神理，尚未晤解，東村先生為繪苑前進，寫山水人物，直入李希古之室，一點一拂，皆有法度，十洲隨侍几案，親覩其吮筆揮毫，如何為虛，如何為實，色墨融洽，渲染得宜，心領神會，進窺宋元諸大家法門，事半功倍，視昔日閉門造車，左支右絀，不啻仙凡之隔矣。

余家舊藏十洲《松風高士》絹本立軸，青綠設色，蒼潤妍雅，直逼宋賢，王夢樓題「此松風高士，筆法直似劉松年，今南宋真跡不可見，得此亦可想像」云云，今見十洲《臨趙文敏玉洞仙源》巨軸，筆力沉著，敷色融洽，長松五株，錯綜俛仰，下寫高士兩人，山童抱琴而至，隔岸洞壑深邃，流泉淙淙，上起正峯，濕翠欲滴，遠山環繞，白雲斜照，掩映於古寺叢林之間，真凡界之仙境，海內之鴻都也，假歸懸諸座右，寵辱皆忘，不謂數尺之絹，能移情若此，原為康熙時卞令之中丞舊藏，遜清之末，歸於毘陵盛氏，展轉攜之本港，為余友王君所得，上月偕小女浣蕙往觀，默記其筆法設色而歸，擬命小女寫高士，余畫松泉林壑，塵事落落，未識何日償此願也。

十洲畫跡，世多贋本，類皆工細艷麗，初展似頗悅目，諦視之，則細而不勁，艷而不古，清初王麓台司農評十洲畫，沉著痛快，最為確切，解得此埋，可以鑒別十洲矣。

有清乾嘉時，海內晏安，揚州居南北要衝，鹽商木賈，富甲他省，聲色之外，兼嗜名畫書法，骨董賈每以臨本給人，往往真畫偽跋，偽畫而真跋者，近時所見十洲工細卷冊，皆彼時畫工偽作也。

相傳十洲曾畫《秘戲圖》，此齊東野人語也，夫繪事一藝，輔翼名教，闡發詩史，豈有身歷藝林，作此自污，殆由尋常繪工，托諸名家，獵取財帛，稍解筆墨者，一覽便知。

平生所見十洲真跡，以元和顧氏《上林圖》卷，吳興龐氏《臨李希古浮嵐暖翠圖》卷，為最上乘，皆用白宋紙所寫，紙墨相發，蒼潤沉鬱，此軸雖屬絹木，流傳三百年，神采猶新，與龐氏之《竹院逢僧》絹本巨軸，皆為十洲生平合作，明季畫家承元六大家之後，如沈石田之雄偉，文衡山之蒼潤，唐六如之挺秀，而十洲揖讓其間，無愧大家，非天資卓越，功力深邃，曷能臻此，從知一藝之成，雖藉師長啟導，而其造詣，各有不同，觀唐六如、仇十洲，雖俱出周東村之門，非僅不為所囿，而更跨越其上，青藍冰寒，自勉而已。

文衡山書卷楊龍友山水卷

浙省某宦後人攜書畫數篋至滬求售，余斥資易得兩卷，一為文衡山行書《少陵秋興》巨卷，筆飛墨舞，令人心醉，一為楊龍友設色山水長卷，蒼莽沉厚，色墨交融，起首平坡叢樹，遙山送翠，末段石壁雲影，隨筆勾勒，有欲盡不盡之妙，玩其用筆，似在子久叔明之間，不拘於一家也，自題「乙亥春日潭公別余入玄墓，畫此送之」，按潭公為秋潭上人，與項孔彰、董思翁、陳眉公友善，孔彰為寫《四友圖》，其非尋常蔬筍之流可知，別紙有思翁、眉公兩題，據董謂龍友適宦吾松，以餘力點綴九峰佳景，陳謂其門生輩不能得一草一木，今為潭公寫此長卷，筆墨奇偉，直駕大痴《富春山圖》之上，此行為不虛矣，知龍友此卷，作於華亭，距明亡僅九載，清康熙時為高江村所藏，附有跋語，余得此卷，轉呈顧鶴逸先生，稱其筆如龍象，不以氣節論，亦明季大家也。讀梅村《畫中九友》詩，頗推重龍友，尚未計其於乙酉清兵渡江時，慨然捐軀，所謂一死重於泰山者非邪，至於撫蘇未聞敵兵先遁，與阿附馬士英、阮大鋮，晚蓋得此，概可盡滌，宜其寸縑尺素，珍如球璧，東鄰日本，亦懸重金購求，歐陽文忠謂今之徒工文詞者，如鳥獸好音之過耳為可悲，於是見士君子當以立德為先務。今此兩卷，不知流傳何所，雲煙過眼，當作如是觀。

王叔明《惠麓小隱》、《太白觀泉》兩圖

余所見元四大家畫，除倪雲林外，以王叔明為多，十餘年所見山樵真跡，如《葛稚川移居圖》皆紙本巨幛，一為過雲樓所藏，一為端陶齋讓與龐萊臣者，又狄平子所藏《青卞圖》，董文敏所謂天下第一也，見張葱玉所藏《惠麓小隱》殘卷（案：現藏印第安那波里斯美術館），宿墨敗管，若不經意，純乎天籟，不可以跡象求，自題一詩亦佳，云「白頭學種邵平瓜，四百年前故將家，第二泉頭春夢醒，洞庭煙水接天涯」，南宗自唐王右丞創荷葉皴，解索皴，為後人開無限法門，畫家本領，全在皴法，董雲間已先我言之矣。曩遊七里龍，沿富春沂江而上，登子陵釣臺，崇山列幛，脈絡縱橫，酷肖荷蒂解索皴法，沙渚縈迴，夕陽反照，紫翠萬點，信右丞大年之所出也，山樵從漚波上窺唐賢，忝以董巨，茂密之極，仍歸蕭疏，與黃子久渾厚華滋，殊途同歸，宜迂翁有「五百年來無此君」之贊歎也。來港後，於友人家見《太白觀泉》小軸，紙雖稍殘，而筆力雄健，與上海某氏所藏《鐵網珊瑚》相伯仲，晚歲所作，益臻神化，惜不能如痴翁之沖舉，梅老之高蹈，胡維庸一案，竟縲紲以終，非才之難，自用才者實難，坡公此語，千古同慨。

宣和御筆真跡

王南屏君新得宋徽宗《四禽圖》卷，紙本分作四幀，合裝一卷，寫疏花幽禽，棲立枝頭，全用水墨，雅淡自然，而神彩奕奕，視尋常穠華之作，刻劃無韻，如出兩手，信乎繪事之妙，不僅以工緻精密求也，歷觀宣和御筆，大都絹本重色細筆，精謹有餘，秀逸不逮，南屏謂余，以帝王之尊，日理萬幾，豈能從容描填，恐花鳥人物之披朱抹綠者，或出畫苑代筆，此論確有見地，特不可語好事家與販鬻者。

唐六如《松岡圖》卷

余家藏唐六如紙本小卷，畺首磁青紙，有衡山八分書「松崗圖」三大字，古穆雄闊，不減陽冰，六如款題為楊先生作，卷尾祝京兆、王吏部題詠，按楊字進卿，為南都大學士，長松十餘，夭矯拂雲，崗巒起伏，細筆勾皴，勁利如鐵，與吳興龐氏所藏仇實甫《臨李希古浮嵐暖翠》筆法極相似，兩公皆親炙東村，竟冰寒出藍，所謂智過於師，方堪傳授，於此益信。

《墨井草堂》卷

《過雲樓書畫記》，載有《墨井草堂圖》卷，原為費屺懷所藏，顧氏借刻入記，卷凡丈餘，紙白如新，起首垂柳六七樹，用渴筆點成，草堂中置籐床，高士坦腹偃息，殆長夏午睡未醒時也，蓮葉盈塘，小樓短屋，環以竹籬，峯巒迴合，修竹萬个，細謹而不拘牽，濃厚而見秀逸，最後遠山起伏，飛鳥數點，掩映於夕照瞑煙之中，此非讀萬卷書行萬里路者，不能有此胸襟，款書兩行，純師玉局，相傳墨井蒞浙，見東坡石刻《醉翁亭記》，坐臥三日不去，故一點一畫，皆有來歷，題為許青嶼所作，青嶼與墨井同入天主教，亦工詩畫，徇知之作，允自不凡，昔戴文節論作畫，（一）胸襟寬展，（二）氣候適中，（三）看山歸來，（四）新觀名跡，（五）紙墨精美，（六）寫酧知音，六事備而佳構成，此卷之妙，堪相吻合。

惲東園山水花卉合冊

清初毘陵惲南田草衣，胸羅萬卷，意志灑脫，詩文書畫，皆秀雅天成，絕無雕斲之痕，視石谷之鈍乎工力，跡象未化，實勝多矣，觀其題贊石谷，恆多溢美，豈秉志謙抑，不欲上人，非魏文貞之故作斌媚也，此冊寫山水花鳥，備盡意致，舊為端陶齋所藏，後歸吳興龐氏，讓於南海譚氏，轉輒為余友王南屏所得，有高宗御題，起頁倣石田翁鵝群，一浴水，一立岸，蘆花數叢，輕清淡逸，似不食煙火者，山水倣北苑《溪山行旅》，唐子畏《喬柯急澗》，設色倣元賢《碧嶂丹崖》，古秀在骨，妍雅絕倫，花卉如牡丹、芙蕖、秋菊，穠艷之極，仍見超逸，俯仰得地，迎風欲笑，直與造化爭勝，恐北宋諸賢，亦當斂手，晚近好事家，侈談宋元，破絹殘墨，珍如供璧，明清真蹟，紙色如新，恆多忽視，不能無黃鐘毀棄，瓦缶雷鳴之感。

蕭尺木

明季畫家，大都沉鬱蒼潤，而蕭疏自在，當以皖省蕭雲從與釋漸江上人為最。余家舊藏雲從設色山水長卷，似寫長江景物，凡山水、林木、城郭、舟車，無不兼備，明社既屋，杜門不出，故知者絕少，客中無俚，偶憶記之。

蕭雲從，字尺木，號無悶道人，晚又號鍾山老人，蕪湖人，父慎餘，明鄉飲大賓，雲從始生之夕，慎餘夢郭忠恕至其門，曰蕭氏將昌，吾當為嗣，長而博學能文，與弟雲倩，有二陸之舉，中崇禎副榜，入清不仕，著《易存》、《杜律》若干卷，《四庫全書》載存目中，原稿藏蕪湖某氏，未刊行，工畫山水人物，具有北宋人遺法，《太平三書圖》、《離騷圖》，皆鏤板以傳，嘗於采石太白樓下四壁，畫泰嶽、峨嵋、匡廬，一時題者甚眾，道咸之間，猶未剝蝕，洪楊之亂，始行毀滅。居城東近夢日亭遺址，築室種梅，號曰梅窩，乾隆時開四庫全書館，所畫《離騷圖》，高宗純皇帝命館臣為補〈天問〉以下，蓋雲從所未圖也，《石渠寶笈》藏有一長卷，御題七古一章，備極推崇，於此見彼時帝皇之尊，愛惜人材，不遺餘力，雖荒江野老，如雲從者，以一藝之微，猶加獎錄，視後世人君，抱殘守缺，拒人千里之外，不可同日而語矣。

鄭超宗山水　記黎美周張二喬

吾蘇揚州明季鄭超宗先生，為萬曆某歲進士，雅擅翰墨，寫山水深得倪黃筆意，錫山楊氏藏有《溪山深秀》一卷，蒼秀沉鬱，彷彿白石翁筆，有董文敏題語，推重備至，旋轉贈番禺葉氏，先生寓居揚州城垣，家有園林之勝，崇禎七年，園中黃牡丹盛開，花葉扶疏，別饒雅韻，邀諸名士賞讌園中，各賦七律兩章，以紀其勝，挽冒巢民氏轉虞山錢宗伯牧齋，評騭甲乙，精製黃金盃兩隻，以贈首名者，余家藏明賢尺牘，有巢民小簡致超宗者，即述此事，謂琴川覆書，知賞心在美周，按美周即番禺黎烈愍公遂球也，公詞翰雙絕，惜其詠牡丹詩不傳，想為牧翁所賞，必非凡品。乙酉南都覆亡，清師乘勝南下，粵桂淪陷，公義師抗戰，兵敗被執，不屈而殉，授命時，賦詩有「鬼伯舐復嫌，心苦血不甜。」之句，忠貞之氣，溢於言表。不謂十年前吟弄花月之名士，而節堅金石，光並日月，然後知天下之至情人，始能担當天下大事，牧翁雖抗顏為師，九原之下，不知若何自處也。

錢塘厲樊榭，記廣州大東門外十七里白雲山麓蘇家莊小梅拗，有明張麗人二喬墓，葬時臨送者，皆一時勝流，各植花一本，故又名百花塚，墓誌為黎烈愍公遂球所撰。厲君得其畫蘭一幅，上有陳文忠公桐君題詩云：「谷風吹我襟，起坐彈鳴琴，難抒公子意，寫入美人心。」蘭凡兩叢，附以拳石，長短葉十餘筆，花四五枚，柔宛有致，畫角有「逢水」兩字小印，按逢水即黃孝廉聖年，南園社中十二人之一也。詢諸友人陳紫巖先生，知二喬為明末廣州校書，工詩詞，擅畫蘭，亦能鼓琴，好讀古俠女傳，天啟間，陳忠簡公子壯，忤魏忠賢歸里，與黎烈愍公重啟南園詩社，二喬常侍筆研，忠簡公賦詩題畫，艷稱於時，番禺名諸生彭孟陽，以文章氣節自勵，二喬重其人，欲委身焉，未幾，二喬患病垂危，孟陽托於千金市駿骨之誼，斥千金贖之，及歿，為營窀穸，並輯二喬遺稿，及自作《惻惻吟》一百首，為一篇，命曰《蓮香集》。因感明季之末，廟籌失馭，士大夫猶以文章氣節相尚，雖歌衫舞袖，亦知崇尚文藝，宗社雖屋，數千年綱常文物，獨保持勿墜，視晚清侈言變法，數典忘祖，不可同語矣。

再記董文敏畫冊

吾蘇過雲樓所藏董文敏畫，以倣北苑房山巨冊為第一，文敏寫此，係賜其文孫者，且題高祖母為房山公孫女，不啻翰墨眷屬，余借臨三月，彙選一冊，以呈鶴老，承題「華亭嗣響」四大字，今鶴老墓有宿草，虛齋老人亦於去春逝世，吳越兩藏家所存珍品，聞多散失，世事雲煙，可勝慨歎。

梅道人山水卷

元代畫派，一洗兩宋刻畫之跡，水章墨暈，直參造化，高尚書房山，真跡已尠，黃子久、吳仲圭兩家，傳世亦僅三四卷，惟趙文敏（松雪），王山樵（叔明），倪高士（雲林）者，近代收藏家，尚多留存，可資觀摹。吳仲圭自號梅道人，元末中原鼎沸，隱居嘉禾，好寫《漁樂圖》，曾見一卷一軸，筆墨融洽，深得江湖浩蕩之趣，上月友人示余《草亭詩思》一卷，紙本潔白如新，長僅三尺餘，寫叢林窠石，茅屋草亭，景物不多，濕翠欲滴，自題一詩，亦頗洒脫，末附白石翁五古一章云：「我愛梅花翁，巨老傳心印。終此水墨緣，種種得蒼潤。樹石墮筆鋒，造化不能吝。而今椽林下，我願執掃汎。」可謂傾倒至矣，仲圭兼長墨竹，墨法沉厚，離披自然，惟不廢點剔，學之不善，易涉瑣碎，視息齋丹丘有間矣。明初姚雲東侍御即師其法，侍御山水幾與元賢頡頏，而寫竹似未窺奧，足徵斯藝之難。觀梅道人山水卷，附為書之，道人擅寫山水，兼工松竹石，中鋒潑墨，直入巨然之室。

二十年前在故都，曾見絹本山水巨幛，上有怡親王寶，舊藏南海筠清館，筆墨雖佳，惜已暗殘，上海龐萊臣先生斥重資易得《松風澗泉》小軸，即退谷舊藏《五友圖》之一，假歸匝月，對臨四紙，蒼秀沉雄，愧未夢見，來港之後，張大千親家示余道人巨冊一幀，寫石壁倒楓，蘆荻叢生，漁舟一葉，蕩漾於煙波蒼茫之中，沉著虛和，允稱合作，回憶十餘年前飲龐氏虛齋，酒酣，主人出示《漁樂圖》長卷，疏林斷岸，煙雲杳渺，漁舟十餘，縱橫上下，一狀一態，備盡水鄉真趣，卷末茅舍數間，繞以棘籬，純用中鋒，自題見關同真跡，彷彿擬之。

按關同五代時人，為荊浩入室子弟，雲林大痴之疊石折帶皴，即用其法，余舊藏王耕煙《臨關同太行山色》卷，以小斧劈兼雨點皴，與元人畫法，絕不相類，殆所謂師其意，不泥其跡耶。道人山水傳者不多，此幀雖僅尺餘，而紙色潔白，墨彩如新，宜主人十五城不易也，故宮有《中山圖》。友人攝有照片，得以展觀，崇山疊壑，長林繞匝，氣象雄偉，直師造化，惜缺下節，而沉著虛和，蒼翠欲滴，惲東園所謂道人筆法似空中直落，泯除起滅之痕，觀此益信，嗣其後者，姚雲東得其蒼潤，劉完庵得其骨力，白石翁筆健於墨，尚遜一籌。薪盡火傳，吾曹勉之可也。作畫非明窗淨几佳紙舊墨，不足發胸中磊落之氣。試觀古人名跡，無論水墨、設色，皆蘊藉高華，不著塵埃。尤於燥筆潤墨，互相融會。蒼靄暮煙，翛然絕塵，非深知篤好與多見元明人真跡，未易解焉。

畫家用筆，腕力稍弱，操握殊難，勾勒皴染。運用中鋒，每苦肥瘠不勻。惟道人筆健而不傷韻，墨潤而不凝滯。每有所作，無不沉鬱蒼秀，嵐翠欲滴，宜白石翁有「梅花庵主墨精神，四十年來未用真」之景仰也。

文衡山《江南春》《關山霽雪》及《墨蘭》卷

吾鄉先賢文衡山先生，弱冠侍乃父龍游公宦浙省，布衣蔬食，吏民安之。任滿言旋，貧不能治裝，縣民各捐一文為贐。龍游公婉拒之，無何病歿，縣民復申前議。先生曰，吾父不受贐。今才去世而違之。是重我不孝也。徒步回里，鬻產運柩歸。吏民築一文亭以誌之，某顯宦見先生寒冬無裘，欲資以金。先生漠然若不聞。雅工繪事，兼長八法，《明史文苑傳》稱其四絕不減趙孟頫，非過譽也。

余所見衡山真跡，不下三十餘，而以補倪雲林《江南春詞》長卷為第一。寫層嵐疊翠，長林豐草，雲氣吞吐，男婦老幼，負販僧侶。又如舟車田塍茅舍橋梁寺觀之屬，無不形神畢具。卷末遠岫含煙，夕陽歸鳥。展觀之餘，令人翛然意遠。至於筆力之勁、設色之古，堪與吳興伯仲，跋尾三十餘人，皆一時俊彥。曾藏吾蘇過雲樓，紙白如新，尤可寶貴。

客冬，友人朱君示余衡山絹本雪景長卷。青綠設色，勾勒雅健，皴筆無多，而自見渾厚。林木叢密，巖壑深邃。人物寺觀，點綴精謹，小楷自題曾見王摩詰、李成、黃子久、王叔明雪景真跡，彙合成此，為王履吉所作，下有董文敏兩跋，流傳有緒。允稱停雲館晚年合作，後於友人家見《唐賢千金冊》，雪景山水青綠重色，古穩沉厚，知衡山之所出也。又見墨筆蘭竹卷，寫幽蘭兩叢，間以疏篁。錯綜紛披，迎風欲笑。展牘一過，幽香可挹。尤妙於飛白石，一筆寫就。坡下苔草數點，若不經意，蕭疏簡淡，已入彝齋之室，自題為進卿寫於玉蘭堂。衡山山水，雖出白石翁，而秀潤高曠，得之錢玉潭、趙吳興為多，郎君及門，具體而微，然皆以設色著稱，其水墨一派，融洽無跡，猶未窺奧，蓋由品德高峻，純是化機，絕無纖塵攖其筆端。有清乾嘉兩朝，浙江錢叔美，吾蘇張研樵，皆宗法停雲。規範未失，氣韻遠不逮矣。嗣響墨蘭者。以陳古白、周天球兩家為最，然陳失之放軼，周拘於繩墨，下此錢罄室、陸五湖雖步趨不失，然視陳周尚隔一塵，停雲凋謝，及門諸公相續化去，九畹芳韻，幾歸湮泯。清錢籜石、潘三松，亦以墨蘭馳譽一時，奈氣魄有餘，格韻不高，下至冬心，板橋更不足道矣。

錢舜舉《金碧山居圖》

畫史云元世祖統一之後，徵求山林隱逸，江南吳興八俊，自趙子昂以下，皆聯翩入仕，獨錢舜舉齟齬不合，留連詩畫以終其身，自號玉潭山人。所寫山水、人物、花鳥、高華簡雅，風格在趙文敏之上，余所見真跡前後凡三卷，一吳興張氏所藏《桃花春鳥圖》卷，敷色淡冶，靜穆而又妍雅，又平等閣轉讓某氏之《山居圖》，青綠重色，渾厚華滋，石坡沙渚，薄施泥金，益見嵐翠欲滴，斜陽返照之狀，二十年前泊舟浙東富春江，景物頗相似，最後得觀龐虛齋所藏《淨玉山居圖》，高約九寸，橫三尺餘，以水墨寫層巖叢木，輕染赭黛，茅屋數楹，掩映於雲影嵐翠間。細而不弱，淡而彌厚，用圓點作苔，疏密合度，同時趙子昂，明文衡山，即沿其法，有黃子久、倪雲林、仇山村、張伯雨、顧阿瑛、鄭元祐題句，卷尾姚公綬侍御前後七八題，項墨林藏印累累。知為天籟閣舊藏，曾入內府，有高宗御題可證。七百餘年，紙白如新，尤見珍貴。山人藝兼眾長，讀其遺跡，絢爛妍雅。漚波得意之作，未嘗不可追攀。然一則身登臺閣，一則終老巖阿。榮辱不同，德成為上，藝成為下，學者應有所審別焉。

黃子久真蹟

元初畫家。高房山、趙吳興，六法正宗、去古未遠，嗣其後者，黃子久、倪雲林、吳仲圭、王叔明，各擅勝場，論者四家獨推子久，以叔明之精能，雲林之超逸，尚遜一籌，雲林題子久畫，輒稱大痴老師，其欽敬可知。陸天游、馬文璧、張子政，僅得片鱗，尚足雄視藝苑。明清諸家，劉完庵得其蒼潤，沈石田肖其氣骨。董思翁上宗董巨，下法倪黃，得意之作，形神畢肖，清初婁東三王，踵師其法，不失前規。元代迄今六百年，子久真跡，日亡日少。記錄所載，亦屬無多。余生也晚，祇見吳興龐氏《富春大嶺》（案：南京博物院），王氏《九峯雪霽》（案：北京故宮）。故宮《富春山》卷，《芝蘭室圖》，湖帆之《富春》一曲（案：剩山圖）而已。其他如元和顧氏之《浮嵐晴翠》，與龐氏之《快雪時晴》，尚是唐摹晉帖。旅港以來，每一染翰，輒為神往，爰為記出。以告同嗜。

黃子久《富春大嶺圖》軸，即溪橋流水是也。款書「富春大嶺圖」書法勁細如鐵，林木蕭疏，石壁高聳，上架小橋，泉流從石隙而出，懸諸座右，似聞淙淙之聲，全軸純是渴筆。除圓苔數點，不見濃墨。而嵚奇突兀，神彩逼人。想其吮墨揮毫，不知有荊關董巨。故能不為法縛，不為筆使。賈人從浙東某舊家，以廉值得來，初索價祇五百金，後因索觀者多，身價漸高，最後以三千金售歸吳興龐虛齋，余每謁虛齋，輒出共賞。清初六大家，咸法子久，煙客奉常，麓台司農，南田草衣各得一體，煙客學其蒼莽，麓台肖其沉鬱，南田得其秀潤。此圖筆法清勁，著墨欲飛，如羚羊掛角，無跡可尋。南田晚歲，庶幾近之。余舊藏惲翁小卷，即倣其意，自題云：「世人學子久，都欲相似，余學子久，都不相似，不似之似，實勝於似，非起痴翁問之，誰能肯余言耶」，又曰：「黃公不可見，毫墨兩無言」，又曰：「作畫以簡淡為貴，愈簡淡，愈見渾厚」，觀子久此圖，以相印證，益徵翁之深造自得，絕非浮誇，世有真賞，或不以為河漢也。

南田翁山水，蘊藉高簡，視石谷之純乎功力，實勝多矣，後人以其兼工花卉，與其題石谷畫，恥為第二手，遂疑翁之拙於山水，此與王晉卿致友人書，謂待子瞻病臂十年，再行臨池，同一謙抑，未足徵信，若據此而評甲乙，非真知六法者也。六法之妙，氣韻生動第一，或問如何可以氣韻生動，余告之曰，秀潤蒼莽，得之矣。又問如何為秀潤，曰，用筆勁利，圓轉如意，不激不隨，一任自然，今人見淡墨，便謂秀潤，殊為可笑，所謂蒼莽者，善用渴毫濕墨，使一幅中，有煙霏霧結之象，則生動矣。南田翁云，學子久得骨力易，傳蒼莽難，蒼莽見秀潤更難，然惟秀潤始可蒼莽，否則浮煙漲墨，有何足取，然豈庸史所能解哉。余屢見翁之真跡，其皴法點染，可學而至，其士氣則不可學也。若非胸羅卷軸，資力兩深，何以臻此，因憶子久此圖。附為記之。

文衡山云，古來高潔之士，好寫雪景，瓊林玉樹，萬山積素，胸中俗塵，一掃而空，營邱河陽，尤擅其勝。蓋自右丞以來，未有能發其蘊者，子久《九峯雪霽》，自出機杼，林木巖石，如篆如籀，以淡墨渲染山礬，用筆不繁，自見陰森，著墨無多，倍覺渾淪，一展卷間，覺三冬氣象，宛然在目，未可以絹本少之。子久此圖，其樹法俯仰錯綜，似用營邱，石沙頗重渲暈，而皴筆極簡，尚是右丞遺旨，所謂不脫不黏，自然成文，若以某樹為營邱，某石為右丞，刻舟求劍，非真知也。

《富春山》卷，舊藏董香光畫禪室，展轉歸於吳用卿太學，太學珍重愈恒，臨歿前三日，以宋楊黃庭，與此卷焚之以殉，太學之子，私抽去富春卷，然已焚去初節之平沙兩尺。清乾隆時，歸入內府，高宗題句，誤為膺跡，沈文恪亦從而和之，甚矣，鑒辨之難也。痴翁畫法，從吳興房山，進窺荊關董巨，簡而不薄，淡而彌厚，大抵方石高坡，荊關法也。疊巖叢林，董巨意也。晚歲居吾蘇常熟，觀虞山之勝，朝霏夕暉，收入毫端，此卷蒼莽淋漓，酣暢沉鬱，子久自跋，亦頗矜貴，謂逐漸填劄，不覺亹亹如許，閱十年乃成。余曾藏有元黃潛臨本，又見王石谷臨本，黃則失之刻劃，王更流入黏結，皆未窺其奧也。上月友人張君因脾泄症，綿延三月，經余治癒，以家藏高麗舊紙見貽，截成一卷，試為倣寫，心知之而手不能之，奈何。此卷之妙，不在佈置之奇特，而在筆墨之靈秀。渾厚如董巨，勁利似李郭，凡二米房山之橫點，叔明之解索皴，雲林之折疊皴，仲圭之濕筆長短皴，信手拈來，混然一氣，所謂不求勝人，而人自不及。蒼秀處不過數筆，而意味深永。茂密處一再竄改，毫不黏滯。破方為圓，削繁為簡。淡墨更加渴筆，乾皴忽加濕染，如養基射穀，西子曉粧，濃淡高下，無不合宜。寫樹各法咸備，長松謖謖，羅列成行，剔松葉極細，再以焦墨點之，益見滃鬱。卷長二丈餘。想其握管時，江山在望，純乎天籟。二十年前，有延光室映本，最為清晰，東隣日本，亦有翻本，神彩較暗，冥心探素，倘或遇之。

《芝蘭室圖》，亦故宮所藏名跡之一，以篆籀之筆，寫成長林高巖。沉著之極，轉趨虛和，痴翁晚歲，始造其妙，勾勒皴染，直師荊關，與平日專法董巨，迥然不同，足徵大家無所不能，銘文二百餘字，神似晉唐，董文敏所謂畫既超妙，楷書特工者也。全局都用燥筆，尤妙於山石空隙，隨意豎寫二三筆，以狀泉流，滿幅精神，都有歸納，他人苦思力索，不能到也。世傳子久真跡，皆古稀後所作，明人筆記，謂其年至六十，始學繪事。與唐高常侍五十後學詩，俱成大家，似相同也，豈一藝之微，遲速有定，抑大器晚成，不能躁求，顧余從事繪藝，已歷四十寒暑，有漸無頓，慚悚何似。

倪雲林畫

生平所見元四家真跡，以倪雲林為最多。雖大都古木筠石，疏林遠軸，而筆墨變化，各有不同，此其所以為大家也，如笪江上松子閣所藏《霜柯筠石》，純以渴筆勾皴，絕無渲染，自題一詩亦雋永，云「久客令人厭，為生祇自憐，每空書咄咄，聊偃腹便便，野竹寒煙外，霜柯夕照邊，五湖風月迴，好在轉漁船」。又《漁庄秋霽》，為張德機作，有「溪山青冉冉，湖水玉汪汪，珍重張高士，披圖上石床」句，則渲擦盡致，蒼莽沉鬱，王廉州所出也。又為盧山甫寫《六君子圖》，六樹森列，疏密得勢，石用圓皴，與平時荊關筆法不同，有大痴題句，又清高宗御賜梁文定書畫合卷，畫僅三尺，書《黃庭內景經》，全文七千餘字，無一懈筆，雲林真跡所不經見者，過雲樓所藏《春宵聽雨圖》。寫古木高聳，石坡兩疊，剔竹枝極細謹。著葉不多，自饒風韻。題云「春宵聽雨第三番，靜坐篝鐙酒自溫。清曉開門看桃李，蒼柯翠篠喜無言」，又《琪樹秋風圖》，景物與《春宵聽雨》相似，惟燥筆為多，所謂渴中求潤，自題云「竹影縱橫寫月明，青苔石上聽鳴箏。我來彷佛三生意，琪樹秋風夢亦驚」，鶴逸師常懸諸書齋。瞻謁師座，輒得觀摩，迄今猶能想像。每卷皆有同時人題詠，則不復記憶矣。又為陳維允寫《綠水園圖》，《汀樹遙岑圖》，皆真跡中之精妙者。最後見《蜀山圖》，縱三尺餘，紙色精好，某氏得之，即以寶迂名閣，其貴重可知矣。戴文節嘗謂倪高士疏其畦徑，而密其皴染，王山樵則畦徑甚密，而筆墨極疏，雖同出董巨，而意境自別，此幀林木翁鬱，崇山疊巘，為倪畫之最密者。明季，王孟端、董思翁、王西廬、王湘碧各得一體，釋漸江、姜實節僅具形似，董文敏題雲林畫，謂雖寂寞小景，自有煙霞之色，非餐腥食腐者，所能夢見，余於雲林真跡，摹倣較多，略識門戶，愧未盡其奧也。

石濤八大畫派

石濤、八大兩大畫派，晚近從學頗多，狀其形貌易，得其神韻難，倣效古人，固多如是，然學倪雲林、黃子久不似，尚不失六法規範，若石濤、八大，學之不似，徒存浮煙漲墨，即形神皆肖。胸乏卷軸，難免江湖蔬筍氣所侵染，六法正宗，尚隔數塵，然則兩家果不可學乎，曰非也，要在熟諳文史。先工後寫，所謂讀書萬卷，下筆有神，庶幾不為法縛，一片神行，不似之似，反勝於似。畫史稱兩家皆明室後裔。石濤別字較多：清湘、大滌子、苦瓜和尚、瞎尊者，或尚有其他名號，不復記憶。山水蘭竹，禽魚花果，並皆佳妙。八大，字雪个，名耷。嘗持八大覺經，山水取法董思翁，雅擅八法，隸楷行草，直逼漢唐，尤長寫生。花鳥蔬果，點染數筆，形神兼超。兩家遭時同，懷抱亦同。寄情翰墨，亦復相同，而車轍似異。石濤之層巒疊巖，蒼翠欲滴，或非八大所長。而八大之隨筆點染，參合造化，亦非石濤所及。舊藏石濤山水卷，《松壑雲巖圖》，略施赭黛，雨後斜陽，彷彿吾蘇楞伽天平。八大花鳥一軸，著墨不多，神韻殊絕，惟紙色略黯耳。與友人偶談兩家畫品，附為記之。

石濤細筆山水人物

石濤上人，山水、人物、花鳥，無不擅場，且無不神妙。故王麓台司農，稱東南有石濤在，足徵其見重於時如此。然石濤所畫之妙，不僅潑墨，尤在惜墨，吳興龐萊臣先生，家藏《溪南八景》一冊，工細之極，絕似李伯時、王叔明。又朱靖侯家所藏《十六應真》長卷，皆生平合作，與近世所傳粗毫溼筆，迥若兩手。

吾蘇文獻小記

蘇省為文獻之邦，文章氣節，著稱東南。明季劉完庵、徐幼文、高青邱皆學問淵博，藝兼三絕，成化正德兩朝。中時行、吳匏庵、王守溪以文章政事，位至相國，而沈石田、文衡山抱三絕之才，志潔行芳，晏息林下，唐六如、仇實父寫山水人物，超宋軼元，寸縑尺素，珍如拱璧。天啟之末，君昏臣奸，閹宦竊國，東廠肆虐，法紀蕩然，強者摧折，弱者浸染。崩潰之局，已兆於此，當奸閹餘黨毛一鷺巡撫吳中，蓼洲周公家居被逮。士大夫不敢出一語，而顏佩韋、楊念如、馬杰、揚沈、周文元五人者，以尋常編氓，激於義憤，誅滅緹騎，賊臣喪胆，惜繼起無人，奸氛復熾，讀張天如《五人墓碑記》，百世之下，凜然如生，夫藝者，文也，義者，質也，語曰，文質彬彬。然後君子，則此數公者，其夫子所謂君子也歟。

彼徐有貞，英宗復辟，與石亨等邀取私寵，殘害忠良。今于忠肅公名垂宇宙，而有貞之罪，百世莫贖。曾見草書一卷，雖師法懷素，而筆法詭濁，乏龍象之勢，與建文時姚廣孝有才無行，同為吳人恥辱。有貞還鄉之後，以翰墨忝附士君子之列，黔驢之技，卒不能掩其醜，而沈石田先生一吳中布衣，不慕榮華，翛然物外，余家舊藏《游虎阜詩畫》一卷，題為弘治六年。時年六十有七，有「憑君莫問貞娘墓，芳草萋萋不可尋」，又「真娘墓上春無主，短薄寺前鷺自啼」。以六十餘老人，作此綺語，亦徵其非痛癢不相關也。石翁此圖，沉著而兼虛和，墨氣沉鬱，直入巨然子久兩家之室，曾藏浙江韓氏，有玉雨堂印記可辨。

再記吾蘇文獻

沈石田先生畫法超妙，藝兼三絕，而山水尤為藝苑所重。晚歲作偽者多，凡刻劃無韻，設色重滯者，多屬贋鼎。平生所有圖章，亦頗簡略，故易於作偽，門人王季銓作《宋元明清畫家印章彙集》。翁之圖章特多，不免真偽錯襟，四十年來所見遺跡，以故宮《廬山高》巨幛為第一。全用解索皴，雖倣黃鶴山樵，而闊大蒼潤，似猶過之，又有《聽松圖》一軸，長松聳翠，綠陰滿地。石坡兩疊，一古衣冠人側耳而聽，奇卉異葩，錯綜於碧澗清泉之間，設景之奇，策法之古，非衡山六如所能企及。舊為太倉陸氏所藏，即以「聽松」兩字署齋額。晚歲又以為字，其珍重可知矣。遜清嘉道年間，海內晏安，吾蘇士人家恒多收藏名人翰墨，潘三松老人奕雋，陸謹庭先生以兒女親家商訂書畫碑版。日不暇給。其最著名者，為宋揚補之《四清圖》卷，趙文敏《廬山觀瀑》巨幀，《定武蘭亭》五字不損本，《四清圖》歸吾師顧鶴逸先生，三十年前曾得飽觀，寫幹沉著虛和，一筆而成，枝如屈鐵，花圈鬚蕚，秀逸細勁，紙計四節，一未開，二初開，三盛開，四將殘，為范端伯所作，此事已載「墨梅」逃禪遺韻，論之口頰皆芬，不嫌其贅。王元章雖筆法老到，秀骨清韻。尚難幾及。甚矣，畫僅一藝，不能工力盡也。武進費屺懷念慈先生，僑居吾吳，雅嗜收藏，其最著名者，為元趙松雪書《杭州福神觀記》與《龍興寺膽巴碑》兩卷。廣丈餘，皆寸楷，界以烏絲，卷首數篆書，直逼陽冰，余幼時見之，雄健沉厚，墨光如漆，今不知何往矣（案：兩卷俱藏北京故宮）。

任渭長《姚梅伯詩意冊》

鐫刻木版，書法較易，畫筆特難，舊傳《列女傳》《高士傳》《芥子園》，原刻初印，已乏筆意，嗣後展轉翻刻，徒存形骸。山陰任渭長先生，擅場繪事。所寫《劍俠傳》，兼工帶寫，栩栩如生，而鐫刻視前人為精。洪楊之亂，稿版盡失，雖經善手翻刻，神氣已滅。渭長抱顧陸之才，常慨賞音無多。同里姚梅伯孝廉邂逅相遇，延聘之家，供養甚豐。梅伯家富收藏，資以觀摩，畫藝益進。洪楊事起，家毀身亡。吾蘇顧艮庵觀察浙省，任寧紹台道，展轉購得渭長所寫《梅伯詩意冊》，計七十二頁，分裝六大冊，觀察之孫，即先師鶴逸，余每往謁，恒出以共賞。梅伯詩詞雅健，渭長補圖，引伸其意，俊奇雄偉，蒼秀高逸，自記耗時四五載，每構一圖。必先商榷，往往易稿十餘，始行著墨。曾記數頁，一為琪樹幽花，白雲翠巖，士女三十餘，坐臥徙倚，神態各殊。一為彩鸞丹鳳。男女分乘。具控縱之勢，遙峯層疊，白雲無盡，一為金龍曝鱗，海波擁日，霞光遠映，紫翠萬點。妙在色墨厚重，而不呆滯，林壑叢密，仍見空靈。宜松禪老人題謂驚心動魄，想入非非者也。先師顧鶴逸嘗謂此冊章法之奇，設想之奧，集歷代山水人物花鳥之大成，不摹古人而不乖古法，非宿慧通靈，斷難臻此，因感渭長之得賞於梅伯，畫以詩傳，何其幸也。世不乏渭長之才，更不乏蓄財之人，奈多胸無點墨，視文物若土苴，善夫夫子之言曰，君子學道則愛人，小人學道則易使也。偶見明陳老蓮《水滸傳》刻本，回憶記之。

劉彥沖德藝兼傳

梁壑子劉彥仲先生，隨尊人由蜀宦蘇，父沒，寄籍吾蘇，事母極孝，文章詩畫，卓越一時，方楷法虞世南《廟堂碑》，行書出入文衡山、董思翁兩家，弱冠從朱昂之游，寫山水花鳥，已自不凡，余家藏先生《倣宋人仙山樓閣》立軸，青綠重色，蒼秀靜穆，置諸衡山，十洲間，幾不能辨。又見《松壑鳴泉》《春山晚靄》兩卷，渾厚之氣，斂入毫芒，使石田，衡山為之，亦不能過。布衣疏食，不事功名，鬻畫所得，悉以奉母，吳中有孝子之稱，俞曲園太史以先生畫與戴文節醇士真跡合裝一卷，額書忠孝二字，蓋不僅重其筆墨已也。

沈三白翰墨

吾蘇沈三白先生，雅擅翰墨，兼工山水梅蘭竹，精謹秀逸，頗似明賢，住居城內倉米巷及滄浪亭附近。民十七年，余修葺滄浪亭，猶彷彿想見先生與其夫人芸娘，詩酒唱和時也。蘇城本多名園，環山疊石，樓閣遙臨，滄浪亭則池繞園外，夏日堤邊垂楊，與池中蓮葉，相映成趣，人行其間，一片綠蔭，小橋紅欄，宛似圖畫，溽暑雨歇，池中芙蕖仙子搖風曳裙，綽約隱現曉霏夕煙中，視留園、拙政園圍池於內，反覺淺狹也。石橋丈許，入門百步，石堆數十疊，獅蹲虎伏，神俊不凡，外鄉人但知獅子林疊石之妙，未睹滄浪亭之因疏見密，由淺涉深，位置之得當也。園內蒼松翠柏，羅列成行，皆百餘年物，幽澗邃壑，流水淙淙，有亭翼然，即所謂滄浪亭也。居中崇屋三楹，額書明道堂，猶是清聖祖御筆，長廊圍繞，花窗百餘，或嵌花鳥，或鑿松柏，疏密修廣，無一雷同，尤為他園所無。民二十年余逭署園內，下榻翠玲瓏館，窗外翠竹千挺，綠陰滿几，對景揮毫，不覺移晷，先生雅擅翰墨，與石琢堂殿撰有水乳之契，琢堂兼工八法，余家頗多遺跡，瘦硬通神，知出於率更也。六弟似蘭，於十年來連得三白先生真跡數種，猶憶其寫《靈巖秋曉》橫披，雲峯疊起，林木周匝，佛殿浮圖，隱約於晨光雲彩之間，望而知其為秋也，書款二三行，頗似襄陽遺意。其他立軸數紙，隨筆寫山林竹石，高華超逸，又似文停雲家法。蓋彼時文唐遺跡，藝林咸珍，張研樵與顧椒園，皆從此法，先生亦未能離範。三白名復，書款沈復二字，下有印章「三白翰墨」「沈復」兩印，賈人不知其名，為吾弟無意得於石殿撰後裔，知大半為琢堂所寫，或琢堂轉丐以遺他人者，翰墨因緣，似有前定。屢經兵燹，未知尚存否。

學畫有益身心

余弱冠即好翰墨，得古人名蹟，必一再臨摹，得其似而後已。初學董文敏，其後兼師雲林、子久，同里顧西津先生，偶見余作，許為文人之筆，題余臨子久秋山卷有「高逸拔俗，妙兼華婁」之語，而於人物舟車，不能得似。蓋余秉資魯鈍，一暴十寒，徐思關同不能人物，雲林不能屋宇，董文敏雅有前賢風，不妨引以自文，況余祇於診務之餘，隨筆寫喬柯修竹，白石雲巖，墨汁淋漓，不遑自檢，所謂只堪自怡悅，不可持贈君也。董文敏云：畫家多年登大耋，如米友仁年逾八十，神明不衰，黃子久九十貌如童顏，白石翁、文衡山，八十餘猶日事揮洒，為山水傳神，蓋不孜孜名利而以筆墨為何，所謂雲煙出沒，眼前無非生機，文敏蓋亦有志於此，今觀其遺跡，純是天然，古稀之年，猶能臨《黃庭》《樂毅》小楷，倣倪黃寫盈丈長卷也。書畫名家盛於當代者，未必傳於後世，而悴於生前，恒多榮於身後，昔盛子昭與吳仲圭同里，子昭名重一時，持幣乞畫者，戶限為穿，仲圭之門闃如也，仲圭隱居讀書，間寫山水竹石自娛，蒼茫高逸，不求人知，嘗謂人曰：五百年後自有知者，未及百年，仲圭之名大著，子昭幾廢格不行。元時畫家，每一圖成，同時諸公攢聚題句，不免打鬨習氣，惟仲圭矯然獨立，不著纖塵，所傳畫卷，絕鮮同時人題詠，故其筆法，亦古健樸厚，有以哉。

余嘗謂吾輩作畫，南宗莫如學董思翁，北宗無逾唐六如，思翁畫法，跨越吳興，寫山林坡石，神似董巨，蓋由家富收藏，一時海內劇跡，咸歸清祕，士大夫偶有所遇，亦得其題語為榮，浸耽古人翰墨數十年，宜其筆妙古今，同時王西廬、王湘碧、楊龍友、吳梅村無不私淑之，麓台司農，遙接衣砵，皆稱大家。唐六如從沈石田、周東村，上法宋賢，變勾砍為渲染，一洗刻劃之跡，惲南田稱其虛和妍雅，北宗畫派，至六如而備，玩其所作，良非虛語，學者苟能於此著力，不難與三百年前諸大家頡頏，以此上溯宋元，事半而功倍也。

婦女家以繪事傳者，自元管仲姬後，類多以花鳥見長，明末陳南樓、黃皆令寫山水頗合元人矩矱，余舊藏南樓老人《倣山樵夏山圖》，筆力堅勁，允稱傑作，皆令兼擅吟詠，寫山水亦蒼潤可喜，所嫌兩家尚拘畦逕，未能作透網之鱗，三百年來，未聞有媲美之者，範山模水，驅使雲煙，與近代婦女亦甚相宜，往時交通多艱，登高涉幽，婦女家所引為不便者，今已不同，古人名跡，士大夫所能觀摹者，亦可遍覽，且頤神澤顏，平矜釋躁，以數小時光陰，藉片紙為樂，勝博奕多矣，何憚而不為哉。

學畫要旨

昔人論畫書籍，不下數百種，大旨先以古人為師，進而至於造化為師，所謂學不師古，徒成下品，又曰，人品不高，用墨無法。

初學執筆，不論山水，花鳥人物，若無古人名跡為稿，無從入手，既有稿本，又須紙墨筆硯精良，晚近宣紙鬆濇，著墨即滲，筆穎原料既缺，工資亦貴，不如十年前多多，古墨難得，新墨膠質重，缺乏光彩，既有佳墨，仍須配合舊硯，始見精神，語曰，工欲善其事，必先利其器，然在今日，良非易易。

山水之外，以梅、蘭、菊、竹為難，山水猶可增加，此四種，一筆落紙，不能改飾，親友中學繪藝，每勸先以蘭、竹、石入手，腕力既足，經驗自得，轉學他畫，事半功倍。

畫為藝事之一，稍能塗抹者，何止千百，然超凡入神，百年能有幾人，竊擬學畫六要，分列如下。（一）處境寬裕。（二）文學略有根基。（三）心靜意專。（四）多臨古人名跡。（五）歷覽山川勝地。（六）常聆師友訓誨，庶幾身心有養，胸襟超逸，若囿於見聞，衣食縈懷，縱有天資，成就較難。

文人畫與繪事家不同

文人畫法與繪事家，雖同是以筆墨敷物像形，而懷抱各殊，作品亦不相同。蓋自顧虎頭王摩詰，宋之董巨二米三趙，及元代之高趙黄王倪吳。明之文沈。清初之四王惲吳，皆胸羅卷軸，德學兼備，偶然涉筆，雲峯煙樹，全是天真。所謂藉筆墨以攄發性情者，不可以跡象求也。昔人論蘇子瞻雄才大略，讀書論道。米元章翛然絕俗，文與可亦博極群書，兼工篆隸，三公皆胸次高朗，靈機在手，功參造化。至於繪事家，則專以形象取勝，稍遜游行自在之樂，當非吾輩所尚。戴文節公論畫曰：「作畫求能而終身不能者，上也。既能而求不能者，次也。彼不求能而自能，能而不求不能，皆不入品。」又曰：「畫以沖和簡遠為貴，素非知己，紬紙強求，卻之則傷情，受之則鮮意，勉強湊合，而沖和之旨遠矣。」二十年來，偶自塗抹，不敢藉為稼穡之具，遇有賞音，或紙墨精良，滌硯揮寫，雲山煙樹，隨意率成，較平日之作似覺略勝，殆所謂不違天趣者歟！

學書概要

幼時學習書法，日臨顏魯公《多寶塔碑》數紙，不明起落頓挫之法，畫平竪直，亦甚為難，十七歲學醫，謄寫方藥，日書百頁，敷衍潦草，幾不成字。二十歲後，移家滬上，無意得張文敏得天

《千字文冊》，以油紙景寫，歷二三年，僅具形似。友人劉臨川謂余張出自董，與其學張，無寧學董，又知董從楊少師、米元章得筆法，楊遺跡較少，乃取舊藏《英光堂米帖》窮日夜臨之，非惟不能窺其籓籬，且拖沓浮滑，反形惡俗。先師顧鶴逸嘗謂：學書當從篆隸入手，其次亦須取法唐碑，察其虛實起落，然後再學結構，否則虎豹之鞹，亦何足取，乃專學虞世南《夫子廟堂碑》，三十年來，一暴十寒，所以垂老而無成也。

兩晉以前，隸楷兼行，自唐歐褚諸公，以迄顏柳，雖紹繼山陰，而皆兼用隸法，五代楊凝式，上承晉唐，下開蘇米，書法一大關鍵也。吾輩學習書法，宜先守一家，然後泛濫各派，由博返約，自不為成法所囿。

臨帖倣書，似同實分，臨帖要於間架結構，一一肖似，倣書要學其筆法虛實，與血脈氣勢，然神似基於形似，若形未備，先求神似，躐等而進，吾未見其成也。學書之要，在於握管，管直自然鋒正而不斜，握管之能直與否，卻在懸腕，腕不懸，易涉歪斜，撇劃點捺，亦不能開展，歷代大家，無有不懸腕中鋒者，俗子作書，昧於此理，雖結構穩當，總難遒逸，與畫家不明筆法，同一弊病。隋唐始有櫈几，兩晉以前，皆席地而坐，故其作書，悉皆懸腕，古人書法，至大不過二寸，至小不過五分，此亦工具限之也。題石如《壇山》、《繹山》，皆就版而書，張顛素狂，無不如此，故能縱逸跌宕，不如後人之拘牽刻劃也。

後人所謂擘窠書者，乃就格眼書之，以求規律，擘窠大書，乃就大方格而言，非縱逸之謂也。兩晉人書，僅有直格，而無橫格，唐碑出自漢隸，兼用橫格，擘窠之所始也。

書畫文詞，貴拙不貴巧，六朝石刻，出自工人，點劃亦多錯誤，千百年風日剝蝕自有古拙之趣，唐碑雖出名手，似反屈其下。畫如漢代造像，敦煌畫壁，大都工人描寫，歲月既久，風規自別，必欲勉強倣效，幾如削足適履，此學者之惑也。學者要先辨別古人筆意，然後知所取舍，然墨搨總不及真蹟，古人之性情血脈，皆可概見，易於倣學。北宋諸公，不獨蔡蘇米黃，擅長鑒別，更工詞翰，即司馬溫公、文潞公、范文正公、蘇子美、陸放翁，雖不以書名，而片紙寸縑，無不精謹高逸，足為後人圭臬。去年在友人處，見宋賢尺牘四頁，蒼然古色，迄今未能忘懷，蓋古人書翰往來，不欲隨便，紙墨相發，神恬意適，偶然涉筆，倍見精神，米漫士所謂學書不得古人真跡，終是門外漢，非虛言也。

相傳張芝臨池學書池水盡黑，鍾繇抱牘山十年，木石皆筆墨痕，王右軍五十歲後益臻神妙，智永樓居四十年，退筆成塚，趙孟頫學右軍筆法，以手指點畫，衣被盡破，此數公者，皆天資英邁，而積學不舍，由漸成頓，後生末學，稍窺藩籬，便已自滿，能無愧乎！

書畫一理，廢紙敗管，隨意揮寫，每多超妙之作，精紙佳筆，正襟危坐，涉筆反見窘滯，一則破空而行，不求自工，一則刻意求精，形格勢禁，神韻全無，此與高會酧酢，杜門閑居，所作妍拙各殊，雖名家亦不能免，故限期徵索者，非真知筆墨也。

晚近講求文藝，眼高於頂，詩必漢魏，書必魏晉，畫必唐宋，若蘇黃米蔡之書，韓柳歐蘇之文，黃王倪吳之畫，皆不值一顧，及叩其技能，平庸無奇，余幼時亦犯此病，三十以後，漸知學問之難，所謂學然後知不足，大抵就學之初，意氣邁盛，及至中途旅進旅退，不耐竟學，若意志堅定，力學不倦，自有左右逢源之樂，然千百中難得一人，書畫僅一藝耳，猶復如是，況進於此者乎？

宋賢書卷

去春修禊日於友人王氏，見文潞公尺牘，及王晉卿《蝶戀花詞》卷，筆力遒勁，如錐劃沙，潞公卷雖略有破損，而筆跡尚多完好，晉卿真跡，則紙墨如新，附有東坡山谷跋語，尤為難得，上有清高宗御璽，知曾藏內府，王氏寶藏有年，不輕示人，客中展此，殊深欣幸。

元明清書法風尚

八法自元趙文敏公子昂，集晉唐大成，卓然成家，明代書法咸受其薰染，雖雲間二沈，吾蘇祝京兆，具龍象之力，不能脫其範籬，吳匏庵卓然獨立，師法玉局，然堅勁有餘，雄渾不足，文待詔徵仲，直接晉唐，小楷學《黃庭》《曹娥》，方楷師虞世南歐陽詢，筆力勁秀，媲美前哲，行書兼師黃山谷，而用筆佈局，仍未脫吳興束縛，至董文敏，戛戛獨造，集晉唐五代宋元之長，不襲其跡，自出機杼，獨成一家，復以宗伯之尊，聲名益振。清人入關，文物風化，悉遵前明，聖祖博極群書，尤重八法，酷嗜董跡，搜羅宏富，自謂晨起作書，可以養心，以天縱之聖，學邃功深，宜其詞翰兼超。杭州放鶴亭，刻有《舞鶴賦》宸翰，筆酣意暢，堪與文敏並馳，一時風尚所趨，廷臣書法，咸相倣效，如張司寇得天，錢侍御南園，董尚書邦達，其尤著者也。至乾隆翁覃溪、劉石庵、梁同書、王夢樓四家，蒼秀高逸，直追前修，雖佈局各殊，玩其用筆，咸取徑董氏，可謂盛矣，所謂上有好者，下必有甚焉者也。

傅青主八法

王夢樓謂米南宮自謂腕有羲之鬼，二王墨蹟，不乏襄陽贋作，筆飛墨舞，尤與大令為合。千百年後，惟祝枝山京兆得其楷則，傅青主徵君傳其行草，余舊藏徵君綾本互幛，勢若龍蛇，襄陽復起，不是過也。京兆遺跡，傳世頗多，而小楷絕鮮，衡山受經於吳尚書匏庵，八法略近玉局，蓋尚書藏玉局真跡甚富，臨倣頗工，衡山久侍几席，暗自契合，後遭京兆譏斥，改師滬波，中年兼法山谷，遂成大家，十餘年前在武林見京兆《樂毅論，洛神賦》合冊，字字珠璣，一氣呵成，宜衡山為之一跋再跋以贊嘆之也。

坡公謂文章最忌隨人後，自成一家始逼真，學古人要在能自立門戶，米南宮早年臨倣晉唐，步趨不失，錢穆公斥謂集古字，乃講求結構，為北宋四大書家之一。董文敏公早年畫師法大痴，自恨窘於繩墨，後遍臨唐宋諸家，融會合一，戴文節公稱其沉厚處直逼北苑，元法不能限也，無論文沈矣。足徵拘守一家，囿於一法，則是古人重儓，清初諸家取經宋元，而皆自出機杼，雖王太常祖孫，各不相襲，其自題倣某家某法者，乃謙詞耳，非真步趨也，惟楊子崔之師倣石谷，馬扶羲之宗尚南田，亦步亦趨，徒存形骸，不足貴也。

史道鄰書

舊藏史忠節公可法綾本巨幀，書少陵「花近高樓傷客心，萬方多難此登臨」七律一章，公雖不以書名，而沉著痛快，兼顏平原、楊少師之長，與贗造之濃墨粗毫者迴殊，想其握筆時，迴腸九轉，心痛欲絕矣。余在家時，常懸諸清氣軒，又於友人朱氏見公奏稿兩紙，裝成一卷，大意冀望朝廷納諫從善，廣延人才，引漢光武中興，唐肅宗恢復兩京故實，末後謂匡濟時艱，決非現時在朝之人所能任乏，泄泄沓沓，深閉固拒，河朔不能恢復，南都必難久保云云，下附翁覃溪七古一章，詞句已不復記憶，大旨追述明末宏光之在南都，馬士英與阮大鋮嫉忌高宏圖張名振公忠正直，嗾劉孔昭參奏，使不能安於其位，史公名謂督師，實亦屏之於外，四鎮武臣，類皆無知，阮馬雖解文墨，然亦自知庸碌無能，左右臣工，皆其私黨，其稍明事勢者，抱挨飯吃，候機會，下者盜財賄，謀遠遁，恐一旦公忠明識之士入預機要，若輩必無立足之地，更懼以前攬權納賄醜行，或致暴露，聞左良玉回朝之議，即徹禦北之師，固守長江下游，其徇私與無恢復之志，昭然若揭，史公屢疏招攬賢才，共圖恢復，清肅朝政，斥除私黨，望若輩悔改，等於責匪盜之仁慈，望娼婦之貞節，然其在職一日，即盡一日之責，觀其督師時寒不衣裘，食不兼味，國亡身殉，與睢陽武穆比烈可也。

此稿疑在軍中所屬，而仍端莊不俗，晨門曰，知其不可為而為之，公其得先聖之遺旨歟？翁北平詩細楷書於卷尾，沉鬱頓挫，直抉阮馬隱衷，與南宋高宗引用奸佞之黃潛善汪伯彥，屏斥忠誠之李綱宗澤，殺直言之太學生陳東，布衣歐陽徹，壟斷朝政、徇私拒賢，禍國殃民，千古一轍，世人徒以金石書畫論之，猶淺之乎視北平也。

蘇東坡董思白捉刀人

晉唐以下，書家卓卓可傳者，無如蘇東坡、米元章、趙松雪、董思白，此四公皆有門弟子衍傳其法，在東坡則有丹陽高述，元章則有吳雲壑，一點一拂，無不酷肖，松雪同時頗多師其法者，而以京口郭天錫為第一，元季工趙體者，未能或之先也。高述，名不甚著，即有遺跡，亦改為坡公，惟吳雲壑、郭天錫雖出倣效，而氣魄雄偉，不附驥尾，亦自足傳，董思白門下士有吳楚侯者，初名翹，後改為易，以能書荐授中書舍人，為諸生時，思白頗拂拭之，思白翰墨，名滿宇內，求者踵接，倦於酧應，倩楚侯代筆，咸滿志而去，觀於雲壑以椒房之戚，清慎自守，金人亦多重之，天錫則文章典雅，兼擅繪事，迄今寸縑尺素，珍同乃師，視高述之於東坡，吳楚侯之於思翁，榮瘁為何如耶！豈一藝之微，隨人俯仰，身沒而名亦隨之，所以君子貴自立焉。

清代書家

常熟翁尚書松禪，書法雄偉超逸，合顏平原、蘇玉局為一爐，功力深邃，駕元明諸賢而上之，然早年所作，純師董氏，故清代二百八十年書家，皆為董尚書籠罩。余藏有董文敏小楷《陸士衡連珠》數千字長卷，首尾如一，無一敗筆，乾隆時為英夢禪舊藏，據其自題，斥七十金購之京師保國寺僧，尚書題詠甚暢，足徵彼時董氏真跡為藝苑所珍重也。梁聞山巘，為雍乾時書家宗匠，得董文敏執筆法，其論若得執筆法，雖法元明，亦可成家，否則日臨鍾王無益也，其書雄健秀逸，兼而有之。同時錢塘梁山舟學士，以書名噪東南，然姿態有餘，骨力稍遜，蓋舟山學士慣用羊毫也，歷來書家，未有用羊毫者，學士外惟何子貞太史一人而已。書家之改用羊毫，實自兩公啟之。聞山久居燕都，本無藉藉名，成親王酷好八法，功力深邃，深得吳興不傳之秘，蓋收藏既富，又得飽觀天府歷代名跡，於同時書家少所許可，一日偶步廠肆，見聞山書便面，把玩不去手，自嘆不能企萬一，斥重資購歸，聲名遂噪，以聞山之搏學多能，倘不遇成邸贊賞，恐迄今無一知者，而成邸之樂道人善，求諸今日，豈易得哉。

裝潢書畫巧

裝潢書畫，以唐文皇最為致意，製定工式，絕無錯襍，江南李後主，尤具巧思，北宋宣和踵其法，妙絕古今。元陶九成《輟耕錄》云，畫有十三科，裝裱亦有十三科，一綾錦絹素，二染練上件，三抄造紙札，四染製顏色，五糊料麵麥，六糊藥礬臘，七界尺裁板桿帖，八軸頭，九糊刷，十鉸練，十一經帶，十二縧，十三裁刀，倘缺其一，不能成就，此僅指工具而言，至於洗剔補托，則在心手經驗，一藝之成，其艱如此。

明嘉靖吾蘇湯強兩家，與白門莊氏，同負裝潢盛名，收藏家得有名跡，必邀此三家重裝，往時見故宮所藏唐杜牧之《張好好詩卷》，米南宮《苕溪詩卷》，後有重裝年月，即為湯傑所記，元明清三朝裝潢家，獨推吾蘇，然亦代不數人。咸云弱冠時，即行研習，要在年富力強，察閱精密，庶幾填補無痕，每對一卷，先要冥心靜志，反覆探察，始再著手，王弇州世具法眼，家多名跡，偶有殘缺，不惜重幣精肴，延聘其家，時有汪景淳者，於白門得王右軍真跡，特聘湯氏下榻書舍，為之重裝，耗時兩月，贈白金三百，其戚周某，得倪雲林《惠山招隱圖》，紙殘色黯，亦延湯氏重裝，皆能奐若神明，頓還舊觀。莊名希叔，亦蘇人，僑寓白門徽商程某，得宋馬遠《松陰高士圖》軸，殘蝕過半，經希叔重裝，泯然無跡，攜示湯強兩氏，皆謂非希叔不能也。

吾蘇雅多收藏家，明顧元方篤於裝潢，剖晰精微，其後徐公宣亦精此藝，兩家賞鑒精確，所藏無一贋迹，某歲公宣斥重資得倪雲林《幽澗寒松圖》卷，邀莊希叔菈蘇重裝，塵污盡滌，神彩如新，公宣喜不自勝，譽謂神技，蓋氣味相合，徇知之作，益自不同。

昔人嘗謂古人書畫名跡，雖有破蝕，寧抱殘守缺，勿急付裝池，恐多裱一次，損精神一次，此為尋常裝池家言之，若有往時湯強莊三家之藝，近代吾蘇徐俊卿先生之奄有眾長，則扶衰起弊，無妨重裝，藝苑功臣，庶幾無愧。

徐俊卿先生修補古人翰墨三百年來一人

徐先生名奐，字俊卿，雅擅臨摹，每有所作，無不形神兼尚，並置几案，不易分辨，於裝潢一科，尤有特長，嘗謂修補古跡，祇要交口銜接，紙絹細紋不誤，尚易脗合，惟一種包漿光彩，潤澤不易，先師顧鶴逸藏吳墨井倣趙大年卷，殘缺一角，龐虛齋得黃鶴山樵軸，霉點遍佈，倩先生修補，不獨紙筆色墨，湊配得當，而新舊包漿，亦融洽無間，一經展視，神彩奕奕，絕泯痕跡，神乎其技，三百年藝苑之絕無僅有者也，今先生年逾古稀，後起無人，奈何！

南潯龐萊臣先生，二十年前，斥軍資購得元吳仲圭松竹兩軸，紙都殘損，因得余俊卿先生全補，惟松針竹枝，屢試不似，邀余以舊墨補寫，練習數月，始敢著筆，優孟衣冠，尚能渾淆，若細審之，涇渭自別也。

新畫裝裱，亦非易事，而裝池家每以近代筆墨，不加注意，殊不知紙新質鬆，色墨浮顯，漿水稍多，便有滲漏之虞，余每戒裝池家，寧多費托紙，勿以刷帚直接拂畫，款書朱印，尤宜鄭重，要知一畫之成，煞費經營，倘遇粗劣裱手，加以污損，敗人意興，莫此為甚，本港裝池家不下數十，而能頡頏蘇滬，惟九華堂一家，緣主人劉少旅父子，雅嗜文墨，謹慎從事。余一圖成，輒以付之，未嘗或損也。

溫幼菊先生山水

古諺云：觀千劍則知劍，讀千賦則能賦，書畫何獨不然，歷代作家，未有藏讀不多而能成名者也。曩居故鄉，即聞粵省順德縣文風素著。明季之末，陳巖野（邦彥）先生，文章氣節，照耀史乘。哲嗣獨漉（元孝）先生，幼稟庭訓，壯年周游海內，北至太行、西至昆明，歸隱禺山，與屈翁山、梁佩蘭詩文唱和。時稱清初嶺南三大家。乾嘉時張錦芳、黎二樵、黃丹書、呂堅四老，書詩畫妙兼三絕，傳誦遐邇。前日佛濟堂主人譚沭渠兄，示余溫幼菊（其球）先生墨筆山水四幀，蒼秀高逸，直逼倪黃，與晚近嶺南派淵迥乎不同，驚嘆不已。沭渠三世寄籍順德，好述其鄉先賢軼事，謂余幼菊先生未去世前，寸縑尺素，人咸珍之，其曾祖汝適先生，為清初翰林，林清之變，賊攻紫禁城，汝適時為文宗講學，以衣襟銅鈕呈文宗入槍筒，殲其酋，有功賜太傅，先自仁宗親政，和珅藉沒，奉命點查書畫，一塵不染。朝廷賞其功，賜書畫頗多。久藏不失，幼菊先生朝夕觀摹。自有心得，宜其成為兩粵繪苑主盟也。又慨夫粵省十餘年來三經滄桑，法書名繪，頗多毀滅，今於無意中得見幼菊先生遺跡。快慰奚似，並知粵省藝事不弱他省，未可以嶺南新派，以概往古也。

晚清吳中畫家

張研樵先生名培敦，早歲從翟大坤游，寫工筆山水，得文衡山真傳，青綠敷色，淡而彌厚，艷而不俗，在吾蘇閶盤門間，築小樓一楹，得明董文敏書「如畫」兩字，作匾額懸之，輒命名「如畫」樓。雲山屏列，竹木環匝。敲詩讀畫，超絕塵寰，春秋佳日，邀賓客游讌其中，望之若神仙。彼時尚在道光初葉，海內乂安，蘇城為東南富庶之區，財貨充盈，人煙輻湊，達官富賈，競築台榭，名花嘉卉，羅致盈庭。隨園詩：「閶門過去盤門路，一樹垂楊一畫樓」，想見當日之盛。先生畫筆蒼勁，雖由工力深邃，而沖和清淑之氣，未嘗非造化之助也。余於甲子江浙兵燹間，無意中購得先生自寫「如畫樓」圖卷。煙樹蒙茸，還山幾疊，小樓數間，矗立雲霧中，窗內几案楚楚，衣冠數人，似在敲詩覓句也。題者十餘人，皆一時之選，如石玉韞殿撰、施稻香明經、毛意音孝廉，餘則不復詳憶矣。旋為友人張雲卿以舊搨《西狹頌》易去，雲卿聞為先生後裔，青氈舊物，似有前定。

朱昂之先生青立，早年從張筸村游，中歲師法婁東，上窺倪黃，蒼莽秀潤，得元賢之神，晚歲之作，每苦刻劃，書法師董文敏，行草得老米之神，自詡蘭竹，能入明人之室，實則筆力雖健，而乏秀逸之致，然於臨撫古人名跡，絲毫不爽，畫家臨撫自運，各有短長。往往工於臨撫，拙於自運。先生所臨古人名跡，以倣江貫道《層巖聳翠》長卷，及唐六如《草屋蒲團》立軸，形神畢肖，不得不推謂一代宗匠。

顧若波先生，一字雲壺，尊人俶園，受學於同里張研樵，先從唐文入手，晚歲專師婁東，墨章水暈，得華亭婁東神髓，智過於師矣。吳興沈仲復，字秉成，其夫人嚴永華，詞翰兼工，又能寫蘭幽篁，購得對門某廢園，重加修葺，鑿池疊石，殊有濠梁閒思。題曰「邃園」蓋取諸莊子也。築有雙照樓，夫婦唱和其中，蘇人比之趙子昂管仲姬，邀若波先生館於園內，主人詩成，輒請先生補畫，或圖先成，主人題詩，夫人和韻，滌酒嘉肴，供養備至，偶得古入名跡，共相邀賞，翰墨之樂，無過於此，旋沈公入都，先生轉入北街張月階宅，張氏為彼時吳中富紳，所謂「補園」。與「拙政園」相隔一短牆，雖月致薪俸甚厚，而詩畫唱和之樂，不及在「邃園」矣。旋沈公陞任皖撫，飛函招先生，乃櫜筆至皖，適中日失和，皖省日夜協籌絲軍糈。先生之長公子任事天津禮和洋行，沈公檄其購辦軍火，幕中視此為肥缺，造蜚語攻之，先生憤而返蘇，兩目已昏，猶伸紙吮毫，寫煙林筠石自遺。

余舊藏若波先生臨王耕煙中年倣古巨冊十六頁，青綠淺絳，水墨皆備，末幅學王石丞《雪霽圖》。以鉛粉作雪，重重填染，再用合綠硃砂石黃點之，尤為奇絕。石谷原冊藏顧鶴逸先生家，檢出對勘，絲毫不爽。石谷工於臨古，無論唐宋名跡，落筆即與神合，先生再為傳神，百世之下，前賢風格，賴以不墜，加惠後學，良非淺鮮。先生嘗隨使日本，斷縑尺素，恆多流落三島，彼邦人士，頗為珍惜，余旅日小室翠雲家，得見先生放筆作米家潑墨山水一卷，雲煙盈紙，蒼潤欲滴，適游箱根，以雨霧見阻，主人出此卷囑題，為書二絕：

老鶴盤空萬里情，雨中臘屐霧中行，
東瀛也有南宮橋，翻祝蒼蒼莫放晴。
海鷗已去煙波靜，岸樹猶明山雨微，
潑墨誰能參造化，虎頭應是勝元暉。

刻竹

雕刻一技，雖似微末，而運用刀法，大小得宜，實為難事，因用刀稍重，便嫌過深，著手稍輕，不見骨力，要心之所發，腕指應之，指之輕重，刀便隨之，而狀物象形，尤非熟諳繪理，不能得其位置生動之妙，歷代所傳，有刻於玉石者，有刻於象牙者，有刻於竹者，余家所藏不下四五種，歷經滄桑，散軼無餘，今刻玉石象牙者，尚未全失其傳，而刻竹者，絕少其人，茲將刻竹緣起，隨筆書之。

刻竹始於北宋政和時，有詹成能者，於竹片上刻宮室、林木、人物、花鳥，細入毫芒，飛動如生，尤以鳥籠刻各種故事，纖毫畢具，惜無傳者。

晚清趙金仁之刻石，周子和之刻竹，運用刀法，隨手成趣，人物鳥獸，栩栩欲活，嘉定刻竹，為人艷稱，相傳明正德時，朱松隣先生，撫宋元人小景，刱始刻竹，嗣後專門名家，或草楷篆隸、或人物山水，並稱絕技。竊嘗論刻竹，雖一小技，非具鄭虔三絕之才，與胸襟超逸者，不能下一筆。世人以朱松鄰刻竹比之陸子剛治玉，法趣兼備，不虛也。

吾里周君子和刻竹之妙，敻絕一時，三陰任渭長畫法唐宋，沉鬱古麗，幾奪老蓮之席，周非任畫不刻，任非周刻不畫，先師顧鶴逸先生捐王石谷、惲南田合作卷，易得子和所刻筆筒一枚，謹細而又超逸，余每謁先師，輒得把玩，迄今猶在目睫也。今將明清作家得著名者數人附錄於右，亦以見一藝之成，決非偶然。

明嘉靖間，蘇省朱松鄰先生，以刻竹馳名遐邇。原藉新安，自宋建炎徙居華亭，遂為蘇省人，雲間陸祭酒宏獎風流，高朋滿座。顧無松鄰子，不樂也，工韻語，兼雕縷圖繪之技，所製簪匜，世人寶之，幾於法物。得其器者，不以器名，直名之曰朱松鄰云。

其子纓，字清父，號小松，居清鏡塘，貌古神清，工小篆，及行草。作畫，亦蒼莽可喜，仿宋元諸名家山川雲樹，紆曲盤折，盡屬化工，刻竹木為古仙佛像，鑒者比於吳道子所繪，性嗜酒，故獨酒家能數得之，他求者弗即應也，養生家勸之節飲，笑答曰，管輅頓傾三斗，揚雄酒不離口，世間殤子，豈盡酒人哉，卒不聽，縣令嘗召之，不往，令急之曰，我能破家，笑曰，我乃無家，何破為，徽王以幣聘。謝曰，鋤草衡門則有餘，曳裾王門則不足，未幾王坐法廢，人服其先見。

刻石

蘇城木瀆鎮鄉民趙金仁先生，幼時學木工，以餘暇拾木片，刻神仙、果物、樹石、鳥獸，頗能形似，父執某，教其刻石，示以範本，因專習焉，年二十，締婚城內王氏，新婦本貴家婢，工刺繡，閨房之內，互相磋磨，不數年，工力大進，旋夫人產後病故，痛失良偶，矢志不娶，每以無可奈何時，輒寄情金石，由工能而趨於神化，微小如桃核，刻東坡赤壁舟中，窗櫺皆能啟閉，上有一額，題「山高月小」四字，即倣蘇體，窗內東坡佛印禪師，栩栩如生。巨幅如摩崖陡壁，亦能鐫刻，不假範本，自然入妙，所得資金，悉散給貧苦親友，囊中屢空，晏如也。生平酷嗜杯中物，好事者貽以佳釀，輒得佳製，巨紳豪商，不能得其片石，邀以盛筵，亦不應，嘗曰：「若輩祇謝黃白物，俗氣薰擾，不自慣耳」。且我藝之成，捉刀時胸中無一物，隨意所至，或為樓閣，或為人物，一任自然，雅俗工拙。覽者自得，況此無用之物，飢不能食，寒不能衣，留為文人詞翰之餘玩賞則可。若富貴人牙籌簿書是尚，物非其類，強以資獻，惹人厭惡，何必屈辱吾志，徒邀一時之名，各適其適，豈不兩全」，人頗以此高之，然流傳既鮮，得者益珍。

余藏有象牙一小方，先生親鐫西廂游殿，佛像殿閣，位置楚楚，雙松天矯，綠陰參差，雙文攜紅娘過殿上，張生驚艷欲絕，法聰殷勤獻納，恍然若真，雖善畫不能盡其妙也。又有刻竹一方，鐫滕王閣全景，右面王子安序文一篇，以顯微鏡燭之，不爽一筆。且書法精妙，波磔之間，猶是吳興家法。二十六年，淞滬事變，蘇城被災，事後遍覓無著，每一念及，不無耿耿。城中巨商某君，新建廳屋，以重資得白石一方，砥平如掌，膚質堅潔，光潤如玉，某日，邀先生往觀，主入頗自誇耀，先生乘其未備，持一鐵錐，擊巨石中間成洞，主人大怒，詰責甚厲。先生徐徐謂之曰，適間失手，已無奈何。吾為之修補何如。乃扃先生于室，資以酒脯，翌晨往視，則昨日所毀之洞，已刻成蟠桃會一圖。樓臺花木皆備，仙姝數十百人，盡態極研，無一雷同，乃大感悅，視先生正擁被酣睡，一夕之功，他人匝月為之，不能竣也。年八十餘卒於家，有一子不能傳其藝，殆天為之耶。

紀文達不愧文達

清紀文達公每見親友以古物書畫得失為欣戚。誡曰吾人處世，固不能不假此消遣歲月，若縈置胸懷，未免自視太薄，平生所遇書畫，不加圖章，古研不鐫銘記，真通達之論，不愧其身後賜謚文達矣。吾鄉葉鞠裳先生，先嚴曾從受學易理，鼎革後，自京旋里，所攜漢唐碑帖不下千餘，著有《語石》八卷，又得唐人所繪佛像短卷，某日出示諸友，余亦隨侍先嚴得觀，有詢其何僅存跋語，而無先生藏印，先生即引文達語謝之，竊意丈夫既不能立德立言立功，又不能紹述先聖，啟迪後賢，徒以一已姓名，附古人翰墨之後，希冀傳世，陋矣。昔項子京恃其富有，懸金購求古物，既得之後，印章纍纍，踵其後者，高江村梁清標亦不憚煩勞，先師顧鶴逸嘗曰：書畫至明清，一厄也，洵非虛語。余家頗有收藏，從未隨意加一私印，親友邀跋語，僅著墨另紙，任人去留，庶無違文達之誠，然余亦非敢逃名者，特不欲求藉他人以自顯焉。

舊紙

宋代以澄心堂紙為最佳，諸名公作書及李伯時盡多用之。其次徽州歙縣龍鬚紙，光潤潔白，一時無二。又有碧春樹箋，金花箋有長三丈至五丈者。陶穀家藏數幅長如疋練，名鄱陽白。有籐白紙、觀音簾紙、鵠白紙、蠶繭紙、竹紙、大箋紙、有彩色紙。其色光滑，蘇米諸公作畫寫字，每多用之。元人入主中國，於文藝頗多提倡，元文宗書法直接山陰，特開奎章閣延攬名士，如柯丹丘虞伯生，皆一時之選。所出之紙，如紹興之白鹿紙、江西之清江紙、觀音紙，趙子昂、王叔明、張伯雨、鮮于樞書畫多用之。明初沿用元紙，至永樂中，江西西山置官局造紙，連七紙、觀音紙、大簾紙、潔白堅韌，媲美宋紙。新安倣造，藏經箋，與宋藏者無殊。高麗以棉繭造成之紙，色白如玉，堅韌如帛，董文敏以之作書畫，墨光浮動，殊勝他紙。余家藏文敏書畫真跡，絹本外，大都此紙。三百餘年，光澤如新，惜製法失傳，良可惜也。

遜清吾蘇徐子晉先生篤嗜金石書畫，到手即能鑒別真贋。嘗於滬上茶肆見有攜長匣者，啟之，得素紙一幅。長八尺，闊五尺餘。潔白堅韌，倣澄心堂製，不誌年代，蓋貢餘之物也。虛白齋紙宜書不宜畫，錢塘梁山舟學士八法名滿遐邇，踵門求其筆墨者，戶限為穿，杭州許氏為之特製此紙，頗獲厚值云。

佳墨

古人用墨，必擇精品，蓋不特藉美當時，更能傳美後世，昔晉唐之書，宋元之畫，皆傳數百年，墨光如漆，神氣賴之以全，楊升庵云，煙細膠新，杵熟蒸勻，色不染手，光可射人，又曰，虬松取煙，鹿膠自揉，九蒸回澤，萬杵力勻，光可照人，色不染手，造墨惟膠為難，古之妙工，皆自製膠，取新解牛革及觔選用之，牛革取其黏厚，入治成膠，即以和煙，若過時，則已非新矣，今之膠材，皆牛革之棄餘，故其製為墨品之下也。徽墨明代當推程君房氏，上比潘谷，蔡滔，程君房有《墨譜》十六巨冊，前題後跋，皆有聞於世，圖繪之工，丁雲鵬，吳左千居多，雕鏤之精，明萬曆時稱謂絕作，因夥友方于魯負心，冊後附《中山狼傳》，並圖四幅，所記負心者，不僅于魯，然于魯亦以鬻墨起家，《中山狼傳》一出，方氏蒙垢，遂刻《墨苑》一書以相敵，並出資購燬此傳，故傳世者絕少，方氏書刻工不及程氏，即松煙工料亦不逮。乾嘉年間藏墨者，置程方二家不加品藻，以其設肆，不足珍貴，至今又越數百年，屢遭兵燹，即程方所製之墨，亦不可得，相傳二家皆有上乘，凡一兩以內者皆名流所造，無不佳妙，若大塊文章，祇堪悅目，近時出有九子墨，九師圖形墨，亦借二家之名，實則為贋品之最下者。

元朱萬初善製墨，純用松煙，蓋取三百年松材之餘，精英之不可泯者，非常松也。

元天曆乙巳開奎章閣，揀儒臣親侍翰墨，榮公存，康里公子山，皆侍閣下。以朱萬初所製墨進，大稱旨，得賜祿食，藝文館虞文靖公贈之詩曰，霜雪摧殘凋壑非，根深千歲斧斤違，寸心不逐飛煙化，還作玄雲繞紫微，蓋紀茲事也，又曰，萬初之墨，沉著而無留跡，輕清而兼滋潤，其品在郭圯父子間，又跋其後曰，近世墨以油煙改易松煙，姿媚而不深重，萬初既以墨顯，又得真定劉氏造墨法，見石刻搨本，以為劉之精藝深思，盡在於此，其所製松煙墨，深重而不姿媚，油煙墨，姿媚而不深重，若以松脂為炬取煙，二者兼之矣，宋徽宗嘗以蘇合油搜煙為墨，至金章宗購之，一兩墨價黃金一斤，欲倣為之而不能，今則不可復見矣。

清初王漁陽蠶山房墨，宋牧仲黃海山花墨，計二十餘種，皆製作精謹，彷彿前代，乾隆嘉慶兩朝名公巨卿騷人文士，如畢秋帆、阮雲台、金冬心、袁隨園、黃小松、錢梅溪皆選料自製，雖視古墨略損，而鐫刻古雅，光彩如漆，鼎革以來，所見無多，余家舊存百餘，僅十之二三為明代及清乾嘉珍品，今得咸豐同治所製者，已稱上品，此後墨法一藝，恐與紙筆同歸失傳，可慨也。

筆

自海外鋼筆流入國內，學子取其便利，舊時狼毫羊毫除書畫家引用之外，需要不多，製造益鮮，即有出品，敷衍塞責，二十年後，恐竟無傳，後學所需，轉求日本，中華文藝鎖鑰，操之他國矣。

昔人稱筆具四德，尖，齊，圓，健，缺一不可。曾於類帖見唐柳公權一帖云，近蒙寄筆，深慰遠情，但出鋒太短，傷於勁硬，所要優柔不肥，出鋒須長，擇毫宜細，管不必大。玩此數語，洵製筆之南針也。元趙文敏書畫妙絕海內，時有筆工范姓者，招寓邸內，出入與偕，臨池筆有不適，即挽其重修，迄今所見文敏真跡，每一點畫，皆圓轉如意。清錢塘梁山舟學士，為乾隆四大書家之一，晚年專用羊毫，《頻羅庵集》中有《筆史》一卷，中有弔筆工潘岳南詩云，可惜岳南亡已久，一番抽管一悲涼，其後蔣山堂亦用羊毫，自潘生亡後，製法遂絕。吾蘇有陸榮昌，善作紫狼毫，繼其後者，為池玉書，更以紫毫與羊毫合製，健柔得宜，所謂兼毫是也，鼎革以來，用者無多，製法亦絕，前賢作書，咸用狼毫，選修皆精，堅勁柔和，絕無躦毛漲墨之苦，劉石庵相國，八法功深，得平原東坡之髓，專用純紫毫，墨瀋稠膩，點畫如漆，腴而不滯，瘦而不薄，吾蘇王惕甫嘗謂相國紙墨筆硯，有一不佳，不輕臨池，惕甫在幕日久，故知之深也。

二十年前，滬上有吳祖培者，擅製狼毫，選料特精，修剔亦細，每製一筆，耗時數倍於尋常筆工，定價特貴，為余製漁村選穎，漁村蘭竹，齊尖圓健，四德咸備，然不能多製，需求者多，夜以繼日，致罹肺疾，及門三四人，僅知選料，不耐修剔，今逝世已久，其法不傳，每一握管，不勝感歎。

東鄰文物，販自吾國唐宋，晚近講求紙筆，成績甚著，紙則以白麻紙為佳，烏之紙次之，若老松紙僅可作屏風之用，製筆頗重選料，奈配合不調，鋒尖瘦長，不能柔和，宜於草書，不適合於其他書畫，所謂尖健有餘，齊圓不足，精進不懈，安知他日不駕凌吾國也。

吾蘇鄉先賢薛生白先生晚號一瓢老人，清初以醫道馳譽東南，書法蘇體，兼擅繪事，醫學亦超出儕輩，筆工孫某下榻其家，所製狼毛，選料特工，應診方案，詞翰兩絕，余幼時積有十餘頁，幾經滄桑，不可復究矣。

硯材

古時硯石青州絳州所產為佳，其後則推歙石，東坡《寄蘇鈞秀才帖》云，蘇鈞娶歙某之女，宜得佳硯，今寄此硯，尚非絕品，殆寒士無力致之，然亦滑潤發墨，足徵彼時重視歙材，迄今趨向端溪，其佳者，一研猶值數百金，若經名人藏用，千金亦難易也。

端溪之山，在肇城東三十里，有羚羊峽，高可數十丈，左抱崇巖，右臨江水，端溪繞其前而入於江，宋以前所開諸坑，已無佳石，清代改向新坑，所謂梅花坑、蟾蜍坑、新蘇坑，質色相同，採石者，必先搭廠，貯積食糧，運去坑內積水，始可開鑿，尤須看明石脈，選取質色，一歲中惟冬月可以著手，翌年春水發生，不能戽水運石矣。

有清一代，自順治十年康熙廿六年道光十三年，粵省開坑八次，每開一次，皆有良材，相傳以盧沈所產為第一，米南宮著有《研史》，所論皆是歙研，蓋始於南唐李氏，置有墨務官，專督採硯石，論者以南唐江南一隅之地，不能抗衡趙宋，而倡導文藝之功，似不可沒，嗣後以嘉慶吾省李申耆先生游幕粵東，躬涖端坑，所著《端溪坑研記》，至為詳博，可資考核。

鄉先賢沈石田處士所傳之研，大江遠岫，天然成形，遜清道光初年，藏在白門陳氏，孫文靖公總督兩江，無意得之，研厚寸許，縱橫約尺許，形質既佳，色擇尤古，洪楊事起，全家殉難，此研不可復究矣。

上海露香園顧氏，藏有石鼓研，研背縮刻宋搨《石鼓文》，徐紫珊斥重資購求不得，引為憾事，友人徐小圃十年前購得五雲雙星研，遍邀題詠，明文衡山有五星聚奎研，鏤刻精緻，命曰五星研。堪為伯仲，小圃夫人移家海隅，舟沉沒水，一石之微，顯晦似有定數，東坡云君子寓意於物，不凝滯於物，可謂通達之論矣。

蓮鬚閣大硯為番禺黎忠愍美周，遂球故物，有篆文蓮鬚閣三字，為明末水坑，翡翠釘，白玉點皆備，石材頗巨，不免瑕瑜互見，忠愍公以黃牡丹詩見賞虞山宗伯，得列門牆，而鼎革之際，一則邀寵新主，一則殉身故國，梟鸞異性，難於並論，十餘年前滬上有人家見此硯，議值未諧，今則不知何往，竊意忠愍公忠貞不二，名垂萬古，研之有無，詩之工拙，概可綏論，然能共撫其遺物，吟其篇什，一若親接聆手澤聲咳也，幸何如之，物以人傳，豈不信歟。

清初閩省黃莘田太史，藏研頗多，擇至精者，得十枚，自號十硯齋主人，最後得雲月研，背鐫山石雲水，題赤壁圖三字，為吾鄉顧二娘親製，莘田任職高要縣，正開坑取石，不乏佳才，攜歸吳門，親邀顧二娘手斲，二娘重其人許之，佳製特多，莘田擅書工詩，著有《清江集》，傳誦一時，在任不媚長官，被劾去職，歸舟於檣竿書「飲酒賦詩不理民事奉旨革職」。所謂名士氣重。非宦海之才也。

再記紙筆墨硯

宣紙非專產宣城，聞諸業紙前輩謂乃是江西涇縣安徽宣城交界，林壑深密，瀑泉清洌，選料以剡樹為第一，楮樹次之，下者稍襍草料，於山溪中間築成大坑，水流湍急，滌去襍質，再加蒸化，搗爛成漿，最後用細竹簾超起，此技最難，六尺以外，非富有經驗者不能也，貯藏數年，始行問世，近日市肆所售者，原料雖仍取舊地，為減少成本，並求產量增多，製程急迫，多用草料，取西洋化學品融解，再後用綠氣漂白，即行應用，形式雖同，而性質已非，故著墨即滲，絕無韻味，又不耐久藏，因交錯之纖微已變為細粉，當時雖亦壓結，久則零落，墨章水暈，不可得矣。

狼毫製筆，柔健兩宜，其料即尋常黃鼠狼尾尖。江浙居民捕獲一尾，賣付筆店，或換筆墨，近則外商以黃狼皮製冬裝，需求既繁，代價亦昂，初時減低裝運，除尾購去，後因販商希圖小利，剪尾挖及本身，買者概須連尾，從此筆商進料，反向國外，不獨資本加增，且經化學洗滌，毛質脆弱，不耐久用。

製墨不離煙膠，要在輕清，最忌重濁，拚搗緊密，配合得當，否則非黏即碎，光彩不鮮，彼時工料皆廉，士大夫不乏製以贈人，晚近朝野知名之士，大都留學外洋，於舊時文物，每多隔閡，既乏問津，自鮮製造，偶得乾嘉成墨。已視為環寶。每一染翰，輒有我生不辰之慼。

古研難得，一為名人遺物，質料光潤，銘刻精雅，偶一展玩，彷彿親接前人手澤。此為收藏家言之也，一為石質堅細，墨池寬闊，發墨不涸，此為文人日用之所需也。明清以來，幾經開坑，迄今遺存實鮮。蓋石質滯重，不易攜帶，兵燹疊乘，保藏較難。復以東鄰日本朝鮮，競相購覓。鼎革以來，日亡日少，吾輩文人，無田可耕，大好寶藏，多埋地下，豈僅石硯而已。

文藝家恒取田以自號，如沈石田、惲南田計二田，以為國課早完，已無災厄，詎知福兮禍所伏。明人筆記，謂元倪雲林預知因之為累，設法分散，及順帝末年，天降鞠凶，萑苻遍地，有田之家，不勝誅求，非見幾自盡，既慘死毒刑，田之禍人，有如此者，豈不勞而獲之不能恃久耶？

竹杖

近時中西人氏所用之「司的克」等於我國古時之杖，古人六十始用杖，《禮記王制》，六十杖於鄉，稱尊長曰丈，即此意也。

《史記張騫傳》曰，臣在大厦時見印竹杖，問其所得。曰，賈人往身毒國貿易時攜歸，按身毒，即今之印度，杖以堅潤細瘦有九節者為上品，有竹木籐三種，名稱繁多，記憶所得，約若干種，不僅限此也。

天竹用「南天竹」截去首尾為之，百年以上高出檐端，始可入選，相傳天竹出檐者，可辟火災，粗者徑可三寸，已屬難得，間有按節盤鬱凹凸，刻成花鳥，澤以油漆，按天竹本出印度，與張騫所云者相合。

十餘年在上海骨董店，有以欆竹杖出售者，長六尺，杖頭雕十八羅漢端坐雲中，精細罕匹，下刻「借庵所御」四字，節疏而肉厚，黑質白紋，間以黃臘，光潤細密，索價三百元，後為西人購去，吳人呼欆竹為桃絲竹，實即古之桃枝竹也。桃枝竹出墊江縣，今兩廣多有之，亦名桃竹，東坡桃竹杖引曰，葉如欆，身如竹，故浙人名為欆竹，來港後，友人陳紫巖兄謂余此竹出自廣東，杭人多用為筆管及扇骨，扇柄，余舊藏一杖，題名借庵，嘉道間有一詩僧，常住吾省焦山，刊有《借庵詩集》，此杖殆其遺物歟。

方竹杖，《桂苑叢談》載李德裕常以方竹杖贈潤州僧，謂方竹產大宛，今浙之溫台皆有之，其竹正方，紋理細潤，色澤如玉，特難得共粗耳。

壽星杖，南方隨處有之，惟產蜀中者粗而肉厚，其節密而幹斜，上下相承如螺，著根處節愈密而愈細，如老人額上紋，故名壽星竹，江浙人遇先輩誕辰，每用此杖相祝。

眉祿杖，眉祿者，麋鹿竹也，取眉壽福祿，故名眉祿，其質堅挺，色紫赭而有黑斑，斑大小不等，大者如睛，中作旋螺紋，以其似麋鹿之斑，故名，惜粗者僅中團扇柄，及淡菰巴筒，二寸外者，已不易得，余昔於秦省某遺老寓中見一杖，乃麋竹也，粗可二寸，長僅三尺，用雲銅尺許接其下，復用銅鑄鳩形鑲其上，而空其中，此杖共四尺許，色漿潤澤，詢之則曰家傳，此竹不知何用，惜其不成器，因鑲以為杖耳，刻有其先德雲庵公自製文於上曰「吾身六尺老且孤，爾長三尺美無度」，「爾短我為補，我衰爾為扶，爾我兩相須，何可一日無，」知公亦善詼諧也。

斑竹杖，質微黃而潤有紅斑，大如錢，小亦如瓜子，相傳為湘妃灑淚所成，故今稱湘妃竹。

書焦載陸務觀云，拄杖以斑竹為上，竹欲老瘦而堅勁，斑欲微赤而點疏，賈長江詩云「揀得林中最細枝，結根石上長身遲，莫嫌滴瀝紅斑少，恰是湘妃淚盡時」，按湘妃竹，余幼時，家藏扇骨六七件，色澤，花紋均稱上品，彼時盛行牙骨短扇，遂爾廢置。二十年來，忽又重視，尋常一扇骨，可售三百元，花紋佳而緊斂者，可值千元，物之遇不遇，似亦有命，不可解也，斑竹骨扇，色澤潤細，亦值百元，但摺疊鬆者多，配置扇面，易於破殘，此其所短也。

杖材為木質最少，古有靈壽杖，而近世以木質者，僅橄欖核與柏枝而已。回甘杖，即橄欖核杖也，廣南有橄欖，大如鷄卵其核徑斗。作者截去兩頭，數百相承，用漆粘之，接長如竹，中貫銅管，澤以薄漆，光滑可愛。

百齡杖，出浙之天目山頂，常有數百年古柏，土人截去其本，著根處小幹，叢生數十年後，皆長七八尺，虬蛇蟠結，剝去其皮，白潤如脂，紋節又旋繞有理，居民斲以為杖，復澤以白臘，至根則微紅或帶紫色，多刻靈芝其上，以為杖頭，名曰百齡杖，較之竹杖，稍嫌重耳，籐類甚繁，而中杖材者實少，列仙傳有九節青籐杖，韓昌黎杜甫集中，均有紅籐杖詩，《避暑錄》載，晁任道自天台攜來石橋籐杖，贈諸親友，頗為贊美云，紅籐杖，產浙之天台山，奇峯絕壁，壽籐繙結，多千百年物，籐幹蒼健，文理堅韌，皮起塊壘凹凸之形，土人擇共奇挺者製為杖。剝去皮，色如棗紅，或黃如臘脂，或赭栗壳，陸離相間，形殊樸茂，一枚需數十金也。

風籐杖，出蜀中，節密而紋細，以紋備五色，紋繞鮮明者為上，質微赭，紋成黃白者居多，久之則紅而有彩色，土人多取為脫條，謂御此籐可除風濕，故曰名風籐。攜杖自隨，防路途傾跌，且示人以藉此扶助，不敢恃腰腳健捷，自逞才能，意至深也，又觀史書所載，有恃無恐，無不失敗，隨人俯仰，終必危亡，臨深履薄，毋怠毋荒，老子曰，慎能免禍，《書》曰，自求多福，紀文達筆記有題杖詩「月夕花晨伴我行，路當坦處亦防傾，敢因恃爾身無慮，便向崎嶇步不平」，可謂重規疊矩矣。

繡聖沈壽女士

山陰余長庚先生，名態，幼時敏慧逾常兒，光緒初年隨父居滬上才十齡，父母相繼逝世，我外祖父憫其無依，納為螟蛉子，而視若己出，為聘某明經教讀，年十六回里，應縣試，一舉即售，旋隨我外祖父遷蘇州，寓閶門百花巷，先母來歸，常至我家，頗有人為之議婚，皆婉謝之，曰，非得色藝如紅兒薛濤者，寧鰥居以終，恒至蘇州玄妙觀雅聚園品茗，一日，過養育巷某文具肆，見一女淡裝布服，風緻嫣然，遂入肆購詩箋，女應對敏捷，探知女父為沈姓，已去世，家僅一母一妹，回寓後，輾轉不寐，幾廢誦讀，越日，再過其肆，見女小立門外，細要纖足，若不勝衣，因思一小家女，而靚麗端莊，若得結為秦晉，亦可償我素志，不負此生矣，從此每出品茗，必迂道購紙筆，吾蘇以刺繡著名東南，是時織造某旗員在蘇購辦絲綢繡品，各商兢走供獻，皆不合意，帷沈女所繡者，頗蒙激賞，始知兼工女紅，詢知鄰右，並悉女尚待字閨中，挽其友人劉君臨川往議姻，其母曰：「吾家門第雖薄，然得婿非孝廉公不可，寄語余某，若僅青一衿，勿作此想可也。」從此長庚先生發憤誦讀，從探花吳穎芝先生受詩文，得中丁酉科浙闈舉人，重來蘇垣，賀者紛集，非復吳下阿蒙矣，再續前議，一撮即成，賃展顏家巷，合巹之夕，親友往賀，無不嘖嘖稱羨，從此郎讀女繡，共樂融融。

一日長庚先生謂女曰，卿刺繡既如此工麗，劉君臨川，為畫苑中人，不妨借一畫稿，試為繡之，不半月成小軸一幀，神彩奪目，譽者鵲起，又得顧過雲樓顧鶴逸先生家藏名畫相參證，藝事日進，西太后七旬萬壽，拳亂才平，懿旨不欲舖張，預飭各省督撫不得獻壽，而長庚先生先與夫人商定繡山水花鳥六幅，聯綴成屏，挽江浙京官進呈，是日西太后受賀回宮，太監李蓮英跪奏，浙江舉人余熊之妻沈氏，繡有畫屏，應否呈覽，西太后准其奏，見工緻妍雅，翻勝筆繪，贊歎不已，隨命內務府傳之入覲，是時夫人年逾三十，姿容靚艷，尚如二十許人，含羞忍怯，拜跪如儀，西后溫詞褒慰，憐弱足不耐久持，命賜錦櫈，一介命婦，陪坐天顏，無不驚為異數，同時有繆太太者，擅丹青，雅為西后所賞，恩寵猶不及也。

某歲歐洲意大利王后壽，西后命沈氏依照相繡四尺大像，意后為世界四大美人之一，披細羊毫大衣，外罩白色薄紗套衣，遍懸鑽飾勛章，錯綜離披，頗難著手，歷時半載而成，色澤融洽，丹翠飛動，凌駕原本，先呈西后，詫為絕藝，召之宮內，獎勞頻加，意大利王后雅好修飾，歷屆油畫，描寫御容，皆不合意，及見夫人針繡圖形，深淺穠淡，凹凸高低，遠勝繪筆，驚為奇蹟，親題「世界第一美術家」，且曰，東方有如此敏慧女子，其文化之高，應居他國之上，隨取平日所愛懸之鑽錶一枚，五色鑽錶之寶星一座，意幣二十萬為酹，是日各國公使夫婦入宮賀壽，介紹觀賞，無不嘖嘖贊歎，從此聲譽遠播，各國報紙競相登載，咸來邀聘。光緒三年秋至美國舊金山，歷時二月，歡宴無虛日，不勝煩勞，適西太后光緒帝升遐，驟遭國喪，匆遽返國。

宣統二年，南洋勸業會開會，各省產物，咸與陳列，夫人被聘為高級鑑別官，越一歲，武昌事起，清帝退位，袁世凱任總統，南通張季直任農商總長，夫人為領取意王伉儷所贈物幣，屢往磋商，季直轉請袁氏如數給還。民國二年，季直辭職回蘇，邀聘夫人蒞南通辦刺繡學校，先是夫人客海外，知歐美各國篤嗜吾國繡品，呈請商教兩部合辦繡工傳習所，國變未成，至是得賡續前志，欣然就道，擘劃經營，季直之力為多，夫人既任校長，又兼教務長，長庚任國文教授，又兼庶務主任，夫人百務冗集，血病屢作，至民十年八月，舊病復發，遂致不起，藥爐茶鐺間，猶諄諄以校務為念，中外文藝人士，無不痛惜，長庚檢點遺物，一慟幾絕，季直亦不勝悲悼。民十五年筆者遇長庚先生於滬上，先生謂從此將披髮入山，不欲與世接矣，憶十餘年前，在滬上友人家，得見夫人所繡耶穌像，英國名女優小形，花鳥圖等，僅以寸許細針，數尺之絲，穠淡繫於手指，疏密隨於胸臆，雖藉成稿，不為法囿，每有所作，咸勝原本，所謂似易實難，出神入化者也。而夫人以弱女子，志潔行芳，清才絕藝，誨人不倦，尤足多焉。初字雪君，天語寵褒，錫名曰壽，南通有衣冠墓，曰，「中華美術家繡聖余沈壽女士之墓」，江蘇張謇書，長庚先生擅草書，直入懷素之室，晚歲築室吾蘇石湖，命名覺庵，如夫人葉氏，生子女各一，其女歸吾族弟華標，聞長庚於前歲逝世，年八十有五，沈壽女士軼事，外間所載，頗有出入，余與長庚先生有葭莩誼，知之較詳，特為記之。

熊秉三軼事

日前偶撿箱篋，得二十年前熊希齡（秉三）先生贈余橫披書，題「術紹白沙」四大字，附有長跋，詞翰兼美，大旨謂，患胃疾二年餘，近復加重，發時痕痛，不能飲食，屢治不效，今春來滬，承吳子深先生賜予方案，未及半月，霍然全已，今已歷半載，飲食勝常，體亦力健，子深案頭置有北宋白沙許叔微學士方書，知其所自出也，愛書以贈等語。

憶熊氏當時所患者，乃胃熱有餘，氣分上逆，北方某醫，飲以乾薑吳萸，病楚更甚，余先以白虎湯二劑，繼以鮮蘆根打汁飲之，陽明實熱，服之效如桴鼓，從此昕夕過從，知其夫人朱氏病故北都，悼亡情深，為余述其軼事約略如左。

熊氏為楚國熊繹之後，世居湘省鳳凰縣，幼時喪父，家道中落，而穎悟異常兒，有朱姓者，富甲一群，延族人老明經教讀，秉三亦寄食朱姓，侍奉頗謹，且私自誦讀不稍怠，某歲清明，明經歸家掃墓，返館見案上一函，書沐恩某呈，請推聖門有教無類之旨，求列門牆，以十餘齡兒童，詞翰居然不俗，大加獎許，納為弟子，師生感情篤厚，親如家人。

明經祇一弱妹，明慧知禮，年已及笄，尚未締婚，明經中年失偶無子，自知年老窮困，族中無顧嗣者，居恆悒悒，某歲之臘，薄飲倦臥，夢至一地，長林豐草，鳴瀑曲澗，游賞間，見諸兒燃火野草，暗祝曰，若吾妹得所，他日以甥代子，無若敖之餒，則此火可綿長之山麓，詎未及半，一溪中隔，水勢湍急，火正欲息，忽突來一兒，拾火種拋擲對岸，炎勢復振，回首睨視，酷似秉三，從此私念嗣我後者，殆秉三莫屬，某歲新春，居停邀晏，偶談此事，不欲以師生懸隔，阻此良緣，即以其妹歸秉三，明經年老素患喘疾，秉三侍奉湯藥，衣不解帶，逝世後，為之服喪，不以葭莩之親，而忘師門焉。

熊朱結褵之後，唱隨甚篤，連舉二子，即以一歸朱氏，秉三好讀書，寒暑不輟，家事悉歸夫人，旋由孝廉而舉進士，入翰苑，展轉升熱河都統，鼎革後，任總長兼攝閣揆，以不能伸其志，謝去，憫孤兒無養，創立慈幼院，成績卓著，朱夫人之力為多，迨夫人逝世，抑鬱無聊，肝胃交病，服燥熱藥過多，幾致委頓，病癒後，續娶毛女士，遄歸北都，余亦返蘇，書翰往返不絕，今秉老墓木已拱，余亦垂垂老矣，往事如煙，曷勝惓惓。

陸羽曾駐廣州

唐陸羽，字鴻漸，復州竟陵人，（今屬浙江省），隱居苕溪，自號桑苧翁，德宗時，佐南海隴西公幕府，自號東園先生，東園，即廣州東郊園也。羽少年時，聰穎好學，聞南海李復，講學杭州，因負笈從游，得列門牆，好游山水，足跡□天下，游蹤所至，必躬嘗泉之清濁，味之厚薄，以供煮茗，閱歷既多，遂著《茶經》三卷，闡明茶之品種產地，稱其有清腸胃，助消化，解暑熱之功。貞元末年，李復適銜廣州刺史命，道出苕溪，乘軒過市，見羽身長鶴立，面如渥丹，避雨簷下，乃下軒，而執其手曰，若非竟陵子陸羽也，堅邀隨赴任所，羽以舊日師長所命，未便固卻，偕至廣州。

番禺有海戶犯鹽禁者，避罪於羅浮山，深入至第十三巔。見巨竹百千萬竿，盈連巖谷，竹圍二十一寸之巨，有三十九節，節長達二丈。名曰龍鍾，所以別於尋常碧色琅玕也，海戶破之以為箋，會罷吏捕逐，（即今取消通緝）遂挈而歸，時有某武弁，獲得一箋，與海戶所獲者同，詫為奇物，獻於刺史，陸羽為之圖，復以長歌記之。是知陸羽不特以鑒別泉水，闡發烹茶著名，且亦精詩畫，惜少流傳於世耳。

粵省羅浮蒼翠沉鬱，江南之人，視與泰華並重，其主峯盤結於東莞增城、博羅之北。延連五百餘里，北至龍門、河源之間，有五百四十餘峯，清代乾隆時，順德四大家之黎二樵簡，曾居於是。著有《五百四峯草堂詩鈔》，所寫山水，高華秀逸，由董文敏清湘，上窺倪黃，余舊藏一冊一軸，頗為精妙，山中以梅花蛺蝶，及龍鐘竹著名，聞羅山與浮山之間，空際有石相連如橋狀，滿生苔鮮，下臨絕壑，游人不敢過此，峯巒瑰奇靈秀，故東莞增城，人文會萃。東莞有袁督師崇煥，及三忠之張家鈺，皆明季之貞節賢豪。繫國家之安危，蒼生之禍福，增城則宋有崔清獻公菊坡，為宋寶祐間名相，明有湛文簡公若水，稱之為「三遇純陽不登仙，六部尚書不拜相」者，皆宋明之名宦大儒，而均祀於群賢祠者也。蔣香泉益澧，巡撫廣東時，與方子箴方伯，議於粵秀山下，應元宮西遍之長春仙館，改建菊坡精舍，聘東塾先生陳蘭甫澧掌教，課士以經史文章，祀菊坡栗主，而山中佛寺道場，遍踞名勝，如華首臺、及黃龍、白鶴、沖虛、穌醪諸觀、皆釋道之場，相傳葛洪成仙於此，至今尚有煉丹爐遺蹟，附近居民咸謂其爐心之士，能治疴嘔病，觀中道士，且搓成小丸，售於藥肆，頗著奇效云。

羽於江湖稱竟陵子，於南越稱桑苧翁，又稱東園先生，遯世逃名，與范蠡之自稱陶朱公，鴟夷子皮，屢易其名以自晦相類，至東園遺址，詢諸粵友，咸多遺忘，而陸羽茗泉，頗足述者。

陳定山示詩

武林陳定山氏，書法晉唐，得意之作，酷似明代倪鴻賓、黃石齋、畫宗元賢，蒼潤秀逸，置諸明李檀園、程松圓間幾不能辨，論畫尤為中肯，猥承過譽，以為近代四大畫家，溥心畬、張大千、吳湖帆、吳子深各有擅場、獨子深如苦行頭陀，不趨時尚，承惠一詩，頗致感慨，詩云：「昔年吳下闘幽沉，今日丹青譽滿林，袖卻一拳滄海石，白雲來往本無心」。

陳氏飽覽典籍，詞章考據，致力咸深，往時與余同僑居滬江，幼女浣蕙，尚在齠齡，頗蒙鍾愛，納為契女，家富收藏，案有元鮮于伯機書某公神道碑卷，張伯雨詩卷，蒼秀沉雄，吳興之外，別具法門，而韻味似尤過之，氏帳外問字者常滿，以取舍頗嚴，故及門多品學純粹之士，啟導後學，察性之所近授之。故事半而功倍也。

譚氏佳釀

余家自五世祖由皖省徽州遷蘇，經營酒業，彼時三吳殷富，農家咸製佳釀，秋收之後，盃酒自勞，兼以餘瀝轉鬻他埠，蘇城物產豐牟，民心誠樸，壟斷居奇，咸恥不為，幼時聞先祖父言吾家萬順號酒棧房屋，曾祖以來已有三拾餘間之多，由本省採辦轉輸鄰省，不下數千罎，每罎四拾餘斤，祇賺制錢七八文，洪楊之役，金閶門花步里成為廢墟，萬順即在其中，房屋器物摧毀殆盡，及蘇城克復，重營舊業，酒棧移至胥門外下塘，然遠不如曩昔矣。余十一二歲時年終輟學，隨先父至棧，覺酒香襲裾，薰人欲醉，並知酒以陳為貴，今年採辦之貨，須待至明年始可出售，藏至三年以上者，則倍值矣。抵港以來，每與佛濟堂主人譚述渠先生談及杜康故事，知其正事之餘，好以盃酒自遣，有劉伶太白之風，故於此中新陳醇薄咸能深喻，前月至其佛笑堂私邸，見兩房酒罎羅列不下百餘，據云皆是實罎，三年前採自江浙者，而香味絕不稍洩，與余家棧中藏貯不密，入室便觸口鼻者，不可同日而語矣。譚先生特為余啟一罈，氣味芬郁。挹其一酌，覺遍體舒適，栩栩欲仙，不知歲月之逼人也。

昔紀文達公盛稱滄洲酒之妙，謂保陽制軍某寧求一醉，辭一品大員而不為，其移人之情如此。並云酒之妙處不僅色澤清冽，而在一傾壺間芬芳撲人，多飲無頭眩泛噁之苦，二三日後，猶覺暢適，譚先生隨指左首十餘罎曰，此酒貯之更久，韻味或不在滄洲酒之右，其他最新者，亦已越三年，又擇其最佳者，以各種補藥浸漬於內，又恐妨其真味，故所選藥料，極為審慎，抱寧缺勿濫之旨，故不能多也。余聞之不勝慨然，緣藥酒之益人，更甚於其他酒醴，既能調營和衛，又可於無形中消除百疾，二十年前余蘇城酒棧亦浸有六七十罎，丁丑中日之戰，損失過半，酒棧亦隨之閉歇，溯萬順自前清乾嘉迄今前後二百餘年，興替之數，若有前定。

不意來港之後，得識譚述渠先生，見其識學兼超，處事接物，無不酌於情而合乎理，一盃在手，翛然意遠，如余之垂老無能，亦殷殷垂注，以自用診所假余應用，暇時為余翻閱古籍，不厭不倦，蓋常從陳伯壇先生几案，親聆謦欬，故其好學數十年如一日。常曰：成功不必在我，其襟懷自可見矣。今於本港九龍佛笑堂選辦各種佳釀，籌備三年始行問世，月之某日，為其開張之期，余以譚先生數十年誠實不欺之心，何往不利，一罎風行，稱譽載道，自可為之預卜，又以去歲之冬，為其四十晉一之辰，以折實計，則為四十正慶，以粵省習慣，言應有五十開一之祝。余誼屬同道，又在愛末，自應撰詞以獻。昔歸熙甫為人祝壽序，備闡其人學行無遺，慚余不文，未能將譚先生之厚德碩學加以闡述，祇將彼此經歷遇合之情，約略記之，庶世之君子飲佛笑堂之佳酒，藉知譚述渠先生之為人，詞蕪意襍，不暇計焉。

客窗隨筆——詩文存

余不善吟詠，塗抹之餘，偶成斷句，素不留稿，客中回憶，僅存近體若干章，散文三篇而已，下里之音，不值大雅一笑。

辭家北行口占

上堂別慈親，一步一回顧，
親心似日月，照見關山路。

題張研樵《秋江圖》卷

江干草閣雨如絲，一榻維摩病起遲，
身瘦非關吟思苦，心幽惟許故人知，
蕭踈竹樹分漁浦，縹渺煙波一釣師，

可奈鄭虔三絕擅，風流寥落不勝悲。

題畫《倣黃子久秋山圖》

白雲滿空谷，碧嶂淨如沐，
吟檻枕寒秋，丹楓媚幽獨。

寫《古木涵春圖》並題

圖書萬卷富經綸，老去江湖意味真，
巖下流泉繞磵曲，森森古木已涵春。

題畫《倣趙大年桃源圖》

路轉天台夕照遲，桃花流水費相思，
偶逢石壁隨題句，自有仙才自不知。

范中立《關山秋霽圖》，得見故都某氏，十年前，作客關中，經潼關抵長安，誦唐人「山入潼關不解平」句，因寫此圖，並賦短句：

山城淙淙，雲泉自流，
俯視行旅，風物宜秋。

題松風泉石

流泉入秋風，秋在疏柳裡，
自棹扁舟來，獨賞秋山翠，
山翠濃接天，觀空本知是。

題畫四絕

層層巖岫曉，漠漠翠風織，
不見倚闌人，負此美風日。

老屋無人跡，約略橫秋水，
碧嶂沐斜陽，山色浩如此。

溪山碧漣漪，幽居在空谷，
滴翠滿層巒，應有仙之躅。

結屋松陰裡，幽篁綠更繞，
仰看天際彩，雲水雨迢迢。

題《倣趙漚波秋山圖》

青山隱倚白雲堆，築得茅堂傍水隈，
斜日丹楓秋色好，扁舟一葉故人來。

《倣李咸熙雪霽圖》

瘦盡千林白盡峯，蒼顏兀自耐嚴冬，
鷄聲乍唱寒煙破，如此江山一短笻。

題畫

一棹中流泛野航，山村水郭雨茫茫，
人家到處居堪羨，溪岸風來襍酒香。

青山矗矗水舒舒，一抹松林曉雨初，

野屋數間山鳥寂，水沉香爇讀奇書。
浴罷鴛鴦賸碧流，青山紅樹兩悠悠，
雲來雲去原無跡，一點禪心萬里秋。
崇崖疊嶂起中天，雲樹蒼茫入畫禪，
卓杖溪堂無簡事，疏籬竹柵聽啼鵑。
水閣臨溪風自來，幽居似此勝蓬萊，
泉聲汩汩濃陰裡，策杖呼童緩步回。

《倣一峰道人夏山書屋圖》

白雲低處見青山，草閣三楹水半灣，
拾取一峰深秀色，此身疑墮翠微間。

客居滬上行醫鬻畫書此自嘲

橐筆何須計毀譽，卅年結習未全除，

高情敢比王摩詰，石跡雲峯自卷舒。
寫蘭漫擬鄭思肖，賣藥任呼韓伯休，
不信陽春成絕響，古猿聲和萬年秋。

寫《石屋煮茶圖》，集鄉先賢顧亭林處士句，得近體兩章，三百年來，世事反覆，生不逢辰，先後如一。

頻年干戈苦相尋，洛蜀交爭黨禍深，
飢鳥尚銜庭下粒，援琴猶學楚囚音，
聞絲欲下劉醲泣，致富應多文信金，
莫道河山今便改，敗亡未必盡荒淫。

博望空乘泛海艖，於今搖落向天涯，
心悲障水春犁日，義激韓仇舊相家，
感慨山河追失計，愁聽關塞遍吹笳，
從今世事無煩問，石屋支鐺旋煮茶。

趙靈飛女士「賽金花」以明人牡丹卷索題為賦兩絕

生綃一幅試平章，宛似明妃馬上妝，
相遇天涯無限感，當年萬國拜花王。

漫說名花能傾國，也知魏絳昔和戎，
傷心莫話開天事，落葉殘英繞故宮。

大千南美返港有感

萬里巴西海，三年別緒長，
萍蓬遙自合，松柏晚更蒼，
袖裡雲煙古，胸中卷軸藏，
綺懷俱欲盡，哀樂幾滄桑。

興來偶得句，工拙與誰論，
白髮他鄉客，青山綠酒樽，
溪藤緣古木，野水繞孤村，
獨立松陰下，空庭淡月痕。

題自畫《雪山幽居圖》贈某君

叢叢竹樹護茅廬，宛似袁安隱士居，
懶向山前除積雪，不教門外駐高車。

人間無處不吟窩，卅載豪華付逝波，
何日與君論大道，草堂小築傍巖阿。

歲寒臘鼓鎮相催，雪夜扁舟去復回，
身在江湖心魏闕，巢由自有濟時才。

和馮女史《秋日有懷》四絕

傳家萬卷舊巾箱，修到瑯嬛福慧長，
讀畫敲詩風日永，藝林亦自有鴻光。

鼙聲烽火又年年，縱有丹心莫挽天，
聞說白門秋色好，六朝帆影憶樽前。

轉眼重陽又暮砧，濁醪難慰客中忱，
關山萬里煙波闊，誰與佳人證此心。

奏凱受降跡半陳，始知榮瘁有前因，
敢言苓朮能醫國，客子行行祇畏人。

雨中看櫻花

共說櫻花好，尋春獨上樓，
水天雲漠漠，世事路悠悠，
捫蝨才難用，聞雞氣尚遒，
海山千萬里，望斷舊神州。

擬元四大家畫法并題

分得山樵筆力蒼，人間也有此仙鄉，
青山一抹松陰寂，指點西郊舊草堂。

危崖飛瀑響松風，古寺斜陽一磵通，
夢裡薪傳黃子久，富春江上試丹楓。

誰把迂翁六法衾，疏林簇簇竹團欒，
石田刻劃耕煙薄，到此方知入室難。

梅花庵裡慣幽居，夏木陰陰霽雨初，
山色蒼茫銜夕照，客來共證老莊書。

歲次甲午，行年六十矣，作客天涯，感而賦此

怪底盲風引客舟，六年香島尚淹留，
行天赤日方當午，驟雨濃陰易感秋，
四塞風雲驚老眼，一堤燈火亂雙眸，
最難忘是蘇台月，且寫青山作臥游。

名落人間六十春，乾坤尚許我存身，

莫嫌王粲能游遠，卻羡陶潛慣率真，
竹瘦豈容風折節，松孤常與月相親，
頻思買棹歸何處，懶向天涯號逸民。

漫學長卿賦子虛，功名久負此心初，
曲傳白雪陽春似，身與閑雲野鶴俱，
舉酒已邀新月上，驅車欲訪故人疏，
河清自是無多日，先喚兒童葺草廬。

傅青主傳

先生姓傅，名山，字青主，一字公之陁，山西陽曲人，學問淵博，操文援筆立就，為明季諸生，崇禎三年，伏闕上書，訟袁臨候寃，事白，義聲震朝野，明社既屋，隱居崛嶇山中，以翰墨自娛，雅擅書畫，海內人士得其寸縑尺素，珍如拱璧。康熙三十二年，朝廷徵求隱逸，特設博學鴻詞科，有司以先生薦，病辭不獲，勉強就道，終未與試，聖祖仁皇帝鑒其誠，降旨聽回籍休養。兼擅醫術，其處方不脫不黏，於婦科探討尤深，凡胎前產後，衝任百病，他醫視為棘手者，經先生診治，十癒八九，所發明生化湯一方，治產後瘀血極驗，至今東瀛中將湯輙踵其法，著有《婦科準則》、《產後百病論》若干卷。書法由襄陽上窺山陰，勢如龍蛇，令人辟易，繪事兼荊董之長，酣暢淋漓，直參造化，與吾鄉顧亭林處士交最久，往來唱酬不絕，年七十餘，卒於家。

論曰：不降其志，不辱其身，可謂君子也歟！先生以經世之才，遘逢陽九，蟄跡巖阿，兩經蒲輪之徵，而泥塗青紫，堅守晚節，雖漢之二龔河加焉，世徒以書畫醫術稱之，豈真知先生者哉，又慨夫清室起自東夷，知柄國之要，在於舉賢任能，棄嫌務公，搜剔巖穴，以帝王之尊，禮遇野老，廓然大度，視唐王殘破之餘，善善不用，惡惡不去，惟以奔竄而求自保者，不可同日而語矣。

葉天士軼事

葉桂字天士，號香巖，清初吳縣人，祖紫帆，父陽生，俱通醫理，桂生而聰穎，垂髫時，從父執王少泉明經受四子書暨經史，燈下其父授以《內經》《靈樞》《金匱》《傷寒》諸書，年十五父歿，乃從父門人朱某學醫，朱鑒其誠，悉以陽生平日所教者教之，君能澈其底蘊，講解反出朱上，聞有擅治一症者，亟往求教，前後歷十七師，天資既高，虛懷不矜，故能奄有眾長。尤擅察脈，言病所在，如見肺腑，常云：不能察脈，即不能識症，見症給藥，是以藥試人也。會張天師蒞境，患濕溫症，屢藥不效，延桂診治而癒，時君雖學邃功深，然知音猶尠，天師乃廣為延譽，且頌其為天醫星。由是聞望鵲起，嘗過金閶門，某肆小主，恃其體健，躍櫃而出，戲求診脈，君應之，既而駭然曰：飽飯高躍，胃腸已裂，疾不可為矣。無何，肆小主果下血如注，半月即殞，自是蘇城內外，無不仰之如神明。薛徵君生白，夙以博學馳名東南，與君友好無間。皖有富商汪某患肺疾，詣君求治，診其脈，以為怯象畢備，婉詞卻之，汪曰，固知君之無能為也，君曰，姑暫去，期日復來，當為徐圖，翌日汪至，君袖出一方，告以若欲脫此怯途，非如法服用不可，其方以陳阿膠於朮為君，枇杷葉川貝為臣，佐以雪梨蜂蜜燕窩，陳糯米煮湯收膏，擇松蔭茂密處，晏息其間，以山泉燉滾水沖服，汪酬以金，不受，曰他日君來，惠我一二土產足矣。二年後汪再至，諸恙皆癒，肌膚腴潤，與前判若兩人，其敏於應診如此。

許叔微傳

許叔微一字知可，江蘇武進人。宋翰林學士，年十九，舉於鄉，省闈輒北，家素貧困，借書鄰舍，發憤誦讀，以紹興壬子第六人及第，致仕後，專研醫學。上自《靈素》，下至漢唐，無不冥心搜討，而於後漢張仲景氏《傷寒論》、《金匱要略》尤深致意。某歲，有一士人借讀僧舍，患病甚劇，諸名醫都束手，邀請先生，知為發汗過多，惡風，小便濇，兩足拘攣，屈而不伸，先生曰：在仲景方中有兩證，大同小異，一則小便難，一則小便數，用藥頗有增損，不可差失，《傷寒論》第七證云：太陽病發汗漏不止，其人惡風，小便難，四肢微急，難以屈伸者，桂枝加附子湯主之。又第十六證云：傷寒脈浮，自汗，小便數，心煩，微惡寒，腳攣急，可用桂枝附子加芍藥甘草湯，此證是矣，果然一劑汗止，兩足便能屈伸，調理三日而癒。又一貴婦人熱入血室證，醫者不識，都用補血行血藥諸法治之，遷延數日，遂成結胸。有一醫云：何不用小柴胡湯，此仲景法也，商諸先生，先生診脈畢曰：小柴胡雖治婦人傷寒，月汎適至，奈時期已過，不可用也，惟刺期門穴輒效，如法一針而胸痞即解，調理數日而癒。某醫問曰：熱入血室，并非傷寒誤下，何以竟成結胸？先生曰：病邪傳入經絡，與正氣相搏，上下流行，經來適斷，邪氣乘虛而入血室，血為邪迫，上入肝經，肝受邪，故譫語見鬼，復入膻中，則血結在胸矣，蓋婦人平居血藏於肝，未妊則下行為月事，既妊則蓄以養胎，已產則上壅為乳，皆此血也，今邪氣畜血併歸肝臟，聚於膻中，結於乳下，故按之輒痛，湯液所不易及，一刺期門自然渙解，此猶兵家斬關突入法也。諸名醫咸信服，危症疑病，經先生治癒者，不可勝計，復有輕微之症，而先生謂不能治者，終下效，所謂見微知著者耶。相傳先生幼時，省闈被斥，歸棹經吳江平望鎮，午夜夢白衣人曰：汝文章雖佳，惜無陰德，所以不第。先生曰：余家素貧，安得餘資濟人？白衣人曰：何不學醫，吾當助汝。先生歸後，兼讀醫籍，晚歲取平生已驗方藥，附其治績，著《類證本事方》十卷，又《傷寒發微》、《論傷寒百證歌》凡數萬言，悉本仲景法而推闡之，後世言醫者咸宗焉。

論曰：仲聖《傷寒論》《金匱要略》，凡傷寒雜病無不賅備，猶儒書之《易》、《書》、《詩》、《禮》、《春秋》也，雖有智者，不能越而他求矣，惟漢人之文，辭簡意深，不易卒讀，唐宋以降，註釋繁多，各有發明，而是丹非素，亦所不免，令人有莫所適從之感，惟先生深究其理，不加偏倚，傳世著述，皆足為後人圭臬。詩云：高山仰止，景行行止，雖不能至，然心嚮往之。余於先生亦云。

論創造劃時代畫派

晚近頗有自命文藝人士講論國畫，動輒以創造劃時代號召，此真夏蟲不足語冰。西畫不重筆法，而重形象，結構佈置，煞費經營，窮年累月，始成一圖，後人摹寫，祇須數年經驗，便可成就，位置深淺得當，不難與原作等量齊觀。曩昔余在吾蘇辦有美術專科學校，入學青年，三四年臨倣法國意大利國名畫，懸諸一室，幾不能辨，若命其自構一圖，雖十年二十年功力，未必有成，其貴創造而奴視摹倣，確為公平無私之論；自攝影術日趨進步，西法手工圖畫，已不足貴，不得不另求出路，故有劃時代之稱，蓋西畫注重形象，吾國兼重筆墨，唐五代宋元以迄明清，作家輩出，揮寫景物，雖似平淡，筆情墨趣則懷抱各殊，所謂父不能傳其子，兄不得傳其弟，題語之倣某家臨某家，謙辭也，非記實也。試以元代六大家言之，高房山趙漚波以及黃王倪吳，皆師法董巨，而莫有同焉，故創造與劃時代之論，稱量西畫則可，移置國畫，非囫圇吞棗，即狂妄鳴高；蓋吾國歷代名家，無不首重品德，其次胸襟，其次筆墨，景物其最後者也，所謂：讀萬卷書行萬里路，即所以補品德胸襟之不足，非故作高論，與尋常披紅抹綠為哺啜者，迥然不同。最近新創意象派之某家，亦感人工繪寫不及攝影，拋去景物，提倡線條，雖幾於畫虎不成，而確為劃時代之作也。又懼他人倣效，疊次翻新，使人莫及，謂之鬥奇則可，謂之文藝，未免淺視乎文藝矣，世人徒以能鬻多金，稱量其畫，賣空買空，此與市井投機無異，離去文藝，不知千里萬里矣！吾國科學，固不如人，而道德文藝，決不在外人之下，盲目崇拜，豈僅繪事而已，擲筆不禁慨然！

客窗隨筆——楹聯類

楹聯始於《晏子春秋》，晏子暮年鑿楹納書，謂其婦曰：楹語也，他日兒壯以此示之。元世祖召見趙子昂，命書春聯云：「日月光天德，山河壯帝居」。又命題杭州靈隱寺山門長聯云：「龍澗風迴，萬壑松濤連海氣；鷲峯雲斂，千年掛月印湖光」。雄渾灑脫，大稱帝旨。明太祖底定宇內，建都金陵，某歲除夕，傳旨公卿士庶各懸門聯，以迓豐稔，帝微行評騭焉。清雍正初，御賜桐城張文和廷玉桃符一聯云：「天恩春浩蕩，文治日光華。」一時驚為異數！文和恭建御書樓珍藏之。嗣後士大夫慶壽締姻，咸書聯語以相祝賀，喪亡以相慰藉。平時集取格言書自儆勉，或假托景物以資陶寫，使覽者悠然以思，曠然以遠。雍乾以降，名家疊起，如梁文定詩正，張文敏得天，翁方剛、劉石庵、梁同書、王夢樓。詞翰兼絕，擅場一時，最著者，河間紀文達曉嵐之集取成語，襍以詼諧，妙絕一時。湘鄉曾文正，隨意掇拾，曲寫胸懷，傳誦遐邇，得者珍為奇玩。余家所藏不下二百餘聯，紙墨精潔，允稱上選。明文待詔董尚書亦有二三聯，然以大軸割裂湊合，未免氣勢不屬。惟倪文貞元潞冷金大聯書：「落花到地飛還起，芳草如煙踏更生。」筆酣墨飽，力如龍象，舊藏同里潘氏，余以其他古物易歸，懸諸書室，見者無不稱絕。晚清潘文勤祖蔭、翁文恭同龢，每有所作，無不氣象雄偉，媲美前哲。大抵聯語要詞旨簡練，泯除跡象，書法虛實兼到，蒼秀妍雅，始稱合作。少數書家，平時揮寫，頗具工力，登諸楹聯，非撇劃凝滯，便斷續無神。至於左右款書印章，疏密高下，尤須經意。感夫拈韻屬對，本屬末技，而攄情適意，似勝博奕，慚余鈍資，未窺萬一。今春養疴閒居，暫謝診事，偶成四十餘聯，或取諸成語，或自出新意，雖蕪襍不馴，總期毋乖古人立言之旨，八法工拙，不暇計也。

七言

（一）療俗無功遺世晚，寫山容易繪聲難。

（二）急雪打窗如戛玉，擁書盈架勝封侯。

（三）重簾不捲聽春雨，卮酒微醺樂晚清。

（四）窗下春山橫似黛，庭前脩竹聳成林。

（五）文史論交皆益友，鳶魚得性見天倪

（六）文能載道方傳世，畫到無痕可證禪。

（七）一榻茶煙茆舍靜，滿天霜月竹籬疏。

（八）鳥鳴巖谷春先覺，雪壓梅花畫不如。

（九）莫因夢好常思舊，為養天和且率真。

（十）賸有詩書能補拙，果然松竹自成陰。

（十一）措辭要似泉流活，用筆消除稜角難。

（十二）莫因春懶拋書卷，且趁花香共酒巵。

（十三）讀書萬卷經編足，種竹千竿雨露濃。

（十四）詩書未熟難論事，杞梓中空不算才。
（十五）喜有良朋好規過，肯將薄藝漫邀名。
（十六）絕壑巉巖毋自餒，經裘肥馬與人同。
（十七）風狂不折窗前竹，雲薄能移屋外山。
（十八）瑤琴錦瑟秋山月，翠竹丹楓晚寺鐘。
（十九）山懶慣從雲霧隱，竹疏不怕雪霜侵。
（廿）從流莫作江湖下，尚志應同竹柏堅。
（廿一）不嫌地濕連朝雨，行見雲開出晚峰。
（廿二）窗前翠竹滋春雨，谷外蒼松動晚風。

（廿三）錦帳不嫌春漏水，月華遙接晚晴妍。

五言

（一）新詩枕上得，佳景客中多。

（二）有志功終就，無求品自高。

（三）作畫為怡性，垂綸不在魚。

（四）無欲心如水，有言氣若霜。

（五）雄心存老驥，大澤臥潛龍。

（六）且酌陶潛酒，還哦李白詩。

（七）玉琢方成器，雲開別有天。

（八）小閣聽春雨，扁舟對晚晴。

（九）寸陰宜暗惜，佳句不須多。

（十）穠華輸桃李，貞潔比松筠。

（十一）青山閑得句，紅葉試題詩。

（十二）雲山在襟袖，竹柏耐霜風。

（十三）樓高攀日月，筆健走龍蛇。

（十四）湖波平似鏡，野屋小於舟。

（十五）胸闊能容物，心閑自樂天。

（十六）白雲連遠岫，古木繞蒼籐。

（十七）巖高飛瀑急，日落暮雲平。

（十八）德學與時積，事功待晚成。

（十九）舊書閑自補，佳句喜同吟。

（廿）　律身先無欲，作事貴有恆。

（廿一）稼圃何妨學，陰晴不用猜。

（廿二）山影當書案，湖光入酒卮。

（廿三）諛言同酖毒，悟道即神仙。

（廿四）四體勤常健，寸心泰自閑。

恭呈　家祠長聯

錫類推恩應共沐九霄湛露
慎終追遠願無忘三讓高風

行篋未攜書籍，市肆石印翻刻，難保不魯魚亥豕。燭武壯年，猶不如入。師丹垂老，敢言善忘。引用古語，或多舛誤，隨意涉筆，都乏貫串，牴牾重覆，亦所難免。歷代君臣謚法，流傳已久，自成慣例，秉燭餘年，趨時改稱，非惟無謂，抑且多事，諸希　諒之

子深編後並記

客窗隨筆　下編　醫藥類

北宋以前醫書

吾國論醫書籍，以《內經》為首，其體裁為黃帝問而岐伯答；然玩其文字，似非當時所成，亦非一時之言。漢劉向稱謂戰國諸韓公子所作，宋大程子則謂周末人所撰，竊意類似《禮記》之萃於漢儒，蓋靈蘭秘典，五常六元諸篇，闡明陰陽五行消長生尅之理，配象合法，切於人身，觀色察脈，針灸竅穴，推而廣之，皇甫謐之《甲乙經》，楊上善之《太素經》，皆本於此，參以己意，故吾國醫之理論綱領，皆由於此。西漢《藝文志》，有《內經》十八卷，而《素問》不列焉。至隋《經籍志》，始有《素問》之名。唐王冰合為註釋；復以陰陽大論，託其師張公補之，其用心至勤，加惠後學不淺。微嫌玉石並列，訓詁不免錯疏，引援頗多附會。至宋林億高若訥正其誤文，補其缺義，足為王氏功臣。

余十四歲，即讀《內經》，茫然不解，雖文字並不艱澀，奈議論深邃，不終卷已昏昏欲睡，旋讀《金匱》《千金》《外臺》諸書，所論疾病，皆根據《內經》。至三十歲，假得舅父曹滄洲先生親筆批點明刻本，重加研讀，始識其妙。至於文之雅馴，議論之透澈，非兩漢後人所能企及，學者能領會其旨，再以近代生理學與之互參，則論病斷症，自鮮錯失。

《難經》十三卷，秦越人粗述《黃帝內經》之作也，體裁亦為問答，所引經言，多非靈素本文，蓋古有其書，今亡之耳！隋時有呂博望注本，今已不傳，北宋王維一集五家之說，瑕瑜互見，惟虞氏粗為可觀，其後滑伯仁取長從短，折衷其意，作《難經本義》。

《子午經》一卷，專論針灸，撰成歌訣，依托扁鵲，實則為日本人所著耳。《千金方》三卷，唐孫思邈所撰，於診脈處方針灸禁忌，兼及導引之法，無不周悉，以人命之重，故以千金喻之，後人有謂其傷寒一道，未免錯雜，實則祖述《金匱》，的為仲景追淑弟子，又有《千金翼方》三十卷，乃掇拾遺帙，以羽翼其書，於婦科傷寒幼科，尤為詳悉，兼及雜症外瘍，針灸諸法，學者苟能熟識此書，葉天士、薛生白諸賢，不難企及。

《外臺秘要》，唐王燾在臺閣二十年，久知弘文館，得古方書千餘卷，加以甄別抄取，附以灼灸導引諸法，可與《千金方》、《聖濟總錄》，同為醫家要典。

學醫要虛懷博識

醫家內外婦科幼科書籍，自漢代迄今，不下萬千，一人之智，斷難盡隆，且玉石並列，選學非易，苟無良師指導，必有莫所適從之感。再同一藥物，產地不同，性質亦殊，選料泡製，未能合度，貯藏不密，氣味外洩，收效不宏，淺學之士，反咎古人議論浮誇，任意更改，未免狂妄。

金代醫科

北宋極講求醫學，初隸太常，後更設提舉，分為三科；一曰方脈，二曰針，三曰瘍。至崇寧間，改隸國子監。南渡之後，稍變其法，而老師宿學醫士，在北方者，悉為金有，如成無已，劉完素，張潔古，張子和，李東垣等，其尤著者也。非金之文物勝於宋人，蓋皆天水氏百年培植之功致之也。

扁鵲倉公

《史記・扁鵲倉公列傳》之扁鵲，姓秦，名越人，勃海郡人也。家於盧國，因名之曰盧醫。《史記正義》，與軒轅時扁鵲相類，仍號之扁鵲云。幼得長桑君傳禁方，又能洞察肺腑，起虢太子病於已死。入趙，聞邯鄲婦人多帶病，遂為帶下醫。入咸陽，聞秦人愛小兒，遂為小兒醫。隨俗為變，名聞天下，故以扁鵲號之。秦太醫令李自知技不及，使人刺殺之，其為春秋時人無疑。與軒轅氏得道仙去之扁鵲，相隔二千餘年，然後世言脈者，由扁鵲始，竊意當為軒轅氏之扁鵲，非泰越人也。

倉公姓淳于，名意，《史記》本傳所載，彼時治病成績，詞簡意深，為後世醫家脈案先河。惟以轉遞過久，展轉抄印，不免舛誤，致有不能索解處，祇能體會其意。而具此神技，猶謂決死生不能全也，與秦越人之謂越人非能生死人也，但可生不死者耳。學識深邃，而意誠詞謙，亦為吾醫界百世之師。其誤觸法網，賴幼女緹縈叩闕代刑，漢文帝感其孝，兩釋之，所謂有德者必有後，豈僅方技之足傳哉。

傳世古方

漢司馬子長傳扁鵲倉公，謂其以禁方妙方相受授，又備載治療病者情狀，為醫家方中脈案濫觴，班固《漢書・藝文誌》醫經紀錄七家，經方著錄十一家，惜未盡傳，後漢長沙太守張仲景，蒐集歷代菁英，芟其蕪雜，成傷寒論《金匱要略》十六卷，一百十三方，為吾國醫界之先聖，其後葛洪《肘後方》，孫思邈《千金方》，王氏《外臺秘要》，皆能羽翼先聖，闡發精微，濟世惠人，千載不磨，唐陸宣公贄不獨一代賢相，而在南中選《古今驗方》五十篇，北宋蘇端明、沈存中之《蘇沈良方》，白沙許學士之《本事方》，皆為儒家而兼究醫藥，我輩應奉為圭臬者。

嘗感儒家長於識理，短於技能，術家諳於藥性，昧於學問，然歷來良醫，未有不兼之者，古代典籍，文詞簡要，不讀經史，先哲理論，不易索解，若學富五車，疏於經驗，縱有妙方，亦不敢見症設施，皆不足貴也，要在敏於求學，慎於處方，學問經驗，與日俱進，庶幾軒岐遺旨，癒久而癒明也。

赤水玄珠

明休寧縣孫文垣先生，以醫術游公卿間，頗著盛名，選有《赤水玄珠》三十卷，分門七十，條細理密，如於風症，則有傷風、真中風、類中風之別，寒門則有中寒、惡寒之殊。曾治南潯董宗伯門下士，赤白痢病，日夜八十餘行，脈洪大無力，以食瓜果過多，兼有房事，寒熱往來，寒時幾欲入火，熱時竟欲跳井，大嘔大汗，一時名醫，咸為束手，先生以人參、白朮、石膏、附子、炮薑、炙甘草，合作一劑與之，翌日病減其半，再加白芍、玉桂、知母，各二錢，連服兩劑，熱退身安，董公問寒熱雜投，此為何方？先生曰：此滑伯仁所謂混沌湯也。蓋取仲景附子瀉心之意，合白虎理中兩方，祛暑中加以溫中補下，扶本達邪，用古人意，而不泥其跡，董公大為嘆服，余亦屢合兩方，治癒危症。不謂五百年前，孫先生，我用之，今人作詩文，偶得新意，高自標置，得應驗方藥，亦自誇耀，殊不知古人已先有之，雖不免腹儉之譏，而能博思深察，暗合前哲，視尋常敷衍塞責者，尚勝一籌。

醫理

《內經》一書，於生理氣化，闡述無遺，後賢宗之，不能改易，察病之要，在於望色切脈，辨別五色，古代扁鵲之望齊桓公，近代吾蘇顧大田之望邵杏蓀，霎時間便能斷其生死安危，即善於辨色者，惜失傳已久，倘能明晰脈理，在今時已是上乘。客有問余人體一身皆有動脈，何以獨以兩手為準，余告之曰，人身十二經皆為動脈，兩手脈雖各一條，然有分散隱視大小遲速之別，寸口脈者，脈之聚會處，為營衛要區。管內屬血，管下屬氣。遲數是管中事，浮沉是管外事，不能混淆，今略言之，左寸為心與小腸，右寸為肺與大腸，左關為肝胆，右關為脾胃，左尺在下屬腎，右尺在下屬命門，其分左右者，則以水為天一，配在左，火為地二，配在右，水生木，木生火，故心肝脈屬左，火生土，土生金，脾肺均居於右，各從其類也。

春季百物滋長，人體亦然，任其滋長，而不培植，亦易衰老，二年來經驗所得，覺此間溼溫地帶，與內地不同，每於補益中加化濕清熱之劑，則獲效更耳。江浙人競尚食珠粉，補藥中必加十之一二，余嫌其常服礙胃，（有胃下墜壓腸之弊），倘素有胃病，更易泛酸悶脹，且真者代價太貴，假者尤多弊病。若以真珠母牡蠣湯煎服之。安神寧魄，不在珠粉之下，若思慮傷神，心腎不交，又當別論矣。

六氣為病乘虛而入

風寒濕熱中人，必乘其體力虛弱之時。特病者不自知耳，譬如國家外侮之來，必乘內政不修。投隙而入，細玩漢唐方藥，無論治寒熱暑邪，必有參朮歸地之補氣養血。甘草茯苓之甘緩中和，配搭之妙，百世不能移易。後漢張仲景氏得伊尹《湯液經》，撰成傷寒《金匱》十六卷，（按皇甫謐謂：仲景論伊尹湯液為十數卷，除崔氏八味腎氣丸，侯氏黑散兩方皆伊尹之遺方）義精法嚴。為吾國醫家之六經。先師顧西津嘗謂鄉僻醫家讀書不多，應診又少，閱歷淺薄，不敢採用經方，通都大市，望重名大者，日診數十號，不暇細察，走馬看花，不得不出以輕微敷衍，先哲妙方，湮沒不傳，有由來矣。又謂昔之庸醫害人，今之庸醫誤人，輕重不同，其禍人一也。晚近胃病特多，大抵嗜食涼果及黏甜之物者，染之尤易，然亦有寒熱虛實之殊，近治周某病，納食稍緩輒覺疼痛，按其脈右寸關空浮而數，知為氣弱所致，與以黃耆黨參三四劑即癒。又有胃熱致病者，如上海人陳姓婦脘腹脹痛，乾噁不已，診其脈右關極弦，服花粉知母蘆根而癒，若以疏氣溫胃付之，則悶痛更甚。大抵此兩種症狀，早治收效較易，若拖延五年以上者，減輕則可，斷根實難。

小便清冽之寒熱

《大易》謂，日新之謂德，學者多一日經驗，即多一日之才能，庶不虛度歲月。大凡世間技術學問，其始也不勝其難，學之數年，自以為有餘，覺吾技已精。及至再進一步，方識吾才之不足，吾學之太淺，上月友人陳君患寒熱，就診於余，稍一忽略，幾釀大禍，陳君之病，約在十月，其時氣候尚未寒冷，寒熱已六日，有汗不多，大便澼澼不暢，舌垢心煩喜嘔，余以大柴胡湯付之，詎服藥後，大便下而不多，胸脘反覺煩悶，詢知小便尚清。急與小柴胡湯兩劑，始汗出熱退身安。謹按仲景《傷寒論・太陽篇》中云：凡小柴胡湯病証而下之，若柴胡不罷者，復與柴胡湯，必蒸蒸而振，卻發熱汗出而解。又按小便清者，表邪未解也。下之則結胸，其所以用小柴胡而奏效者，亦據仲景《傷寒論・太陽篇》中，傷寒中風有柴胡証，但見一証便是，不必悉具。昔閩省陳修園孝廉註《傷寒論》云：柴胡湯之用甚廣，凡傷寒誤下而裏未虛者，用之極驗，自喜古人先得我心，幸而陳君體力本強，雖經攻下，而津液未耗，小柴胡二劑即癒，所謂千慮難免一失，使陳君幾成結胸，吾之過也，書以自儆云。

傷寒與溫邪不同

傷寒之症，與春溫夏熱不同，港地則以溫熱症為多，其狀頭痛發熱，微覺惡寒，倘津液如常，口不燥渴，小便清冽，汗洩不暢，雖已三四日，病尚在表，蓋因濕熱內伏風寒外束，桂枝湯麻黃湯，可視其所受風寒與之，乍寒乍熱，舌白膩罩黃，口味苦而兼淡渴，而不能納飲，則邪入半表半裏之間，宜小柴胡湯加平胃散，倘胸脘悶結，寒熱高低不定，腑氣穢而便艱者，宜大承氣湯以下之。

寒熱太陽病無汗反惡者，名曰剛痙，若發熱汗出不惡者名曰柔痙，痙音敬，風強病也，有作痓，傳寫之誤也。其病由於血枯津少，不能養筋。《金匱》云：太陽病，發汗太多，因致痙，夫風病下之曰痙，復發汗必拘急，病家雖身疼痛，不可發汗，汗出則痙。仲景治柔痙用括蔞桂枝湯，剛痙則葛根湯，今人不明此義，以為痙者，身體必虛，誤用溫補，則津液更枯，危險隨之矣。

太陽病關節痛而煩，脈沉而細者，此名濕痺，溫痺之候，其人小便不利，大便反溏，但當利其小便，濕家下之，額上汗出，微喘，小便利者，死。若下利不止者，亦死。

太陽病中熱者，暍是也，其人汗出，惡寒身熱而渴，按暍即中暑熱也。江南稱謂暍熱。

蓋凡中風傷寒中暍起病，必從太陽經入，第二日入於陽明，三日少陽，四日太陰，五日少陰，六日厥陰，以次相傳，醫者無妨按其所傳治之，然亦有變例者，慎勿拘牽也可。

寒熱病

寒熱病不論受風，受寒，受熱，初起治療極易。倘過四五日或至一候，（七日為一候）較難，治療之法，載在仲景《傷寒論》，後人疑仲景只論傷寒，不論溫邪，又謂南北病情不同，今古各殊，此實大誤，今人於仲景理論不加研討，又於經方缺乏經驗，凡遇寒熱不論其受寒受熱，已汗未汗，一律以豆豉豆卷藿梗佩蘭與之，小受風寒未嘗不可收效，倘內有濕滯，或潛藏其他病症，寒熱反不能解，甚至釀成他症，比比是也。

上星期陳姓婦濕痰素重，又好食生菓，某夕在渡輪感受風寒，牙齦腫痛，牽及頭額，醫者都以芳香疏散應之，日間熱勢因得汗稍退，而夜間身熱更甚，纏綿八日瀉熱終不解，乃邀余醫治，診其脈陽濡而濇，陰小而結，其寒熱日輕夜重，自汗不已，胸悶口乾，而不能多飲，大便溏薄不暢，真仲景所謂濕溫症也，乃以白瀉虎加茆朮湯付之，一劑煩燥頓減，夜眠亦安，二劑寒熱全解，調理數日而癒。

本港傷寒絕少，此因地處溫帶，不易感受寒凉，但受風極易，鼻塞，頭痛，咳嗽較內地為多。傷風初起，祇須稍加表散，不論何種風病，得有暢汗，外感悉除，中氣不足者，宜稍加黨參，助其達邪。張仲景小柴胡湯以黨參為臣，不以有寒熱廢之，學者概可知矣。

近時所稱發炎

近時所謂發炎症，在吾國醫理，名曰實熱，伏熱，溫邪，濕溫，又有陰虛內熱，積濕蒸熱，陽虛假熱等等，證類既多，方藥亦繁，我輩日常所用之方，如白虎湯治肺胃實熱，黃連解毒湯之治三焦實熱，升陽散火湯之治火鬱，清心蓮子飲之治虛火心火，瀉白散之治肺火，瀉黃散之治胃熱口瘡，真武湯、理中湯、白通湯、四逆湯之治陽虛發熱，陰盛格陽之內寒外熱，循例用之，各具神妙，要勿呆守耳。上月友人黃君，在輪渡感受風寒頭痛，牽及左耳，陣寒陣熱，余先以桂枝湯加柴胡與之。翌晨汗出極暢，頭痛亦止，傍晚忽又灼熱，且覺煩躁，咳嗆氣促，不能臥平，拖延四日，仍不自癒。乃邀余往診，按其脈兩關尺皆細弦而數，舌中無苔，口渴嗜飲，汗出如漿，而熱不解，改用生脈散二陳湯合劑與之，黨參用至二兩，連服兩劑，熱解，氣分亦平，諸恙皆已。此種治法，似違常例，然知其平時思慮過多，氣腎虧而濕痰重，所謂體虛病實，今虛象已呈，急須培本、本固、邪亦自滌矣。

黃疸寒熱

粵僑王君，患寒熱，目睛肌膚皆黃，口乾，便閉，診其脈，左寸關弦滑而數，右寸關細弦，知濕熱在太陽陽明也。仲景論黃疸病，有陰陽之分，此為陽黃無疑。即用茵陳蒿加酒軍、川柏、山梔。二劑大便通順，四劑寒熱全解，目睛肌膚黃色漸減。按陽黃為陽明蘊熱，宜用大黃通下之，加以山梔黃柏，清熱利濕以和解之，與陰黃大便塘薄，小便色清者，治法迥不同也。

上月有李君者，腹脹，便溏，不思食，小便短少，屢治不驗，余察其目睛色黃，肌膚隱約有黃色，用五苓散茵陳蒿湯，加附子乾薑，二劑胃納轉佳，服之七劑，而黃色大減，腹脹亦癒，皆以年齡在五十之內，體氣尚不虧弱，故奏功較易也。

盛夏外感

入夏氣候炎熱，日間奔波勞苦，揮汗如雨，略進瓜菓冷飲，是極尋常事，夜睡貪涼，一覺美夢，不知已受風寒，年輕體健，固無大礙，若積勞而又體氣衰弱者，往往因此頭痛鼻塞，咳嗽發熱，胸口痞悶，舌白口淡，諸恙畢現，初起惟有發表，使風寒皆因汗而解，第二步急當化濕疏中，三焦暢通，腸胃所積濕滯得從大小便排洩外達，最後宜稍服補中益氣諸藥，則病去而本元不傷，亦有反較病前為健，若治療失宜，急求營養，多啖牛乳生果，積而不化，更形淹纏，如逾十日而熱仍不解，大都三焦積濕未除，江南人稱為濕溫症，拖延一二月，亦常見之事。處理得當，絕無危險，倘平時肺腎虛弱，寒熱往來，則有變成癆瘵之虞，總之初病施治宜早，循序而進，奏效極速，切不可急於求功，濫用猛烈攻下之法，本元虧損，引病深入，欲速不達，可不慎之。

腸熱

近時盛稱腸熱病，在吾國醫家列入傷寒時疫類，蓋時氣為之也。夏季飲食不調，日間溽暑侵逼，夜間海風送涼，暑濕內積，風寒外束，初起形寒發熱，汗出而熱不淨，舌苔厚膩，邊尖色紅，口味淡而渴，不能多飲，胸脘悶結，大便或閉或瀉，小便色黃而少，延至七日，舌邊尖更紅，煩煞更甚，夜間不能安睡，身倦無力，則熱勢傳入陽明，大腸不勝燔灼之苦，及至邪熱轉入心肝兩經，則神昏譫語，漸成內陷，險象環生矣。治療之法，宜先和共營衛，化除脾胃積濕，疎其氣分，消除大腸食積，同時利其小便，使暑濕食積逐步從大小腸排洩，勿任其留戀阻塞中下兩焦，增加熱勢。若婦女癸水適至，或躐期而至，則較複雜，除疎中化濕之外，並須兼顧血分，恐熱甚及於肝脾，轉成熱入血室，胸悶譫語，諸證作矣。

近代常用橙汁西瓜汁牛乳，以資營養，然頗多因此黏結阻礙，三焦濕熱，鬱而不達，即能痊癒，亦須拖延日期，不如苡仁米、蔻仁煮湯代茶為有益也。晚近患此病者頗多，經余診治者十效八九，因不敢濫施攻伐，故病去而本不傷，姓名地址不遑記錄，惟前日近鄰黃君者，游泳受涼，發熱七日，汗多熱仍不解，屢治不效，就診於余，察其脈象左為弦數，右三部皆沃濇不揚，舌苔垢膩，猶飲果汁牛乳，乃囑其用苡仁豆蔻湯代茶，並食以焦鍋巴粥（飯焦）醬瓜，方用平胃散二陳溫膽湯，清水三碗煎至一碗半，分兩次服之，是日夜眠始安，胸脘亦爽，寒熱全解，初時汗出過多，體力甚倦，蓋氣陰不足，餘濕未清，再以龍骨牡蠣麻黃根平胃散連服二劑，汗止而週身安適矣。若再因循不已，邪正兩脫，在在可虞，治療此病，要先疏暢三焦，慎節飲食，使暑濕無從阻塞，寒熱不治自解，復有發熱腹痛便洩，濕熱蘊蒸，極易成為痢疾，則廓清宜早，近日此病亦多，兼有寒熱，仲景大柴胡湯用之輒效，無寒熱者，只實導滯丸亦效，蓋皆導邪外達有百利而無一害，倘拖延日久，本元已傷，則須兼扶中氣，附以化濕滌邪，雖較棘手，尚非不治之症，若年老而兼有其他病症者，則十人中難得二一矣。

汗出而熱不解

近十餘日應診，以寒熱病居多，大都汗多熱不解，熱度時高時低，舌苔白膩，大便不爽，用表散藥，則汗出已多，用清熱藥，則濕熱阻隔，不得其法，淹纏竟達二三星期，既耗藥費，又虧病髓，中人之家，頗以為苦，余則以桂枝柴胡湯，平胃散，大承氣湯四方斟酌施用，無不應手奏效，惟有汗出已多，病邪尚未外達者，如九龍劉姓老太太發熱五日，汗泄頗暢，仍覺患寒，頭痛，胸悶，咽癢，咳不爽，診其脈寸口尚浮，因與麻黃桂枝湯一劑，而寒熱全解，諸恙亦減。又有黃某某先生素有遺精之患，上星期感受風寒發熱，十餘日不解，每於下午四時微覺怕冷，繼而熱度漸高，至午夜得汗後始漸漸減低，然終不退盡也，診其脈兩尺深沉細而弱，知仍在少陰經，余以麻黃附子細辛湯一劑即癒，又有某姓婦左脅作痛，經三月餘未癒，以柴胡疏肝散二劑而癒，某姓婦患小便作痛，醫家都用通利小便之劑，痛楚更甚，余以十全大補三劑而效，先哲所傳之方，其妙如此，在於我輩平日，能否研思耳。

暑溫

立夏之後，氣候漸熱，腠理不固，易受暑溫，倘平時嗜游泳者，熱伏於內，寒結於外，體弱者形寒發熱，頭痛胸悶，即易發作，積伏較深，一旦有病，必較嚴重，輕則寒熱連綿，重則四肢麻痺，急宜發表通絡，庶寒濕外達，血脈流通，病去而本元不傷。

中氣衰弱之體，血不養脾，倘久病或致痙厥，可用理中湯徐徐灌之，若嫌人參價昂，不妨改用高麗參，使中氣有力，血脈運輸恢復，自然蘇醒，與夏日中暑昏厥須用開竅清心法截然不同，不可一例治之也。

寒熱虛實

同一寒熱病，虛實不一，治療各殊。即以濕溫病而論，古人每以茅朮白虎湯為祛濕退熱妙劑，三十年前余在故鄉，每用輒驗，移居滬上，則驗者祗十之二三，蓋滬地頻海，寒濕較內地為重，非用溫燥之劑，不足廓清其腸胃。某歲金陵某名醫，擅用溫補，移壺吾蘇，屢屢僨事。由此知地域習慣，各有不同，未可居守一法也。

吾國二千年前，扁鵲華陀已發明匏割縫合，洞觀臟腑，載在史冊，當非虛渺，惜方法失傳，繼起無人，今西醫開刀方法，百試百驗，又佐以各種儀器，凡目力所不及者，皆能明晰，使病無遁形，跡象可尋之病，除癌病外，已有治療之法，誠醫學上之大進步也。

人身疾病，有跡象可尋者，治療易於著手，若臟腑無恙，血液二便亦皆正常，而呻吟床席，寢食不寧，肌膚日削，則吾先哲所論氣運二字，或可盡之，審斷不誤，藥到病除。復有明知病之所在，如上月隣居倪君，肛門腫痛，除外敷藥粉，復內服補氣清熱利濕之方，不十日即癒，此如敵寇據有阻要，善用兵者，除正面應付外，並截其接濟，則易於就範，勿使日積月累，釀成巨患，則事半功倍也。

脾腎兩虛之寒熱

近半月中治一陳姓男童傷寒，初因受寒停食，寒熱三日，醫者屢以輕清疎散治之，病延九日，熱勢更甚，胸悶亦日甚，大便溏泄日夜十餘次，小便亦十餘次，莅余診治，按其脈左為浮大，右為細弦，察其舌，則前半光紅，後根垢厚，知其津液已耗，脾腎兩弱，而脘腹痞硬，腸胃積滯未去，汗洩全無，四肢時覺不暖，先用小柴胡再以四逆散與之，適此數日風雨陣作，其家在上環，兩次往還，衣衫盡濕，告以傷寒不官勞動，設在感受暑濕，恐成兩感症，則不易治矣。乃口述病狀，轉方二次，因未親診其脈，不敢用重量方藥，綿延數日，而病狀未減，乃邀余至其家診治，見脈象左部轉沉細，右部則浮數而弦，余斷其病在陽明，先用小承氣湯去其積滯，門人麥某，謂余大便已見泄瀉，何以再用大黃？余告知以前之瀉皆傍漏，腸胃宿滯絲毫未動，故身熱不退，服後居然大便暢下三次，然熱度猶未大減，再以白虎湯加人參二劑熱度減而未盡，而四肢轉寒，時覺泛惡，以代赭旋伏理中湯與之，二劑，氣逆平，四肢亦漸回暖，再以異功散加附子，調理數次，熱度始得全解。以探表試之，已進入紅線之內，三四日內，眠食如恆，祇須稍加補益，善自保義，一月之後，當可完全復原。

此病所難治者大便日瀉數次，小便亦屢下不禁，脾腎二虛，收縮無力，復以出外就醫，重受外邪，汗泄不見，肌膚燔灼，探熱表在肩胛下試之，竟達一百四五度之間，胸脘痞悶，胃氣高漲，拒人手按，病去之後，一經勞動，右脈至數便覺不調，其根本處可知矣。故一再囑病家善自頤養，立秋大節有邇，斷難再經勞復食復也。

王孟英

王孟英嗣葉天士、薛生白後暢論溫病，以為溫病與傷寒不同，附和者頗不乏人，從此蔑視長沙者有之，強解長沙者有之。清末民初，蕭山陳君著《溫病論箋》，蓋從溫病條辨溫熱經緯加以註釋也。書中頗推重葉天士，所用方藥，亦梔豉湯銀喬散之類，孟河派即師其法，沿至今日，大江南北號稱治傷寒時醫，無不如此。

論溫病者曰：溫邪上受，首先犯肺，逆傳心胞，肺之氣屬衛，心主血屬營，辨營衛氣血雖與傷寒同，而治法方藥，與傷寒大異，其所以異者，溫病化熱較速，在表，當用辛涼輕清。有風，加薄荷牛蒡，有濕，加蘆根滑石，傷寒傳經，故多變證，溫病祇在三焦營衛，並不遞變。

又曰：陽旺之體，胃濕為多，陰盛之體，脾濕為多。又曰，不從外解，必成裏結，言在大腸與胃也，亦可用下法，但傷寒可用猛劑，溫病祇可輕劑。胃脘痞脹，宜用苦洩，小陷胸湯，或半夏瀉心湯，吳鞠通謂宜去人參，乾薑，大棗，甘草，加只殼，杏仁。倘舌唇純紅鮮澤，可用犀牛角，生地，麥冬，元參，倘病延日久，心虛多痰，邪熱內陷，則用牛黃清心丸，至寶丹，以開洩之，且防其昏厥發痙也。

謹按：此類方藥，在彼時，或頗收效，王氏學問淵博，著作等身，鞠通亦邃通醫理，按其所論，決非苟作。然在今日濱海之區，濕之中人為易，人體秉賦不同，氣候寒燥亦殊，以彼例此，未必全驗。宋元以來，諸家持論，類多偏執，不僅王氏為然，願與同道諸君子參酌焉。

潛齋醫案

國醫處方用藥，每多偏長取勝，若唐宋大家遜思邈、許叔微則無所不到，無所不能，處方用藥，中正不易，元明以降，如李東垣之好用溫補，不覺其滯，張子和之側重汗吐下三法，不嫌其峻，朱丹溪之苦寒有陰，亦不耗陽，此三賢雖未嘗不起人沉疴，然學之不善，亦可自誤誤人也。王氏《潛齋醫案》，馳名遐邇，臨診處方，心手俱到，高出近代所謂名醫數倍，然偏重養陰，元參生地鱉甲麥冬知母花粉等藥，幾於無方無之，或彼時熱多於寒，陽盛陰薄，故每診必效，而其治盛夏暑症，捨白虎湯，而用甘露消毒飲與神犀丹，紆迴曲折，似乖中道。吾蘇時醫咸宗其法，輕病未始無功，重症則不啻餓夫之飲清泉矣。此與吳鞠通銀翅散三仁湯之治濕溫病，同時避重就輕之法。其詆斥附桂參蓍，謂甚於酖毒，又謂用溫補藥醫生，無異不操刀之屠手，吾見未蠲，氣度不宏，殆以海寧濱海之地，溫邪居多，抑或司天在泉，運會使然歟？敢以質諸讀《潛齋醫案》者。

治病要審情察理

傷寒一症，在吾國東漢張仲景氏，推闡靈素，彙集眾方，按經治療，如庖丁解牛，養基射的，無不中節。然不僅現在所謂傷寒也，凡中風中暍，咸集在內，大抵傷於寒者，如屬太陽經者，麻黃湯主之。少陽經者，小柴胡主之。陽明實病者，承氣湯主之。中風者，桂枝湯主之。中暍者，白虎湯主之諸類。病狀雖同，因感受各異，方藥亦殊，且四時氣候，南北地域，人身體質，亦不盡同，醫家處方，要在辨別不誤，應手輒效，廢古固有危險，泥古亦足誤人。譬如用兵，明恥教戰，殺敵致果，千古一也。而強弱之勢，攻守之道，亦須審情察勢。趙括祇能讀書，馬謖剛愎自用，同歸敗衂。若咎古方不合今用，是猶傷食而棄五穀，患寇盜盡廢五兵，非智者所敢任也。按近代稱傷寒者，熱度卻不甚高，汗出雖多，身熱不解，舌苔黃膩，邊尖光紅，胸脘痞悶，或日輕夜重，或大便溏薄，視尋常傷寒，劫津譫語，神昏不寐，似同實異，此種傷寒，在國醫則斷為濕溫，危險性少，但淹纏而已，治之不當，轉成他症，危險亦多，氣陰過耗，展轉成癆，亦常見之事，此等溫濕症，與斑症傷寒，截然不同，大抵斑症傷寒，十之七八，由跳蚤為媒介，某歲上海一埠，傳染極廣，友人魏庭榮之郎，乘車返家，檢得一蚤，翌日即發高熱，紅疹隱約，余以犀角地黃湯加紫草茸與之，一藥而癒，要在清其血熱，不必顧及腸胃也。

學醫宜熟諳傷寒金匱

七八年前春夏間，及門邢志遠之岳父某君，在上海業呢絨，忽染斑症偏寒，以熱勢高漲，服豆卷藿香而殞，按豆卷藿香，性尚平和，然藥不對症，竟足殺人，甚矣認症之不可不慎也。仲景《傷寒論》，包括極廣，所列方藥，皆從實驗中來。自云其家宗族有二百餘人之多，建安以來，東漢獻帝，未及十稔，死亡者三分之二。傷寒者居其七八，乃勤求古訓，博採眾方，成《傷寒論》。依六經分為六卷，後附三章，又為一卷，於雜病又成《金匱》九卷。不獨吾國醫界奉為圭臬，東隣日本，至今猶宗之。近聞歐美醫界，亦在翻譯，可謂百世之師也。近代國醫家，少讀古籍，祇取葉天士，吳鞠通銀翹散三仁湯。以為傷寒之不二法門，師弟相承，古訓盡廢，良可慨惜。耳食之士，竟先以風寒溫三者為提綱。三者變見諸症，歸某經即見某證，即用某藥，來歷雖異，而歸經則一。若未究古義，謬加判斷，偶得僥倖，未足為法，復以歷歲過久，展轉翻刻，不僅魚魯亥豕，間有方藥倒置，詞句竄亂，誤人更甚。先母舅曹氏，所藏宋刻《傷寒論》殘本，（缺二卷）與流傳之《傷寒論》出入頗多，東瀛湯本求正，所撰《皇漢醫學》，引用《內經》《傷寒》《金匱》諸書，亦多不同，此好學者同感。未嘗不咎近代人士之厭舊嗜新，不加提倡，一輩名醫，惟求展廣業務，不肯深切研討，有志之士，又限於資財，有心無力，大好寶物，遂致日湮月淪，良可惘惜，鑒於傷寒之感受不同，診斷之難，益見古訓之可貴，斑症傷寒之忌用表劑，僅其一焉，爰為記之。

肝胃氣痛

臥病浹旬，與藥鐺茶爐為伍，承病家不嫌我居皇家公寓四樓之高，親自跋涉扶掖就診，除尋常寒熱病外，有三病人較為嚴重，居然藥到病除，因記如下。

一，張姓婦胃病已歷年餘，發時痛不可忍，平時胸脘間覺氣分壓急，呼吸不利，大便時乾時濕，夜眠不安，余先以柴胡疏肝散與之，兩劑氣分便舒，再診用二陳溫膽湯連服三劑，濕痰全化，夜眠酣適，而經水適至，色殷不多，因以逍遙散付之，再服兩劑，經痛悶解，前後來診三次，才十一日諸恙皆已，道謝而去。

二，同鄉汪道生先生，介紹其廠中司機某夫人，寒熱十四日，大便亦四日未行，經水趲期而至，兩日即停，煩熱更甚，胸悶痞結，夜不能睡，偶而閉目，便見神鬼，屢藥不效，汪先生囑其來診，余以仲景金匱參以北宋許叔微本事方，藥祇南星，柴胡，黨參等七八味，一劑減熱，二劑嘔痰甚多，內外都爽，惟傍晚尚有轟熱，乃以大承氣湯與之，未滿五日，諸恙畢癒。先賢成方，用之恰當，無不應驗。因慼吾國醫界束之高閣，惟以豆卷藿梗當歸赤芍以治婦女夾經寒熱，以致熱入血室，轉成危症，不勝慨歎。

堡壘街四十五號林君夫人，患血不歸脾症，心跳自汗，由曾先生介紹來診，察其左脈細弦，右脈濡軟，知中氣已弱，血分亦虧，先服歸脾湯二劑，夜眠輒安，忽於某日感受外涼，先寒後熱，汗多而熱更甚，適余臥病不能應診，改服西藥，仍不見效，余復診後，親往問候，知其忽寒忽熱，頭眩目濇，精神甚疲，知出汗過多，亡陽傷氣。其所以熱盛者，乃浮陽不潛，故兩足不暖，以理中湯人參換高麗參付之，二劑熱退身安。停診十二日，深負病家矚望之殷，幸此三症，奏效尚速，聊堪自慰。

頤養

腎水充足，夙夜宣勞，耄而不倦，恒見肆慾之人，耳鳴，頭痛，氣促，喘咳，失眠，健忘，紛至沓來。凡瞳神無力，腰腿虛軟者，皆其預兆。或由先天不足，平時用腦過度，亦都有此現象，六味地黃歸脾天王補心諸方，皆可引用，惟須服一二月以上，始見功效，由衰回健，不能急求也。

浙僑某君秉賦本弱，而能善自調攝，經營商業，頗為辛勞，又酷嗜典籍，不免用腦稍過，去冬知余有益元膏方，照配一料，今春清明節後復合一料，每日早晚各服一匙，自此精神健旺，案牘牙籌，皆躬親自理，辰起酉息，不覺勞倦。某君為六陽脈，要硬數搏指，則氣血調洽，寢食安適，倘細軟寧靜，便感神倦無力，與同鄉吳君適相反。吳君脈要細如游絲，重按始得，則安適無病，倘稍現弦數，則氣促神倦，所謂六陰脈也。據張太《素脈論》，六陽主貴，六陰主富，先哲所論，必有依據，恨余未能精究斯義，不敢懸斷。然某君體質雖弱，能自節養，吳君壯碩，中年不自檢點，去冬按其脈，尺部稍兼刻露，服用補劑，又鮮恆心，不免引為杞憂者也。

消渴及肺腎病

下消症，名消渴病，《內經》云：六脈大而無力，脈至無從，按之不鼓，法當溫補。張仲景《金匱》載消渴病，如飲水多，小便亦多，腎氣丸主之，飲水不止，文蛤散主之（五倍子）小便不利者，括蔞瞿麥丸主之。漢司馬相如即患此病。大抵患此者，精神疲倦，口渴嗜飲，夜間小便特多，若不醫治，漸至腰痠腿軟，形瘦神奪，轉成他症，雖盧扁亦難為力矣。明季皖北孫東宿先生，擅治此症，余家舊藏親筆尺牘，謂治消渴症，用熟地一兩，淮山藥一兩，桑螵蛸三錢，遠志肉四錢，初起服之輒效。十餘年前在滬蘇，屢師其法，果有奇驗。前歲之春，舊友林君過港，見其形瘦舌光，口渴溲多，即以此方加原金斛五錢，連服六七劑，病減七八，惜應酬太忙，起居不節未能全復。又亞西亞某西人亦患此病，服一月而癒。最近粵僑山光酒店呂君，患此病較重，踵其方加附桂鹿角霜，服兩月餘而癒。東宿博覽群書，師法前賢，不泥其迹，其所傳治消渴方，輕者半月即效，若兼有他症，或染病日久，氣陽虛弱者，則非加用他藥不可，尤須詳按兩關脈象，叩其肝脾如何，不能專治少陰也。特為錄出，以告患此症者。

近日頗有患腰積石病者，大都由於濕熱凝結肺督，氣化不調，溝洫不通，日積月累，結成瘕塊，升降失職，漸變他病。蓋肺為乾金，象天之體，又名華蓋，五臟六腑，受其覆育，平日專司收納，吸其精華，營養全身，去其渣滓，出為大小便，肺開竅於鼻，一呼一吸，節制之主也。

氣根於腎，乃先天水中之陽，肺屬辛金，金水相生，循環不息，患喘咳病者，大部腎水先虧，（亦有痰多受風寒而喘咳者，此係輕病，略用溫表藥便癒。）用六味地黃附桂八味金匱腎氣輒效。腎者水臟，水中含陽，化生元氣，根結丹田，呼吸達於膀胱，運行於外，則為衛氣，乃水中之陽，別名之曰命門火。腎水充足，則火藏於水，韜光養晦，鼻息細而不粗，若水虛則火不歸原，百病叢生。腎又藏精氣，上交於心，水火得濟，不但永無夢遺失眠怔忡諸患，且思慮周至，智慧過人，腎氣不足，不能化水，排洩無力，溝洫阻礙，肺腎交困，腰積石病成矣。肺腎皆嬌嫩，既畏燥熱，又畏寒濕，肺受寒則咳嗽，蘊熱則失血，腎受熱則身痛腰冷。閩僑吳君於今年秋七八月患腰積石，「以X光為証」屢藥不癒，漸增寒熱，先由某醫疑為腎著症，服腎著湯，愈覺煩熱，余以六味地黃加滲濕法，未及一星期即癒，又有朱某患漏精，小溲中雜有血痕，左尺脈細弦，屢治不癒。余用導赤四苓兩散利其濕熱，最後服平補肝腎藥而癒，同一腎病，一寒一熱，不可相混，近來類此病者，頗不乏人，年齡輕而無傳染性者，最易治療，收效亦速，年齡在五十歲以上者，中氣較弱，收效亦遲，此一定之理也。

喘咳

咳嗽哮喘，除尋常感冒外，大部中氣必弱，霜降以後，冬至左右，必然發現。病家每因尚未發現，忽略而不肯預先調治。殊不知未發之前，稍服肺腎兼補之藥，使氣分充足，不怕外邪之侮，體力金錢皆較經濟。否則，一經喘咳，第一部須先驅除風寒，然後分別補納，病重者不能平臥，日間所進飲食，變為濕痰，蓋脾腎不醒，吸收無力，清不能升，濁不能降，大好津液，轉為擾害人身之物，察其受病之因，中年不戒酒色居半，或由父母遺傳，或由多食鹽甜之物。小兒息此者，在發身時或可自癒。然近年盛行冰凍飲食，小兒嗜者居多，氣陽兩虛，自難痊癒，恆見患此病渚，日間不能行動，夜間不能平臥，一經勞動，痰隨氣沖，甚可憫也。前星期有粵僑張君者，患哮喘已十餘年，近因氣候轉寒，在輪渡稍受涼風，返家喘咳大作，痰吐如沫，夜睡須用高枕，稍行入睡，氣便上沖。就診於余，診其兩脈，左關尺細而未數，右寸關緊而又滑，知其素有腎虛之患，奈以背冷頭痕，外邪未清，祇能先顧其表，用定喘湯加桂枝二錢，一劑表邪即解，二劑氣分即平，夜睡可以不用高枕。最後與以余自製益元膏方，改作丸藥，未及十日，體健如常。此為半虛半實之症，余年來所治哮喘病，成績之最速者，亦由張君尚在中年，體力較強，事半而功倍也。

藥貴專不貴多

人生疾病，千頭萬緒，除時疫浸染外，不外四種：

（一）內停宿食痰濁，外感風寒暑濕，寒熱連綿，胸悶腹痕，方藥合度，一劑即效；

（二）處境沉悶，腹滿胸結，除用宣鬱通氣方藥外，亦須屏除煩腦，放寬胸襟，服藥二三劑，亦可見效；

（三）體質本弱，染病亦久，新陳代謝，已告衰退，若再起居不節，飲食失調，所生之病，自倍淹纏，服藥功效，僅居其半，非善自頤養，斷難痊癒；

（四）痼疾日深，本屬不治，方藥合度，僅可維持歲月，回天再生，視其陰德如何耳。

經云：冬不藏精，春必病溫。夫傷精豈僅在燕婉過度而已，凡勞心苦思，與飲食失調，皆能暗耗氣血，傷殘精力。又云：春生冬藏，冬藏有餘。明年春間自能生化，江南中產之家，每屆寒冬，類多服膏滋藥以資補納，上海西僑亦多服用，據云：初服時尚不甚驗，及至翌年春間，便覺精神爽健，作事耐勞，信植物之功，勝於其他補餌也。鄙製益元膏，效力雖佳，奈原料代價逐年增加，視前兩年，幾至一倍有餘，遷就之計，非以他藥替代，即減低數量，間有淺嘗即止，不能終服，其效力自難與曩昔相比。前日見明代名醫孫東宿先生一方，藥僅六味，以黨參，熟地為君，高麗參，製首烏為臣，枸杞子為佐，陳皮為使。氣血兼補，肝腎並顧，倘再加紫河車，功力更巨，其他苓朮歸芍，概行摒置，設或需要，不妨臨時加入，煎湯同服，則伸縮自如，代價亦廉，用藥貴專不貴多，勿以簡單而忽諸可也。

幼科五則

小兒科俗稱啞科，以有病不能自言，醫家診察，要在旁證博採，余在家鄉，親族友好，集居一隅，所育子女，何止百餘，設有疾病，輒邀診視，卅載以來，經驗較廣，偶然憶得，彙錄於右：

未滿週歲，或一二歲小兒，衣服被褥不可過暖，（勿用新棉花）洗面濯足，用水祇須微溫，切戒過熱，因熱水可使肌膚寬鬆，風寒易於鑽入，為父母者，恐小兒受寒，往往著之過暖，反因以致病，蓋純陽之體，與成年人略有不同。

小兒感受風寒，發為寒熱，藥湯辛苦，灌服為難，可用葱一握，約十根，搗爛絞汁，（若要汁多，先用水浸一二小時），加麻油十滴和勻，取細棉花浸濕，前後胸背輕輕摩擦數十遍，遂即以薄棉被蓋之，免著風寒，二三小時後，微汗熱解，既能疎其血脈，開其膚孔，邪出而正氣不偏，亦妙法也。倘發熱已逾四五日。煩躁胸悶，口渴啼號，面紅便閉，則風寒積而化熱，入於內部，可取雞蛋（去殼）一個蘸麻油少許，週身緩緩熨之，輕病即可告癒。倘胃脘積有食滯，熱勢過甚，則向藥店購皮硝一兩，加只殼末，生薑末少許，用布扎臍腹，一夕間，食滯自消，熱亦自解。

大抵小兒為病，多為積食而起，腸胃阻隔，即易發熱，考食積所以不化，每因感受寒涼，以致運化遲鈍，治療之法，不必重於發汗，只須疎通氣化，如生薑，只殼，橘皮可矣，如一二歲內，尚未斷乳，則為乳積，可用麥芽三錢，取乳汁一匙，（吃牛乳用牛乳汁），炒焦成炭，加生薑兩片，葱白三根，煎湯喂之極驗。小兒最忌久瀉，因脾陽虧弱，腎氣隨之，肝木乘之，則頭額甚熱，四肢反冷，小便繁多，極易變成急驚慢驚之患，及至神昏抽搐，角弓反張，則棘手矣。蓋肝熱生風為急驚，脾虛氣弱為慢驚，神識不清雖一，而治療有清降溫補之異，若濫稱驚風，一撮丹丸可以兼治，未免太混，大抵急驚用羚羊角，龍齒，硃茯神，棗仁，慢驚非用附子理中六君子不可矣，先母舅每遇小兒陽虛者；雖因食積致瀉，查炭，只殼，麥芽外，必附以土炒白朮，茯苓，健脾諸藥，以防土弱木旺，亦古人消中帶補之意也。再水瀉三四日，未必全是受寒停食，往往濕熱困脾，此不可不知，則黃蓮黃芩葛根甘草之需也，此間濕熱，視內地為甚，若亦以溫中健脾治之，則南轅而北轍矣。

腹中膨脹，嗜食形瘦，大都由於蛔蟲，蟲類不一，而以寸白蟲，柳葉蟲，最能傷害小兒臟腑，治療之法，吾國醫書所載，化蟲丸最佳，因有蕪荑，雷丸，雄黃，使君子在內，皆殺蟲藥也，其他則可用南瓜子二兩，搗爛加糖少許，一次沖服，或用南瓜子六兩，煎湯服下亦可，又方川椒三錢，生薑三錢，水一碗煎成半碗服之，川椒能殺各種蟲類，然辛辣難服，不妨研成細末，做細丸吞服。又方，百部根切碎三錢，煎湯服之，又方，石榴樹根皮二兩，用開水一斤泡一日再煎，煎至半斤除渣，分兩次服之，然服殺蟲藥前，必先於小兒饑餓時服之，否則效力殊鮮。

頭部多汗，謂之自汗，此屬陽虧，入睡多汗，謂之盜汗，則為陰虛，此間視內地為熱，出汗自易，若非虛汗，並無大礙，吾國古法，治陽虛自汗，以黃耆三錢，麻黃根三錢，浮小麥三錢，紅棗四枚，陰虛以生地黃三錢，碧桃乾三錢，糯稻根鬚五錢，皆用清水煎服，余曾用三十餘年，頗見效，且性味和平，並不苦辣，但須多服數日，始可見效。

續幼科六則

小兒患蛔蟲者多，患胃病者少，因小兒不服辛辣刺激之物，又無七情擾其胸懷，所謂胃酸過多，胃酸不足，胃墜，胃炎諸症，與小兒無關也。上月初旬，有陳姓夫婦，抱一二歲男孩求診，初時寒熱極壯，汗洩頭部為多，四肢不暖，虎口色黑，以四逆湯付之，翌日寒熱解，而入夜不睡，時時啼號，不肯納食，再以寧神柔肝之劑付之，毫不見效，因聞其母云：「此兒夜睡，必腹壓床褥，背必向上，方能入睡，因憶十年前同鄉楊君女公子傷寒，服羚羊角二分，徹夜呼胃痛，口吐清水，用肉桂而癒，恐亦由此。蓋近時水菓冰棒（雪條）盛行，小兒嗜食，幼年胃弱，不勝刺激，故亦有胃寒之症，乃以溫膽湯加煨薑吳萸木香，一劑即得安睡，二劑而眠食如常，病之不可測度如此。

小兒百日咳，古名鷺鷥咳，大約六七個月小兒最易傳染，男孩較女童為輕，強壯者反重，約分三期：初起咳不甚劇，似有微熱，第二期咳漸增加，胸骨牽痛，有時略吐黏涎，第三期面目浮腫，咳亦更甚，間有黏涎，中帶血痕者，治法雖多，而效者絕鮮。無錫奚伯初先生，雅擅醫理，於兒科尤為特長，謂余醫小兒頓咳，以鮮白萊服打汁，加川貝母末，冰糖屑拌和，置飯鍋燉三四次，即與服之，三四日既效；能多燉尤妙。以米氣上騰，多吸汁內，效驗更著。蓋脾為肺母，肺為脾子，米能益脾，脾實而肺充也。冰糖萊服，性平味甘，川貝苦味尚微，小兒易於接受，不用灌輸也。

小兒疾病，大都由於吃食不慎，衣被太暖，父母親友，見小兒可愛，好以食物與之，成為習慣，小兒不知飢飽，隨時喜食，腸胃力薄，便易積滯，衣被過暖，肌膚抵抗力薄，略受外邪，即易發熱，若受寒積食發熱腹瀉，急須先平肝木，健其脾土，使泄瀉止，而身熱亦減，恒有小兒因泄瀉之後，津液耗損，肝本不潛，面色轉皓，四肢抽掣，上盛下虛，則非溫補不可，又小便頻數無度，則氣腎兩虧，可取金匱腎氣湯或右歸飲，斟酌用之。方中附子為主要之藥，不可減輕，若舍本逐末，則大誤矣。

小兒自彌月而至三歲，猶未可以脈為證，且小兒每怯生人，按其手腕，啼號叫跳，神志慌忙，大小遞數，失其正常，不若以指紋可見者，與面色病狀相印證，可以辨其寒熱虛實也。少時讀《幼科鐵鏡》，載有三關部位歌，男左女右，在大指與二指交叉間，看二指自內到指尖，分出三關：（一）風關，（二）氣關，（三）命關，本事方亦載有此歌，辭句大同小異，茲錄之：

初起風關證未央，氣關紋現急須防，
乍臨命位誠危急，射甲通關病勢彰。

指紋何故乍然浮，邪在肌膚未足憂，
腠理不通名表證，急行疎解汗之投。

忽而關紋漸漸沉，已知入裡病方深，
莫將風藥輕率用，須向陽明症裡尋。

腦膜炎，即係肝熱病，用羚羊角極驗。又有一種名腦炎者，其狀頭額極熱，但不項強，惟神昏不語，狀如醉人，二十年前歐洲日本曾有之，吾國則未之聞也。據門人張木一謂余，若用導赤湯，如龍膽草，而亦可十癒五六，六七年前，上海戈登路鐵工廠主人周某，三房合一子，祇十八九歲，而國文，英文，算術，在復旦學校均考甲等，父母鍾愛逾恆，是歲初夏，忽發寒熱，即邀某西醫診治，詎一星期後，額熱更甚，四肢則不暖，徹夜不眠已七日，然神昏不語，終日如醉，乃邀余往診，按其脈左寸關弦數，右則細軟，以攝氏表置肛門探之，得四十一度，舌紅，口乾，嗜飲，勢甚險惡，余勉以羚羊角犀角灌之，翌晨居然熱退至三十八度半，為之大慰，再邀余往，則又四十度矣。神昏不語，一如昨日，同時邀西醫俞醫生彙診，亦感棘手，至夜再邀余往，以押舌觀其舌苔，忽由光紅轉為白膩，余恍然有悟，殆仲景所謂陰盛隔陽也。以白通加尿豬膽汁照原方不增減，囑病家趕速配服，時牙關已緊，乃強灌之，至晚，其父欣然再來邀余云：熱勢大減，神識已清，下燥糞甚多，且索飲食矣，至則再診其脈，左部已平靜，祇右關略數，再以益元湯加減予之，不旬日，霍然全癒，然兩目呆視，愚笨不堪，視曩時判若二人，歷半載而復，蓋頭為眾陽之首，熱伏過久，腦髓已損，失其辨別決斷功用，亶其然歟？

今年夏秋之季，炎暑甚於往年，小兒患熱病較多，大都頭額獨熱，四肢不暖，日重夜輕，最低在華氏表九十九度左右。初起時，汗洩不多，柴葛解肌湯尚可收效，倘拖延至兩三星期，則難治矣。間有退淨後隔二三星期，稍受外邪，重復發熱，展轉不癒，形瘦色奪，致成癆瘵，甚可慮也。

石塘咀朱姓男孩，患此病已一月餘，投以柴芩煎而癒。

又閩僑黃君公子，之感此症，屢治不效，與以四逆散三劑而癒。病中未戒涼果，脾胃虛弱，不思飲食，再與以五味異功散五劑，食量大增，強健反勝未病之前。其他病此者，往往拖至七八星期而癒，亦有因此轉成他病者，苦思力索，遍閱各種醫籍，始於李東垣醫案中，翻得一方，藥只兩味：以當歸為君，黃耆為臣。試用六七人，居然皆驗。惟一男童，脈左關獨弦，兩顴色赤，用羚羊角三分而癒，蓋此病觸受暑熱，兼受外風，外風雖因汗得解，而暑邪仍留戀肝脾之間，復以氣候炎熱，日久爍陰耗血，東垣此方，旨在補血，而黃耆之量反五倍於當歸者，因補氣重於養血，所謂無形生有形，合於天地陽生陰長之理。且黃耆輕清走表，血虛之體，肌膚抵抗力薄，外邪易於暗侵，或蘊藏之邪，無力透達，得黃耆之力，仍可以微汗洩之，當歸雖能生血適熱，無黃耆則力不顯，於此益佩先哲學富思深，疑難之症，苟有治療之法，自必記述，以告後人，不可謂金元以後醫書不足觀，以自狹也。

兩粵以彭魚腮清理痳症後餘邪，成績久著，然亦不能一例而論，粵僑某君幼子，患痳症，初起並不顯著，余以一捻散與之，翌晨痳點遍佈，二三日後熱退身安。後略食彭魚腮，寒熱又作，再來醫治四五日而癒。江浙人稱痧子謂素痧子，言須戒葷，港地卻不甚注意，此乃習慣不同，然鄙意似以慎重為是，不妨一月以後再進葷食也。

痳症以後，亦須稍飲清熱之劑，如綠豆湯，銀花生草甘湯，以清血分餘邪。不佞次兒與長房大侄，痳症後未注意飲食，未服清涼之物，次兒轉成肺病，大侄延成疳積，俱歸夭亡。為父母者，似應引以為戒。

心肝作用

中醫之所謂心，所謂肝，非必有形之心肝也，據解剖學言：心，為生血迴血之用，血受炭氣則紫，迴行至心右上房，有一總管，接迴血入心中，落右下房，又一總管運血出而過肺，被肺氣吹去紫色，遂變為赤，還入心左上房，落左下房，又有一血管運血出行，遍於週身，迴轉於心，與內經營衛交會於手太陰肺，及心主血脈之說相合，然其功能生血迴血，與思慮無關，現在每稱思想為心理，蓋習慣言之也，至於解剖學之言肝，謂其依著後脊，前連於胃，其名曰總提，總提內有行水管，為胃行水，又以迴血生出膽汁，入腸化物，則其功用為行水化食，與內經肝主疏泄之義未嘗二也。竊嘗思之，覺中醫之所謂心屬於腦也，所謂肝者屬於神經也。蓋就氣化言之，非有形之心肝也。故凡遇傷寒時疫，外症之疔癰，發背對口，及小兒之急慢驚風，每至內陷暈厥，則謂邪入厥陰（肝）少陰「心」，實則病毒由血管侵入於腦，及全身神經，故知覺全失，遍身抽搐，與有形之心肝無直接之關係也。（初時羚羊角犀角珠粉等，可以挽救），又經過大熱症，小兒曾患急慢驚者，腦力被爍，病後記憶力與智能，必大減退，其非有形之肝可知矣。

婦科經帶病

婦科之病，雖與治男科無殊，惟婦女月經至關重要，昔人論：經者，常也，月行有常度，經水有常期，前後三四日不足為病，若期十日外則病矣。婦科書載以趲前為熱，落後為寒，此說亦難盡信，大抵月經色澤以鮮紅為正，紫黑者熱也，黃如米泔水者為濕也，淺淡者虛也，紫黑成塊者熱積也，成塊色暗者寒氣凝結也，將行而腹痛拒按者，氣血交滯也，喜以手按住者，氣血不足也，經前發熱者，為血熱，經後發熱者，為血虛，腹痕者為氣滯，痛者為血滯，經來泄瀉者為脾虛，或受寒冷，兼有逆行吐血者，所謂（倒經）也。血沖如崩者，皆屬血分過熱，絡脈傷損，或瘀血阻塞，違其節度，至於癸水將屆，辛辣刺激寒涼菓品，均須暫戒，因辛辣恐血熱妄行，寒涼則停滯不暢，以上諸論，雖不能詳盡其理，然未嘗非從實驗中來也。

婦女白帶，雖非重病，然頗傷體力，實者則為濕熱，虛者則為脾腎虧，此其大略也。惟近代兼有傳染淋濁而來者，較為複雜，實無治療把握，不敢強不能以為能也。

肝陽、肝虛、心跳、失眠、頭痕、耳鳴諸症，大都由於血少不敷涵養，而婦女界患此者較多，往往因一症而牽及他症，治療之法，先用寧心柔肝補腎，然後再用四物湯以補其血，若以頭痕為外風，肝陽為內熱，予以表散，則大誤矣。婦女界患此者，大都在結婚之後，思煩過勞，產後此病尤多。達生編云：婦女產後，不論正產小產，必須滿一百日，可與丈夫同房，倘違此戒，疾病必多，今則能守此戒者極鮮，所以肝血兩虧，枝節叢生，（惟秉質素強者，及產後多服滋補者，可免患此。）蓋婦女以血為主，血能養肝，肝賴血養，產後百脈皆虛，而於肝血尤甚，頭痕心跳失眠之所由起也。

女子胞中之血，每月一換，去舊生新，舊血即是瘀血，瘀血不去，便阻新血生機，故女子以月經正常為主要，倘經前經後多食生菓冷飲，極易發生痛經月事不調之患，每日餐後略食生菓，可以助胃液消化，然與油膩同食，反易阻塞腸胃，素有胃與痛經病者更宜加慎。秋末冬初，江浙人喜食鮮蟹，滋味鮮美，殊勝魚肉，然有胃病者服之，必腹痛胸痕，甚至泄瀉。余每以木香散治之輒效，或於食蟹前半小時先服若干，便無此患。再婦女患痛經者，食蟹痛必加甚，亦可以木香散治之。

統血在脾，藏血在肝，《內經》云：中焦受氣取汁，化為赤血，婦女乳汁，即由脾胃飲食所化，產後飲食增加，其乳汁必多，既有乳汁，月水即停，蓋其血已變化為乳矣。斷乳之後，此汁仍變月經，醫者徒知催乳須補脾胃，而不知滋血，亦須補脾胃也。國醫補血之法，並非直接加血，而在和其營衛，調其臟腑，使運行正常，所納飲食，自能吸其精華，洩其渣滓，較之泰西直接輸血與注射肝精與服食砒鐵不同。不佞經驗所得，覺功效雖似遲緩，而根本治療，效用亦自久長，且取材植物，性能和平，不論老幼男婦，無不盡同。歷年秋冬開出補血膏丸方藥，初服尚似和平，而二三月後，無不病去體安，眠食勝常，且陰陽兼顧，氣血並治，更無大便燥結之慮，值此秋氣漸深，凡氣血虧弱之體，亟宜垂注也。

婦女經水斷續，或先後不定，此非虛症，乃肝腎之鬱也。肝出於腎，水能生木，肝為腎子，肝鬱則腎鬱，先後斷續，乃肝氣或通或閉耳，子與母相繫，子病母亦病，自然之理，治宜疏肝之鬱，開腎之鬱，乙癸同治，功效自見，若誤用參耆紅花，則大誤矣。傅徵君定經湯一方，最為恰當，茲附錄之。當歸、白芍、熟地、兎絲子、淮山藥、茯苓、荊芥、柴胡，所謂滋肝腎而舒鬱氣，不須通經利水，功效自見。

婦女疾病，若月經準期，施治較易，或趲前落後，或過多過少，皆足影響各部，當其衝者，厥肝脾，蓋肝為風木之藏，膽寄其間，膽為相火，肝主藏血，血生於心，下行臍下三寸，命曰胞中，又曰血海，凡周身之血，視血海為治亂，血海不擾，無不隨之而安。肝主藏血，肝即屬木，要在沖和條達，不致遏鬱，則血脈得以暢通，若木鬱為火，諸症作焉。經曰：脾統血，血之運行上下，全賴乎脾，脾陽虛，則不能統血，脾陰虛，不能滋生血液。脾為濕土，在五行屬己土，土生萬物，潤則長養臟腑。若脾氣不佈，納物不能蒸化，過燥有口乾、唇燥、大便閉結之息。過濕則腹痛便溏痰多之苦，且蒸鬱不除，必致化熱，舌苔黃膩，小便赤少，甚至積成痢疾，不可不注意也。

肝脾和洽，宿血去而新血生，月經自然準期而至。經前最忌恣食生果、及冰酸諸物，防其寒斂鬱結，月經不能暢通，轉生他症，萬一阻塞，急須加以疏通，傅青主生化湯方，可以取法也。

婦科成方，皆以四物湯為主（芎歸地芍四味）隨其病而增益之，惟產後氣血兩虛，惡需未盡，頗忌黏補，地黃性寒，芍藥酸斂，極易滯血，皆須慎用。復有寒熱病而月經適屆，或趲期而至，亦不可引用四物，總之產後莫妙於傅青主生化湯，夾經寒熱，莫妙於仲景小柴胡，此千古不易也。

產後

產後百脈皆虛，偶有病症，尋常醫家只知見症施治，不獨無效，且重耗血氣。亦有此病雖癒，彼病復生，治絲愈紊，展轉成癆，夫產後勞倦無力，腠理亦鬆，脾胃皆弱，氣血兩虧，急宜補其本力，使氣血回復，諸病自癒。若昧於此理，因煩熱而投以清涼，或因積滯輙施攻下，或見寒熱付以表散，舍本逐末，氣血更耗。明傅青主先生，發明生化湯一方，清雍正青浦倪鳳賓先生，著有《產寶》一書，推闡至精，論曰：生化者，因藥性功用發明者也。夫產後宿血當消，新血當生，若專消則新血不生，專生則宿血反滯，倘有其他病症，即隨症加減，至若血崩血暈，先用韮菜數十莖，切細放酒壺內，以滾醋一碗泡入，將大口塞住，小口對鼻孔薰之，速煎生化奪命湯灌救，如中氣欲絕，以鵝毛管緩緩滴之，又宜用滋榮益氣湯以升舉之。時醫治崩，每用粽灰止之，實為大誤。其所謂生化奪命湯，即生化湯加肉桂三分，滋榮益氣湯，即歸芎、地參、芪朮加麥冬、陳皮、升麻、防風、白芷、甘草、荊芥也。

友人黃君夫人，產後不戒風寒冷食，患病經年，稍坐窗前，即患傷風，衣被略厚，便覺喉痛，諸藥不效，余慼產後當補血氣，今雖歷年餘，仍宜扶本，乃以仲景溫經湯與之，居然諸恙漸除，所謂久病多虛，於此益信。

平肝涼肝不宜太過

前有許姓婦患肝旺氣虛症，頭眩耳鳴，唇麻顴赤，同時呼吸短促，濕痰亦重，時延西醫，用血壓藥物，復邀余往診。察其脈左關甚弦，右寸關甚大，時現間歇之象，知中氣已虧，肝木極旺，用羚羊角、黨參、吉林人參，附以消痰疏氣諸味，病家兼用新醫之法，越二日，急邀余往，見面色蒼白，左脈軟如游絲，頭暈不寐，知新舊藥並用過量，以致血壓太低，血不歸脾，成為（腦貧血）。急以歸脾湯加重黃芪，一劑而復，凡濕痰重者，中氣必弱，轉運力薄，清不能升，濁不能降，停積三焦，胸腹不爽，血液不調，上逆則為肝旺，下墜則為腦貧血，太過不及，皆足暈厥，靜而思之，亦當自得，倘急不暇擇，雜藥亂投，非疊牀架屋，即背道而馳，治絲愈紊，引此為求治過急之戒。

腎虛之體，水弱火旺，轉而爍金，（肺在五行屬金），肺本嬌嫩，不勝燔爍，腎水虧損，肝木必旺，每多失眠頭眩，腰酸腿軟諸病。倘患咳嗽，尤須早治，倘初咳便用寒涼，（除肺因受熱而咳之外）便有阻遏肺氣之虞，濇止之藥，尤不可早服，非惟不效，邪閉於內，極易轉成肺癆。

氣管發炎，固足咳嗆，然大都因於多咳，氣管其摩擦，而致發炎。先後因果，不可不辨，雖亦有肺經直接受熱而咳嗆者，俗名所謂熱傷風，亦須清熱中稍加宣揚之藥，若專用寒涼，遏而不宣，音啞氣促，在在可虞，延醫服藥，務須審察。

熱入血室

婦女寒熱二一日，或八九日，月經忽至，間有不到期躐先而至，此斷不可以尋常寒熱治之，因恐熱入血室也，仲景《金匱》論之頗詳，約錄於右。

婦人中風（此指受風而言非卒然昏倒之風）七八日，續來寒熱，發作有時，經水適斷者，此為熱入血室，其血必結，故使如熱狀，發作有時，小柴胡湯主之。此為中風熱入血室，經至而復斷之方也。蓋邪留血室，浸淫於經絡，若攻其血，血雖行而邪必不盡，血去邪反乘虛而入。

婦人傷寒發熱，經水適來，晝則明事，暮則譫語，如見鬼狀者，此為熱入血室，治之毋犯胃氣及上二焦，必自癒。

婦人中風，發熱惡寒經水適來，得之七八日，熱除，脈遲，身涼和，胸脇滿如結胸，狀譫語者，此為熱入血室，當刺期門隨其實而取之。

陽明病下血譫語者，此亦為熱入血室，但頭汗出，當刺期門，隨其實而瀉之，然汗出者愈。

統觀仲景所論，於婦人寒熱病經水適來，治法極詳，按期門為乳下三寸即血室也，北宋許叔微於小柴胡湯加地黃為陰虛者而設，又有用一呷散以開胸膈。余弟婦之母曾患此病，寒熱往來，醫者都以瘧疾治之，胸悶更甚，余先以一呷散破其悶結，再以小柴胡進之，兩日而癒。

癌

癌症為四絕之一，近代患此殞命者，頗不乏人，舊時所名隔氣症，即胃癌也。婦女以乳癌、子宮癌為多，大抵皆在天癸垂絕前後三四年間，以肝氣鬱結，或中氣虛弱，瘀血排洩不盡，在上則為乳癌，在下則為子宮癌，而隔氣症者，大都亦在五六十歲之間，幼童壯年絕無僅有，俗語所謂少不生隔也。其他生於頸項謂之瘰癧，體弱幼童亦多患此，生於牙齗，謂之牙齗癰，又謂之穿腮牙癰，治療得法，尚可逐漸消除，若一經破頭出濃，收口極難，往往拖延四五年始可痊癒，若延久體弱，氣血並虧，每多轉成瘵疾，喉痺隔氣兩症獲治者，十人中難得一人也。

余幼時學習醫藥，隨先母舅曹滄洲臨診，遇隔氣病極少，而痰核瘰癧則較多，其他乳間伏核不癢不痛則謂之陰疽，先母舅每以逍遙散陽和湯與之，頗多見效。然患此者，似較近時為少，蓋彼時人民日常生活安靜，七情不擾，胸懷曠適，婦女下身衣褲亦厚。血海溫暖，自鮮此病。歐美醫家對此更鮮理解與治療之法。吾國先哲則斷為七情鬱結，氣弱不能推運血液，濕痰乘之，積而不化，久而自腐，無法醫治。蓋體質早虧，氣血兩衰，不能使病毒外達也。故患此者，肌肉日削，精血日枯，初起時宜先舒其鬱結，第二步滌其痰濁，最後補氣活血，雖不能必起沉疴，而默察病理，證之現象，秉承先哲遺訓，未始非適當治法，十病中或可治癒二三，要在先察其體質與得病之久暫，若體質已虛，病尚未除，不論何症，皆難奏效，不僅癌症而已也。

唐宋以前醫料，不分內外，明清之後，不能兼長，始列為二。癌症瘰癧癰疽，內科諉諸外科，外科鑒於他醫束手，不敢任責，病家如聞癌症，幾如已判死刑，又知未死前，痛苦百倍他症，心膽皆碎，夫癌病本為鬱結體弱而起，今更為悲戚，所納飲食，愈不能生長氣血，七情與病毒交煎，治療更難，致死更速，夫心理本可影響體質，而於癌癆兩症尤甚，倘能深功研討，確定方藥，以疏肝開鬱益氣活血，循序漸進，稍有效驗，便可挽轉病家心理，亦醫家割股之心也。

續論癌症

癌之為病都屬肝氣不舒，瘀血黏涎凝而成，前已論之詳矣。前月有粵僑何姓夫人來邀余診，云為乳上發起一核，由不痛漸轉為痛，右臂項肩部被牽制，且半年前，曾生過一類似者，請西醫割去，今又生一核，知是癌症，不再行奏刀。知余曾研究此症，欲改服中藥，初用疏肝之法，繼又活血通絡消疾諸方，外用余自合藥粉敷之，半月之後痛楚漸止，一月餘，居然完全消除，惟肩臂屈伸，有時似覺不順，再以丸劑調理兩月而癒。

大抵每治一病，必先研究其來源，與本力之能否抵抗，若既明晰其理，用藥不致虛投，否則更傷本力，反不如不藥之為愈也。夫癌之初起，尚非難治，若久而固結，蘊蒸化毒，則消補兩難，消之則霉液四散，走入心腦反促生命，補之則痛楚艱忍，寢食不安，即大量參朮，功不補患，甚至或因增其敏感，益加痛楚。又有以洩漏之法，使病邪從大腸外達。若體質已虧，適更促其天年。

灸法可癒帶下

女子以月經暢為要旨，若經期或多或少，趲前落後，皆衝任之病也。凡氣弱之人，血份亦虧，因氣不能生血。近時患痛經病者多，或不戒冷飲，或衣服過單，寒濕侵入，轉而凝結，每屆經期，上逆則為頭痛，下竄則為腹痛，治理之法，惟有疏肝治血，導入正軌，屢屢用之，頗為應驗。經云：命門為水中之陽，兩腎間有油膜一條，貫於脊骨，名曰命門，是為焦原。諺云：命門暖，神仙半，因火能生土，凡脾陽虧弱，大便不調，女子帶多，所納飲食，不能盡量收。秋間有朱姓女士患白帶症已閱二年餘，頗以為苦，與以健脾補腎法。兼外用艾絨置關元（在臍下三寸）穴灸之，一月後，白帶減去其半，大便亦調，胃納亦健，上月來復診，見兩頰豐腴多矣。余屢慼婦女白帶為難治，亦未深思之過也。

溫經湯

婦人產後，月經不調，身瘦無力，心跳失眠，此類病症時常見之。先母舅曹滄洲徵君謂，產後未滿百日，遽行房事，致患此症。但亦有不然者，總由平日氣血不足，頤養失宜，各得其半耳。

上月九龍黃姓夫人患頭痕，心跳，失眠，便燥，神思倦乏，經來前後不定，且極稀少，前醫投以逍遙散，四物湯，皆不效，近一星期，傍晚更增寒熱，就診於余，按其脈，左寸關細數，右部空大，面色枯黃，已有涉癆之勢。因憶金匱溫經湯一方，雖不專治此症，而陰陽兩虧，服之極驗。去年浙僑某君夫人，產後百病叢生，中西醫藥服之殆遍，皆不見效。余即以此方與之，未及半月，諸恙霍然（除耳聾仍未癒），循其法先試一劑，寒熱減其半，三劑熱度全解，前後來診七次，經來大暢，身健如未病時矣。按此方：當歸，川芎，白芍，阿膠者，肝藥也。丹皮，桂枝，心藥也。吳茱萸，肝胃兩兼之藥也。半夏，亦衝藥也。麥冬，甘草，胃藥也。人參補五藏，生薑利諸氣，病在經血虧少，血生於心，藏於肝，衝為皮血，細繹方意，以陽明為主，用吳茱萸驅陽明中土之寒，以麥冬滋中土之燥，寒熱燥潤，不使有偏，絕無行血驅瘀之藥。而經不痛者，能行之，過多者，能止之。王孟英謂其統治婦女各病，實非過論。

墮胎危險

婦女月經，宿血去而新血生，循環不息，自無疾病，歷代治療婦女月經方藥，無不首重四物，四物首重當歸，《本草》載：當歸有去瘀血生新血之功，拳術家練習武藝，每遇傷殘，其所用傷藥，號稱極驗，究其內容，僅當歸一味而已。晚近用化學提練之當歸精，性質略殊，或經酒精，與煮湯自有不同也。

晚近避孕法雖多，而獲效尚鮮，既已受孕，加以墮除，既違天理，又傷身體，桃紅稜莪輕則無效，重則敗血，如確是有病而致經閉，寧用逍遙散，溫經湯，行血通經，去瘀生新，不耗體質。倘是懷孕，雖僅一二月亦不敢引用通經方藥，取合病家也。

回憶十年前，吾蘇宦家婦以生產過多，忽又懷孕，乞求墮胎，某醫順其意，連用破血通腸方案，大便泄瀉，腹痛頻頻，而胎仍不下。改用西法手術探取，胎元才下，血隨崩沖，暈厥而死，以致大起糾紛。近代名醫恒多不肯細看前醫之方，而中西醫尤若鴻溝，病家亦知中西學理不同，恐引憎厭，不敢實言，即肯實言，亦不瞭解，某婦墮胎致死，其禍根卻在前醫方藥，攻伐太過，一經胎下，血遂大至，莫之能救。此與某君傷風連服西藥，汗多反冷，某醫誤會外感未清，再用中藥表散，幾致亡陽痙厥，此皆同一不顧前因之過也。

病人有特性，此雖僅見，行醫日久，方自知之。肥碩之體，氣虛者多，過表過下，皆非所宜。又有服只殼麥芽引起心跳，服石決明龍齒轉成氣急，習慣如是，必須遵從，倔強堅執，其禍患不可勝言者，再有甲乙同時患同樣之病，甲服藥而癒，乙服相類之藥反致淹纏，古人方藥，自張仲景經方至明清各家何止萬千，援用得宜，覆杯即癒，若削足就履，強行湊合，反足致禍，要在食古能化而已。

停經與產後

婦女停經有虛實之殊，不可一例論治。屬於虛者，以氣弱不能生血者多，屬於實者，則胸懷鬱結，寒閉熱結為多。晚近婦女下身衣褲單薄，嗜啖生菓凍物，命門不足，火不生土，脾胃多病，如嘔吐酸液，腰腿瘦軟，白帶屢下，經來愆期，治療之方宜用溫通，肝脾兼顧，以仲景溫經湯一方，較為穩妥。

女子七七天癸絕，此指大多數言之，然亦有未至四十九歲而先斷，或逾五十而經水尚行者。每屆斷經之先，恒多頭暈，心跳，神倦，失眠之症，此時若啖涼物，處境煩悶者，瘀血與痰濁互痺，便有伏痕之患！

婦女產後，起居不慎，飲食失節，在月內設有疾病，彌月仍不癒，雖極微之疾，便有終身之患。某婦六月生產，頭部著風，每屆盛夏，必頭痛畏風，至老不癒。又有下身受寒，腿腳酸痛，終身不癒。其他相類者甚多，俗語謂：（產後病，無藥可治。）祇望下次產後調理得宜而癒。然未必全確，大都產後不論正產小產，百脈皆虛，所受之病，皆乘虛而入。醫家相傳產前後有病忌補，亦非確論，觀仲景治產後瘀血之溫經湯，治風疾之竹葉湯皆重用人參，當歸，以補氣養血為主，大可參證也。

乳核

乳上結核，積而不化，由腫脹而潰爛，頗似近時所稱癌症。初起並不覺痛，拖延日久，始覺痛楚，按之堅硬如石。余以逍遙散，疏肝散，四物湯，活血湯，逐瘀湯，二陳湯，相機應付，十驗六七，大抵一年內者，易見功。愈二三年，本元衰弱者，難為力。暗中釀積，非短期而成，不能與尋常外瘍病相提並論。而婦女界患此者尤多，大約皆在月經收結時，宿血留阻，與痰濁相黏結，非先肌肉組織之敗壞耳。瘀積消散，自能回復，此種因果，吾國先哲早經闡明，若不明起因，與疾病根源，徒治其表，勞而無功，不僅乳核一症然也。

治療之法，第一步當先疏散肝木，使氣極機通暢。第二步活血消痰，以分清濁。半月之後，痛楚漸減，硬塊亦自行鬆軟。粵僑何君夫人即其一也。倘身體虛弱者，可重用黃耆補其氣，助其推動之力。沙田浙僑余君夫人患子宮結瘤，即以此獲癒。體質各有強弱，病期亦有深淺，證象雖殊，引用方藥不能越此他求，祇在相機度勢耳。

曩侍先母舅曹滄洲徵君醫案，頗見既癒之後，一二年內又再復發，然體質究非昔比，以前所用方藥，已不能如期收效。倘嗜啖酸寒，胸襟欠寬，愁悶抑鬱，則隨散隨結，盧扁復生，亦難為功。少數病家，昧於此理，反責咎醫家不能根治，豈不寃哉。年來治療此症，已有六七，每囑病家核消痛止之後，不可遽謂無事，須嚴守勿啖酸寒，戒除生果，放寬胸襟，慎護寒暖，倘有其他疾病，必須告明醫家，寒涼酸濇方藥，慎重引用，自無復發之患。

產後病不易脫根

人身起居飲食習慣，不易夏改，於婦女產後尤甚。先母郁太夫人，歷三次正產，衣被湯茶，皆從溫暖，服益母膏歷半月，產後康健如恒，最後忽患小產，時在炎夏，不戒涼風，得頭痛病，終身未癒。粵僑黃君夫人，原籍吾蘇，曾經兩產，悉遵舊法，前歲來港，改用新法，分娩之後，窗戶洞開，頻食冷飲，三日後，寒熱大作，瘀露亦阻，臥病數月，迄今猶未復原。又王伯源先生之長媳，在美國生產，分娩後，窗戶洞開，食冰淇淋一盃，產後體健愈常，以此例彼，得失莫判，蓋一則由於初次生產，悉遵舊法，一旦改變，不僅體質不慣，而精神亦感惶惑，宜不勝寒風之侵；此則久居彼邦，生活習慣與之俱化，涼風冷飲，心神俱爽。諺語：少成若天性，習慣成自然，洵不虛也。

外科要辨虛實

外症十之九皆突起紅腫，痛楚萬狀，雖發背對口，亦無危險，若皮色不變，毫不痛楚者則反是。吾國外科醫書於外症陰陽虛實辨別極明，而學者往往知其然，而不知其所以然。不佞竊為解曰：外症除陰疽（即癌症）之外不外癰疽疔癤，觀其患處在何，若在頭腦項頸離腦較近，一經毒性竄入，神昏，泛噁，不易挽救，餘部衹須毒涎不浸入血管，雖腫爛痛楚，亦無大礙。所謂症無大小，出膿就好。雖是俗論，亦非無因。

人體肌膚，細神經多，感覺靈敏，偶生外瘍，痛楚倍甚，治療亦易，若不能消除，惟有留出膿頭，用藥敷其四圍，使其縮小，一經出毒，收口指日可期，其用刀圭，亦不須如西醫之消毒，蓋一切外科藥物，皆能消毒也。且毒菌之所能至，藥亦能至，余幼侍曹氏醫案十年中，治癒外科重症，不下數千人，未聞收口復遺留毒菌在內再求醫治，凡曾患外症得中醫治癒者，皆能知之。

外症下陷，危險至大，蓋肌膚內膜，神經稀少，雖皮色不變，不痛不癢，而暗中擴大，一經腐爛，毒菌浸入血管，危險立至，所謂陰症是也。此種外症，實兼內症，患者大都氣陽素虧，抵抗力薄，治療之法，不能專恃敷藥，宜用六君子理中湯陽和湯補其元氣，助其發揚，倘仍以輕清方藥與之，危險更甚矣。

針法五則

人身三百五十六穴，內禁針十二穴，禁灸十二穴；春夏秋冬，四時氣候不同，病有深淺，刺亦有浮沉，過之則非惟不能療病，反多內傷。不及則外壅，壅則邪從穴入，反為大害。苟得其理，如秦太子暴死，秦越人針之立蘇；養由其病臂，甄權刺其臂而復射；華陀起躄足立行，倉麼刺盲者再明，古語云：一針二灸，三服藥；足徵針灸之法，既簡且速，視藥石為勝也。

人身穴道固多，而日常所用不過百餘；一針準確，沉疴立起，若今日一針，明日一針，以求偶然之合，其非上工可知。幼時隣居一叟，姓包而忘其名，能為人刺穴，頗有其效；謝綏之先生極稱之。然素性落拓，不衫不履，隣近呼謂包師傅。余祖母素有肝胃氣疾，發時痛不可忍，邀包師傅一針立癒。叩其技云：（謂有四川老儒，作客無依，其父憫而留之。某日天寒雨雪，齋中對酌，酒酣，謂其父曰：（余有末技，文郎忠厚聰穎，願以相授。）袖出一布包，大小針及圖書數本，針灸法也，從學數年，居然能默記穴位，不爽黍釐，可以拈針矣。老儒逝世，包某為之葬殮，余觀其針，長者三四寸，短者寸餘，或堅勁不撓，或柔軟如髮。據云：（須馬口鐵馬蹄鐵為之），包某故後，此法不傳，邇來西歐東瀛鑒於吾國針灸之妙，競相研討，間有留學東瀛，然未及三年，即已問世。近人智慧或勝往古，引用科學。使有統系，易於入門，而躁進退速，在所雖免，患病之人，急於求癒，以為針灸簡單，無買藥煎藥之煩，省事省錢，莫妙於此。倘學問未深，補瀉倒置，錯認俞穴，非惟失效，或且橫生枝節，再服湯藥，事倍功半，是欲省事而反多事也。

吾國古舊學識，向為人唾棄，一旦得東西才智之士提倡證實，不可謂非空谷足音，以國人繹讀本國書籍，自比國外人為易，倘習學不精，操技粗率，臨診決斷，出外人之下，其恥辱為何如？此不佞所以一則以喜，一則以懼者也。針砭之妙，有起死回生之功，脈絡所會，湯藥所不及，中其俞穴，出針立癒，歷代傳記，所載不一，始就舊憶，如唐長孫皇后懷高宗將產，歷四五日不下，詔醫博士李某候其脈，曰：「此乃手繫母絡，所以難下，母子勢難兩全。」后曰：「留子則帝業永昌。」遂隔腹針之，后崩，太子即誕生，驗其手，疤痕宛然。

宋番陽酒館之妻，難產，屠光遠一針即下。宋趙信公宦維揚，有張某者，北人也，精於針灸，其徒王二粗涉其範。某日，信公愛妾苦脾血不止，勢已垂危，時張某已適隣郡，祗召其徒往治，曰：「病已棘手，前聞吾師云：僅有一穴可治。」於是，刺足踝二寸餘，血果止，而針不能出。王倉皇請罪，曰：「穴雖中，而針不出奈何！非速召吾師不可。」乃飭役星夜往邀，翌晨張老至，曰：「穴良是，但吾徒未解出針法。」遂別於手腕之交刺之，針甫入，而足踝之針，一躍自出，病即若失。明清尚有傳者，百年來逐漸失傳，江湖術士，竊取餘緒，以易斗粟，因讀書不多，效驗不著，信者益稀。晚近軒歧遺旨，流入海外，向之不屑聞問者，今乃競相研求，歐西如德，法，意大利；近東如日本，特設專科，以育人才。他日或竟超越吾國，有此志之士，不得不倍加惕勵者也。

古者磨石為鍼，說文有「砭」字，許君謂以石刺病也。《山海經》云：高氏之地，山多鍼石，郭璞註謂可以為砭，季世無砭石，故以鍼代之。是知鍼砭先於湯液，湯液始於伊尹，鍼砭已盛於軒歧，讀《內經》當先讀《靈樞》，所論俞穴，營衛，關格，脈體，經絡，病證，三才萬象，靡不畢具。

清高宗於乾隆四年，命太醫院錢光斗撰《醫宗金鑑》一書，於針灸一道闡述無遺，擇其要旨，摘錄如下：

四季鍼灸坐向，如春宜坐東，夏宜南，秋宜西，冬宜北，四季宜中，以近生氣，灸法點穴，要四體平直，灸為溫煖經絡，宜在中午陽盛之時，行鍼要避風雨晦冥，大飢新飽。一歲四季，人神所在，不宜針灸，如：春忌左脇，秋忌右脇，冬忌腰，夏忌臍。逐日人神所在之禁忌，如：初一足大指，初二外踝，初三股內，初四腰，初五初六手，初七內踝，初八腕，初九尻，初十背腰，十一鼻柱，十二髮際，十三牙，十四胃，十五偏身，十六胸，十七氣衝，十八股內，十九足，二十內踝，二十一手小指，二十二外踝，二十三肝足，二十四手陽明經，二十五足陽明經，二十六胸，二十七膝，二十八前陰，二十九脛，三十足十指岐骨。又：十二小時人神所在禁忌針灸，如：子時左右內外踝，丑時頭，寅時耳邊，卯時面，辰時頸項，巳時乳肩，午時脇，未時腹，申時心，（即胸膈），酉時膝，戌時腰背，亥時股。

製鍼之法，料用馬嚼者為佳，以馬屬午，午為火，取火能尅金，不使過盛，若以真金製亦佳，煆煉之法，將鐵絲放在火中煆紅，以蟾穌塗之，入火微煆，要三次，乘熱插入臘肉，皮之內，肉之外，再用藥煎沸入臘肉內同煎，俟乾傾入水中待冷，將針取出，插黃土百餘下，使諸藥氣味，引入針內，而火毒亦除，其方為：麝香，膽礬，石斛，穿山甲，硃砂，沒藥，鬱金，川芎，細辛，甘草節，沉香，磁石。竊意初有針時，尚無湯液，三代之前，未必如是，此殆後賢發明，然意義深邃，不可以其製作煩冗，而屏棄之也。

近日針灸家，忽視古人何季何日何時之禁忌，惟針刺極淺，故危險尚少，而效驗亦寡，先哲所傳針刺深淺，與針灸宜忌，皆有規定，如針風門穴，針三分，灸五壯，肝俞穴，灸七壯，忌針，命門穴針五分，灸三壯之類。

歷代鍼灸諸書，無不本於《靈樞》《素問》，昔人名《靈樞》謂鍼經，若學鍼灸不熟諳靈素，是猶欲渡江海，而廢舟楫。

靈樞岐伯對黃帝問曰：小鍼之要，易陳難入。蓋言陳出易，而用鍼難，言之易，而行之難也。粗工僅知穴道，上工者則守病者之神，神雖無跡，觀其氣度光色，與呼吸精神可辨，未施鍼之前，宜審察病者之血氣虛實，邪之所入，在於何經，知其受病之處，然後施治，其微妙處，在於遲速深淺。粗工徒知人體關節，上工兼明血氣往來。刺法之遲速，其空機清靜至微，守定我氣，一髮之細，猶不可間，不知其道，妄行施治，毫無所得，叩之亦不發也。從知一藝之成，未有不奮志芸窗，積十載二十載之學養，況醫理深邃，變理陰陽，與良相同功，若僅知某病應刺某穴，某病即用某藥，竄取割裂，知其然而不知其所以然，際此學術咸競，人勤我怠，縱有微績，亦難久存，爰為書此，以自勗勉。

六神丸

六神丸載自《醫宗金鑑》，方計六味，（為真珠、腰黃、冰片、麝香、牛黃、蟾酥）以百草霜為衣，故名六神，本非神秘藥品，凡外科屬表者，用之有解毒消炎之功，然涼散過甚，氣陽虛弱者，非惟無益，反而有害，以信之者眾，俗議認為雷氏秘方，有傳媳不傳女之說，實則蘇城各大藥肆皆有出售，惟閶門雷允上所製最精，聲譽亦廣。允上公為明末諸生，痛山河更易，隱於醫藥，自設一肆於金閶門畔，肆名誦芬堂，誠厚不欺，遐邇信服，其所製丸散，無不精選質料，分量悉合短度。有某耆老，教其六神丸方中麝香，若改用安息香，效驗更著。故雷允上所售之六神丸，香味濃郁，殊勝他肆。據雷氏云：自海運通後，安息香已難購覓，緣安息鳥為海邊動物，懼輪葉聲激，驚而他徙，或云土人日事搜捕，種類已絕。二說未知孰是，而安息香真者難得，確事實也。十年前在上海晤見寧波名醫范禾安先生，藏有真安息一拳，重約四五兩，稍加按摩，便覺香氣襲人，性靜而永，不似麝香之激越也。據禾安云：已藏諸三十餘年，為其先德文虎先生購自楊州某舊家者。雷氏藏貯本多，以六神丸所耗太多，銷路太廣，有出無入，十餘年來，已告罄絕，故現在所製者，仍用麝香，但擇用麝香中當門子耳。然其氣味功效，遠不及往時矣。百草霜本非貴重藥品，然須認定燒野柴之灶戶，一年搜括一次，手續甚繁，余幼時隨先父至閶門每過誦芬堂，得謁居停主人雷理卿先生，親聆謦欬，見先生肌膚紅潤，鬚眉皆隱，據其自云：某年大病幾絕，因服人參而癒，嗣後每於秋冬必服人參若干兩。愈老而腰腳愈健，膚色亦轉似童年，且眉髮病後迄今十餘年猶未復生，據云：彼於允上公已歷八世，誦芬堂開至今，亦已二百餘年，先生耆年碩德，誠厚待人，與先父暨先母舅最相得，每相過從，塵譚不倦，客邸回憶，宛如昨日，因有客譚及六神丸者，乃為書此。

紫河車

紫河車即兒童初生之「胞衣」，功能大補氣血，益人精髓，江南富裕之家，或燕婉過度，選取焙製，與人參同用，功效甚巨，先母舅曹滄洲徵君每屆立冬後，必服益元膏數斤，年逾八旬，步履輕健，記憶力特強，未始非方中河車人參之功。晨近同鄉黃君，息氣急、心跳、自汗，服十全大補湯十劑，獲效極微，立冬節前恐其增劇，改用人參、蛤蚧、坎氣，未及半月，中氣日復，容色亦加潤，按坎氣為初生臍帶，功效尚不及河車，然與人參蛤蚧同服。培補氣血，功亦不弱。按河車坎氣，本為贕餘棄物，療人疾病，亦是美舉，惟須選擇清整。倘破碎而有黑點者，寧勿引用，又要重用銀花，甘草燉湯洗滌乾淨，然後用文火焙乾，焙時利用陰陽瓦兩片，緩緩就燥，勿使焦黑。舊藏七十餘兩，用去大半，來港時存二十餘兩，此數年因配製益元膏，所存極微，幸上月又輾轉購得二十餘兩，選製合度，除其粗屑，猶存十六七兩，祇野山參價值太貴，大支移山參亦不易見，仍取黨參、高麗參、花旗參代之，功效稍遜，然較之假人參，猶彼善於此。吾蘇閔氏傷科，已歷三世，自製療傷末藥，頗為靈驗。與余家有戚誼，知其方中，紫河車一味，為必需品。俗稱凡人毆傷跌傷，不能行動，飲大量人尿可癒，即今日盛稱之「荷爾蒙」，可以益人精血，惟知其然，不知其所以然耳。

陳清阿膠

阿膠體要輕清，藏宜久遠，所謂陳清阿膠是也。近代醫家，恐膠質黏滯，加海蛤粉拌炒，以求鹹降，然已違古意矣。《本草》載其有生血止血之功，十餘年前滬墾業銀行董副經理之姪，患傷寒下血，兼吐血、鼻血、匝月不止，虛熱甚高，口喝、辱燥、按其脈，左則細弱如絲，右則弦數不勻，氣血兩竭，中西醫咸云不治，其母見余長跑，堅挽設法。因思此病倘血能止，身熱或可漸減，輒以瓊玉膏方加重生地，麥冬予之，翌日咯血略稀，餘恙依然，戚友咸勸送醫院，而其母仍堅信余為之施治，適前三四日，該銀行經理王君携示，明崇禎年阿膠一包，約六七兩，云欲易黃金五兩，余勸其留之，乃商乞二兩，先服五錢，血減，熱亦稍解，三日服罄，血已全止，虛熱亦全除，續用阿膠老山人參調理一月而癒，少壯之年，恢復尚易，然無真陳清阿膠止血退熱，恐已不起矣。

孫淵如《五松閣文集》中，阿井說一篇云：魯省濟水重於他水，而阿井為濟水伏流，更重於濟水，用　驢皮煎膠，以之入貢，九州各有井，今祇存青兖一井，東阿縣主鑰膠，良惡不同，厲樊榭詩云：「家家門外賣阿膠」。風行可知，佳者必選材精良，熬至七晝夜，始鎔化無滓，其色渾而黃者，則為小米子汁收膏也。色透明者，為陳酒收膏也。色帶綠者，為菊葉收膏也。去瘀生新，為女科中聖藥，淵如少時游雲間，晤龔素山，其姑母代陳雲伯大令夫大，中年奉道辟穀，服阿膠數年精神健旺，反勝少壯，今阿泉雖不枯涸，黑驢皮亦非難得之品，奈急於產售，不能清陳，與遜清所製，迥不同矣。

國藥店售價不同

吾國大小都市及東南亞各地，皆有藥行藥店，大小不一，視店東資本為準，尤以開至百年數十年以上者，較為名貴，蓋存貨充足，愈舊愈陳，自無劣貨孱雜其間，不僅店中經驗豐富泡製得宜而已，所以受人信仰，不為時代淘汰，惟售價頗不一致，除尋常市醫所用風寒藥方外，竟有同一方藥而相差四五成，或一倍以上者，親友中頗有以此詰問，初時亦頗疑大藥店存貨多，開支重，所以售價不能與普通藥店一例。近四五月細細探索，始識其奧，蓋藥販將藥料從產地運至某一都市，精粗不一，先與甲種藥店揀選，一次無法全部售罄，再轉乙種丙種，似此層層選擇，同一藥味，貨之精粗，價之上下，遂有相差四五成或一倍者，復以市價時有起落，如販戶進貨時，代價便宜，運到之後，後路不繼，求過於供，物稀為貴，自然上漲，倘後貨源源而來，久貯恐壞，只能貶價售現，則自低廉，在販戶既難預測，藥店更不能預知。

外行人誤會藥店批發買進，大秤來，小秤出，賺錢必多，殊不知批發所入，皆是整個原貨，經過細細剔揀，截尾削皮，再加蒸晒，或須他藥合製，愈剔愈少，愈晒愈縮，十成衹存四五矣。且逐日另碎出售，存貯日久，不免蛀霉，既經損壞，斷不能再以應市，無形銷耗，積少成多。復有同一藥味，因產地不同，代價迴殊，外觀無甚出入，效用則難合一，此非熟諳於此者不能知也。論者以為同一方藥，甲藥店價昂，固可癒疾，而乙藥店價廉，亦未嘗不驗，此與療飢固須納食，火腿乳肉果是佳品，易以油條大餅，未嘗不能果腹，禦寒共知著衣，狐皮絲棉，本是輕暖，易以厚棉粗布，未嘗不能過冬，然不能謂大餅油條，味美同於火腿雞肉，厚棉粗布，暖輕等於狐裘絲棉，其售價之不一，亦可推而知之矣。要在用之恰當，兼視病之緩急輕重，苟能合度，皆可有益人生。若醫家誤斷虛實，錯用瀉補，猶之不饑強使之食，不寒強使之衣，功不補患，不能歸咎藥店，鄉僻小店，翦串繩以代麻黃，蛤粉以代珠粉，服之不效，醫家亦不任其責也。

學職新舊似異實同

世間舉凡學識，往往先入為主，他人之短易見，自己之過難知，中西醫學，尤難例外。習中醫者，譏西醫限於局部，視人身為機械，宜外科不擅內科。學西醫者，斥中醫注重陰陽五行，不知實際。此皆一隅之見，余自幼學習中醫於渭陽，又兼得族兄旭丹西醫學博士教益，知名稱雖殊，而斷症療治之法，頗多相同。西醫詡謂發明，如麻黃素之止咳喘，賀爾蒙之治腎虧，在中醫行之已久。血統結親之妨害生殖，糙米及豆腐之富於營養，二千年前早經發明。又如寒傷之視為腸病，外瘍之宜用砒素，則義理亦多相同。祇漢唐以來，雖代有名家，未免限於踵述前哲，絕少自己發明，視西醫日新月異。精進不懈，宜乎相形見絀。舍短取長，努力改進，自在吾輩勉之而已。

氣血

《內經》《金匱》《千金》諸書，多論氣血。其所謂氣者，蓋包括人體全身，通乎表裏，察乎寒暑，不僅指呼吸而言，然稍加思索，即知中醫之氣，即西醫所謂之神經。其所論氣逆氣痞，及一切鬱結不舒服之狀，方中所用理氣通氣，乃放鬆神經，及刺激神經，使之回復。又中醫所謂氣虛症，十之九為心臟衰弱。所謂脾腎虧者，十之九為腰子病，所謂肝旺者，大都血壓增加。至於陰陽兩字，陰即代表人身之血液，及內分泌而言。陽則代表人身之體溫而言，婦女產後及身體瘦弱之人，類皆病血。在中醫以養陰補血諸方治之，十癒八九。陽氣虛弱者，施以溫中益氣諸藥，亦十癒八九。其功效竟較西藥注射內分泌為速。且獲益人體，亦較經久。余同寓某西人，患陽虛自汗，寒多而汗出不已，屢服西藥，效力甚微。余以牡蠣散與之，兩劑而全癒。又有上海某西婦患血崩，與以生地阿膠，一劑病減，三劑即止。一星期後，健行如常也。緣中藥大都取材植物，性緩而功能久，人人皆同。西藥礦物主其半，人人秉賦不同，或有宜此不宜彼之事。惟製法精妙，裝璜美觀，宜得我國人之興趣也。

傷寒時疫

中醫所謂傷寒，除濕溫症，西醫亦認為傷寒，餘皆稱謂流行性感冒。中國醫書，亦以傷寒時疫並列。然流行性感冒病名雖殊，有時其嚴重更甚於傷寒，中醫視濕溫症較輕，然治理不當，寒熱逗留不退，蒸熇過久，氣血兩虧，變化百出，重則不起，輕則轉成虛癆，兼有寒熱往來，屆時則凜凜作微寒，繼即頭痛發熱，熱後自汗，熱勢漸解，翌日再作。不知所以受病之由，呼為類瘧。婦女產後，每多患此，唐賢產寶方交加散症也。藥味生薑，生地各浸清水，浸透打汁互浸焙乾，煎湯服之，寒多重用生薑，熱多重用生地。又有婦女因寒熱月經適來，或遭期而至，所謂晝則明事，暮則譫語，如見鬼狀者，此為熱入血室，治療之法，無犯其胃氣，及上二焦，小柴胡湯可也。

痲症

近代牛痘普遍，小兒天花已不經見，惟痲症每於寒冬初春尚多發現，江浙人呼謂痧子，傳染極廣，往往一人染及一家一鄉，初步總以導邪外達，使透發得暢，胸脘不悶，咳嗽潤爽，熱度從微汗而解。（痧子有汗裡解之稱），然後清其血分，免餘熱留戀，轉生他病，萬一大便閉結，攻下如大黃芒硝，潤腸如蔞仁痲仁要鄭重使用，恐一經洩瀉，脾胃受損，從此變端百出，所謂痧尾巴也。

港地氣候溫暖，病勢較輕，近數年春冬氣候亦較寒冷，起居飲食，應即加以節制，然透發易，退熱速，總較江浙為簡單，不佞家傳一方，名一捻散，凡於千金方外臺秘要本事方，藥計四味，紫艸茸，升麻，生草，糯米。功效極著，敢為介紹。

人參十二則

古方中人參皆是黨參，非今之吉林參也，彼時吉林未入吾國版圖。故醫界不用，及清室入關，始有吉林人參之稱。乃真野山參，氣醇味厚，其補力數倍於黨參。大臣積有功勛，始得嘗，聞諸先父云：「真吉林野山人參」，有每枝三四兩者，今則滿五六錢，已不易得。其後頒賜漸濫，民間服用亦多，供不應求，代價日增，利之所在，私自裹糧結隊，懸崖絕壑，無所不至，雖未滿一二錢者，亦競採用。而真野山人參，大枝日益稀少，種參乘時而起。然種參亦須覓取天生稚參，移植於厚土高壤。人獸所不至，雨雪所不侵，積三四十年，然後採取，雖枝幹因土質優厚，易於長大，奈質理不堅，佳者其效用僅及野山三分之一，吾等服用，不妨加以黨參於朮。有濕痰者，再加製半夏陳皮，溽暑之際，氣分較弱，每於臨睡燉湯飲一杯，功效不在真野山人參下也。

人參有生熟之分，大抵江浙人喜用熟參，嶺南則於生者為宜。因熟者性溫，生者性平，生者採取後，予以晒乾，熟者灌以冰糖，文火烘乾，再以絲線扎縛，參客售諸參行，加以選別，分出等級，售諸用戶，十餘年前，頭等移山參，每兩至多銀元五十元，生參則倍之，吾等服用，要有時間得當，功效亦見。若稱真人參能起死回生，固屬過譽。謂其無補人身，亦非中論也。吾國補藥，植物為多，如參朮補氣，奏效尚易，至於四物湯之補血，則稍遲緩，蓋係激其生血機構，使其自能生化，視參朮之能直接補氣，應稍有間。

人參釋名作人薓，省作參。李時珍云：人參須年代長久，逐漸長成根如人形者佳。故云人參。後人嫌筆繁，改作參商之參，產自幽燕百濟新羅，而以上黨所出為佳，有高至一尺以上者，價值與白銀相等，以沙州所出者為下，其他種類甚多，各地皆有所出，不堪應用。主治療男婦一切虛弱，安精神，定驚悸，益人智慮，令人不忘，消痰補肺，止頭痛心跳，及婦女產前產後諸症。

鑒別人參等於鑒別書畫，緣北方參客，向山地搜集，不問大小，不識久暫，徒取形式，置諸一盤，運諸關內各埠，賣與參號再加剔選。此中有野山者，有移山者，有道北者，分出甲乙，決定售價，然揀選不易，每以道北誤認野山，若非專家，未免不以虎賁為中郎也。

余家先曾祖開有人參號於閶門下塘，營業頗盛，洪楊之役，蘇垣失守，除先祖父母隨身攜帶若干外，大都散失。余幼時遇先和母取出換石灰，得見數支，鬚長幹巨真野山參也。聞每支約重一兩左右，彼時亦須二三百銀元換一兩，元和顧鶴逸先生文章書畫冠絕一時。而於人參有癖嗜，每年炎夏嚴冬必各服一二兩，六旬餘高齡，容貌奐發，不減少壯，步行靈巖天平二十餘里，毫不倦乏，據云：即係服參之效。

上海程筠庭先生家富收藏，凡參客運來佳參，必供其揀選，民二十六年中日事變，蘇垣被災，余家與顧氏同罹洗劫。程氏托庇租界，尚能保全。詎前歲筠庭逝世，後裔不善護藏，潮損十之七八，今則真野山參不易購覓，有重一二錢一支者，每兩售價須一千餘元，視黃金三倍矣。非中人之家所能力致，退而求其次，其惟移山參之佳者乎。大抵移山參三錢，其效力亦可抵真野山參一錢。余素有脫肛之患，酷暑嚴寒，必服一二兩。每歲所耗幾及千元，雖旅囊不裕，而十餘年僕僕奔走，腰腳不弱，猶有所賴，未敢廢也。竊嘗思弱體服補劑，等於貧人借錢，若體質素強而服補物，則如百萬富戶偶得千金，未能增其富裕，若窮人得之，不獨飢寒可免，且可藉此營生。又嘗有人來問服補是否必於寒冬。余告以寒季服補，是合於冬藏之意，固事半功倍，又如歲臘年終，窮人得到銀米，大可安度，然尋常亦有青黃不接之時，其盼人援助，不在歲寒殘臘，要在用之得當與否而已。

吾鄉張仲仁先生曾任袁項城秘書長，每見項城食量逾人，早餐雞蛋十二枚，饅頭二十枚，大肉麵一大碗，日理萬機，不覺疲勞。隨帶鼻煙壺翠玉各一枚，每與坐談，必取出各傾藥粉少許，噏吞之，某日叩之，知白者貯人參粉，翠者貯鹿茸也。如是已十餘年。未嘗間斷，故便啖逾人，精力亦逾人，垂老而不衰也。先母舅曹滄洲徵君，生平無他進補，惟人參粉終年常服，非感冒風寒不輟，壽登八旬，神明不衰，有以也夫。

又有一種議論，真參難得，若得真者，可起死回生，種參則毫無所用，此一知半解之說也。移山參功力薄弱，則無可諱言。然用之得當，功效亦著。如粵僑吳君夫人，服小柴胡湯方中黨參改用移山人參，寒熱即解，氣急亦平，祇數量須加倍耳。

上海范雲笙先生，博學深思，於中西醫理研討頗深，談及癌症，只可預防，生成之後，便難醫治，預防之法，只要每日服人參三四分，倘野山祇須一二分，自然中氣充足，血脈調和，使清者升，而濁者降，分泌中自無積滯之虞，此論雖涉理想，不能謂其無見，然亦有因鬱結而生者，補益之劑，或竟阻其流通，不能一例而論也。

張仲景《傷寒》《金匱》，除表裏實症，用麻黃湯桂枝湯大小青龍湯大小承氣湯外，其餘諸方，用人參者十居八九，後人不解斯義，嫌人參過補，不敢應用，凡遇寒熱，不問其為受風受寒受暑，有汗無汗，動輒以豆豉豆卷藿香佩蘭付之，吳鞠通作《溫病條辨》，晦泯仲景意旨，攀附葉香巖芳香疏散之法，避重就輕，候病自去，竊意香巖功力雖深，讀其遺著，如臨症指南本事方釋義，無多闡發，所用之方，輕微膚棧，甚至以甘蔗汁梨汁亦視為大涼要劑，治輕微溫病則可，若病勢繁重者，恐難取效。相傳香巖之母患傷寒，疑似白虎證，商諸薛生白，始敢服用，殆人子事親，不敢不慎，香巖雖發明輕清之法，不免涉於取巧之嫌，究屬斲輪老手，斷不至此，疑後人附會也。

近數日氣候炎熱，患寒熱病者甚多，纏綿一星期，發汗劑注射消炎劑皆不見效，有夜重日輕者，有日重夜輕者，熱度高低不定，病家都疑為傷寒，余經驗所得，覺傷寒祇十之二三，其餘皆屬時氣，古人列諸時疫，近人稱流行性感冒，然亦可輕可重，重者反較傷寒難治，倘平時本有痨菌潛伏，乘虛兼發，亦甚棘手，治療之法，非兼補中氣不可。九龍山林道粵僑吳君夫人即患此症，余按其脈，右寸關浮大而數，正在少陽陽明之間，平時中氣本虧，乃用小柴胡湯與之，方中本有黨參，特改用吉林人參，一劑而熱解，中氣亦復，覆診再按其脈，已無浮大跡象，起居如恒矣。又堡壘街盧君夫人寒熱七日，月經躦期而至，誤服表劑，熱度更高，日輕夜重，胸悶如結，余按其脈，右寸關濡濇，左三部細弦，乃以一呷散與小柴胡湯付之，一劑熱減，二劑而身安。

近時凡寒熱病，都飲橙汁瓜汁牛乳以為既可消渴退熱，又能增加營養，殊未思既病之後，行動遲緩，消化已減，臟腑不能吸收，貯積胸脘，反見悶滯，寒熱更難減退，因暑季患病，濕濁必重，最忌黏滯，所謂一利必有一弊也。或謂既已濕重，何以人參反可應用？蓋人參除獨參湯外，餘皆有所配合，如茯苓白朮半夏陳皮之類，有益氣之功，兼化痰滲濕之利，又如生脈散兼用麥冬五味子，有保肺清心之功。古人治暑視為要方，不以黏補視之，然黨參補中，入於脾土，吉林參兼補肺經，雖同是補藥，而所受不同，吾輩應診處方，自須察用，不可混淆，倘稍涉率意，方藥不驗，反謂古方不適用於今人，豈不謬歟。

人參萊菔子亦有並用

人參萊菔子相反，其他藥有相反而相成者，古方中時常見之，惟用人參兼用萊菔子者，絕未見之。考《本草》人參大補肺中元氣，又補中土，然此指黨參而言，明季醫家咸謂上黨地氣已竭，因改用遼參，按遼東即今之遼寧吉林等處，地屬東北，兼東方甲木之氣，與上黨所產者似同而異。萊菔子入肺脾兩經，長於利氣，生用能升，炒熟能降，日前讀明季魯藩驗方序文，謂魯王之妃張氏，患脘腹膨脹，氣沖至喉，二便不順，納食不運，逐漸消瘦，馴至腹膨如鼓，藩府諸醫咸為棘手，又改邀京都名醫，皆無治療之法，後聞開封有龔廷賢先生者，重幣邀至，按脈詳察，知為肝鬱脾弱，因求治太過，不勝攻伐通下之劑，致成半實半虛之象，方用遼參為君，萊菔子為臣，附以疎解和胃，一月病減其半，二月霍然痊癒。龔醫之言曰：魯藩賢國母，年近五旬，於癸巳秋，因驚悸腦怒患腹痕，左脇積塊刺痛，上胸痞悶，坐臥不寧，晝夜不寐，二便濇滯，遂曉諭四方，訪求名醫，病愈久愈劇，醫治二載餘，並無寸效，曹州醫官張省吾介紹，承魯藩厚金招往，診其脈，六部皆虛浮散亂，至數不勻，知其病本肝鬱，誤投涼劑，氣陽已虧，而肝鬱未舒，恐妨礙前醫，不敢明言，至此擬以平肝消痕兼以升提下陷之氣，先以補中益氣，參以逍遙散法，用人參，柴胡，黃連，當歸，白朮，白芍，萊菔子諸味，一劑後諸恙皆減，嗣後仍不外此意，調理二月而癒。王曰：前次服人參一錢輒痕，諸醫因此不敢用，今先生用之而效，其故何耶？余告之曰：（龔自謂）。大凡用補治病，初服則痕，久服則通，經曰：寒因寒用，非略諳經旨，不能知也。按古方固有相反相用者，龔醫之論，似亦援此，而人參萊菔子同用，卻所尠見。

油浸銀杏癒肺病

余二十四歲時，染有肺疾，時發時癒，至民國十四年咯血大作，咳嗆不已，晚間八時，寒熱必來。盜汗滑精，怯象畢備，自知必難獲癒。友人徐君竹笙，贈余油浸白果一甏，中貯三百餘粒，囑用豆腐漿，每日早晚各沖服七粒，未盡其半，諸恙漸除，服至八九，竟獲痊癒。墾業銀行王伯元先生之友嚴某，適患咯血症，邀余診治，初用犀角地黃湯，清其內熱，再以白芨粉止其血，雖稍有成效，而肺病總難全除。因告以油浸白果，如法服之，未及百日，以愛克司光驗之，破損之處，居然結疤。伯元先生大喜過望，置辦二十餘甏。忽忽已逾十年，聞尚存其一貫軒中，未知完善無損否？聞油浸白果，雖可癒肺疾，但須煉至十年以上者，始能有效。

學術派別

吾國文藝學術，各有派別，即以畫家醫家而論，畫家則自南北分宗以來，代有名家，敷形象物，筆酣墨暢，形體雖殊，意味則一。惟醫家自金元以降，崇補者非瀉，主溫者斥涼，雖同出靈素，法紹漢唐，而持論各異，立方迥殊，或主溫補，或用寒涼，然皆有成效，名著遐邇，何也？蓋由地域習慣使然。考劉張同為北人，北地飲食厚濁，夏則吞冰，冬則圍爐，設非寒涼攻導，不能癒疾，李值元兵南下，京師戒嚴，人心惶惑，起居飲食，不能遵常，故脾胃薄弱，中氣虧損，補中益土之法，頗能收效。朱為南人，目睹南人柔弱。兼多好色，宜於清補。然固持成見，未免有膠柱鼓瑟之譏。

葉香巖急智

吾縣葉天士先生名擅一時，在未得意前，鄰家產婦，臨盆不下，全家憂急，不知所謂，時已夜半，無法覓醫，乃求治於先生，先生自起開門，詢知難產，適庭前梧桐葉落中其肩，乃拾起付之，鄰人疑信參半，不得已持去煎服，不一時居然呱呱墮地矣。人問其故，曰：「今日為立秋，梧桐一葉下，藉天地之氣故驗，他日未必驗也」。由是聲名大噪，遂成名醫。

潘偉如遭遇

吾鄉潘偉如先生，文詞敏妙，兼擅醫理，落魄京都，假琉璃廠肆書門聯，日得一二百文糊口，岑毓英督滇黔回京，見其書翰，大為驚服，荐之恭親王，適恭王福晉久病，太醫院諸醫均不效，先生乘間言諸醫所處之方似嫌過補，非疏中健胃不為功。恭王韙其言，即請先生處方，一劑病安，三劑胸脘開爽，得以漸進飲食，未及十日，已霍然矣。某日孝欽后病，屢藥不效，恭王乃保薦先生，審為肝旺脾弱，濕痰中阻。處以平肝健脾，化濕滌痰之方，三劑大效，知先生為監生，任以蘆溝橋典史。旋某貴人夫人病，太醫保薦先生，先生應命診視，屢搖首不語，某貴人詰之，輒曰：「病不可為也」。果於翌日病逝，朝野翕然，譽為神醫，與在家鄉時迴不同矣。豈先生之技優於北而拙於南歟？抑遇不遇自有時歟。

食蟹中毒

洞庭葉鐵生先生，病後食蟹過多，胸腹脹痛如絞，醫家用枳實大黃山楂紫蘇均不驗，翌晨寒熱突高至百零四度，得食即嘔，全家驚惶，因數日間蟹中毒者，已四五人，且先生高年，其公子深為憂慮，不得已堅邀余往，至則見其汗下如雨，神識似清似蒙，惟脈搏尚勻靜，祇兩關濡鬱不暢，因憶幼時閱王漁陽筆記，有云：「木香可以療蟹毒」，即以此方加香附官桂，一劑痛止熱亦解，二劑其病若失，足徵名人遺著，亦多裨益，故醫家貴多讀書。

醫家須明五行

南洋張君思腹痕便閉之症，一經言語思慮，便覺腹部氣分沖頂上脘，已歷五六年，屢治不癒，所耗醫藥之資，已達萬元，去秋閱讀《天文台報》拙著《客窗隨筆》，猥蒙謂議論切實，來港邀余診治，按左脈不揚，右寸關特大，於氣上逆時，噯噁頻作，大便不通，小便亦少，悶苦萬狀，以仲景旋伏代赭小承氣兩方，參合用之，取其疎氣通腸也，又慼久病傷氣，營衛不調，四肢不暖，加重人參，以助中氣，使之行運有力，不再阻塞，服藥之後，大便雖通，上脘氣逆如故。張君南洋事繁，匆遽言旋，睽隔四月，至今年陰曆元宵來函云：「服大黃後，大便仍閉」。恐彼地暑氣太重，中氣薄弱，故悶泛益甚。函覆囑其多服人參，詎非惟無效，且更便塞，竟不能容勺水，乃暫棄業務，來港逕至余處覆診，見容顏枯暗，了無精神。並云在南洋已歷中西名醫診視，及科學方法檢驗，皆無確斷，悶苦如此，已無人生樂趣，余按其脈象，依舊左濇右大，舌根甚垢，大便已三日未通，承張先生如此堅信，不以前次方藥不效而稍移其素志，乃囑其明日再開方藥，今日祇能察核症象，是夕夜餐後，細察前方研討病情，恍悟左脈關部不揚，是肝氣不宜也。上次屢從陽明用藥，等於隔靴搔癢，因病雖現於腸胃，而起點實從肝膽，翌日再來診，脈象依然如故，述病象數語，便覺氣沖欲嘔，乃以柴胡疏肝散為主，略參小承氣與之，服一劑後，左關脈轉弦，右關漸靜，大便已通順，氣分亦平，惟有時牙痛目花，加平肝藥少許，虛陽亦平，惟腹部有時覺攻竄，汩汩作響，乃用逍遙散，附以通利二便，多年病苦，一月中去其七八。張君感余至甚，囑為記之，蓋肝膽屬木，木能尅土，盡人皆知，而張君之病，適為土強木弱，下盛上虛，肝失條達之功，疎其肝木，使其自抑脾土，故上下相安，奏效特速，五行生尅之理，固不應拘泥，然亦不可盡廢，神而明之，存乎其人。

風濕

本港有風濕病，四肢痲痺，屈伸時或痠或痛，患者頗多，《金匱》所謂中風歷節病，血痺虛勞是也。仲景詔示云：夫風之為病，嘗半身不遂，或臂不遂者，此為痺，脈微而數，中氣使然。又云：邪在於絡，肌膚不仁，邪在於經，即重不勝，邪入於腑，即不識人，邪入於臟，舌即難言，而口吐涎。此尚為大陸言之，若瀕海背山，海風石激，侵襲更甚。友人方君文郎，年二十除，肌肉豐盛，前月忽患兩足腫脹，腿彎痲木，屈伸不利，屢治不效，余診其脈，皆濡細帶浮，用黃芪五物湯五苓散合方與之，一劑腫脹略減，得汗頗暢，服至六劑，小便始清利，行動亦便利，再以五味異功散四物湯加虎骨五錢，不匝月而癒，大抵此病內積濕痰，外感風寒，筋絡阻塞，即感痲痺。初步宜重用桂枝，先解其風，再扶其陽，利其小便，最後益氣活血使運行有力，血液循環，通順無阻，自無風濕之患。但人生花甲以後，氣血較遜，病後宜多服參芪，以免復發，不若少年之易於恢復也。

病症同而治法不同

近日有閩省僑民張君之子，患咳病數年不癒，邀余就診，察其脈，右關軟弱無力，以十一二齡幼童，而黏痰特多，知為脾虛無疑，蓋土弱不能生金，肺氣亦薄，不能抵禦六氣之侵，與其補肺，無寧健脾，母實而子亦實也。用五味異功散三劑，咳去大半，惟黏痰尚多，知脾土尚弱，乃再用健脾法與之，痰除咳亦除也。復有粵僑李君患哮喘症，氣候轉暖，哮喘更甚，發病之時，多在黎明，按左關脈浮弦無力，知為肝虛上逆，寅卯屬木，當注重治肝，與尋常腎氣不納迥殊也，乃用補肝養血之法與之，經半月而癒。

疫病運會

紀文達《閱微草堂筆記》載：乾隆某歲，京師疫厲盛行，患者輒不治。後得皖省一醫，用大量石膏，癒者十之八九，踵其法者皆驗，其治馮星鱸夫人，用石膏至八斤，一劑即癒。雖張子和儒門事親，偏於寒涼，好用石膏，不能過也。文達評謂：「此適運會使然，未可據為圭臬」。《內經》

司天在泉，專指氣運立說，大可研討，曾記十餘年前，滬上腦膜炎盛行，某兒科好用羚羊角，治癒頗多。越三四年，淫雨為災，小兒多患腹瀉，轉成慢脾驚，某醫好用附子，亦十癒七八。翌歲踵其法者，無不失敗，醫家昧於運會，紐習成規，弊病每多如此。

寒病誤用涼藥

潮陽王君夫，於去冬除夕，勞頓過度，又受外寒，發熱腹瀉，經新舊醫家治以退熱消炎方藥，匝月不效，驚蟄節後，病勢加劇，寒戰、唇冷、洩瀉、十指甲皆青黑。醫云：已瀕險境，恐難獲癒。時余養疴寓中，暫謝診務，王君親來懇商，聲淚俱下，感其意誠而應之，見病者面色蒼白，六脈皆沉細，知寒邪直中少陰，脾陽已屆垂絕之象，乃以理中湯合五味異功散，加重附子黨參與之，一劑寒戰大減，再劑指甲復常，祇脾陽久虛，胃濁復重，有時不免唇冷泛噁，便洩心跳，尚需調理，凡重病認症不清，治療失當，殊可危也。此病虛實參半，平時濕濁本重，冬去春來，陰寒特甚，勞倦之體，易於侵入，脾胃受寒，濕痰凝阻，附子理中湯與五味異攻散，虛實兼顧，僥倖獲癒，惜服用過遲，復元亦遲耳。

外實內虛治法

滬友楊君旅港已六年，寄居本港郊區，上月中旬患熱病，汗限於頭部，形寒胸悶，舌糙黃，口乾，入夜譫語，臥病未及一候，神識已不清晰。諸醫斷為溫病，先以豆卷繼以大黃，非惟不效，病勢更劇。邀余往診，汽車行一小時，越山過嶺，抵其寓已上燈時矣。見其兩觀甚紅，形神俱脫，按其脈象兩尺獨長，兩關弦數，一息六至半，與熱度不侔，知其中氣已虛，陽浮於上，用理中湯五味異功散，加黃芪七錢，高麗參三錢，濃煎服之。翌日轉方，胸悶已解，夜臥亦安，再劑遍身暢汗，寒熱全解，三劑諸恙皆除，此症始終以扶陽益氣，本元回復，諸病自滌，蓋表散攻裡諸方，先已施用，祇體虛無力外達。若以神昏譫語，誤用紫雪丹神犀丹，畏寒胸悶，再用豆卷藿香只殼，必致引病深入，邪正兩脫。虛實之辨，端在脈象，見病治病，反多貽誤，上工望氣，如扁鵲之於齊桓公，前清道光時吾蘇之顧大田，近代寧波之范文虎，皆擅此才，不佞僅諳切脈，寒熱虛實，或不全乖，然緬懷前哲，有餘愧矣。

頭痛治法

頭痛一症，感受各殊，患此者，暫取市售成藥服之，頗收一時之效，然不能保其不再復發，間有愈發愈勤，加生枝節，轉成他病，不能以泛泛視之也。

古人治療頭痛，方法不一，有散風，息風，養血，行血，平肝，疏肝，瀉補兼備，典籍俱在，後學之士，審取得當，效如桴鼓。粵僑黃君，雅識方藥，猥承信譽，上月介紹友人王君來診，云頭痛已歷月餘，新舊醫藥成經服用，久不見效，近日痛勢更甚，擾及眠食，按其脈，左關細弦，尺部細長，右寸細數無力，似血不養肝之象。且云：血壓甚高，又似肝旺，試以平肝養血方藥與之，睡眠稍安，而頭痛仍不見減，覆診兩次，脈象依舊，細思其脈，左尺細長，為腎水不足，右寸細數，又似肺氣久虛，平補肝腎，似是而非，故收效不宏，乃改注重肺腎，方用玉竹，麥冬，沙參與左歸飲合服，一劑頭痛減半，再劑霍然全癒矣。肺為腎母，腎為肺子，母虛子亦虛，此種頭痛，雖不離乎肝之虛旺，而未察由於肺金不足，腎水失養，故兩顴發紅，有血壓高之嫌，今重用補肺滋腎方藥，燮理得宜，浮陽自降，痛亦自除矣。

滬友李君之戚某女士，亦患頭痛，旅港數年，時發時癒，痛時竟兼嘔吐，屢治不效。察其脈左關弦緊，右關濡沃，所謂厥陰頭痛，土弱木強之證，用吳茱萸湯而癒，古方有頭痛摩散，以大附子一枚，食鹽少許，搗和摩痛處，令藥上行而癒。與近代所傳偏頭目赤，用鹽水塗兩太陽穴半日即癒，意義相同，然余未經親試，不敢據為必效之法。

口生白糜不易救治

來港前一月，友人張君在滬患寒熱病，邀余往診，知病已兩月餘，初因游泳海濱，歸家便覺形寒發熱，自服西藥發汗藥片，汗出熱退，翌日骨節痠楚，腰痛背寒，寒熱大作，以厚被蓋之，汗如雨下，四肢厥逆，延某中醫診治，疑外感未淨，再以豆卷藿香蒺藜表散之，詎藥後汗洩愈多，背寒夏甚，改入醫院，斷為「背脊骨發炎」轉腐。上星期回至家中胸背腿足，痠痛更劇，澈夜不眠，已歷五日，口渴嗜飲，診其脈，陽部浮大，陰部細弦，視其舌苔，光紅如血，滿佈白點，連及上腭牙齦。病家兼邀余兄旭丹博士診治，曰消炎法既不驗，惟有開刀，將腰腐液取去，然病體已虛，恐難奏效。余覺陰陽兩竭，新婚才百日，腎水已損，無法挽救。其新夫人告余。「鄰居洪家主人之病，彷彿類此，由君治癒，本亦欲邀君診視，因聞其前妻之兄謂吳子深好用補劑，恐閉邪入內，故改延張醫，因張醫治傷寒得名也」。旋聞延至翌晨，喘汗交作而逝。夫久病生有糜點，無一獲救，蓋其體質素虧，表散過多，邪正兩脫。夫陰竭生糜，人所共知，腎虧之人感受風寒，本虛表實，雖上工亦不免忽略，港地瀕海潮濕，親大陸為重，氣候變遷亦速，肺脾腎三經同病者，較大陸為多。醫家治其外感，同時亦須顧及病人體質，則無遍勝之患。

川椒殺蟲特效

川椒目江浙人謂之花椒，居家每年端午日，必以紗羅裝一小包，各懸一枚，云能卻邪，出門旅行，尤為必備，扇店特製出售，飾以花錦，大約每袋裝三錢五錢一兩不等，每一筆套裝四五粒，謂可免疫，此雖俗例，亦頗有意義。蓋端午之後，氣候潮濕，疾病叢生，懸此一枚，可免傳染。蘇省武進縣城內某巨室，有一女年約十四五，胸脘作痛，時發時癒，痛時若啖以花生米，則痛便止，肌膚日削，遍邀中西醫治不效，某日抵滬，得友人之介，造余寓求診，服藥十劑，未見稍效，適屆端午，余家循例作花椒袋，並為余裝一袋較大，垂於扇後，適來覆診，因憶花椒可以殺巨蠍，見《寶顏堂隨筆》。即用生軍四錢，花椒三錢，囑其連服三日，果下四足蟲數百，糞作奇臭，色黑如墨，蓋被蝕破腸胃而見血也。（大便色墨如漆者，多屬瘀血）。再以花椒，建紬，焦苡仁續服一月而癒。豈中西殺蟲藥，均不及川椒目為驗，抑此四足蟲非川椒目不能治耶，留待他日證之。

蜀省至秦地，山重林密，路途崎嶇，彼時尚無公路，行旅須負裝步行，離廣漢縣數里，古木參天，雲峯如屏，路傍有一巨方石，光潔而平，密林之下，綠陰如蓋，可避風日。然行人不敢藉此假坐，相傳此石有神，坐者必獲嚴譴。某歲之夏，有客商運藥，往返秦蜀，適經此處，氣候炎然，疲乏不能再行，中間又無涼亭，急不暇擇，即據石而臥，輒以數藥囊作枕，倦極入夢，似覺背間有人以巨物推之，起視並無所見，再睡再推，懼神物之譴，不敢復臥，霎時間聞樹巔索索作響，旋轟然一巨物墮地，睨之形如琵琶，乃一垂斃巨蠍也。蓋某商人所負貨物，皆是川椒，蠍知有人坐石，即以巨鈎俯擊，適所中者為川椒，幾經觸及，不能復支，故而下墜，乃知向之坐此石遭神譴者，皆巨蠍為祟也。

益元膏癒我衰弱

六氣外襲，七情內耗，健者尚無所感，弱者頗難勝任，至於勞心疲思，尤有甚焉。余中年因肺疾涉及腎虧，水不涵木，肝陽不潛，頭眩心悸，稍勞輒作，甲子之夏，江浙鏖兵，移居滬上，地瀕海域，濕熱較重，蒸燔傷胃，時有腹脹吐酸之患，四十以後，命門火衰，便洩遺精，紛至沓來，肺疾雖得油浸白果而癒，奈肝腎之病，總不能已，塵事鞅掌，不耐靜攝，承先母舅曹滄洲徵君贈余《經歷記略》四卷，無意翻得一方，名益元膏，以天王補心丹，金匱腎氣，四君子，斟合損益而成，加以紫河車一具，吉林人參貳兩，熬膏服之，每屆冬月，臨睡服一瓦匙，從不間斷，貳料未盡，諸恙全除，嗣後每屆冬季，必服一料，近十年來讀書作畫，尚不勞乏，某歲親至胡慶餘配藥，晤見魏廷榮兄，因其夫人久病體虛，亦照方配服一料，即能加餐，翌年正二月不畏春寒矣。同里俞雲蘭丈，王集樓表兄，咸有哮喘之患，即以此方加肉桂五錢，服後，十除八九。此間某紗廠執事，素有氣急心跳之症，忽得胃病，服消化藥，脹痛更甚，余以大量黃芪治之而癒，見余服此藥，乞去少許，試服一星期，並無反應，連進兩料，宿恙盡除，惟雅好杯中物，今夏在港，復發四五日，以原方減輕黃芪加枳椇子服之而癒。近一二年心緒栗六，又以客中煎製嫌勞，未遑配合，今歲春夏時覺氣促頭眩目濇，屢屢感冒，不得不再照舊配服矣，惟以方中河車人參，真偽錯襍，購辦時須加慎察也。

血壓高方

近時所稱血壓高病，感受不一，治法不能一例，前日友人杜君示余一方，謂其服之三月，成效大著，方用，西芹四兩，洋芋一個，洋葱半個，勃薺（粵人稱馬蹄），番茄一個，蒜頭五粒，五碗水煎至一碗，每夜睡前服之，雖余未經親驗，而言者鑿鑿，且性味和平，簡易可口，無妨介紹。

醫者意也

醫者意也，亦理也，似雖空泛，然確有實驗。離余家半里，崇真宮橋有王某者，食糯米糕餅兼蔗汁，寒熱甚壯，胸脘痞結，按之特堅，中西醫都以發汗消食諸藥與之，病勢更甚，乃邀余往，見病者年已五十餘，體弱不能攻表，又值初暑，屢屢呼痛，汗下如雨，自指胃中為糯米糕蔗水所結塞，囈語「鑿一空洞，取出便癒」。左右皆匿笑，余思「鑿」字極妙，消攻皆不能通，捨此實無辦法。古人雖有涌吐之法，奈積在腸胃間，亦不能用，乃囑病家速購糯米糕四五塊，將蔗水澆在糕上，用炭火烘之，隨烘隨澆，燔成焦炭，再與研細，並覓木匠鑿子柄碎頭七枚，加生薑五片，煎湯拌糕灰服之，不一小時胃間似覺漉漉作響，脹痛稍減，治鑿子合薑湯拌糕灰服罄，至上燈時居然入睡。午夜寒熱即解，下臭糞甚多，翌晨全癒。蓋木匠鑿柄木花，用時必唾沫，日久口涎吸入亦多，口涎本助胃汁消化，鑿木柄屢受斧擊，自有破空而下之功，糯米蔗汁，皆屬黏品，惟本質之灰可消，引用生薑，所以溫化也。方藥對症，應效如神，苟非絕症，總有治療之法，但患吾輩醫家不肯深思耳，醫之謂意也，豈不信歟。

思慮耗精

諺云：思慮甚於好色，此語似虛而實信，《內經》云：「腎者主水，受五臟六腑之精而藏之」。又曰：「腎者主蟄髓藏精之處，多虛少實」。因肝木為子，偏喜疏洩母氣，厥陰之火一動，精即隨之外溢，肝又藏魂，神魂不攝，多夢洩精之症作矣。昔人嘗用封髓丹，以其能息除心火，增益腎水，方用天冬、熟地、人參、黃栢、砂仁、甘草，以酒侵蓯容片煎湯空腹服之，試用四五次，陰虛火旺者，頗為相宜。覺陽虛之體，雖有人參熟地之溫，獲效殊尠，本港陽虛者多於內地，不如六味地黃丸與之合度也。

心者主火，而所以主者神也，神衰則火為患，故補心者必清其火，而神始安。相傳志公和尚日夜誦經，鄧天王憫其勞，賜以補心丹一方，用元參、丹參、遠志、棗仁、天冬、麥冬、生地、菖蒲效用頗佳。所謂怔忡病者，俗名（心跳），蓋心者需血以養，倘血少之體，火氣衝動，便行發作，大抵思慮過度，或曾患吐血痔血及婦人血崩者，多有此患，間有痰濁瘀塞，阻其心氣，則宜指迷茯苓丸，加當歸、菖蒲治之是矣。又有胃火強梁，上攻於心而作跳者，試以手按心下，似有氣來撐拒，此為心下有勁氣，宜瀉其心胃之火，火平氣亦平，心跳亦止，瀉心湯主之。此間患心跳者頗多，而所受不同，治法亦異，若辨別不清晰，不善頤養，雖日日服藥，亦屬無益。

古人成方無妨加減

疾病之種類極雜，不能每病輒製一方，故有加減之法，如其病大端相同，而所現之證或有小異，則不必更立一方，即於方內察其症之趨向，而加減之，如《傷寒論》中治太陽病，用桂枝湯，而項背牽強者，則加葛根，氣喘濕痰重者，加厚朴、杏仁，若下後脈促胸滿者，桂枝去白芍。更惡寒者，去白芍加附子，此猶以藥加減者也。若桂枝麻黃各半湯，則取二方為加減矣，若發奔豚者，用桂枝加桂湯，則以藥之輕重為加減，若桂枝湯倍用芍藥，而加飴糖，名為建中湯矣。其藥雖同而意義已別，立名亦異，古方之嚴如此，後之醫者，不明此義，又欲托名用古，取古方一二味即以某方名之，如用小柴胡屏除黨參，五苓散不用桂枝，去其骨幹，拾取枝葉，易其失效，惟時醫習慣已深，經驗不足，雖明知古方之佳，亦無法引用。表兄曹惕寅專用時方，懸壺數載，感輕微病症，尚能奏效，複雜重症，成績殊尠，乃叩余古方用法，余即以成無已註《傷寒論》及《金匱》示之，閱讀之餘，恍然大悟，乃徹壺三年，重加研習，嗣後應診，成績大著。余深欽佩其不自諱飾，勇於求進，緣吾國兩漢迄今醫藥之書不可勝舉，然總不能越仲景《傷寒論》《金匱要略》兩書範圍，近代科學昌明，醫藥一項，日新月異，東鄰日本湯正淺平博士，其著《皇漢醫學》，奉仲景為醫聖，而吾國醫家竟棄之如遺，黃鐘毀棄，不亦大可哀耶。

濕燠地多中風病

南洋濕燠之地，中風偏廢之病，較內地為多，余治此病，除猝中寒風痰厥，用小續命三生飲外，餘皆引用《金匱》黃芪五物湯，獲癒者頗不乏人。按《宋史・林粟傳》，聞之醫曰：中風偏廢，年五十以下而氣盛者易治，蓋真氣與邪氣相搏，真氣盛而邪氣衰，真氣行而邪氣去也。欲起疾者，必禁嗜慾，節思慮，養精神，葆氣血，使半存之身，日以充盈，則陽氣周流，脈絡宣洩，自可逐漸見痊，若急於治疾，不顧其本，百毒入口，真氣日消，而邪氣反充，不可為已。竊按偏廢之病，日久中氣必弱，補氣活血，最為恰當。遜清道光間王清任先我言之矣。近人惑於風之一字，悉用蘄蛇全蠍之類，獲效者尠，殆所謂百毒入口者邪。

先哲視病亦不能無失

醫家處方，首重脈案，即今之診斷書。考其起源，則在《史記・扁鵲倉公傳》，扁鵲重於針灸，倉公兼用湯液，特其所謂火齊湯下氣湯，是否即理中湯承氣湯。其臣意曰：某某之病，起因如何，現狀如何，治法理論，約略記述，古文簡奧，不能如唐宋諸家醫案，明白曉暢。或問倉公診病決死生，能無錯失？對曰：意視病必察其色脈，乃治之，敗逆者不可治，順者乃治之，心不精脈，所期死生，時時失之，臣意不能全也。扁鵲曰：病有六不治，驕恣不論於理，一不治也。輕身重財，二不治也。衣食不能適，三不治也。陰陽並藏，氣不定，四不治也。形羸不能服藥，五不治也。信巫不信醫，六不治也。今人未究病家深淺境地，輒自誇張著手成春。讀先哲所論，能不愧悚！

養癰貽患

十餘年前，蘇省耆紳華中原先生，患背癰，紅腫作痛，初起僅一小瘰，漸如杯口，先請甲醫診治，更邀乙醫襄診，因兩醫本同學也。甲醫聲名較盛，而技能反下，病家震於甲醫聲譽，信仰頗篤，乙醫以為此時病人體力尚充，若奏刀拔毒，使腐膿滌盡，復原亦易，甲醫暗忖肌膚之瘡，當無大礙，病若早癒，不能眩我之能，獵取多金，更懼乙醫攘分其利，凡乙醫所倡治療方藥，必百方抑阻，荏苒日久，而病者背癰日益擴大，甲醫至此不得不改用乙醫方法矣。詎華紳年逾五旬，病久體虛，雖經穿頭，而毒反下陷，漸至蔓延胸脇，轉入心肝而斃，病家始咎甲醫之玩忽，而不知其妒賢徇私也。此病原非絕症，今誤於甲醫一人之手，於是眾論交謫，乃急急移居外埠，其子曾游學海外，從事西醫，父子共一診所，大事誇耀，而於死者銜寃，生者茹苦，毫不憫惜，庸醫誤人，至堪痛恨，世不乏為一己之私，養癰貽患者，豈僅甲醫而已，書賁不禁三歎！

補氣即所以生血

血非穀食不生，非氣不行，肝藏血，脾統血，故補血方，必兼補氣，肝又賴血以養，即所以養肝，古人黃芪建中湯重用黃芪，因氣足血自生也。夫血不能驟然而生。古人云：心為製血機構，黃芪黨參為補氣要藥，亦即補心要藥，中西醫理，不謀而合。四物湯中當歸熟地，化學家謂其皆涵鐵質，有培植血液之功。案四物湯炙甘草湯、當歸生薑羊肉湯，皆直接補血，用於婦女為多。仲景小建中湯注重白芍，而以飴糖為君，桂枝為使，桂枝具通達之性，甘潤養脾，脾得其養，血亦自生，白芍可以和營斂肝，兼制桂枝，使免燥烈之弊，君臣佐使，各得生尅之宜，為後賢開處方無窮法門。大抵吾國補血之法，不論參芪歸地，皆催動人身生血機構，功效雖不能立見，而服十日有十日之功。較諸新法注射補血藥及血液，理同而道不同也。若折臂斷足及大量失血，植物藥性，紆迴折曲，功不補患，則非接血注射藥汁不可，若久虛貧血之體，等於久貧之人，得暫時急救，固可稍舒一時，然日常賴人救濟，終不及自力更生，可以源源不絕，要之各有所長，各有所用，要在審擇而已。

陽症熱厥

人生疾病，表徵雖同，而受病與體質則千緒萬端，不可紐於成見，自誤誤人，常感古今中外名醫，於奇難險危之症，亦不能著手必效，又有明知病之所在，而藥力不足濟之，或病屬兩岐，虛實參半，而證象不顯，又有習慣不同，秉性特殊，難免診斷不誤，自非數劑方藥可效。大抵方藥對症，藥汁池口，便覺胸懷舒適，四肢通暢，若風寒濕痰，鬱伏不宣，藥力欲其外達，邪正兩搏，則不能無懊然撐拒之苦，然數小時後亦通暢舒適矣。倘久藥不效，非醫家認識錯誤，即病染日久，藥力淺薄，雖名醫亦不能免，病家自宜明告醫者，早為設法，在醫家亦當誠意認錯，遷善改過，要知人非聖賢，誰能無過，有過認錯，不足為恥，文過飾非，則恥大矣。客臘診病不下千餘，除尋常者不記外，惟此數症，較奇特之一，是《星島日報》編人物誌朱先生之文郎，先自腦膜炎，轉為每日午後四時發熱，四肢寒冷，睡眠不安，納食必阻，胃脘痞悶，熱度最高至一百零四度，最低百度，港九兩地名醫咸謂病狀奇特不一，無法治療，朱先生僅此一子，珍愛逾常，罹此奇病，憂鬱萬狀，致阻東遊，乃邀余診治，余以四逆散與之，又以大便閉結加羚羊角四分服兩劑，大便即潤，再以四逆散連服十餘劑，熱度逐減，歷半月完全退盡，諸恙亦除，朱先生謂余：「此兒染病半年，服藥打針，耗至萬元，不謂君竟以寥寥數味國藥，奏效竟如此之巨，如此之速，然非如君之好學深思，不能臻此」，始信吾國醫藥之妙，不乏在外人之上也。

觀舌為辨症之要

觀舌色亦可知臟腑疾病之由，舌尖主心，舌中主脾胃，邊尖主肝膽，舌根主腎，倘津液正常，不渴不苦，雖有寒熱，尚是外感，宜用表散之法，以鬆懈共肌膚，自然汗出熱解，蓋外受風寒，皆可汗解也，若舌苔粗白膩厚，是寒邪入胃，陽明積有濕滯，上蒸於舌，此時已難別滋味，不欲飲食矣，宜用燥濕化滯清理腸胃之法，若積而不除，舌黃口苦，漸化熱矣。則非黃蓮黃芩大黃不可，及至苔色轉黑邊尖色紅，狂渴嗜飲，乃陽明燔灼過甚，津液被刦，非生地石膏不為功矣。大抵濕溫病，屬於此者為多，善治者，不必急於退熱，祇須燥濕消食，疎中和胃，則氣機順利，宿積盡滌，寒熱不須治而自解矣。又腸胃實症，腹中積滯，鬱蒸成熱，舌黑根厚，渴不引飲，非白虎湯大承氣湯不為功，認症不誤，覆杯即效，若病後舌潤而黑，或滿舌紅紫而無苔者，皆屬腎陰不足，六味地黃加二冬龜版鱉甲斟酌用之，雖不中，不遠矣。寒熱虛實之辨別，實為醫家治病首要，倘胸乏卷軸，與臨診有切實考驗者，斷難辨別不誤，若徒聞病家口述，隨以給藥，江南人謂之說病討藥。所謂：「頭痛用防風，腰痛用杜仲，看其湯藥薄，十張七八同」，敷衍塞責，雖失本旨，吾故曰病家之輕視國醫，自啟之也。

治血症不宜專用寒涼

江浙兩省，凡病患肝木過旺亢陽不潛，（西醫謂血壓高）。與吐血便血，醫家都用涼劑，如羚羊角，生地，阿膠之類，驗者十之五六，不驗者十之三四，病家見血液上湧，血流不止，亦深信寒涼物可以遏止，又見西醫用冰袋，不謀而合，信心益堅，藥方見有薑半夏，則群起指摘，嫌謂燥烈，殊不知亦有氣血阻塞，積而不散以致上湧者，若服寒涼更加壅滯，去歲同鄉洪君，患咯血四五日不止，服犀角地黃湯反而不效，止血針亦不效，余診其脈，皆沃濇不揚，改用真武四物兩湯一劑，四肢和暖，咯血減少，再劑霍然全癒。

黃疸

黃疸《金匱》作黃癉，乃濕熱鬱積而成，在表者，宜發汗以解之，在裡者，宜攻而下之，此其大略也；然亦有不濕而燥，則變清利為潤導。仲景之猪膏髮煎證是也。不熱而寒，不實而虛，則變攻為補，變寒為溫，小建中湯證也。其有兼證者，則先治兼證，再治本證。小柴胡小建中湯之類也，《金匱》於黃疸一證，正變虛實之法，備記無餘，足徵此證之重要矣。仲景云：黃疸脈寸口浮緩者，浮則為風，緩則為痺，所謂痺者，風濕交合，脾病者，色必黃，瘀熱以行，四肢面目盡黃，此病之初起也。仲景所謂瘀熱者，可見黃色發於血分，脾為濕土，主統血，熱入血分，脾濕遏鬱，乃發為黃疸證類如下：

穀疸者，身體盡黃，食穀即眩，穀氣不消，胃濁下流，轉入膀胱之所致也。女勞疸者，腹滿，小便多，手足熱，微汗，薄暮即發，此種黃疸，為不治之症，色慾過度，陰不斂陽故也。酒疸者，心中懊儂，發熱不能食，食時欲吐，用大寅梔子只實立效。倘黃疸而有風者，當先治風，桂枝加黃耆湯可已，腹大如膨，蓋寒濕入於血分，久而生熱，津血兩枯，亦屬陰黃，用猪膏髮灰可治。又有瓜蒂散之吐黃水，麻黃醇酒湯之求汗，宜於體實年輕，初起病者用之。久病體虛者，則非所宜，恐真氣傷而邪熱反深入也。近一月來，氣候不正，每多咳嗆，頭痛，怕風，發熱，舌膩，骨痛，往往一人而染及數人者，港地濕熱較重，若不醫治，恒多轉成他症，間有變為黃疸病者，幼時聞先母舅言，光緒初年，此病遍傳大江南北，後得儒醫梁子材先生敗毒散一方，獲濟者頗多，余即襲用其法，二三劑即癒。

瘰癧

近數日外埠屢有函來詢瘰癧，流痰，流注治法，管見所及，謹錄如下：考瘰癧病，以十餘歲小兒為多，與流痰相似，但流竄不定，甚至連生數核。流痰，流注則成年人為多，罹此病者，皆體虛質弱，氣血阻塞，痰濁乘之，若體質堅強者，患者絕鮮，小兒無情慾之擾，祇須消痰行血，兼補肝脾，外用山茨菇以醋摩汁調敷患處，百日之間，輕者便可消除，重者亦可縮小減輕。倘治療不得其法，陽虛誤用寒涼，或急於開刀，收口既難，根盤堅硬，體質轉虛，至此惟有陽和湯以溫補之，然逆流挽舟，獲治者，祇十之二三人而已，成年男婦，不幸患此，醫家稱謂流注，或曰癌症。初起之時，柴胡疎肝散，四物湯，二陳湯，六君子湯，逍遙散，皆可引用，不外補氣，行血，消痰而已。緣病之起，大都正氣虧損，不能推動血液循環，臟腑黏涎滲入，積成一核，拖延日久，真氣更虧，瘀血與黏痰膠合益堅，倘率意開刀，或瘍頭自破，雖有盧扁，亦將束手。大凡外瘍痛楚紅腫者易治，蓋浮於外也，浮於外者，氣血尚充，祇須消炎消積而已。若陷於下者，皮色如恒，反不覺痛，其體十之九虛弱，無力外托，寒涼消散之藥，斷不宜用，非大劑溫補不可，病者或因不痛不紅，每加忽略，及至日積月大，再思療治，已不及矣。

浙僑徐某女公子患項間結核，腫硬不痛，友人倪君知余研討癌症，見其病延數月，形瘦肉削，寒熱連綿，兼有微咳，屢治不效，介紹余診治，察其脈，左細右數，已是氣弱血虧之象，內服疎肝滌痰益氣活肝之方，外敷消痰化堅之藥，一月之後，體氣日充，虧象逐減，兩項之核亦見縮小，所謂瘰癧即是癆症及早療治，自可逐步縮減，漸至消滅，倘拖延日久，體質日虛，而瘀血痰濁日積月多，盧扁亦難為力。竊想凡治病必先究明其得病之由，若既明晰其起因，自易著手。感於徐小姐之瘰癧獲癒，則癌症亦未可盡諉不治，可斷言也。

失營症與癌症大同小異

近世之胃癌症，即以前所謂隔氣也，為四絕症之一。清代筆記載白鵝血治癒此症，未識驗否？古書所云失營症，與近時癌症相類似，然失營症僅限頭項，癌則範圍較廣，治療之法，大同小異。唐孫思邈論失營症，起由肝陽久鬱，惱怒不發，營虧絡枯，經道阻滯而成，生於耳前後及項間，初起形如栗子，頂突根收，狀如痰核，按之石硬，推之不移，無寒熱，不覺痛，漸漸加大，後遂隱隱疼痛，漸漸潰破，流血水如膿，漸至口大肉腐，凹進凸出，形如湖石，痛澈心肺，胸悶燥煩。又有瘡頭放血如唧筒，逾時而止，體怯者即時立斃，氣強血能來復者，亦可復安，俟再放血而死，亦有放血三四次始斃者。宜內服加味逍遙散，歸脾湯，益氣養營湯，補中益氣湯，和營散堅丸之屬，外貼阿魏化堅膏，更須戒七情，適心志，或可綿延歲月，然延日久，終亦不治。又名為脫營症與失精症，似同而異也。按脫營失精，為失志病，《內經》疏五過云論：嘗貴後賤，名曰脫營，嘗富後貧，名曰失精。雖不中邪，病從內生，身體日減，氣虛無情，病深無氣，洒洒然時驚，病深者以其外耗於衛，內奪於營，按之情志抑鬱，憂思不已，血為憂煎，氣隨悲減，故外耗於衛，內奪於營，臟腑既傷，經生復動，脫營多發為外證，失精多成為內證也。

腰膽積石

雞骨草雲茯苓之治膽積石，頗為應驗，此同道夏君示余者。余以轉治腰積石，亦獲奇效。友人俞君，前晚談及其友人某君，曾患腰積石，割治兩次，去冬忽又復發，頗有隨割隨生之勢，奈已兩度手術，不敢再用，而病勢日增，不能坐視。乃再求此間某名西醫，亦辭以不能再割。為介紹雞骨草方加玉蜀米鬚，每日各取五錢，煮湯飲服，未及百日，小溲中忽趲出一塊，質軟而細，毫不覺痛，旋再續服二月，居然全癒。蓋昔之所認石質者，已逐漸軟化而分散矣，既頌此湯之妙，又慼某西醫能泯除畛域，推誠介紹，為不可及。余按腰積石一病，大半由於脾腎不足，化導無功，濕濁乘隙盤居，歷時既久，逾積逾堅，一旦得以洗滌，自然舒適。此與器物上裂紋，塵埃逐漸趲入，要在清除之後，急與補益，否則虛隙尚在，難保塵埃不再重入，至此而責初時洗滌不勤，殊非明斷也。

客有問及積石症癌症，患者甚多，吾國醫藥既早發明，何以絕少論及，年齡六十以上者，亦鮮見聞，豈必待歐美醫家發明，始知此種病之嚴重。余告之曰：此時勢限之也，東方人以穀麥為生，彼時僅以木杵敲去浮皮，粗而不潤，今則改用機磨，更加石粉，以求光潔，雖經水淘，奈石粉性重，終難滌淨，日積月累，體強者，尚能排洩，體弱者，不免留貯，故患者亦多。又近時之盲腸炎，與吊脚絞腸痧相類似，竊以由於油膩與生冷物同食而成。幼時每屆炎夏西瓜及冷飲食，必與午餐隔離二三小時，始可啖食，恒以並食為戒。若勞動人士肩挑背負揮汗如雨，饑渴交加，則恣意啖食，故吊腳絞腸諸症，亦以炎夏勞動界患者多，文弱士女，較鮮患此。

虛症流火

友人李君，向業古玩，上月來言，其戚某君，患流火病，已歷十八年，來港之後，愈發愈甚，午時腿肚亦腫，發時則紅腫更甚，近增寒熱，每日下午四時必先形寒，二小時後，漸漸發熱，最高至一百零四五度左右，繼又汗下如雨，翌日黎明始退，已歷七日，周而復始，頗似瘧疾，消炎針瘧疾劑頻用不效，中西醫皆感棘手，並云倘腿痛不除，為保全性命計，惟有截去一足，擬邀余同往一診，緣彼時余適牙痛，謝絕出診也，感其意誠，遂往診視，見病者形瘦骨立，遍體皆汗，先按左脈，覺關尺皆細弱而長，氣口脈則浮大而數，以探溫表測之，已倒縮二度，知氣腎兩虧，陰薄而陽越也，復以納食無味，大便溏洩，知脾陽已虧，納穀不運，所謂全是虛證，並無絲毫外感也。病家見其虛弱，無日不以牛乳橙汁雞蛋以充營養，致愈食愈瀉，肌肉日削，余告以脾運無力，甜黏之品，不能消納，勉強進服，徒增濕痰，華陀亦難為功。蓋此病起於幼年遺精，腎水先虧，中年奔波，肝脾亦虛，初起祇須黨參於朮熟地服之，早已痊癒，誤為血熱，而專用涼血利水之劑，近更多注射消炎針，逐致陰陽兩竭，氣血凝阻，腿腫更甚，發生寒熱，真陽更薄，陽虛則生外寒，寒甚則熱，古人所謂熱深厥亦深，一經蒸燔，肌膚鬆懈，津液外溢，故大汗不已矣。循環之理，固宜如是，不究脈理，難得要領。乃以十全大補湯與之，翌日寒熱即減，夜眠即安，胸腹以停服橙汁牛奶，改食米飲湯，大為舒服，復診以附子理中加鹿角霜熟地，重用參附，連服三劑，寒止而熱亦止，虛汗亦已，惟離藥稍久，足部尚覺微冷，乃倍其質量，每隔二三小時即服半碗，三四日後，諸恙皆癒，足腫消而行動自如，加餐一倍矣。未滿兩月，霍然告癒。

近代儀器不能證驗之病

人生疾病，若察之無形，驗之無證，科學儀器所不能解者，而根據吾國學理經驗，決斷獲治者，頗不乏人，余恒守先人遺訓，凡百學問，知之謂知之，不知謂不知，況醫藥關係人生安危，更不敢誤人誤己，昔顧鶴逸先師嘗謂醫家不患操技之不工，而患醫德之不修，誠哉斯言。

西人培探斯皮君夫婦，往時曾邀幼女浣蕙講授國文字，上月初其文郎詹利美患寒熱病，日輕夜重，兩足不暖不思飲食，歷經西醫診治數次，皆以無法驗悉病證，不能下藥，臥病七日，毫不減輕，培探君夫婦深為憂慮，鑒余數年來治病成績，乃托友人轉邀往診，且表示決計信任中國方藥，乃偕往其九龍京士柏邸舍，命蕙兒任翻譯。按其脈，左寸關細弦，右寸關弦數，舌苔根膩，頭額熱而四肢不暖，汗出極暢，正仲景所示四逆證也。即用本方一劑，而寒熱全解，眠食均安，翌晨覆診，再用清理腸胃之方法，兩劑諸恙盡癒。培探君夫婦大為歎服，且識吾國醫理方藥高妙，不下他國，因告以近時暑溫正甚，流行性感冒傳染亦速，倘按經治療，收效亦速，恆有拖延日久，熱入肝肺，或咳嗆傷肺，瀕於危境，亦有因熱度過高，爍傷腦經，即使獲癒，他日影響記憶力，減弱智能，皆屬可慮。學術無分國界，況疾病醫藥，成敗禍福，短期立見，若自誇己長，嫉妒人能，縱有生知之才，永無見道之日，可斷言也。

肌膚風瘰

本港近有一種皮膚病，初起僅局部發點，繼而波及全身，色紅如痦子，又如風塊，奇癢難忍，於伏枕後，萬籟俱寂，癢勢更甚，搔不勝搔，雖瘡疥之疾，而歷久不癒，困人精神，擾人眠食，更甚於內病也。論者每謂風邪襲入肌膚，引仲景風氣相搏，多用祛風潤燥方藥，初起時未嘗不效，若平時汗多，則無所用，蓋風從汗解，汗多風息，非消風散不能奏效。新醫斷謂神經敏感，與腸胃不潔，論理極當，考其治療成績，與中醫祛風潤燥相等，不免似是而非，收效不廣之感。

竊意此病，血熱者有之，脾虛者亦有之，因血熱牽及心肝兩經。《內經》云：一切諸癢，皆屬於心。肝性本強，強則感覺敏捷。又云：肝者，將軍之官，謀應出焉。與新之所謂敏感症，腸胃不潔意義亦頗相近，血熱肝旺，則生內風，脾胃虛弱，消化遲鈍，轉而生濕，發為風塊。余每用一捻散，犀角地黃，羚羊角等以清血肝，平胃散，四苓散以健脾化濕，成績極著，又有一種白色風塊者，散佈雖不及紅色之廣，凡腰間兩腿帶縛之處，其癢更甚，此乃中氣不足，推動血液機能力薄，等於陽虛中風，即用玉屏風合四物湯與之可也。

痰飲哮喘

入冬氣候寒冷，哮喘病特多，起初受寒積飲，久病者，中氣必弱，命門火必衰，火不生土，脾陽自虛，積濕蒸痰，氣逆作喘，平時日常飲食，清升濁降，生津化血，四體充滿，雖勞心力，絕不喘急，今火衰土弱，脾臟吸收無力，飲食所進，既不能生津化血，又無力導之外行，黏涎過多，化為痰濁，阻礙升降，明明養生之五穀，轉為有損無益之濕痰，服藥雖可收效於一時，未除其根，明年復發，年老病久，漸成沉疴，可慮也。

哮喘之病，多兼咳嗽，痰聲漉漉，充塞胸膈，張仲景論積飲有四：曰痰飲、懸飲、溢飲、支飲。飲者，水也。所納湯茶，稀薄者為飲。凡人飲水，入胃而散，胃之四面，皆有微竅，水從微竅走出，轉入膈膜油網之中，下入膀胱，故膀胱連於油網，即入水之道，內之油網，透出肌肉，則為周身之白膜肥網是名腠理，以其皮肉相湊之間，而有紋理也。《內經》云：三焦者，決瀆之官，水道出焉。是三焦為有形之物，所謂哮喘，即是支飲，是水在油膜，不入膀胱，上犯於肺。治療之法，當使走入膀胱，五苓散主之，方中肉桂，即化膀胱之氣，使從小便流出，而不上犯，蓋命門氣海之陽氣，蒸動其水，化氣上行，是升降得所，自無此患。若水不能下，氣亦難於上行，遂致氣分急促，痰濁黏塞，勞動便喘，臥不安枕矣。凡治此病，偏寒，偏熱，皆未中肯。仲景云：當以溫藥和之，苓桂甘朮湯或腎氣丸，酌其輕重與之可也。水續腠理，當汗不汗，身體重痛，謂之溢飲，大小青龍湯證也。小便欲利，而難利者，名曰留飲，甘遂半夏湯證也。

《金匱》云：脈沉而弦者，懸飲內痛，病懸飲者，十棗湯主之。考懸飲之病，始由太陽膀胱小腸轉入肺脾，太陽失表，汗未外達，內陷胸膈，與濕並而為病，故覺內痛，治療之法，當破其積水，十棗湯芫花甘遂大戟為最恰當之方，惟藥味峻利，方中大棗要在肥碩，既下之後，必須用白米粥進之，所以補脾而生津液也。若久病體虛，脈象洪大而數者，非大補中氣不可。倘小便過多，則當補脾陽，扶土尅水，如理中湯，真武湯，六君湯，補中益氣湯不妨相機應用。治哮喘病，虛者較實者為難，而半虛半實者更難，辯別之法，試列於下：體肥胖者，嗜食厚味，嗜酒者，年輕時嬿婉之好是否過度者，有夢遺者，多汗者，曾否吐血者，大便溏薄，小便夜多者，舌苔白膩者或少苔口渴者，然後按其脈象，知其受病之處，惟飲酒與勞動之後，或新有外感，不能悉依脈象，雖不學古人平旦，陽氣未動，陰氣未衰，亦當息心靜氣甄別，對症處方，收效自易。

破笛丸療治音啞

讀本月《星島晚報》有心先生所撰響聲破笛丸，為異國人士演說家教育家所稱誦，服之可以發聲響亮，方為：砂仁，訶子，大黃，川芎，芍藥，薄荷，連喬，桔梗，甘草，雞蛋白為丸。並云：發聲不響為腎虛所致，緣為師為聲之門，心為聲之主，腎為心之根，有心先生並謂此理非歐美醫家所能瞭解，但知其確有功效耳。至於藥味分量並未載出，須視各人體質盈虧而定，謹按《內經》

載心藏神，神乃生於腎中之精氣，而上歸於心。又曰：心之合，脈也。其主，腎也。又曰：腎合膀胱，膀胱者，津液之府，腎為水臟，膀胱為水之府，少陽三焦屬腎，腎上連肺，肺主皮毛，在音為商，口張聲揚。大抵心主氣，腎為水，肺為金，氣足金能生水，肺腎相困，發音力強，而又清潤，自無氣嘶力竭，喉關枯澀之患矣。

接本草砂仁，補肺益腎，快氣調中，通行結滯，散咽喉浮熱。訶子，洩氣消痰，斂肺降火，生用清肺金。大黃，蕩滌腸胃，而除瘀熱。川芎，助清陽而開諸鬱，潤肝燥而補肝虛，上行頭目，下達血海。白芍，為肺脾要藥，瀉肝火，安肝脾，益氣除煩，補勞退熱。薄荷，辛能散，涼能清，治中風失音，口氣語澀。連喬，味苦入心，能散血凝氣聚，利水通經。桔梗，入肺瀉熱，清利頭目咽喉，除痰壅喘促。甘草，瀉心火，補元氣，能協和諸藥，使之不爭。此方配搭極妙，宜有佳績，至其論理不外陰陽，配合不離補瀉，以闡其虛實消長，有餘者損之，不足者補之，奈以術語太多，文詞艱澀，每易誤解。古籍傳遞既久，或有抄寫錯誤，後人強作聰明，各私其是，先聖妙旨，幾致湮晦，此有志之士所深惜也，若并此而謂不足信，則太過矣。學問之逾，人非聖賢，不能無偏，如漢人解經，各傳師說，并行不悖。若已身未經深切研討，武斷是非，是亦妄人而已矣。晚近少數淺學之士，略諳新說，便自命不凡，舉凡吾國舊有文藝，概斥謂迂腐，不免有黃鐘毀棄之感，欲挽回此種心理，端在修明己身學術，冀得使人信仰，若徒以筆墨口舌爭之，反滋紛囂，非智者所敢任也。質諸有心先生以為如何。

方藥要看地域

吾國醫藥，行之易而精求難，略識藥性，稍讀湯頭，勉強敷衍，亦有僥倖成名者，若真實學問，則非二三十年不為功。此尚為好學深思者言之，不佞初懸壺時，秉承先母舅訓誨，以經方治療傷寒，屢起沉痾，自詡得長沙真傳，十餘年後經歷較多，始識病証不一，形同實異，不可拘定，往往同一病証，同一方藥，恒有獲效於此，而不驗於彼。《內經》異法方宜論，黃帝問曰：醫之治病也，一病而治各不同，皆癒。何也？岐伯對曰：地勢使然也。故聖人離合以治，各得其所宜，故治所以異，而病皆癒者，得病之情，知治大體也。其論東方之域，天地所生，漁鹽之地。西方金玉之域，天地所收引，華實肥脂，病生於內，北方天地閉藏，風寒冰冽，藏寒生滿病，南方天地所長養，陽之所盛，地下水土弱，霧露所聚，其病攣痺，中央地平以濕，天地生物眾，其民雜而不勞，病多痿厥寒熱。此先哲所舉之例，非萬古不變，學者熟玩而審辨之可也。

勿違病人素性

醫家治病，自應遵理論斷，如起於何經，傳於何經，識証處方，功效自著。然秉質弱強，春生秋肅，地土寒燠，習慣嗜尚，亦不宜違勢，執理過拘，未免刻舟求劍，若屈理趨勢，亦似削足就履，幾微毫末之間，端在經歷多與慎察而已。友人蔡君有病，不問寒熱虛實，服黃芪紅棗必癒。上月曾患暑濕寒熱，胸悶腹脹，就診於余，與以清暑利濕之劑，非惟不驗，而更增煩躁失眠，再以二陳溫膽湯與之，亦不見效，不得已，改用補中益氣湯，加重黃芪，一劑夜臥極酣，二劑熱解舌化，諸恙皆已。蓋蔡君體裕雖肥，日以氣虛為慮，服黃芪後，心神皆安，習慣使然，不必拗理求解也。

朱君載之，素體濕痰極重，而好啖厚味，每飯非紅燒豬肉不能舉箸，近患暑濕症，發熱五日，怕冷頭痛，舌苔白膩。與以桂枝湯，二陳湯，並勸其暫停厚味，隔二日來覆診，謂服藥後諸恙皆癒，惟心跳神倦，胃納無味。告以寒熱之後，體力不免稍虛，與以五味異功散，前三日又來，謂余不食肥肉，百病叢生，昨日啖紅燒豬肉四塊，不獨胃口大妙，且精神頓爽，今健步如恒矣。殆其性之所好，積久成習，與蔡君之好服黃芪紅棗，意旨相同，精神所注，不能違也。若固執學理，一則戒其厚味，一則禁其服補，或至因疑成畏，神識不寧，轉生他病，反因勢導利，心安而身亦安矣。古人所謂，見幾知幾，幾之為用大矣哉。昔江南吳塾甫先生門人某君，聞砒石可以生血健身殺蟲，日服一厘，居然精神健旺，肌膚紅潤，自詡卓識，三年之後毒發，口鼻皆流血而殞。又遜清某太史，誤信以瀉為補必損，詎反加食至一兩，翌日即洞洩無度，萎頓不起。好奇炫異，屈理從習，究非中和之道。

奇疾偶遇

醫之為醫難矣哉，學術荒蕪者，固置無論，在術精學博者日診百餘人，精神不逮，匆匆一診，率而處方，貽誤實所難免，且晨夕酬應，無少休息，勉強而行，認實為虛，上智猶所不免，況中人以下乎。《聽雨樓筆記》云：同里馮某某明經，館於吾蘇蔡姓家，夏日居停主人自外歸，一厥不起，氣息僅屬，急以重金邀請薛生白先生診治，至則見病人口目悉閉，六脈皆沉，少妾泣於旁，親朋正議後事。薛曰：此虛厥也。不必書方，以獨參湯灌之可矣。拱手上輿而別，眾相顧莫敢決，再延一符姓醫視之，符曰：此中暑也，當服清涼之劑，人參決不可用。眾以兩醫所論，截然相反，更躊躇不能決。馮曰：吾聞六一散能祛暑邪，性味和平，盍先試之。乃煮湯緩緩灌下，約炊時許，居然唇動目啟，漸自蘇醒。再延符醫，投以清暑之劑，病即霍然。夫以薛生白博學多識，為彼時一代名醫，祇以匆匆一診，未遑細審，又以少妾在旁，疑為虛脫，幾誤生命。又類案載：曾世榮先生，治一船戶王氏子，頭痛顴赤，諸藥不效，細察之餘，始識船蓬竹篾刺入頭顱，取去即癒，苟再妄用方藥，愈治愈危。昔先母舅嘗以博覽細察以誡，不佞行醫三十年，未僨大事，未始非渭陽之賜耳。

米蛀蟲入小兒耳孔，可用生菜油滴之，不則輒發壯熱肢搐，無藥可救。十年前滬上朱姓家，夫婦皆卅餘，得一子頗肥碩，極珍愛之，才二歲，某日忽發寒熱，四肢顫動，終日啼哭呼痛，遍邀中西名醫診治，或認為驚風，或斷為傷寒，又取血液大小便去化驗，皆無端倪，未及七日，昏厥而逝。其父母痛不欲生，以病期短促，未曾減瘦，置諸牀褥，不忍棺歛，忽見二三米蛀蟲從口鼻蜿蜒而出，恍然知病之所由也。同時小兒因此病夭折者頗多，蓋彼時烽烟未戢，米貴如珠，家藏數斗，悉置牀下，未計其蒸出蟲，嗣後小兒有寒熱，必先注意及此，醫家多一經驗，病家獲益無窮。

薏仁米

江浙人偶患頭眩，胸悶，空嘔，以磁碗或銅錢蘸菜油刮背脊頸項，謂之刮痧，一經刮治，即覺頭目清爽，胸脘暢適，若上吐下瀉，四肢厥冷，則以銀針刺胸腹手足，謂之挑痧，鄉村無醫藥，每遇此症，輒用此法，亦頗應效，李時珍《本草綱目》即有挑痧刮痧之法，張景岳亦謂以磁碗邊浸香油刮上下背，可以療治沙溪水毒，其義實相同也。《後漢書・馬援列傳》，載援在交趾，常餌薏米實，輕身資欲，以勝瘴氣，即今之苡仁也。按《本草》苡仁甘淡滲濕，健脾胃，抑肝木，兼殺蚘蟲，濕濁阻滯，則體倦無力，脾胃不健，則飲食鮮味，濕去脾胃亦健，故身輕資欲也。本港濕熱之地，余每囑病家以薏仁米代茶，加陳皮少許，兼能疏氣化痰，牛奶果汁雖云可以補身，然黏甜滯胃，反不及苡米陳皮有益無弊也。

痙病治法

仲景論痙，太陽病無汗，反惡寒者，名曰剛痙。太陽病發熱，汗出而不惡寒者，名曰柔痙。按痙（音謹），風強病者為多，其證頭項強，頭額甚熱，目赤，兩足不暖，與四逆症不同，病在標陽，頭則眾陽之首，故頭熱甚，邪在膚表，故表實而無汗，既在標陽，本不至惡寒，今反惡寒者，則表實而本亦病也。若邪中肌腠，膚表反虛，故發熱汗出而不惡寒，以其表虛，故名柔痙，此雖同一太陽發熱，一在汗出而不惡寒，幾微之間，須與辨明。昔人論剛痙，脈緊弦，柔痙脈浮弦，余經驗所得，未必盡同，大抵實者為風，虛者血少津枯，不能涵養筋絡，又有虛實參半，血虛而受外風者，然《內經》謂諸痙強直，皆屬於濕，蓋中於太陰，則化為濕，阻塞關節氣血，中於陽明，則濕蒸化熱，濕重熱亦重，轉爍筋絡，成為痙症。若夫王孟英之言曰：「濕者，在未成痙之前，熱者，將成或已成痙之候也」。小兒熱入厥陰，面額熱而四肢寒，往往成痙，角弓反張，其理一也。

仲景又謂太陽病，發熱，脈沉而細者名曰痙，難治。

太陽一名巨陽，陽之極也。少陰，陰之極也。太陽之底，即是少陰，今病在太陽，而脈象反現少陰者，即病脈相反，所謂入臟即死，最為難治，余於辛卯秋，治癒李姓婦，即用麻黃附子細辛湯，遵仲景法也。

復有太陽病，頭項強，發熱、自汗、怕風、身強，脈沉遲，此不為傷寒，而為痙，仲景用桂枝湯，加括蔞根，求其出微汗，倘汗不出，可飲以熱粥，若無汗，小便反少，氣上沖，口噤，不得語，此欲作剛痙也，葛根湯主之，若胸悶心煩，臥不著席，腳攣急，牙關緊，齘齒，此為少陰火亢，或陽明燥化，可與大承氣湯下之，所以瀉熱救陰，起死之妙法也。

王孟英以為大便下後，病勢已減，審在陽明，可用人參白虎湯，倘在少陰，可用黃蓮阿膠湯，再以竹葉石膏湯收功。余於此病，十餘年前在上海診一周姓婦者，即患發熱胸悶，口痙，牙關緊，他醫皆用紫雪丹之類，而病更甚，余以病人六日未大便，改用大承氣湯，服後，腹部微痛，未及半日，下宿糞甚多，諸病若失，後用石膏西洋參收功，即師仲聖法也。按痙症本忌攻下，因此症與痙似是而非，故下之而癒。若病在太陽誤下之，便引邪入裏，轉成結胸而棘手矣。此在閱歷多而斷症確，非敢嘗試也。

太陽關節疼痛、而煩、脈沉而細者，此名中濕，亦名濕痺，因濕痺氣機閉塞，小便不利，而大便反快，仲景詔示謂：「當利其小便」。按外感邪風，濕流關節所致，昔人分濕有兩種，一為霧露之氣中人在上，雨水之濕中人在下，蓋風之中人，皆由營衛而入，營衛，確屬太陽也。此蓋感受地氣之濕，故阻痺於下，治法宜利其小便，若上部之濕，則須宣微汗以洩之，不可利小便也。

余按濱海之人，地勢卑下，每有疾病，濕必為患，其證狀舌苔白膩，口味酸淡嗜熱飲，肢痠，神倦，縱有小便，色深而短，氣化不順，積而化熱，又有脾弱之體，亦易為濕所困，大便不結，小便亦短赤，平胃散五苓散，最易收效，即濕溫症，亦當用此，因濕濁得化，二便自調，氣血亦自流通，諸恙亦易治療矣。

脈象

醫家治病，寒熱虛實，在於望問聞切；望者，望其氣色，與五臟部位之虛實也。聞者，聞其謦欬，呼吸也。問者，問其病之初起與現狀也。切者，診其六脈之浮沉濡數也。四者不可缺一，而切脈尤為重要，人身之陰陽虛實，及臟腑受病之處，安危吉凶，皆無遁飾。余每診病，先之以望氣辨色，繼之以脈法相證，聞其聲，叩其患，處方用藥，自鮮錯誤。

扁鵲望齊桓公顏色，便知病之所在。吾鄉顧大田先生，為邵杏孫治陰毒傷寒，不用問切，一方即癒。此皆精誠之至，自造神化，非倖致也。

《靈樞》《素問》各八十一篇，為吾國論理斷症最古之書，與儒家之《易》《書》《詩》《禮》《春秋》同稱曰經。經者，常也。後世莫能廢焉。祇詞意深邃，註釋雖多，要以明代張隱庵、馬元臺所註較為明晰淺易，初學者應從此入，然後泛覽各家，自無隔閡之慮。

西醫治病注重部域，如某部發炎出膿，某部腫大萎損，然後依據設治，直達病區，似可無憾。然人身臟腑氣血，皆有聯繫，不能限於局部，頗多病症，要先治根源，執一而治，反多不驗，明晰脈理，自鮮此弊。

脈理既明，不可便謂能事已畢，如《本草》、《傷寒論》、《金匱》、《千金》、《外臺》下至元明諸家遺著，皆宜遍覽。由博返約，考證之，以師友融會貫通，雖非名家，亦是高手。

脈者，血氣之先，血氣盛則脈盛，血氣衰則脈衰，此盛衰兩字，初學每易混淆。不佞從事此道，歷四十餘年，始知所謂盛者，按之有力而不堅硬，柔和而不虛弱，其所謂衰者，非促數，即沉細，太過不及，皆是病象。王叔和分七表、八裏、九道，今錄之：

七表者：浮、芤、滑、實、弦、緊、洪，所謂陽也。八裏者：微、沉、緩、濇、伏、濡、弱，所謂陰也。九道者：長、短、虛、促、結、代、牢、動、細也。北宋許叔微學士脈歌：「陰病見陽生可得，陽病見陰終死厄。」滑伯仁括之以浮沉遲數滑濇，簡切明顯，易於辯別。其云浮者，輕按之即得。沉者，重按之始得。以洪大散長濡弦皆屬於浮，伏短細牢皆屬於沉。以相類相近也。

切脈之法，以我之呼吸，測受診人脈搏遲速，大約呼吸一次，脈搏四至或五至為平脈，過多過少，皆是病態。西醫以鐘表分之，每一分鐘為七十餘至為平脈，意義相同，稍有出入，未足為病，今分別記之。數；數者速也。脈搏快速，老年人與幼童例外，如走急路，或高聲語言，則亦較數，不能即視為病，實症見此脈者，為實熱，為寒熱，無寒熱而脈數者，即中氣虛弱，西醫謂之心臟無力，或心臟擴大，或血壓高漲，兼滑者為痰多，兼弦者為熱盛，兼細者為陰薄不能斂陽。滑，滑者痰也。孕婦脈多滑而兼數不能謂之病，兼弦者，痰熱也，兼濡者，濕痰也，兼遲者，受寒也，二陳湯加薑附主之，虛症見之，脾土薄弱，而生濕痰，不可專用滌痰之法，六君子可也。緊，緊者即促急不和也，虛弱之體為多，見此象者，中氣必弱，兼硬者，有厥脫喘汗之虞，急於扶本。弦，弦者如琴弦之弦直也，見此狀者，實者為內熱，兼細者為陰虛內熱，兼濡者為濕熱也。浮，浮者風也，輕按即得曰浮，見此症者，頭痛畏風，初起一二日，桂枝湯主之，虛弱之體見之，為陽虛也，玉屏風散主之，兼弦者風熱也，兼濡者風濕也。芤，芤者脈浮大中空曰芤，見此證者，為氣有餘血不足，血不統氣，故虛大。

《內經》曰：常病得之則生，卒病得之則死，血虛故也。（卒者，指陡然突發之謂）。遲，遲者一呼一吸，脈來不及四至曰遲，在實症，為感受寒冷，宜用溫散，體虛見之，乃陰盛陽虛，或身冷骨瘦，或胸悶無力。兼細者，為虛寒，非溫補不為功。沉；沉者按之不見，重按微若游絲，在虛體者，為氣陽欲竭，在實症，感受大寒，理中湯，真武湯，獨參湯，酌量用之可也。細；者如游絲曰細。見此症者，陰氣已衰，又多屬於血虧。兼弦者陰虛血熱也，治宜清補。濡；濡者按之模糊不清，此積溫也。兼滑者有濕痰也，平胃散主之。伏；伏者按之無迹曰伏，大汗盛暑每多見此，實者藿香正氣散主之，虛者獨參湯主之，傷寒汗下之後，邪去正虛，亦有伏象，急宜培補，生脈散主之，兼陽虛者，參附湯可也。代；代者三五一至，似有規律，又等於間歇，此皆陰陽兩脫之證，久病見此，雖重用人參，獲效者十難得一。若兼急促，所謂屋漏雀啄，見此者病已絕望，去易簀不遠矣。

古人論脈，尚有洪、散、革、大、長、結、微、弱等名，然大旨不離前所論及之十六種。人身肥瘦俏短不同，診脈之先，當看其掌後高骨之為關脈。人體動脈不止僅在手腕，而其綱要，卻在於此。每手分為三部，兩手合為六部，輕按為臟，重按為腑。左為心、小腸、肝、膽、腎。右為肺、大腸、脾、胃、命門是也。以浮、沉、遲、數、測於某部便知病在某部，敷衍忽略，固非所宜，刻舟求劍，亦多乖謬。又如關前為陽，關後為陰，分合參用，神而明之，存乎其人。

解得脈理，用藥自不妄投，試舉其例；如客臘粵友黃君患頭痛病，痛時且兼泛吐作瀉，初用防風荊芥不癒，繼以逍遙散，羚羊角散亦不效，不得已用市上所售止痛藥，以求稍安，服之既久，功效益短。就診於余，按其脈左關弦大，右寸關虛大，知為肝氣上逆，氣弱胃寒，用仲景吳茱萸湯一劑痛減，三劑病除。上星期同鄉姚君患左脇隱痛，每一呼吸，痛必加甚，本為柴胡疎肝証也。然左脈非惟不濡，且反弦大，右關亦如之，知亦為肝胃之氣上逆，但與上述黃君厥陰頭痛脈象，似是而非，用蘇子降氣湯加代赭石瓦楞殼與之，一劑痛止。又如粵僑陳君，任此間八大公司電影中文翻譯，初起勞傷咯血，誤為肺病，用各法療治，皆不見效，漸至發熱頭痛，神昏失眠，診其脈左寸特弦，兩尺皆細數，斷為心腎不交，肝木虛旺，以天王補心丹加龍齒牡蠣，六味地黃加肉桂，更疊與之而癒。迄今兩載，從未吐血一次，設見病處方，頭痛醫頭，腳痛醫腳，淹纏日久，轉成癆瘵，亦恒見不鮮也。

病家要有決斷

病家忽略醫藥，固有危險，若信賴太過，延醫太多，築室道傍，亦多誤事，所以中庸之難也。舊友顧君，素患腎虛，腰脊痠軟，小便頻數，每屆節氣，必氣喘一二日，以經商繁忙，酒食徵逐無虛夕，某歲之春更增嘔吐悶鬱，親友介紹醫藥，中西襍湊，消補合用，某日邀余至其家，觀新得古畫十餘件，隨診其脈，即覺兩尺弦硬，而兼促急，因精神尚佳，不敢啟口，翌日其友沈君蒞余舍，倩其轉致顧夫人，連服人參，或可挽回，未蒙採納，旋聞移居某醫院，全身化驗，先禁飲食十二時，匝月出院，自云精神尚爽，復邀余便餐，試按其脈，更增間歇，語顧夫人脈病人不病，雖在壯年，亦是可慮，及至初秋，忽增寒熱，立冬前數日，喘汗交作而逝。

病體精神反旺，須防其回光反照，化驗雖未必皆禁飲食，而久虛之體，勞兼身心不免惴惴，顧君平時交友廣，介紹醫藥亦多，無所適從，年才四十餘，才未竟用，良深惘惜矣。

特效藥

西醫每病有特效藥，然亦恒失效者，因病有深淺，體有強弱，不可一例治之也。吾國先哲發明瘀血，西醫僅知積水，不論積瘀，瘀血即是宿血，亦名敗血，經絡阻塞，在在致病，患者大都肝木鬱結，久則益堅，兼有風寒濕痰，侵入經絡，營不能行，衛不能和，結血伏瘕，四肢麻痺，治療之法，當先疏其肝木，調其脾胃，或滌痰化濕，然虛實寒溫，應先辨別。先哲成方，如逍遙散、柴胡疏肝散、黃芪五物湯、四物湯、真武湯、理中湯、陽和湯、滌痰飲等。引用得當，不難收效，倘病久體弱，年齡在五旬以上者，恐十病中難癒一二也。吾國醫藥，千條萬理，先哲理論方藥，僅示後學規範，端在臨時應付，所謂神而明之，存乎其人，特效藥之發明，尚待後之君子。

流行性感冒

遜清道光年間，蘇省崇明陸子賢先生著有《傷風條辨》一書。其論傷風起因與治療之法，援古証今，細密周詳，與近時流行性感冒，頗相類似，崇明隣近海隅，寒風侵襲，重於內地，陸氏感於患者特多，而作此書。其論隆冬初春，風必兼寒，肺先感受，清肅不行，故鼻塞咳嗽，頭痛無汗，惡寒發熱，則兼及太陽經矣。宜用表散方藥，使風寒透達，不再留戀。若寒熱已解，頭痛亦止，而咳嗆未已，鼻塞多涕。此餘邪未清，再須與以表散。設過此不治，或治療失當，則喘咳痰嘶、胸脘不爽，是寒邪與濕痰凝阻，非兼祛寒濕不可。再越三四日，咳嗆不已，是風邪留肺，久漸化熱，肺氣不消，鼻孔又塞，應加清洩矣。匝月之後，咳仍不止，傷肺傷絡，痰中或帶血痕，知熱甚爍金，化痰消熱之外，兼須涵養肺陰，病家往往見有血痕，即以治肺癆治之，頗多貽誤云云。

回憶先母舅曹滄洲徵君畀余一方，用枇杷葉、天津生梨、真蜜蜂糖、飴糖，加川貝末煎湯熬膏，每日服三匙，早午晚各服一次，清水沖下，倘血止熱消，而咳嗽尚未全淨，可加御米殼少許約三十分之一同煎。兩三月後，服真燕窩以補肺陰，自不致有肺癆之患矣。

近見若干病家，施治失當，咳甚欲嘔，黏涎上泛，鼻管閉塞，此肺邪入胃，胃濁不降，方取肺胃兼治，成效頗著。又有平時體力不足者，咳甚加喘，不熱汗出，或睡盜汗，外邪雖已無多，而氣腎兩虧，滌痰定喘，加以補益，雖略見減輕，尚難急遽收效，大抵類此虛症，由於情慾不節者半。

或素有夢遺，操勞太過者半。感受之後，既乏休養，不昧治療，間有不信氣化，斥為玄談。殊不知風、寒、暑、濕，中人為病，本無形質可尋，若僅以某臟發炎治某臟，等於舍本逐末，即能收效，而病根未除，元氣暗損。要知氣化與形質不可偏廢，倘能互相印証，則善矣。

觀陸先生書中引用方藥，初病於疎散之中，兼取桑白皮、地骨皮、枇杷葉，在彼時確是合度。而本港與東南亞地處半溫帶，腠理不密，陽氣早洩，風寒侵襲也深，似不可早用清涼方藥，尤於咽癢而咳不爽，痰沮喉間，嘶嘶作聲，偶有微痰，多似白涎，是肺胃寒邪特重之証，但用藥稍一不慎，必致牽纏，不佞親驗所得，祇可師陸先生之意，而勿拘其迹也。病之初起，經方：三拗湯，麻黃湯。時方：蘇葉、豆卷、荊芥、防風、款冬、陳皮、桔梗皆可引用。瀉白散、銀翹散，除有伏熱之外，宜俟其化熱再用。若五味子、白芍，味嫌酸濇，初起斷不可用。又：病家喜食牛奶、生果，以為可資營養，其實肺胃黏涎已多，受寒之後，已難運化，再加黏甜生冷，更阻礙通暢，遠不如稀粥，麵包、醬菜之清爽無礙也。質諸高明，以為何如？然寒甚熱必甚，今夏濕溫病必多，苡仁米、扁豆、荸薺、萊菔子煲湯代茶，或可消患未泯於十一乎。

論六氣

風

昔賢云：醫不明傷寒，不可以治百病，因有病不離乎六經，而六經之證，惟傷寒變化傳遞，極易混淆，必洞徹精微，始能治療，其他各症，亦能明晰，前輩教人靈素脈訣本草經後，《傷寒論》為必讀之書，然其書簡核精微，一氣貫串，必將全書熟讀深討，方有悟入，若撮其一節，引用錯誤，貽害極巨，一知半解者，竟謂古書之不可信，豈不值歟。

風寒暑濕燥火，天之六氣也，六氣中人，必乘吾體之虛弱，而後得入，欲明傷寒，當兼詳六氣，夫六氣為病，全無迹象，及其轉變日久，蒸燔臟腑，胃腫腸腐，其新法儀器始可察見，然不明致內之由，而治現前之病，不塞其源，而欲斷涸流，所得必鮮，茲將前賢六氣名，約略集記如下，以自覽焉。

《內經》云：風從外入，令人振寒，古人以辛溫發散解之，《傷寒論》之中風，即今之傷寒，祇輕重之分耳，大抵北方所受風寒，較南方為甚，桂枝湯最為有效，余治傷風初起常用此方，十驗八九，倘有伏熱，則非所宜，惡風必兼惡寒，若夏季預感暑熱，寒冬伏有內臟，則祇惡風不惡寒矣，傷風之惡風惡寒，祇在皮膚，若傷寒則透入內臟，同為太陽表症，治之得宜，多至六七日可癒，倘錯認寒熱，不明經脈，輕則拖延日期，重則夭其生命，不可忽也。

諺語，傷寒偏死下虛人，是固然也，傷風而不下虛，亦多危險，往往有寒熱重病，借傷風而起，即是傷風誤治者，先母舅訓余勿以傷風為輕微，而忽視之，真閱歷有得之語也。

按太陽中風，必頭痛發熱，怕風自汗，或無汗項強作嚏，脈浮者，桂枝湯證也。此方以桂枝散邪，芍藥養津，炙甘草合桂芍，可以調營和衛，加薑棗以維其不足，藥僅五味，驅除邪風，而不傷正，服藥之後，可進薄粥一盅，覆被稍臥，略略得汗，病去身安，然尚須謹避風寒，以防再感受也。

張元素立九味羌活湯，散除風寒，云可代麻黃湯，四時皆可引用，若表症未淨，倘有微汗亦可服用。竊意陽虛之體，李東垣補中益氣湯，較為切當，一虛一實，辨別不誤，皆能效如桴鼓也。

細觀古人處方，於寒熱病表散法中，不廢補養，如桂枝湯之芍藥，小柴胡湯之黨參，一以生津，一以納氣，非惟不礙外感，且可助君藥之發汗，益徵調盈濟虛之妙。

至於中風一症，必於人身虛弱與外風相感，有中絡中經中腑之別，其虛風之來，挾其素有之痰邪，或火或氣或痰，相因而成，河間主火，東垣主氣，丹溪主痰，然皆各有所偏，未可作為定論也。

金匱風之為病二段，從內經得來，證以實驗，其侯氏黑散之治寒風，風引湯之治熱風，各不妨礙，古人之不偏，於此可徵。

千金小續命湯，以人參麻黃桂枝，發在表之邪，以附子搜逐裏之邪，芎芩防風已為之佐使，徐迴溪奉為中風主方，凡治中風，即以此加減，然亦須察其虛實寒熱，若是熱症，為害不可勝言。又如痰氣上湧，猝然昏厥，屬於寒者，三生飲可也，屬於熱者，羚羊角濂珠粉，鮮竹瀝沖服可也，若寒熱平均者，以嚴氏滌痰湯為宜，此方原出導痰湯，加人參以扶本，菖蒲竹茹，開痰清金，頗為穩妥，余屢經引用，成績甚著，妙在虛實之體，皆不妨礙，惟急中者，殊嫌性緩，當察其病證脈搏，決定寒與熱也。

中風急症，治理得當，轉機亦速，惟年過五旬以上，中氣已虛，身體肥胖，濕痰本重，則較難治，幸而得癒，必須善自調攝，倘再覆發，不易痊癒，晚近所謂血壓高症，與中風相類，在將中未中之先，每多頭痛失眠易怒肌膚跳動之象，及早預防，或習靜休養，或服平肝化痰方藥，視既病之後，再行療治，一難一易，不可以道里計也。

寒

徐迴溪云：惡風未有不惡寒者，可知寒不離風，風不離寒，古人以桂枝湯療傷寒之風，麻黃湯療傷風之寒，傷風咽癢咳嗽，氣口脈浮，邪伏與肺，非麻黃不解，三拗湯用之必驗。

中寒與傷寒，猶中風與傷風也，亦輕重緩急之分，大抵直中三陰，謂之中寒，四肢必厥逆，但其所中，卻在厥陰肝，少陰腎二經，太陰肺不與焉，通脈四逆湯，真武湯皆可引用。今春友人孫君即患中寒，服真武湯兩劑而癒，古人不我欺也。

真陽本虛，再中寒邪，亦有猝然仆到如中風者，然無痰聲，此乃嚴寒之氣直犯少陰，厥絕無脈，口鼻氣亦不暖，雖盛暑亦有之，若認為中風，則大誤矣。

葉天士謂太陽傷寒，未有無汗而癒者，此語良是，若以為江南無真傷寒，麻黃桂枝宜於北而不宜於南，未免太狹，大抵司天在泉，各有不同，如二十年前乙亥之夏江南炎旱，河井盡涸，民病中暑，比比皆是，清涼方藥，用之輒驗，去冬今春，氣候突寒，聞江南各地河水皆冰，民病以受寒為多，溫散藥劑，十有九效，執而不化，雖胸羅萬卷，亦足僨事，況其下焉者乎。

寒邪直中少陰，肢冷發熱，體瘦頭痛，四逆湯或理中湯主之，倘上吐下利而又煩躁，吳茱萸湯主之。

陽虛與中寒，似是而非，惟忌寒涼則一，陽虛者，腠理不密，寒邪侵入亦易，辨別之法，陽虛者，其脈必浮，中塞者，其脈必遲細，雖未必盡皆是，亦十得七八也。

東南亞氣候炎熱，汗出不已，中氣亦弱，故多陽虛，蓋汗多腠理必鬆，人體溫度，亦隨之外洩，又外熱者，內必寒，觀冬月井水反暖，夏月井水必寒，略可證也。

復有中寒而內有伏熱者，肢冷脈微欲絕，面赬發熱，此陰盛格陽也，去冬曾治一王姓，前醫用清表，病勢益增，予以白通四逆湯加猪膽汁少許，一劑和，二劑已，此方以薑附扶陽，甘草和中，膽汁除熱，寒溫兩解，奏效自速，惟內熱外寒，病症不一，不能概以為法。

脈訣謂脈細者為血虛，中寒者脈亦細，大抵血虛者，易於中寒，故四肢厥冷，所謂營衛力薄，運行遲緩也。

暑

北宋許叔微傷寒百症歌，謂傷寒中暑與中暍，三者同名而異實，則以傷寒之外，暑暍亦分為兩症，說文暍，傷暑也，又江南人每屆盛夏，常稱暍熱，則明是暑暍為一矣。傷寒論，暑暍熱三字，並無二義，竊意暑而固不必分，但熱之一字，四季皆可感受，範圍較廣，昔張潔古以動而得之為中熱，靜而得之為中暑，似太含糊，喻嘉言駁之宜矣。二十年前，乙亥之夏，江南炎旱，行路之人，猝然昏倒，日有數十人，尤以背負肩挑者為多，抬送醫院，已多不及，服痧藥水立斃，改用行軍散，獲救者十之七八，此中暍之明證也，復有中暑者，邪熱入內，發熱惡寒口渴無汗，脈弦數者，當清暑解肌，汗出而熱自解，若積暑與內有伏熱，再感外風，頭痛發熱，汗出不多，只能用輕清之劑，銀翹散可也。若無汗惡寒舌膩，則須香薷飲矣。

春秋冬三季，氣候失常，發熱口乾，所謂伏溫症，與中暑不同矣。猝然而起，昏厥脈伏，安危立見，此中暍也。行軍散紫雪丹至寶丹，皆可引用，倘牙關緊閉，不妨以竹筷挖開，和清水徐徐灌之，頗多獲救，若尋常中暑，神識昏蒙，壯熱無汗，脈搏促急，白虎加入參湯主之。倘氣虛欲脫，獨參湯可也。凡遇類此之病，雖壯熱惡寒無汗亦不可用溫表，即豆豉蘇葉，皆所禁忌，蓋熱甚則肌膚緊密，汗不能泄，熱甚傷氣，營衛失通順，反生外寒，與尋常風寒不同，陽虛生外寒，陰虛生內熱，白虎加人參湯、生脈散、柴葛解肌湯，察證與之，十病之中，七八可癒，《內經》云：火熱淫勝之邪，肺先受之，金為土子，肺熱則胃亦熱，故肺胃之病，往往同見，又云氣虛身熱，得之傷暑，故暑病中氣多虛，治暑必兼防共虛，所以仲景白虎湯必加人參也，夏月人身之陽，因汗而外泄，人身之陰，以熱而內耗，陰陽兩有不足，過於甘溫，則易傷陰，過於苦寒，又恐耗陽，故仲景之於暑病，但用一甘一寒，陰陽兼顧，本港及東南亞，僑胞中氣皆因多汗而虧弱，醫家治病，或注重近證，忽於培其本原，病家獲癒，不肯調補，故未老先衰，享大年者，不及內地之多，惟氣候使然，未始非人謀之不臧也。

有傷於勞役，肌膚灼熱，面赤煩渴，脈浮而細者，以血虛受暑為多，所謂類中暑者，法當養陰補血，忌服白虎湯，此病與中暍脈證相類似，頗難判別，一則察其脈象，一則觀其體之肥瘦，大抵肌肉枯燥者，血虛為多，身肥而膚潤者，氣虛為多，僅取形色之辨，未可斷謂必信也。

又有伏暑引又發熱頭痛，脾胃不和，小便不利，可用消暑丸，方僅三味，半夏一兩，加醋五兩，同煮乾後應用，生甘草五錢，雲茯苓五錢，搗和，薑汁為丸，此方治夏月脾胃失職，暑濕淫於內者，可以通利小便，導邪下行。

又有避暑乘涼，多飲寒冷，陽氣為陰邪所遏，發熱惡寒，頭痛煩渴，腹痛吐瀉，香薷飲證也，以香薷辛溫，川朴苦溫，扁豆守中，熱甚加川連少許，暑濕傷脾，此方扶土化濕，本港出東南亞，用之極驗。

濕

濕為陰邪，瀕河海之區，患者尤多，其病身倦肢軟，慨慨欲臥，舌苔白膩，納食無味，不欲飲水，飲後胸脘飽悶，口乾者，僅嗽一二口即已，間有噯氣，似泛非泛，大便溏薄，小便短赤，江浙居家，每屆霉雨時期，用蒼朮陳皮泡湯代茶，以通氣化濕，按此病為水氣走入營分，氣血循環遲緩，濁氣上泛，舌苔白膩，雖大便通順，舌垢仍不能除，分泌阻塞，口津自涸，服以樸朮，膩苔消除，津液自出，即不口渴，人生日常飲食，去滓化津，裨益氣體，終日勤勞，不覺倦乏，今脾藏失職，不能蒸化胃中穀食，又不能調節腎水，水盛火衰，失其生土之功，彼此互困，在上凝而為涎，涎多蒸痰，在下氣化不足，大便不調，小溲亦少。

濕病之起，大都在四五月之間，地氣蒸發，濁邪上騰，淫雨連綿，所謂黃霉時節家家雨，與人身水氣混合成濕，體弱之人，較易感受，病患特多。

葉天士云，寒不能生濕，因濕為寒有之，竊意未必盡然，考濕病感受，大都在春末夏初，氣候寒暖不常，宿霧霉雨，逐漸侵入，生菓冷飲，肆意飲啖，夫霧雨，陰也，陰寒助濕，生菓冷飲，亦屬寒物，外侵內積，困擾腸脾，陰勝陽弱，濕從寒生，理也，但濕積日久，亦足蒸熱，春夏之交，肌膚鬆懈，受寒濕易，受熱亦易，溫熱相搏病多濕溫，濕溫病江浙為多，北地較少，蓋河海之區，與北地土厚者不同耳。

濕病之起，形寒身倦，脈濡沃不暢，兼浮者，受風也，滑者，有痰也，弦者，化熱也，左脈濡沃者，濕凝於營，右脈濡沃者，濕阻於衛，二三日間，可以微汗散之，然不可大汗，如有風寒，神白散，可以引用，濕在下者，五苓散可也。

白朮為治脾虛生濕要藥，奈晚近所產，已非天生者，芬芳之氣，大不如前，往時見吾蘇徐子晉致吾蘇顧鶴逸先師書，云光緒壬寅，台州農民攜白朮至滬求售，紅蔓屈曲，以銅刀切開，內有朱砂點，清芬滿室，鄰屋猶有餘芬，索價每斤白銀三兩，因售價過昂，乏人問津，後以半價脫去，又吾蘇穹窿山與茅山石門所產者，皆氣味芬郁，取一二錢煎湯飲服，積濕盡除，益氣健胃，與近時山人種植者，功用懸殊，測驗之法，以棉紙粘糊窗牖，隔銅版爇之烟直二三尺者為真天生，烟薄不直者，為種植也，然種植年代在五六十年或百年者亦佳，與吉林人參之野山及移山相同，非人不能勝天，乃年代新久之殊，土力栽培之深淺耳。

吾蘇地氣卑濕，霉雨之季，人多不快，肥胖之人與脾胃素薄，必先感受，肌膚及足指縫生有瘡癬，反謂大幸，因濕從外出，精神自健，余每於初夏，必患脾泄，後染濕瘡，兩股之間，奇癢無比，然脾泄自癒，自至京津，繼客豫陝，濕瘡先癒，脾泄亦止，旅港以來，濕瘡屢發屢已，較在家鄉，減去多矣。

西醫不論濕病，僅謂腸胃消化不良，蓋西人不吃米粉，少進油膩，餐後必食瓜菓，以資消化，吾國人，肥肉大米，再食瓜菓，寒濕日積，易生胃病，丁香木香，溫中和胃，投之輒效。

燥

燥亦六氣之一，《內經》論燥淫之病，不一而足，是上古已知燥之為病，然讀生氣通天論，與陰陽應象論，皆言秋傷於濕，而不言秋傷於燥。喻嘉言謂有錯誤，竊於每歲，四時氣象，各有不同。如晚近乙亥之夏，江南連月不雨，終日火傘高撐，杭州西湖，吾蘇虎阜劍池之水皆固，聞近兩年之冬，江浙奇寒，越於常例。人生不離於氣，猶魚之不能離水。寒燠之氣，侵襲臟腑，老幼不耐，所受之病，自與平時不同。又如吾國北地薊燕，西北關陝，土厚木疎，往往行百里不見池沼，所受之病，則燥多於濕。東南頻海之區，如江浙閩粵，地質低窪，則濕多於燥。古書所論，固舉其大例，但亦不能違歲時地氣之變易也。余生長江南，素患濕重，每屆初夏，兩股濕瘰遍佈，尤以腎囊為甚，膿血淋漓，奇癢難忍，必於先一月內服平胃散六一散，外用百部黃柏煎湯洗滌，始保不發，若淫雨連綿，溪溝濁蒸，仍難倖免。晚清隨先舅父應兩宮徵召，入京居住兩載，不須服藥，濕症全除。民十九年至關陝，寓西安四月餘，雖在初春，而唇燥口乾，幾不能耐，及至東北，寒風燥烈，鼻乾唇焦，室中置有爐火，反覺潤澤。自來港地，歷久不發之濕瘰，又蠢然復作，是知六氣之侵入，視之無形，捫之無質，而於人身關係至巨。喻氏以《內經》秋傷於濕為脫誤，未識彼時氣候，與近時有無出入？否則生氣通天論，與陰陽應象論，何以皆作秋傷於濕。且燥濕兩字，形態各異，不應繕寫皆誤。再以我等所經，夏末秋初，氣候轉寒，燥烈自所不免，尤以霜降前後，肺弱之人，起居不慎，咳嗆失血，隨之而作，秋氣肅殺，燥金易折，昔人謂逆秋氣則太陰不收，肺氣焦滿，故秋傷於燥，冬必咳嗽，未嘗不可相發。總之肺為華蓋，又為嬌藏。秉賦弱者，自不勝濕燠之蒸，與燥烈之逼也。古籍所載，化濕之方頗多，而清燥之方絕鮮。

喻嘉言有清燥救肺湯，補前人所未備，茲錄之：

桑葉、石膏、甘草，人參，
麻仁、阿膠、麥冬、杏仁、枇杷葉。

喻氏自云：「諸氣憤鬱皆屬於肺」；蓋屬於肺之燥也。歷觀古人成方，無治肺燥者，故特製之。吳鞠通踵其意，製加減桑菊飲，以治秋燥令行，餘熱轉甚，咳嗆喘逆，口乾煩渴，方用：

杏仁、桑葉、薄荷、連喬，

石膏、菊花、桑、梨肉、甘草。

此方根前方為輕，旨在清燥，燥除肺亦自安。竊意兩方皆重在清潤，脾陽不足者，似非所宜。先母舅示余碧玉膏一方，潤脾兼顧，後來居上，附記於下：

梨肉、枇杷葉、雲茯苓、淮山藥，

川貝母、米炒御米殼；煎濃出渣，

糖收膏，每次三錢，淡米湯沖服。

脾屬中土，肺為脾子，上工治未病，自當先實其母，歷凡肺病大便溏泄者，十不治一。西醫但知肺菌入大腸者不治，不知中土先絕，金難獨生，脾絕肺亦萎矣。此方清肺之中，兼寓補脾之意，標本兩治，厥功尤偉，屢經試用，成績咸著。

總之不論傷燥傷濕，在三秋承炎夏氣弱之後，不待肅殺之氣，孱弱之體，肺脾已難勝任，癆瘵起因，較多於春夏，治療之法，先防燠濕之侵，又戒燥烈之逼，化痰止咳，清熱而不苦寒，滋補而不黏滯，補土生金，標本兼顧，庶幾納穀有加，精液充沛，經驗所得，爰為此書。

火

《內經》論；火不多見，其論生化，每舉寒、暑、燥、濕、風，五氣，而不及於火。《普濟方論》外感諸疾，亦不分暑火。仲景《傷寒論》《金匱》：太陽中暍，發熱惡寒，身重疼痛，手足逆冷，其脈弦、細、芤、遲，洒洒若毛聳，小有勞，身即熱，口渴，前板齒燥，忌汗吐下與溫鍼，白虎人參湯主之。又云：太陽中暍，身熱痛重，脈弱，此夏月傷冷水，水行皮中，一物瓜蒂散主之，而不及火。竊意火與暑暍，皆屬一類，與熱溫亦相近，只輕重緩急之分耳。

火有君火相火之分，君火屬於足少陰腎，而及手少陰心，相火屬於足少陽膽，而及手少陽三焦。君火於心，其根在腎，兩相感應，故傷寒少陰病，其心必煩，膽脈出入三焦，膽火動，三焦之火亦動，少陽行君令，佐以木火，故曰相火，蓋膽藏於肝，而同源於腎。

兩腎之間曰命門，心腎不交，夜眠不安，命門火衰，大便洞泄，古人右歸飲，補命門，左歸飲，補腎，皆脫胎仲景地黃丸，又有四神丸，補腎虛命門火衰，治五更泄瀉，此真陽不足，腎陰虧弱之沿用驗方也。脾屬於土，火衰不能生之，故命門火衰，胃納必呆，大便必溏，補脾當先補命門，母實而子亦實也。

相火上越，肝膽火旺，頭痕，耳鳴，口渴，心跳，喘咳，諸病作焉。治療之法，宜滋補腎陰，使壬癸之水，可濟丙丁之火，不治火而火自息，若偏重寒涼，則耗及真陽，玉石不分，累及無辜，所以兼補太陰者，以金能生水，可制肝膽之火，地黃湯生脈散皆可引用。四十年來，凡遇陰虛火旺，恒用此法，十驗七八，若其他風邪寒溫者，則按證施治，不在此限也。

實證之火，厥惟用瀉。如仲景白虎湯瀉脾胃實熱，竹葉石膏湯瀉肺胃虛熱，李東垣升陽散火湯治火鬱，黃蓮解毒湯治三焦實熱，清胃散治胃火牙痛，局方清心蓮子飲治虛火煩渴，甘露飲治胃中實熱，錢乙瀉白散治肺火，龍膽治肝火，導赤散治小腸火，方藥眾多，不能悉舉。其中竹葉石膏湯，清心蓮子飲，雖治虛熱，衹加麥冬一味，故仍列入實火一類，細玩方藥，瀉火與清熱名異實同，幾微之間，以意逆之可也。

再考熱有伏熱，火鮮伏火，陰虛生內熱，風溫亦可以化熱，範圍較廣。夫火感天地之氣，突然其來，焂然而息。如斑症發熱，中暑卒倒，與晚清高雷兩地之鼠疫，雖同出於熱，而來勢之烈，不可向邇，與尋常熱症不同，謂之火可也。

前在哈爾濱，聞東北鼠疫，罹者必死，西人謂之百思篤。蓋東北氣候寒凍，地氣燠鬱，一旦突發，鼠先遭受，介入人類，蔓延至廣。與遜清光宣間，廣西雷廉兩州，鼠疫大作，死亡踵接，繼續至二十年，而所發之時，必在冬季十一月，至翌夏五月，城市為重，鄉村為輕，泥土者重，木版者輕，體弱者重，體強者輕，赤足者幾無倖免，蓋鼠穴於土，受毒最先，死鼠目睛必紅而突出，頃刻即腐生蛆，水傍溝畔特多。蓋一得此病，燥渴難忍，亟思冷飲，人食其餘，即行波及，雖為細菌傳染，亦足見火毒之甚。

東北與西南地隔數千里，而伏氣鬱火，亦自相同，據身經目擊者謂，疫症初作，病者居住之處，每見熱氣從地而升，盛者如烟筒上噴，緩者如爐煙繚繞，雖彼時國家之戾氣使然，實為鬱火突發。

民十五年之七月，西友數人，慕吾蘚椤伽石湖之勝，泛棹作竟日之游，適余事冗，乃命五弟振聲伴往，是歲秋暑酷烈，舟中懊熱特甚，午餐才罷，振聲忽發高熱，咳嗆，無汗，唇燥，口渴，且索冷飲，西友中本有二三業醫者，即為診查，咸謂肺部已損，肺病第二期矣，匆促先歸，余見其兩顴發赤，肌膚如灼，而頻呼身冷，按其脈右寸關洪大而數，知暑火入於肺胃，熱極生寒，用白虎湯一劑，得暢汗而癒。此感於彼時三弟浩如，亦在夏末秋初，至怡園雀戰，歸途發熱，証象悉同，鄰有某醫，用辛散藥而成肺癆。此病古人名中暍，邪熱侵入，夏日衣單，先入肌膚，肺主皮毛，熱結不宣，燔爍肺藏。仲景夏月中暍，即用白虎加入參湯，因暑月傷氣，用人參，以補其虛，今感於咳嗆不爽，恐有濕痰，故屏人參不用。兩弟之病，皆突然而來，與伏熱不同，一則服藥合度，一汗即癒，一則誤用辛散，致成肺癆。江南稱中暑謂暍熱，實亦火症之一也。

醫德

昔人嘗言，莫炫己之長，毋道人之短，凡處世求學莫不皆然，惟醫藥則似有間，我之所長，或得一秘方，或治癒一奇雜之症，自應明白告人，庶同道有所參考，嗣後患此病者，亦可藉作參考，體力金錢，兩不虛擲，又我之誤認病症，誤投方藥，得同道中人糾正我之錯失者，自應崇拜欽敬，毋護己短，蓋讓能之德，決不在於起人危疴之下，若明知自己學識不足，無療治之能者，利人診金，強行霸據，同道中有勝己者，巧為詆譭，雖醫門如市，日進千金，而學問品德，永無進益，此其巧也，適其所謂拙歟。

醫林改錯

醫藥居百藝之首，肇自軒岐，三代以下，代有傳人，歷數千載而不渝，後生末學，道聽途說，每好議論前哲，以炫己長，晚清末葉，越中周百度先生譏斥著醫林改錯玉田王清任，割襲靈素，強作解事，甚罕謂《靈樞》經曰：手少陰三焦主乎上，足太陽三焦主乎下。實則遍查《靈樞》，並無此文，誣蔑先聖，莫此為甚。竊謂清任在嘉道時，西人解剖之學未入吾國，私賂獄卒，覓取死囚，斷驗臟腑，發明瘀血之說，其勤於考核，不務空論，有足多者，而其方藥，惟以黃耆四物桃仁紅花謂可統治百病，未免太狹，然較之一輩即未躬親學問，而輕議短長者，已鴟梟之與麟鳳矣。

前月菲律賓某君來就余診治小便混濁，帶有砂屑，所謂砂淋是也，（近代謂之腰結石），此由腎臟不足，濕熱蘊積，南洋濕熱本重，難盡蕩滌，用利濕化熱數劑，雖較減輕，濕熱未盡，某君匆匆言歸，未能根治，恒自內疚。

醫家應自勉

上月本港佛濟堂主人譚述渠君，應東鄰日本醫學總會之約，研究血壓高治療方法（會中結果另由該會專刊報告），匝月而歸。旬前譚君特邀本港國醫界四十餘人宴於某飯店，不佞叨陪末席，酒半，譚君備述此會之盛，有東西三十七國代表參加，參加者皆醫學博士學士，對吾國軒岐五行生尅十二經脈，暨張仲景氏《傷寒》《金匱》諸書，備受推崇。同席諸君，咸深感動。昔韓昌黎嘗謂，近古之士，一凡人譽之，則自以為有餘，一凡人沮之，則自以為不足，此信道不篤，無自知之明也。夫勢盛則阿附者眾，勢衰則鄙薄者多，此千古之常情也。君子則不然，好學深思，兢兢自勉，見沮不餒，受寵若驚，窮則獨善，達則兼善，回憶遜清光宣之間，吾蘇基督教會創立醫院，興辦學校，彼時朝綱不振，人民咸思維新，於西法醫藥尤為樂道。反於民初，業西醫者，應接不暇，少數國醫亦唾棄《傷寒》《金匱》改學西法，猶憶吾蘇名醫顧叔平謂余曰：「世兄年齡尚輕，既欲學醫，何不負笈海外，我已年晚，小兒福元已棄舊而至某醫院肄業矣，試看十年後，無人再服中藥，東鄰日本，即其先例，將來吾國亦必如此。余答以凡一事業，能流傳千百年而不被淘汰者，必有價值，一時榮辱，不足縈懷，只在有志自勉而已。宣聖不云乎：「人能弘道，非道弘人。」願公三復斯言。時顧醫生已五十高齡，余年才弱冠，頗責余強詞奪理，冒犯前輩，余亦深悔口齒尖刻，足徵四十年前社會風尚，矯枉過正如此！鼎革之際，舊書古畫無人問津，甚至自稱偉人之某，以不讀線裝書以自豪，蓋欲掩其僅識之無之醜。民二三年，西歐某王儲莅滬，除大量購買江浙綢緞外，兼選覓宋明清畫卷至百萬元之多，嗣後東西各國學者，接踵搜購，向之詆毀祖國文藝者，一變為敝帚自珍，自鮮學識，韓人取舍，可歎亦復可憫。

歐美文化醫藥，雖後吾國，而政府獎勵，社會鼓吹，宜其日新月異，非其智能勝於吾國也。而吾國僅賴先民所傳若干線裝書而已，從事此道，而不闡發精進，徒欲依附他人，故作奇論，沾沾以革新自居，安得不令人齒冷。東西各國醫藥，日事改進，吾輩固不宜抱殘守缺以自狹，擇善而從，溫故知新，聖訓昭然，自應黽勉，顧十餘年來，察其理論，尚不及藥物（特效藥）進步之速，今乃感於吾國先聖昭示十二經脈五行生尅之有至理，先從《靈樞經》針科入手，不能不佩其識見之高明也。據譚君云，彼幫針科學術，成績已著，回視吾國，人才寥落，可慨也已！

民國以來，醫藥一道，除前輩學問深邃精思豁志之士外，尋常懸壺市醫，絕鮮能手，少數藥店，忽於揀選，濫竽充數，豈從事此道者，徒求業務發展，以冀牟利豐收，真實學識，不暇深計，同道相遇，祇講業務，不談學理，居家既未伏案，出外又乏切磋，欲求進步，等於緣木求魚，宜難得病家信仰，造成江河日下之勢，耳食之徒，並疑軒岐學理為空洞，竟以中醫與江湖術士等量齊觀，故曰，人必自侮，然後人侮之。

近日國醫界著術日多，少數作家，雖義深邃，而偶觀其平日藥方論斷，雅俗懸殊，欲矯此弊，惟有深自研習，親自握管，勿使議論超越實驗，庶幾闡發先旨，造福人類，若徒以筆墨誇勝，出奇駭俗，日久必敗。今感譚君此行，知東西各國醫學界對吾國先民所傳學理，一致稱譽，社會人士，亦潮見信任，欣慰之餘，不能不鰓鰓過慮，恐學行疎淺，名不副實，今日之榮寵，他日轉為鄙棄。榮辱之間，端在吾曹，自宜受寵若驚，倍加惕勵，書以自儆，兼以告同道諸君子共鑒焉。

《客窗隨筆》（新增）

在順化漢學院講詞（一）儒學精神

鄙人自來貴國，承各界人士許為可教，今日又能得到貴國故都瞻仰文物之盛，並命演講儒學，久聞貴地儒學深遠之士，多於中土，自慚衰年淺識，缺乏專長，真是雷門布鼓，勉將幼時父兄師長訓誨，就讀諸君子之前。現在時勢與以前不同，學術進化，一日千里，然孔子遺訓孝弟忠信，禮義廉恥，仍有崇高價值，或謂儒學祗存迂闊之教理，難以實行，尤不合實際，此不知，儒學最重實行，孔子有言：「好學近乎智，力行近乎仁，知恥近乎勇」。而孔門設教，亦以博學始而以篤行終，所謂「博學之，審問之，慎思之，明辨之，篤行之。」

又曰：先行其言，而後徙之，明朝大儒王陽明提倡「知行合一」之說：即是根據孔子遺教。我輩越華人士同受儒學之薰陶，於人生日用之中，其言行類多與儒學相吻合，現代之際，身逢陽九臨大節，赴大難，自有不少英雄豪傑之士殺身成仁，捨生取義，將儒學神發揮得淋漓盡致，今為矯正儒學難行之說，謹將經文與歷史事實相引證，以見儒學之篤實，即在現代社會亦值得吾人奉行，鄙人客中未携書籍，衰年意荒，錯誤必多，尚希政之。

在順化漢學院講詞（二）衛靈公篇

寧殺身以成仁，
毋求生以害仁。

孔子平常「仁」之一字，不輕許人，而為國捐軀，期以「仁」許之。一千二百年前唐玄宗時，朝綱失馭，安祿山覬覦帝位，集合部下蕃漢步騎，以獻馬為名，直攻長安。朝廷倉卒無備，一戰即潰，潼關不守，明皇即偕貴妃楊氏兄妹出走，祿山乘虛入長安，私自稱帝，傳檄江南招降。旋命其大將尹子奇統兵十萬，先取睢陽。睢陽地處蘇北。行軍所必經。城郭既小，兵民不滿三千，皆以為不堪抵禦。時太守許遠，雖屬文人，未經戰陣，而氣度宏大，忠貞出自天性，邀請真源縣令張巡進城，主持城守，己則反處其下，同心協力，殺賊萬餘。賊百方利誘，守志益堅，不為所動。日久食盡，乃命部將南霽雲突圍至臨淮告急，守將賀蘭不許。城陷，三人同日就義，假使睢陽早失，後方防護工事不能完成，江南亦被波及，郭汾陽李西平，亦難準備破滅賊眾計劃，恢復唐社。大江南北不受兵燹之災，張許之功，不在李郭之下。

北宋岳忠武王飛，幼習氣功，膂力過人，能開百石弓，慷慨好義。宿儒「周同」欽其志，謂匹夫之勇，不能任大事，授以經史百家諸書，遂篤志向學，非至丙夜不休，於春秋孫武子服膺尤深。由裨將升至閫寄。平時愛卹士卒，甘苦與共，朝廷賞給，悉頒部下，每一戰功，皆曰此諸將士之力，某何興也。號令嚴明，恒以少破眾，金人畏敬如神，稱之岳爺爺。高宗知所向必克，二聖回朝，動搖帝位，密使奸相秦檜殺王。今杭州西湖陵墓廟宇，千百年巍然長存。而暴君奸相，骨土無餘，永留惡名。不能謂彼蒼之無報施也。

在順化漢學院講詞（三）

孟懿子問孝。子曰：無違。又曰：事父母幾諫，諫而不從，又敬不違，勞而不怨。

孔子最重孝，古語忠臣出孝子之門，未有不孝於親，而能忠於國者也。孔子弟子曾參最孝，《孝經》專記孔子講孝，學庸論孟門人所記亦多，此兩種說法，似乎不相配合，實則無違是常。幾諫是權，為孝則一。萬一父母事做得不合，不可一味阿順，應當相機婉諫。諫而不從，仍舊要起敬起孝，悅則復諫，任父母申斥，甚而至杖撻，亦不當有所怨恨。與《孝經》所載，天子有諍臣，不知其國。父有諍子，不失其家，一貫意思。又曰：戰而不勇，非孝也，以往帝制時代，皇上日理萬機，慮有過失，特設諫官，以文學知名之士任之。倘遇事不言，就算瀆職。能不辭觸犯，拼命上諫，不幸遇到護短昏君，把他殺掉，便是大忠臣，與龍逢比干爭烈矣。最輕丟去紗帽，如前清安御史上西太后章，參西后李蓮英違制干政，國事日非，雖先焚草，而已喧傳都下，交相稱頌。西后雖怒，格於聖祖不殺諫官遺訓，以他事罷斥，去職離京，萬人空巷相送。其後梁鼎芬之參袁世凱，江春霖之劾慶親王，皆親披逆鱗，不畏鐵鉞，可謂雪中松柏，鐵中錚錚。明代武宗英宗，疊相荒淫，諫官重則被殺，輕則廷杖，從此廷臣不敢再披逆鱗，阿諛取容而已」。

在順化漢學院講詞（四）

世宗迷信教，日事建醮，不問朝政。時廣東瓊州海剛峰（瑞）公，由外任調右僉都御史，巡撫順天。（等於現在首都市長）公忠體國，不避權貴。嘗說：我生長孤寒，今竊敵於朝，不敢自逸，虧負君親。向例政府公令，祗行於普通人民，若有職位，便不理會。都御史之職，與六部容易接近，以往任此者，無不納賄。惟海公對人民犯禁，先以薄責，誡其重犯，而於大僚處罰特重，謂其不能以身作則，同僚以書獃目之，然不敢違其令也。其時朝政益黯，公上奏謂天災人禍，連年不息，皆由政荒於上。臣怠於下，有負聖恩，一旦憂患之來，何以為計，詞旨切實。世宗大怒，命先行拘捕，防其脫逃。有通政使某侍側。稟曰：「微開海某在此章拜發之先，已將眷屬散去，房屋亦退交房主，命七旬老僕，謂曰：「一旦伏刑之後，將其遺骨燒去，勿攜還家鄉。此人讀聖賢書，竟是實做，其獃名，京中人皆知之」。嘉靖籌思一番，即不再問。公薨於京寓，大小百官去往吊唁，見其衣服及日常起居，有尋常人所不堪者，因此往時厭恨公者，感轉為欽敬。中國小說《大紅袍》者，即記公一生出處，及在官濟弱懲強事跡，比之宋代之包龍圖云。西貢博物館，有公所書一軸，觀者無不欽敬。

明末，代州寧武關總兵周遇吉公，幼時，父親先故，母教甚嚴，熟讀文史。任職後，愛卹士兵，號令嚴明，老母在堂，妻劉，子女各一。李闖既取長安，直指代州，闖賊要公獻關投降，不失封侯之賞，公立斬以殉，慷慨誓師。因思七旬老母，萬一身殉，不能終養，而太夫人已先知，召公誨之曰：「忠孝一體，盡忠即所以盡孝。今賊兵必至，汝當捨身為國，與關共存亡，男兒馬革裹屍，不枉我教養之功」。公涕泣奉命，策馬回衙。不多時，家人來報，太夫人先殉國矣。公急返邸第，見遺書，諭以「恐以我為累，今先殉以堅汝志」。及闖賊進攻，公憑關力戰，兵敗被執，矢集如雨而殉。夫人督率家丁巷戰，斃賊甚多，賊縱火燼焉。忠孝集於一家。歌曲有「寧武關別母亂箭」，即此事也。

在順化漢學院講詞（五）

滕文公問曰：滕、小國也，閒於齊楚，事齊乎？事楚乎？孟子曰：是謀非我所能及也。無已，則有一焉，築斯池也，築斯城也，與民守之，効死勿去，則有可為也。

先哲此論，不幸強鄰侵逼，惟有吾民一致，効死勿去。此在於平時學養功深，臨事不亂。若唐德宗西師譁變，乘輿先遁，後雖恢復，而強藩跋扈，漸致朱溫之纂，所謂畏首畏尾，身有餘幾，清洪楊之亂，李秀成部陳玉成率悍匪十萬，圍攻安徽祁門，曾文正大營（即現在所謂總司令部）按祁門雖是小縣，而地處安徽浙江江西三省要衝，倘落入匪手，官兵交通皆被阻塞，金陵更難恢復。公乃誓死防守，幕友胆怯者，紛紛散去，公不為所動。越旬餘，左文襄率勁旅入援，內外夾擊，大敗髮匪，三省要衝，危而復安。

咸豐五年，沈文肅公葆楨，為江西廣信太守。其夫人為林文正公之女。時賊勢甚熾，廣信守衛單薄，文肅公應大吏之召晉省，夫人獨處危城，先將子女遣送回鄉，以示與城共存亡，屬下官民，無不感動，願矢志效忠。悍匪楊秀清率萬餘來攻，時城中兵不滿千人，夫人親登城堞，日夜防堵，以待援兵。奈省方兵力亦不敷分配，勢已垂危，夫人想及浙江守將饒廷選，為其父文正公舊友，時駐玉山，乃刺血作書乞援。饒得書，不及呈請上司，即親率勁旅來援，先一日進城，前後七戰，大敗匪兵，廣信解圍，玉山不受兵燹，而浙江江西交通餉械得以無阻，裨益整個戰局甚巨。此書作於一髮千鈞不可終日之時，而夫人親斷手指，濡血捉筆，成此奇蹟，宜胡文忠曾文正兩公，贊歎其忠勇胆識，過於尋常鬚眉。林文正公忠孝萃於一門，雖一女子，猶智勇兼備，不忘君國。饒氏子孫將血書勘之碑石，前年在曼谷，遇文肅後裔，以榻本見貽，詞翰並超，什慶藏之。

在順化漢學院講詞（六）

子曰：士志於道，而恥惡衣惡食者，未足與議也。又曰：疏食飲水，曲肱而枕之，樂在其中矣。

宋代理學人士，律己持躬，皆以淡泊自甘，不求溫飽，去人欲之私，存天理之正，上紹先聖，下啟後賢，為東方民族文化最偉大精神。孟子引舜，發於畎畝之中，傳說居於版築之間。膠鬲舉於魚鹽之中，管夷吾舉於囚，孫叔敖舉於海，百里莫舉於市。故天之降大任於斯人也，必先苦其心志，勞其筋骨，餓其體膚，空乏其身，行拂亂其所為，所以動心忍性，增益其所不能。先儒以能吃苦為日後任大事，成大業之資本。

吾鄉北宋范文正公（仲淹）幼時即尚志節，二歲，其父逝世，母子兩人生活窮苦，歲寒天雪，祇穿單衣薄被，夜間合擁而睡，常數日不舉炊，鄰家給一些薄粥度日。太夫人無法生活，祇能忍痛出嫁朱姓，是時公才七歲。朱待公極優，公不欲久累朱氏，獨自搬至僧寺居住，向鄰人借書，求教閱讀，抄讀常至深夜，寺僧給以冷粥殘羹。天寒凍結成塊，分割掇食，後人謂之「斷虀畫粥」。十二歲取秀才，二十四歲取進士，任秘閣校理。論國事慷慨激昂，不稍趨避，士大夫漸尚志節，自公啟迪。後升任開封府，忤權貴呂夷簡，出知饒州。元昊反，任陝西經略使，在邊四年，愛恤軍民，號令嚴明，敵人稱謂小范老子，胸中十萬甲兵，相戒勿犯。公內剛外和，無疾言遽色，為秀才時，以國事為己任，嘗言大丈夫當先天下之憂而憂，後天下之樂而樂。公兩子，善繼公志，簪纓不絕。吾鄉天平山為公父墓。所謂萬笏朝天，公才兼文武，文章書法，亦一代大家。「若不一番寒澈骨，怎得梅花撲鼻香。」先父常引以勗不肖，垂老無成，不勝愧悚。

在順化漢學院講詞（七）

清嘉慶初年，清江楊勤慤公錫紱，與江西彭氏為世交。勤慤公點翰林，疊升至湖南巡撫，招彭子元瑞至其署，以彭父去世甚早，念故友之情，恐其失學，特延名師與己子同研席。歷來俸金，多數分給寒素，公自持甚儉。某年新正，彭穿緞履，公見之。誡曰：余弱冠庭訓，絲緞著下體，實為不節，且費貴重之物，心殊不安，人生衣祿自有定數，節物亦所以節福，又可勵志，余雖官至二品，身膺疆圻，年逾六旬，仍是布衣布履，不稍涉奢華。凡奢華之人，無不好貨，貪黷之心，隨之而起，大丈夫為國任事，一染奢貪，禍國殃民，無所不為。歷代忠孝名臣，盡皆躬行節儉，小子勉之。彭敬謹奉命，永不敢忘。勤慤公晉升漕運總督，興利除弊，獻替實多。再升兵部尚書，壽八十有八，無疾而終。彭舉進士，累任工部尚書，在官四十年，留意人才，凡所汲引，多為名臣。

孔子曰：君子之道三，我無能焉，仁者不憂，智者不惑，勇者不懼。

子貢曰：夫子自道也。

此夫子之謙詞以教門人，不憂、不惑、不懼，聖人尚以為難，要在平時識見透澈。庶幾臨事不為外境所動，後代宋儒理學家，宗尚此法，鼓鑄群倫，為乾坤正氣。

明季黃石齋先生，字道周，福建漳浦人。幼時穎敏過人，舉天啟進士。崇禎五年，抗章救工部大臣錢龍錫冤為周延儒所忌，下獄論死。在獄三年，日書端楷數百字，成《孝經》《論語》百本，筆法沉著，得者珍如珠璧。周敗得釋，體反豐腴。返閩，道經金陵。金陵即今南京，為彼時陪都。繁華甲東南，有秦淮歌妓顧眉者，色藝冠一時，所居眉樓，奇花異葩，鐘鼎書畫，珠簾繡帷，備極富麗，名公巨卿，無不以一親顏色為幸。

在順化漢學院講詞（八）

石齋先生適至，諸文士假以設讌洗塵，歲暮天寒，出巨觴共飲，先生連飲十觥，毫無醉容。戶外雨雪寒甚，力邀先生下榻眉樓，顧亦雅聞公名，竭力伺奉，諸名士故扃其戶。樓僅一榻，漏殘爐燼，顧倦甚，遂共被以臥，霎時先生呼呼酣睡，翌晨啟戶，咸來笑賀，而先生應對若素，密詰諸顧，顧曰：諸君文采風流，僅傾倒一時，若成忠成孝，為仙為佛，必歸黃公。及南都破，先生率兵抗戰，至婺源兵潰被執，洪承疇與先生同里，偕諸降臣，來勸降，先生曰：洪經略殉節已久，先帝賜祭，汝何得假冒，又嚴斥降臣，戒勿再來。拘獄數月，體益加豐，致夫人蔡氏函，命子孫勤學，勿仕新朝，正命前一夕，獄吏備酒肴餉別，痛哭不已，而先生則笑啖如平時，醉飽倚枕，酣睡達旦，毫無異容。盥沐畢，憶及舊友徵翰墨，已諾之矣，乃伸紙揮寫，正襟赴刑場，慷慨就義。死後，面目如生，夫羈囚獄中，生死不可知，在人不勝憂矣，而讀書作字，依然端謹不苟。夫美色人之所共惑也，而同衾共榻，絕不為動。伏刑，人之共懼也，而一無所懼，視死如歸。其立志之堅，學養之深，與華嶽並崇，造化爭烈矣。先聖云，可以托六尺之孤，可以寄百里之命，臨大節又不奪也。又曰，三軍可奪帥也，匹夫不可奪其志也，其先生之謂乎。

孔子曰：吾未見能見其過而內自訟者也。子路人告之有過則喜。每人自己過失不能自知，如唐太宗樂聞臣下直諫，大智大勇，千古實在不多，後來有兩位名賢。

三國之末，江蘇宜興有周子隱先生者，名處，父母早故，勇力過人，性情粗暴，未經學問，往往見事不平，攘臂相向，鄉人皆畏之。某日行經一地，見老農獨坐長嘆，周詰問之，連年豐稔，四民樂業，丈何事長嘆？吾或者可以效力。老農問曰：是周某者耶？曰然。曰，此地有三件害人之事，任何人亦難除之，不覺嘆息。周問何為三害？曰：其一、城外南山重崗複嶺，中有一白額虎，凶悍異常，屢出傷人噬畜，官人幾次往捕，皆歸失敗。其二、長橋巨蛟，久為禍害，每經衝出，洪波急流，居廬田畝，盡歸漂沒，躲藏深壑，莫之奈何。其三、則不敢言。周必欲追問。乃曰：君義俠過人，惜少學問，不免受人利用，傷及善類。

越南順化紀遊

欣逢名儒兼大繪畫家吳子深先生來順化觀光演講孔學，謹獻蕪詞用表歡迎之至。

越南古學會會長安亭胡得誠敬贈

萬里南遊遠地逢，故都講學挹高風，
越華自古同文種，洙泗淵源一脈通。
絕妙丹青仰盛名，謝家六法失關荊；
御山雲物歸詞譜，香水烟波入書屏。

贈吳子深先生　　順化何化何艾冥

鴻春去愛南連遊，聲氣由來相應求。
洙泗源流同一脈，香屏雲物自千秋；
先生不負陳徐榻，吾輩深慚李郭舟；
世路風塵同晦日，聊將詩酒療閒愁。

前題　武如願先生和章

今夕芝蘭聚滿堂，詩神酒聖筆生香，
遺風檜宅真遺老，願與山河日月長。

臨別順化答謝諸友　吳子深

同是三皇裔，安危唇齒邦。
萍蓬遙自合，梅竹晚更蒼；
賓客周樽　，禮容漢冠裳，
瓊章與郇廚，別去兩難忘。

贈武從之竹並題　吳子深

唇齒相依意倍親，連朝款洽見真情。
修篁得露干雲上，錦繡山河是富春（舊皇都）。

中華儒士兼畫士吳子深先生，偕令郎醫士吳紹琛賢台，南遊來富春舊京，探古學會，盛祿也。
臨行時以贈之

順化古學會莊泰

深幸斯文有夙緣，嘉賓不遠路三千。
香屏善地多生色，洙泗儒書久得傳。
萬古綱常隆聖教，一家機杼仰高賢；
如今世運關文化，吾道行看日麗天。

奉中華遊客之儒士兼畫士吳先生借令郎吳醫士南來我越故都，謁探古學會，一律。

順化古學會莊贈

洙泗淵源萬派通，士兼百藝貫西東。
丹青筆下開生面，靈素圖成奪化工；
山海而今超挾易，車書終古軌文同；
春城善地弘聲教，交際忻逢彩舞翁。

紙上談兵

不佞幼侍先大父，恭聆清雍正時，年羹堯將軍經略西陲，綏靖青海，其用兵有孫吳之風。吾鄉元和張慎齋先生，以名孝廉參將軍幕謝病先歸，臨別，力勸年急流勇退，年不能用，致未善終。張著有《西行隨筆》四卷，除山川風俗外，記年將軍雖著威名，而恂恂儒雅，不類武人，軍中不廢文史，幕府僚友，皆一時之選。一才一技晉謁者，無不禮遇，故人樂為之用。其治軍四要，一防諜用間，二愛護士卒，三不擾人民，四信賞必罰。嘗云：兵書千百卷，總不離臨事而懼，好謀而成，此懼者非胆怯畏事之謂，感於軍事勝敗，關乎國家之存亡，自宜審慎周詳。孔子不與子路暴虎憑河，冒險求勝，孫子曰：兵者，詭道也，國之存亡繫焉。又曰：善用兵者，守如處女，出如脫兔。又曰：夫有謀人之志，而使人知，此危道也。昔勾踐滅吳，先謹臣服；光武復仇，淚暗漬枕；伺其虛隙，攻其無備，勝敵可期。魏武從荀攸之謀，繞道焚袁紹軍粮，淝水之戰，朱序先呼北軍敗退。此皆以少勝眾，以弱制強，用兵之妙，重在於謀，謀之為用大矣哉。

西北多陸地，丘壟銜接，草木蒙茸，易於埋伏，行軍雖半日路程，隨時隨地，嚴加警備，恍如敵軍即來橫襲，屢次遇伏，皆被殲滅，宿營一宵，無異久駐，風狂雨急，防護更嚴，瞭望之台，軍需之庫，貯藏尤密；換班調防，先杜空隙，我之出擊，如唐李愬雪夜以破蔡州，北周趙檢點（即宋太祖）敗南唐於淮北，狂飆疾雨，突然而至，使敵無法防禦，所謂善攻者，如九天之上，最為妙喻。

治軍以誠信為第一，元以蒙古入主中華，及其末葉，政出多門，每有征戰，輒令漢人降兵列前，以擋敵鋒，遂致倒戈相向，方國珍、張士誠降而復叛者三四。明太祖以郭子興數千殘卒，訓育得宜，遂成勁旅，在皖省收降兵五萬，寢食與俱，以示一體。每經軍事，自任艱巨，廓然大度，遠近悅服，彼借敵人以消滅異己自以為智者，適見其為至愚。

春雨潤澤，秋霜肅殺，二者不可偏廢。凡為元戎者，寬猛賞罰，一秉至公，不敢任性。昔楚令尹子文治兵終朝，不戮一人。子玉治兵終日，鞭七人，貫三人耳。為賈尚幼，斥子玉剛而無禮，治軍不得過三百乘。城濮之戰，果如所言。年以翰苑出長戎政，其論元戎之與士卒，猶家長之與兄弟子姪，視士兵之父母妻孥，無異自己親戚姊妹，疾病即為醫治，憂患即為排解。昔吳起為士兵吮癰，情好久治，不自知其然也。戚南塘陣前刑子，軍紀所在，不敢為私縱弛也。戰必勝，攻必克，有由來也。

歷代元戎，多屬文人。春秋時，晉作三軍，謀元帥，趙衰曰：郤穀可，說禮樂而敦詩書。又曰：禮樂慈愛，戰所蓄也。論者，今日軍事科學，如崩天裂地，無堅不摧，四維八德，似嫌迂腐，然有相等器械，先之以智謀，涖之以誠信，明恥教戰，不驕不餒，將士以殉職為榮，退避為恥，勝敗之機，心物各居其半。唐守睢陽之張巡許遠，皆嫻諳文史，城破殉節，毫不猶豫。宋末文天祥率兵勤王，兵敗被囚土室，作《正氣歌》以明素志，千載之下，凜凜如生。謝枋得被拘北行，留別詩有：「雪中松柏常青青，扶植剛常在此行」，皆以文人，而氣壯山河，臨難不苟。明盧忠愍象昇，以進士出任豫撫，屢敗闖賊，薊北一役，以五千步兵，禦清九王子三萬騎兵，鏖戰三晝夜，勺水不入於口，全軍盡殉，無一生降。公文章書畫卓絕一時，余家舊藏一卷一軸，蒼秀沉鬱，絕似白石翁，此皆飽覽文史，忠貞之氣，淪浹心髓，發於翰墨而不自知。將兵御下，恩威並施，遇到勁敵，身先士卒，故上下一心，視死如歸，功雖未成，馨香百世，視唐通劉良佐手握重兵，皆同時總兵官，未戰先降，雖有利器。盡以資敵，真狗彘不若矣。

朝廷與將帥意見不一，此必敗之道，歷代明哲之君，委任元帥，授以全權，師行有日，親酌盃酒，命之曰：「閫以外，將軍制之。閫以內，寡人制之」。

如孫權之任陸遜以破蜀軍，晉任謝安以敗符堅，明太祖任中山王徐達以收燕京，清攝政王用洪仁疇以靖西南，皆責任專一，師出有功。宋代人君，平時堂高簾遠，隔閡重重，自知威德兩虧，恐軍權屬人，陳橋兵變，失去帝位，遂加遙制，或用監軍，或設副帥，以相牽抑，自謂聰明。元戎徒擁虛名，上下疑忌，一經戰鬥，土崩瓦解。如舒哥翰見敗於安祿山，孫傳庭潰滅於李自成。舒為一代大將，孫亦富於韜略，奉行天討，竟敗於烏合之寇，豈不以唐玄宗之偏聽楊國忠，明崇禎被惑於曹化淳，洩密勿之機，掣邊帥之肘，有以致之。東坡曰，非才之難，用才實難，豈不信歟。

年氏防諜之外，尤重消除隔閡，軍營中密置圓籤筒若干，各置竹籤百枝，每籤寫明自統帶至士兵姓名籍貫年齡，隔一夕，每筒各抽二三枝，察觀番號職位姓名，傳令翌日早晚在大堂會餐，由年親自率領，頗似釋氏大叢林規律（北宋程明道見叢林會餐秩序，歎謂三代禮樂，盡於是矣。）飯畢飲茶，許作短時隨便談論，親如家人，融洽無間。軍中飲食精粗一體，不以長官而豐腴，不以士卒而菲薄。

士兵除每日必修功課外，拳術、賽跑、攀山、越澗、輪日練習，每隔一二天，未申之間，由營中老夫子，輪流講述歷史忠孝故事，堅定士兵志向，兼養興趣。

朔望晨起，主帥戎裝盛服，率領部屬，遙向北闕行最敬禮，其次再向歷代殉國忠節先賢行敬禮，自幕僚至管帶，以及夫役，輪期參與。並講述此次朝廷用兵，不得已之苦衷，於悲憤處，聲淚俱下，使人盡感動，增加敵愾同仇之心。

嘗云：向士卒訓話，力求淺近，尤戒冗長，辭意新鮮，力避重複，使聽者易於記憶，而不厭倦。

士卒書寫家信及寄來之信，一任自由，倘其家中人有病，或正當急用，許其預支薪餉，以後逐期扣算，部下半年無過失，即有獎金，一年無過失者倍之，士兵倘有妙策，可偕營官密呈主帥，倘認為可用，酌給獎金，倘經聲張，以招謠論罪。

士卒有病，即告營官轉邀軍醫施治，倘匿而不報，拖延成為大病，醫生因循敷衍，致涉危險，查明實際，鄭重處罰。

年文武兼資，而納言從善，出於至性，下屬晉見，亦加禮遇，倘有過失，先密為告誡，勿妨害其體面，使易悔改。二次再犯，始公議責罰。三次不改，則加重型，從未見撐眉怒目，高聲呵斥。用人各有專責，已則提綱挈領，不事瑣碎，平時葛巾羽扇，優游自在，恩結將校，愛護士卒，無微不至，故智者盡其謀，勇者盡其力，料敵制勝，人莫能及，言不妄發，令出必信，全軍信服，無敢怠越。

俗語欲肅家庭，必謹婢僕，欲固營壘，兼嚴伕役，新進一人，先察其忠奸，觀其智愚，既已選定，厚其薪給，結以心腹，人數不多，而百事辦；取精不取多也。

軍中娛樂，亦頗注意，使嚴肅而有活潑氣象，如歌曲、戲劇、圖畫、小說，選取歷史忠孝節義故事，邀請幕友有興趣者，為之編排，務使可歌可泣，引人入勝，要在通俗，不取高深，使全軍人士，耳目所接，皆忠貞義俠，養成激昂慷慨之氣，一旦臨陣，勇往直前，奮不顧身。觀於六十年前日俄之戰，日本以劣勢軍械，敵十倍帝俄精械雄師，竟獲全勝。伊藤博文上奏日皇，歸功於全國小學教師，上課時，常引古代忠義事迹，激發兒童心志，聞到動員，競相投効，家中送別，以祈戰死相勗，宜其以弱勝強，雄視國際。

年嘗云：凡任元戎，不可為家事分心，尤忌顧惜私財。而獎勵部曲，不宜用現金，或存會計處，或寄給其家中。恐其囊有餘資，行軍作戰，不能專一。功牌花翎頂戴，非有大功，不輕奏請，使知名器之可貴。

營中士兵宿舍，須極潔淨，每隔數日或每日，必親自察閱。彼此講話，極重禮貌，廣大起居之處，絕無喧譁。

每克復一地，敵方病兵降卒難民，分別散置後方，給其衣食，教其工藝，監察尉官，時加察看，暗中防其有敵間混入，形迹可疑，報告上級查實，每邀厚賞。

軍中聾瞽士兵，皆不遺散，聾者察閱地圖，每扎營之前里許，各掘地洞若干，置缸甏銅鑼其中，命瞽者分班伺聽。某次午夜，突令移營四五里，果於舊營地火藥突發，二三里幾全波及，竹頭木屑，皆所不廢，在用之者如何耳。張氏原著，幾經兵燹，散失殆盡，客中無俚，隨憶隨記，十不得一二也。軍事運用，類於良醫處方，畫家構圖，無一定之例，況雍正迄今，已二百年矣，豈止明日黃花。然制人而不受制於人，亦君子所不廢也。彼時國人侈言西北，自前清左文襄後，江南人士，往者絕鮮，余酷嗜繪事，慕華嶽之勝，西安又為漢唐故都，民國廿六年陰曆燈節後動身，由滬寧路轉隴海路，三日而抵潼關，翌晨借陝省府汽車直駛西安城內，下榻西北飯店，酬應稍繁，引起脾胃舊疾，杜門養疴，不能自閒，以翰墨遺興，命之曰：「紙上談兵」。此次在越南，偶發舊篋，於古紙堆中無意檢得，略加整理，乞陳孝威將軍指教。將軍與蔣方震、楊杰、張其鍠，為近代吾國四大軍略家，碩果僅存，僅將軍一人而已。布鼓雷門，不值一笑。客歲余與將軍俱罹重疴，危而復安，渭濱遇主，綠野重開，未始無望。鄉先賢顧亭林詩：「蒼龍日暮還行雨，老樹春深更著花」，翹首俟之可也。

論針灸

夏秋之交，哮喘咳嗆，風濕骨痛特多。有宿疾者此時必發。「若遲發則較嚴重」，但輕重各有不同，江浙蘇滬患者較少。然一經患此，其勢更重。歷來傳下內外方藥雖多，奈體質感受各有不同。驗於甲者未必亦驗於乙。張仲景氏遵伊尹湯液經如小青龍湯之水氣，苓桂甘朮湯之溫脾金匱腎氣溫補腎陽，補瀉迥殊，各有妙用，若認斷欠準，亦足誤人。不如針灸治療之有利無弊。不佞束髮後科舉已廢乃向母舅家曹氏學醫，曹氏五代名醫，內外科皆超越一時，彼時針灸，不甚通行。工此藝者，鄉村多於城市，自民廿六年中日戰爭後，城市被災特重，居民咸逃避鄉村，起居簡陋，百病侵染，以中西醫藥難得，祇能邀請針灸家醫治，試用之後，效驗特佳，信仰因之日廣。後知日本西歐各國新醫學家更精研究，列入專科，設有學校，人材輩出，吾國社會始識針灸之妙。青年負笈前往留學者亦多，聞一年便可畢業，未免短促。實則吾國不乏學驗高深名家，渡海從師，似非計之得也。

針灸療病，某病刺某穴，似有規定。實則拈針手法，及四時氣候變化，留針時間刺入肌膚之深淺，學問經驗，不可稍缺。古籍上自《靈樞經》下至明楊繼洲《針灸大成》，為學者必需研究之本。斷非短時期所能卒業，若草率從事，便乏功效，反咎針灸為落伍治療，豈不冤哉。

道家以精氣神為人生三寶，若三者缺一，便難久存。然無形質可見，西方醫家莫明其妙，針灸調營和衛，使百脈通暢，疾病自除。效力更在藥物之上，西醫某博士稱譽灸法藥熨法受治區域範圍，可以規定，而效力專注，不波及其他肌膚，較新法電療，有過無不及，此語似亦有理。

余家自先祖父、先父不肖三世，皆好研究醫藥，所製各種成藥，歲耗千金，贈送遠近親友，頗得佳譽。其最著者如外用痴狗毒蛇所噬之已成丹疔瘡膏，治外感內積疎肝和胃之保安菩提丸。每年端節虔誠脩製，藏貯三年，始行啟用。故性味和平，藥到病除。先父二次鄉試不售，返里專研醫藥，兼及針灸，小兒紹深先習方脈，後再從師七八年，更習針灸，薄具成績，未始非乃祖父先啟之也。

上月下旬，小兒紹琛治癒粵籍黃姓夫婦哮喘，針灸兼施，七八次即癒。又接越南西堤李君謝函，謂八年哮喘，其老母風濕骨痛，閱時更久，自經針灸治癒。迄今肌膚潤澤，多勞筋力，不覺氣急，與往時感受寒涼即須復發大不相同。又西貢越籍阮君醫學博士之女公子，經博士親自診斷確定哮喘病後，即偕同至小兒紹琛醫治而癒。一年來從未復發，紹兒大為興奮，益精研習，余誨其任何男女老幼皆可醫治，惟物慾不節，性驕氣傲，或過重視金錢，偏於其他法門，平時鄙視祖國文化，皆扁鵲列為無法醫治者，祇有婉詞謝絕可也。

晚近中藥昂貴，補藥如黨參於朮黃耆當歸尤甚。然虛弱之體，針灸之外，亦宜酌量兼用，內外交治，功效較速，西藥補丸港幣三十元一瓶，可服一個月。若服中國補藥僅夠一帖，且有煲煎麻煩，最近陳孝威將軍趙冰博士皆古稀外高齡，服中藥補劑而癒。兩公皆高才博學，本非富有，寧舍儉從貴，若無事實經驗，斷不為此無謂耗費也。

先母舅曹滄洲徵君嘗謂就醫服藥，一二三次病不減輕，若非病人特性，即診斷錯誤，竊意中藥性能和平，尚無大害，倘任久錯誤，就足誤人生命。醫生固重學問，而經驗醫療，斷不可缺，降及末世，人心不古，醫家偏重金錢，病人在未癒以前，甜言蜜語，以求早日痊癒。既癒之後，見面不理，彼詐我虞，欲求學術進步，成績優良，實非易易。

旅越南二年，治病薄具成績，凡近代所謂難治者，如肝病、糖尿症，各種發熱，老年小便閉結不爽者。用古人方藥獲效者多，越地氣候潮濕，風濕骨痛，手指麻痺，哮喘咳嗆，痰如白沫，湯藥功效遲緩。新醫稱為頑病，小兒紹琛以針灸藥熨，大顯身手，應驗者多，如物慾不慎，自傷腎陰，或嗜食寒涼，暗損命門，年逾六旬，無力培補休養，則無能為力。駐越法籍聖保羅醫院院長維希博士，患風濕臂痛已久，屢藥不癒。經小兒紹琛針治七次，即告霍然，大喜過望，親筆謝函為證，並為介紹他人，成績均佳，又代理醫院院長亞倫博士，及華裔越籍醫學博士陳君，竟來要求列入門牆，願為弟子。以博士崇銜，肯屈身求教，其好學之誠，實令人欽佩無已，不以其自貶身分而薄視之也。越南戶口以農民居絕大多數，鄉僻之區，醫藥不能普及，有病更感痛苦，倘須就醫，須到都市，病人不能單獨行動，勢必邀家人陪伴，曠廢時日，暗耗人力，又以醫院設備習慣，或有不便，且病房有限，不能遍應，服藥之後，未必即告霍然，倘無親友招留，住居旅店，費用更大。愚父子旅越期中，知農民所患之病，老年人以哮喘為多，中年人以風濕為多。針灸治療，事半功倍，頗多人希望小兒紹琛設立專校，教以針灸，限期畢業。分派各鄉，稍收診費，為農民醫治，奈離境日迫，未能實現，至今猶覺耿耿。

星命叢談（一）

明袁中郎四訓，昭示後人，勿為命相所拘。自謂幼時在城皇廟，遇見一術者，詢其生年月日時干支，為其批一命書，窮達得失，詳載無遺，事後核對，絲毫不爽，遂篤信宿命。越數年，在杭州雲栖遇見雲谷禪師，對坐終日，不感煩燥，師異之，詢其何以如此堅定？答曰：余功名不大，後裔亦平常，五十歲後，客鄉身亡。此皆宿命所限，無煩思慮。師憫其束縛，勸其勿墮凡見，若力行善事，填寫功過格，順者更順，逆者自除。所謂人能勝天，歷代聖賢仙佛，皆是人為，非宿命預定也。遂恪遵師訓，力行不倦，二三年後，精神爽健，功名順遂。再觀前術者為其所批，奐然不同，始信宿命僅限俗子凡夫，因改名「了凡」。竊意中郎先信宿命，靜坐已有成績，其不妄行可知。既聆雲谷禪師之教，躬行不怠，等於先有善基，再建善屋，自較俗人不同。若平時得失心重，見利忘義，或行善不終，度量欠寬，雲谷禪師雖善說法，亦不能如此應驗也。杯水不勝車薪之火，豈水之過哉。

事由前定，絕非無稽消極之論，紀文達《閱微草堂筆記》，載甲乙兩人對奕。某術者為其預劃一局，兼佈黑白子位置勝負數目，奕畢核對，竟不繫一子。與唐某進士考試前，其友人給其一囊，命試畢拆看，則其撰文代吐蕃献白鸚鵡書，紫羅蘭賦，題文皆全，且添註八字，亦備載無遺。古籍有《前定錄》若干卷，類此甚多，今已失傳。文達所謂奕棋撰文，皆臨時結構，作者亦不自知。釋氏所謂一飲一啄，莫非前定，非虛語也。吾等擾擾一生，本有良知，幾歸泯滅。

歷代大英雄大豪傑，智慧比吾人高出十倍，一旦乘時握權，不能為蒼生造福，僅貪眼前少數福報，為萬世唾罵，皆是人慾所厄，大材小用，失其本旨，如唐之李林甫，宋之韓侂冑，明之嚴嵩所為，其可慨也夫。

漢衛青未達時，有相者謂之曰，君相虎背猿臂，貴不可言，他日定尚公主，位至大將軍，幸勿相忘。越一年，公主出嫁，青執戟前驅，後展轉立功，洊升至大將軍。公主寡居，重選駙馬，感以青舉，公主曰：是人為吾家奴，然滿朝貴人，無逾大將軍者，遂歸焉，宿命之不可違如此。

為善無不報，遲速有時，此理之常也。浙江吳興鈕氏，其先德昌大公，早歲青一衿，困於省闈，有術者推其干支八字，曰：君不獨功名無望，且鮮後裔，壽可至五十餘。遂絕意進取，從師學幕，以文筆敏捷，操守嚴謹，歷屆上官都欽敬之，後為本省撫軍激賞，邀聘入幕，兼司摺奏，所謂總文案也。康熙初年，吳興莊氏明史案發，不肖官吏，推波助瀾，縉紳之家，都被株連，首事告發之已革吳令，更杜撰底冊，羅列鄰縣富厚者，不下五六百戶，上之撫署，時撫軍以失察，逮解入京，繼之者為滿洲某宦，素知公賢，敬禮有加。某日，奉到部令索底冊，詢之公，答曰：「此冊不問是否奸吏假以詐財，然細究此中人家，多數幾代營商，不解文字，鄉里咸知之。某不忍害及無辜，為聖朝盛德之累，已焚之矣，但求一死，免累大人，於願已足。」撫軍大駭，即專摺入告。聖祖親研案情，已疑奸吏有意羅織，面諭吏刑兩部，寬訊此案，俾早結束，免累無辜，改薄懲了事。封公奉命得釋，數百家得免縲絏之禍，皆公一人之力也。公旋即引疾返里，離署之日，囊無餘資，篋無完衣，口碑載道，餞送不絕。

抵家，以教讀自給。翌年，夫人獲產一雄。先一夕，夢古衣冠揖公曰：茲來為報公德。子某，改營商業，獲利頗豐，從此富甲一郡，施捨益勤。

乾隆初年，福保公大魁天下。道光間，西林公以翰林，入值御史，蹇蹇諤諤，朝野咸欽。德昌公一子，得孫十三，曾孫七十餘，元孫二百餘人，壽至八旬，無疾而逝。與吾蘇潘氏，其先德，以醬園夥友，十年普渡燒香之資，皆於半途濟人患難花去，蘇人謂其不拜佛不燒香，而功德翻勝於拜佛燒香功德十倍，宜其祖孫狀元宰相，百年簪纓不絕。若其干支八字，亦平常無奇，積善降祥，司命亦不能違也。

又吾鄉陸鳳石（潤庠）先生，幼年貧苦，教蒙童四五人為生，常饔餐不繼，而學行敦厚，有古君子風。某歲，三吳大旱，及門更少，飢寒交迫，適有孀婦改節，邀先生書券，得酬二金，乘便至觀前玄妙觀訪某道士閒談。道士詰其近做何事？因以直告。歎曰：君本有福德，四五年後必貴，今已失去，倘得追回筆據，尚可保全。先生急赴索回，歸還二金，並勸撫孤養老，募捐若干金，贍其家而歸。翌日再見道士，即曰：君勇於改過，陰騭紋已見，可喜可賀！余外舅戴氏，與先生有戚誼，曾見先生親筆數函，筆墨腴潤，不愧殿撰公筆也。先生貴後，謁見本省巡撫趙舒翹，觀其干支八字，謂末代宰相，並云後裔不昌，後果皆驗，國運如此，不可強也。

六年前，南洋僑商某甲，拋棄店東，捲取店中物資，據為己有。時店主已故，小主夫婦不勝環境追迫，幾次呼籲匯款救濟，某甲皆不愿，小主夫婦先後自殺，臨死時，謂此仇必報。某甲本有二子，長者二十七八歲，英俊聰明，留學美國攻讀物理學，每次考試，名列前茅，南洋某大學特聘為教授，倍其薪給，感於與家庭相近，乃同意訂定。忽美國某同學來南洋觀光，某甲之子，特購新汽車以供招待，開至郊外檢看土壤，預備化驗，是否堪種烟葉，詎半路，高聲大呼有雨，同座者皆不覺，旋即停車。

突然陰風四起，車忽飛起而翻倒，同座三人，絲毫未損，而某甲之子頭面洞穿十餘處，兩目突出，血流遍地，送至醫院，無法施治，但再拖延八九小時，始行斷氣。彌留時，尚喚呼不絕，蓋有所見仇人來索命也。然核其干支八字，皆甚安穩，且日後必貴，殆自作孽不可活，宿命雖佳亦不應也。

福慧雙修，最不易得，乾嘉時，常州黃仲則先生才弱冠，已文名藉甚，洪北江、畢秋帆諸名流，咸欽賞之。某歲，在湖北黃鶴樓遇見一術者，睨黃不已，詢之，曰：君神清骨秀，當以文章傳世，惜下頦欠豐，腳根稍浮，恐難越不惑年齡，黃一笑置之，旋援例得一縣令，未抵任，即受債主逼迫，於晉北，年僅三十五六耳。又吾省吳江葉小鸞女史，才調絕世，容華艷麗，真所謂秀外慧中，年才二八，即以瘵疾逝世。黃《兩當軒集》句有云：「十有九人盡白眼，百無一用是書生」。

又云：「自來名士如名將，誰似汾陽福壽全」，葉女史寄姊詩云：「北望雲山如恨疊，東流日夜似秋長」。又云：「自憐華髮盈雙鬢，無奈浮生促百年」。

兩詩皆寄意幽深，感慨人世，詞句雖佳，福命不足，已有預兆，古今類此者甚多，庸夫俗子，籍豐履厚，不識知無，吝嗇成性，重利薄義，翻得壽終，此等人干支八字，多數平庸蠢才，然其所以得意者，亦在平庸蠢材而已。

又有星相家預斷吉利，而其結果，並不如所言，有謂此有意面諛也，有謂學驗不足，勉強敷衍也，余意各得其半，然亦有來算之人，意志不堅，曾傷陰騭，暗中減去福祿，不能全咎星相家也。今據近數十年事，如上海皖籍某氏，幼年隨父居浙省垣，援例得候補知縣，以某事再得保舉洊升道銜。時光緒末年，浙省奉部令開辦銅元局，巡撫某公兼任督辦，奈乏計然之學，每歲輒虧十餘萬，頗為憂急，幕友中，有舉薦某候補道，精明練幹，可任此事，撫軍即召之面商，某即面稟三事：一、撫署不干涉行政用人，二、局亦不向撫署取款，三、倘有盈餘，辦事人獎金應得三成。不得已准其辦法，考以前所製銅元，皆十足銅質，運自雲南，耗費太巨，某道改托日本代製，局中僅用搬貨點貨與記賬職員二十餘人。銅僅表面一層，內部盡是鉛質，以日本工人製作精良，故甚美觀，因此大獲其利，當年結賬，還去前欠尚餘二十萬金。（案：中略一段，原稿模糊不清。）

蓋未算之先，已怕其逢到壞運，與不利流年，想或可引借小限胎元某干支補救，可以轉禍為福，逢到佳運，希望更進一步，綿上添花。再有平時知此人行誼低下，不願小人得意，雖逢好運，亦必東抽西牽，望其福祿減短，此雖正義感用事，成見先存，愈想愈遠，預斷結果，竟與事實大相乖違，學德兼備星相家，亦不能免也。所謂名醫不自醫，亦是於家庭骨肉，偏愛深切，處方用藥，有一利必有一弊，心先膽怯，診斷自難準確，正是相類。若據此謂星相家自己禍福，尚不預知，豈能判斷他人。

譏名醫不能療治家族骨肉之病，焉能療治他人，同是似是而非之見，不值為之辯論也。

余從事星命之學，為人推算，除來人本無信仰，或生日時不準，覺一二年內順運，準確者多，五六年後，則已差減，若十年以外，則如霧中看花，不敢自信矣。港九台灣，儘多名家，學驗皆出余上，叩之，亦云閒有如是，然論以往大運流年，經過順逆，多數脗合，未來之事，竟有大相懸殊，殆越南阮老先生所謂世途崎嶇，人心不古，非大智大勇之人，不免隨波轉流，暗減福德。此間董慕節先生，以鐵版數馳名，查核一生窮通得失，連及父母妻子境遇，無不脗合。或叩其此後如何，必曰：來此命我推算，以往既準，以後自必不謬，若吉者更吉，凶者消凶，惟在個人方寸好自僅修耳。《易經》占某卦某爻，恆多君子吉，小人凶，已明白曉示，又何疑焉。董君此語，與越南阮老先生所論，可謂重規置矩矣。

自求多福

李成棟皖人，崇禎七年，以陴將升至總兵官，駐守徐州，李自成攻北京，坐視不救，裕親王南下，降為先鋒，金陵既下，命下蘇杭，嘉定孝廉黃淳耀兄弟率民兵抗戰，李屢攻城不下，反被殺傷。城破，屠三日洩憤，即所謂嘉定三屠是也。

有某姓女，其父母先挈居城外，未被殺，游兵過其居，見女美，掠之去，其父母呼號，願以金幣相贖，女曰：大人勿憂急，兒決不使我家蒙羞，或可轉敗為功也，擁見李，李一見傾心。

女又百計媚之，密置軍中，寵以專房，李奉清貝勒命之粵，弒隆武，殺丁魁楚，降鄭芝龍。威重百粵，某歲除夕，李懸祖宗像，盛設果肴，穿一品服，紅頂補服，與女共禮拜，女忽仰視靈軸，驚曰：「將軍誤取他人祖宗遺像矣」。李略作審視，顧女笑曰：「我自弱冠迄今，每逢歲暮，必出懸堂中拜祭，雖在軍中，不敢不謹，豈有誤取他人祖先乎」，女故作詫奇，曰：「妾觀靈像衣冠，紗帽紅袍，今將軍朱頂馬袖，豈有先後代不同如此」，李曰：「我祖我父，皆為明朝大官，我四五年前，任明朝總兵官，畫師為我繪象，亦此服裝，體制所在，何止驚奇」，女曰：「鄉村女子，自幼即知從一而終，將軍世食明祿，一代英雄，東夷久為我大明敵國。若貪一時虛榮，反面事敵，不可謂之忠，始事大明，終事夷狄，與祖宗相背而馳，不可謂之孝，石敬塘貴為天子，以臣事契丹，尚為百世詬罵，亡一介女子，蒙將軍寵愛，知而不言，負罪多矣。願一死以謝將軍，庶稍慰將軍祖宗於地下」，睨牆上劍，欲自刎，李急抱住，歎曰：「金玉之言，何敢不聽，奈雲間眷屬何」，清初軍制，主帥不許攜眷，李以降將，留置雲間為質，女擺脫李抱，故作思量，乘李不備，突取劍自刺心胸，呼曰：「妾豈偷生，以竊富貴耶，將軍若愛妾，勉之可也。」李大哭曰：「節烈女子，我若不反正，何以為人」，翌晨元旦，粵文武百官紳民，咸來恭賀，李即站起，高聲曰：「我為群小所誤，勸投東夷，今已醒悟，決反正易服，恪遵大明遺制」，立即衣冠脫下，擲諸地，並訓部下文武官吏人民，各自易服，抗清復明，草章奏，急稟桂林，書大明永歷二年元旦，並奏剋期北代，肅清妖孽，迎陛下北上。興復大明。

然後束身司，敗清固山貝勒突聽到李成棟與金聲桓同時反正，手足無措，退兵仙霞嶺，急向裕親王續派精兵援助，惜天不佑明，永歷雖有志恢復，而積習已深，司禮監龐天壽、馬吉翔、與外庭大臣勾結賣國鬻爵，金李諸將，餉械兩缺，先後為清軍消滅，贛粵兩省，得而復失，雖瞿忠宣公式耜公忠體國，無補於事，雖曰天命，豈非人事哉。

恪守倫常，成仁取義，不出於高官顯爵，而出於里巷細民，似違當然之理，宋朱晦庵曰：「世上無如人慾險，幾人到此誤平生」，士人十年芸窗，假聖人立言，致君澤民，八股文章，優孟衣冠。「近時科學八股，與往時五經八股，無分彼此。」僥倖得售，致身通顯，為繁華所誘，獻媚權貴，奴顏婢膝，便可升官發財。民間有一代做官，七代為娼之怨詞。地方士紳，比較接近，如入鮑魚之肆，日久與之俱化，雖不乏公忠高潔之士，奈皆難進而易退，君子道消，小人道長，千古同慨。里巷細民，義之所在，奮不顧身，如明末吾蘇顏佩韋、周起元等五人，僅一編氓，識字無多，憤巡撫毛一鷺附和奸閹，逮捕去職吏部尚書周忠介公，撲殺緹騎，慷慨就義，迄今山塘五人之墓，巍然尚存，豈不以物慾侵染未深，良知未滅，孟子所謂人心本善，靈光獨耀，非虛語也。

近日觀報章載台灣外國留學生狄仁華先生〈人情味〉一文，感動吾國學校青年，自起驚惕，一則盡忠獻替，一則嘉納善言，尤其不踏開會宣傳「空說不行」惡習，躬行實踐，力挽狂瀾，否極泰來，其在斯乎。

客館無俚，因將晚明忠義故事，約略記之：此數人者，在彼時僅千百之一二耳，功雖未顯，而廉頑立懦，百世之下，士大夫有所顧忌，澤及後世，豈曰小補，行篋未攜書籍，衰年多故，記憶力薄，引證不免錯誤，幸希指正。今吾青年學子，一聞善言，力矯積習，重脩四維八德，事親以孝，為國則忠，不恥敝衣粗食，先公後私，艾草餘而芝蘭榮，梟日升而爝火息，使普天之下，知吾炎黃後裔，非盡貪私忘公。甘自墮落，富強之基，建於今日。

從知以少數未受過高深教育，立志堅定，不為物慾所蔽，故不畏犧牲。如最近台灣《吳鳳》電影，職僅通事，寧殺身成仁，以救眾庶，身殉一時，功垂千古，今合我一國多數才智青年，轉移風俗，撥亂反正，如反手也。

中醫瑣談

中醫祖述軒岐，出自道家。以精氣神為三寶，營衛調和，疾症無從而生。人參一味，大補肺氣，奈晚近真野山者絕少，市上所出售者，都自人工製造，功效大減。高麗參產北韓為佳，採取後，再加藥物浸染，聞最近製法失傳，服用不當，反助亢陽。血壓高者害多利少。色白者性質寒冷，陽虛之體，不宜服食。花旗參養陰功效較著。陰虛喉痛，睡醒口乾，最為適當。至於補氣，渺乎其微。大約高麗參已製過者，過於性溫。花旗參偏於性寒，不能如吾國長白山野山人參中正和平，亦不及中原黨參之高原厚土，益氣健脾，有功無過也。

自抵台省，知各界都用西方日本補丸，云合多種維他肝精而成，每瓶僅台幣百元，可服半月，一帖中國補藥或不止百元。然遇到高年體弱，婦女生產較多，血液不足，引起勞動吃力，睡眠不酣，或入睡多夢，心悸健忘，若用外國補丸，不易見效。服中國黨參熟地二三劑，即有進步，所以東南亞各邦寧耗去外滙向大陸批貨。不僅吾國人有此感覺，即異邦人士亦有服用吾國植物補劑培養精力，事實具在，任何人不能否認。最近從歐西法國西德返來，謂中醫從人身整體講求治療，有許多病證，如氣血衰弱，無法用科學儀器化驗證實。以吾國醫理用植物藥品，功效快速，且無不良反應。所謂合天地人為一氣，審情察理，自比其他方法高明多多。

西方補養方法，取蛋白質各種維他命食物為多，與吾國俗語藥補不如食補，不謀而合。然食補多數使肌肉肥胖，運動可使筋骨體健，功在外而不在內也。假使男子平時用心太過，五十歲後，精血已虧。女子生產多，血分不足，斷非幾瓶維他命肝精可能速效，不免遠水不救近火之感。吾國歷代名醫，補血必先補氣。養肝必先滋腎，腎水充足，肝木得養，命門火不致虧耗。火能生土，脾胃運化合度，吸收穀食精英，以資奉養。排洩渣滓，腸胃潔淨，疾病自少。晚近每以清宮秘方相號召，余前侍先母舅曹滄洲、陳廉舫入京，在太醫院甚久，見其所用方藥，與民間無甚出入，惟所藏銅人針灸圖，及各種醫藥書籍，刻印精美，且多楷書手抄者，嗣後經費支絀，組織散漫，無形淘汰。據《明通鑑》載武宗設立豹房，太監江彬羅致各地婦女值班供應，再覓補腎壯陽藥劑，媚帝服用，終因性質燥烈，自南都返京，吐血猝斃。光宗服李可灼紅丸，一夕身亡，事甍宮闈，亦未深究。清康熙力矯此弊，終清之世，無一帝皇縱慾戕身，不補氣血，徒事壯陽補腎，終非正道也。

參耆益氣，歸地補血，四物四君，數千年相傳穩妥妙方。要在配料精密，煎製合度，斷無不效之理。但任何補劑決不能二三日即見功效，質量亦不須過多，要在服之有恆而已。

幼時觀先母舅曹氏與雷允上沐泰山配合成藥，主其事者，必焚香稽首，虔誠不怠，於煮煎膏滋藥丸，配選原料，秤準分量。或先酒浸，或先蜜灸，薑汁炒，鹽水炒，醋炒。分別煎汁，研末，絲毫不混，故功效特著。等於同一雞魚鴨肉，調味之油鹽醬醋，得名廚師烹調，滋味特佳。即普通菜蔬，亦是可口。若干廚房，漫不經心，敷衍塞責，便乏佳味矣。以往吾蘇雷允上之六神丸，北京同仁堂之狗皮膏，杭州胡慶餘人參再造丸，同一藥方，而優劣懸殊，選料配製之重要可知矣。

中古以上，醫家湯藥針灸無不兼擅。補瀉得當，事半功倍。明清以降，分為兩派。今春在港，診一黃姓婦，感受風寒，發熱五日不解，月經趲前而至，胸部痞悶，不能安睡，屢治不效。余按其脈，左關不揚，右寸關弦數。與小柴胡湯，兼由小兒紹琛以金針合治。當夜即能安睡，翌晨經水暢通，胸悶頓解，發熱亦退。北宋許學士所謂熱入血室者，惜近代醫家多忽之。

昔人嘗譏索畫於不讀書人為可笑，然仇十洲不能如沈石田、文衡山、唐六如博覽典籍，詞翰兼美。而元和顧氏舊藏十洲所寫《江南春圖》，與吳興龐氏之臨李希古《浮嵐暖春卷》，筆墨兼超，雅韻欲流，純乎士夫之作也。而醫家則非讀書人，不能明晰古人理論。明清兩代名醫，無不學問淵博，著作精深。（與近代人邀人捉刀言過其實不同）。所處方藥，論斷間練，而又詳確。往時吾蘇巨家大族，每斥重資競相搜購名醫藥方，以為珍玩。余家有乾隆薛生白、葉天士、徐迴溪真蹟。與何雲舫、鮑竹笙、陳廉舫、先母舅曹滄洲十餘家六十餘方彙裝一卷。民廿六中日戰爭，吾蘇棄守，三日後敵兵入城，真空時間，文物喪失，不可勝計，歎惜何如。

往時刻印書籍，工費浩大，名醫著述，亦有未刻。已刻者為縮省文句，或抄刻錯誤，未易率讀。欲求中醫進步起見，前賢著述，斷不可廢。惟先求急要，與可資實用者，翻作語體文，使後學得以瞭解。近時留德漢堡醫學博士李煥燊先生，與其同學某醫學博士，在台北縣青潭吳潭路設之國立中醫藥研究所，上月承邀往參觀，正在用化學方法分晰本省植物藥草。又搜集中外新舊醫藥著作，整理刻行，已成者約有十餘種之多，致力之勤，不在於吾中醫同道，而出於西歐留學人士，令人慨歎不已。聞政府所給經費，每月祇台幣五萬元，此種重要國粹，而給費如此之薄，所謂聊備一格而已。

歷經東南亞各邦，凡我僑胞所至，皆設有中醫中藥店，不獨華僑服用，即彼邦人士亦多信仰。以四千年留傳之國粹文化，祇有希望各邦僑居醫藥人士奮起，自助以冀保全祖國固有文化，再穩步前進，發人所未發，不難與各國並驅競先，免致如針灸一科，為外邦攘奪。倘眼光短淺，只知留錢給子孫，於本身擅場事業，袖手不問，使中醫中藥淪亡於吾輩一代之手，他日有何面目上答祖先，下對子孫。願我同道同業，中夜靜思之為幸。

星命叢譚

中國歷代星命之學，門類多種，何以子平流傳最廣，若以現代術語言，星命之學，可說是集合數學、物理學、統計學三者而成。既非玄學，更無絲毫迷信。

星命之學，博大深遠，前代名家，以初唐李淳風、袁罡為最著。宋一行僧傳自陳希夷，而稍變其法，效驗更勝。明初青田劉伯溫集其大成，承前啟後，著有《滴天髓》一卷。詞簡意賅，咸奉為圭臬，大抵擅此藝者，多儒學之士，審核陰陽，察情度理，非尋常操瓢之士所能企也。

賈誼曰：古之賢者，不在廊廟，多在醫卜。蓋醫可療病，卜可避禍。星命雖與卜筮不同，而依據陰陽，勸善誡惡，絕無二致。江湖之士，不乏師承有自，學識淵博，惟蘭艾同列，未可一概而論。清代大儒如韓慕盧、陳素庵、沈孝瞻、俞曲園諸公，皆翰苑長才，胸羅萬卷，並長命理。大抵任何學術，歷傳而不淘汰，自有其不朽價值，淺學之徒，譏謂迷信，多見其不知量也。

凡百新舊學術，未曾深究其旨，人云亦云，即是迷信，或有人議為既然命運確定，何必勤奮做人，此真不知命者之言。先聖詔示：「天行健，君子自強不息」。晨門曰：「知其不可為而為之。」此真深知命者。歷來講論命理之書，不下千百，約而言之，不外三種：

一、數學。二、物理學。三、統計學。數學，天地氣氤，萬物化生，氣運旋轉不息，日月星辰相應。帝堯命大撓作甲子，尚書堯典，敬授民時，知農業立國，用陰曆計算節氣中氣，以利耕種，餘數設立閏月，傳四千餘年不移，再觀三代鼎彝，及內地出土獸骨龜殼，皆鐫有干支，足徵吾國數理發明之早。昔袁子才謂干支無義理，是計數之符號，的是雜倫。五省朱梁任先生，精研數理。知干支古篆，皆根據星象，浙江章太炎、湖南葉德輝深韙之。天干十，地支十二，有分有合，有整有散。人秉天地之氣與父母精血而生。星相家取人之誕生年月日時，配合干支，觀其時令盛衰，陰陽消長。錯綜離合，與誕生之地，以定吉凶，十驗八九。

物理學，五行生尅，四時盛衰，陽生陰消，陰生陽消。如本命不足，適大運流年有餘，可以扶掖興衰。本命旺盛，適屆大運尅洩，損其有餘，皆大吉矣。亦多太旺宜洩不宜尅，尅則反激促致禍。如男命誕生正月，立春不久，木正在茁發，要有其他同類干支扶助，再得水以生之。然水多則木漂，未必順利。若再金土重疊，大運流年，又是金土，女命及老年人尚可勉強維持，若男命中年人，則難順利矣。二月之木，較為堅強，三月則盛極將衰，不能等量齊觀。金能尅木，亦能生水，水生又能扶木，火能爍金，亦能生土，土盛亦轉生金，輾轉循環，其他皆可類推。夏至雖在芒種之後，已交五月火盛之時，而一陰生，是日誕生當盛不盛。冬至雖在大雪之後，本冬月水旺，而一陽初生，當旺亦減退矣。以往謂男命宜旺，女命宜弱，然在今日，婦女頗多在外任事，已有改變。但無論男女之命，過旺不免煩勞，缺少幫助，亦非無因。

古語：命好不如運好，運好不如流年好。誕生時日雖多缺點，如木弱無倚，而行運皆是東北，得以扶助。金旺之命而行運皆在東南，損其有餘，如渴得飲，如飢得食，所以順利。然同一是木，陰陽大有區別，甲木如參天松柏，可耐金水。乙木花果之木，柔弱不勝尅洩，端賴扶助。陰干無依，儘多順從旺勢，座下何者當令，大運流年，逢到所從適旺，便大得意。倘逢印比劫，則反不吉，或流年大運相背。看五行之勢，如木之流年，我之所喜，而大運為金，則相反之勢亦可減輕。因木則上聳，金重在下，缺少相逢機會，自少爭鬥。夫太剛則折，太柔則虛，乖背中和，皆難順遂。醫家察脈觀色，亦據此理，雖人所共知，而大名家亦難保不錯，要在細心深究而已。

統計學　五國歷史悠久，記載詳博，中上之家，亡故之人，不論男女，發出訃文，必詳載其誕生年月日時，歿於某年某月某日某時，享年若干歲，子孫若干人。所居門外檣柱，亦多公開貼出，於生故年月日時。文人學士年譜，更詳記錄，搜集存亡資料，極為便利。有心人錄取研究，加以歸納，知其一生富貴窮通，察其乖合，亦與現在所稱歸納法不謀而合，星命家即據三種學理，以定順逆，固無不驗之理，然亦有不驗者，或有驗有不驗者，其故約有五種：

一、存心試驗，故作戲語。來者既不誠心，應者精神便難聚合，祗能敷衍恭維一套而已。

二、誕生時間不準。吾國鄉間缺少鐘錶，或鐘錶有快慢，上下十分五分，或涉及節氣月令，難以準確。近二十年，鐘錶冬夏提早撥慢，更易混淆，所以學星命者，最好兼學看相，兩相證合，以資襄助。

三、家中人與熟識親友，平時不免有所愛憎，我所友愛，明明看到逆運不利流年，總希望有所救濟，或知此公平時品德不高，看到其吉運，往往尋其沖剋，所斷順逆，狃於成見，難免不偏。

四、平日貪戀物質，見利忘義，好色耽淫，壞人名節，心地不正，雖吉不吉，逢凶更凶。

五、倘日元乙木，既少比劫，又五行缺水，如名星命家喪樹珊老先生誕生時，適遇大雨。又如五行缺火，恰遇對面大火，如蜀商劉君永言皆能得到補救。清初金壇史文靖公貽直，其封翁任京官，攜眷赴京，泊山東運河，等待開閘，而太夫人胎氣已動。頻呼腹痛，文靖公即在船艙誕生，急命傭人登岸購買應用物料，知對岸民居，亦同時誕生一男，時間完全相同。封翁本擅星命之學，決皆可入仕途，但至多不過七品。而文靖公早年科甲，三十餘歲已升侍郎，締婚後連生兩子。某歲侍封翁太夫人返里掃墓，舟仍泊山東原址，等待放閘，封翁想及對岸三十年前同庚男子，親往探詢，見一少年正煥然爐打鐵，一平民而已。同一年月日時誕生，貴賤迥殊，覺命運不足深信。回船覆按，始知此命金火特旺，要有水以潤澤，其子誕生船上，得有水助。彼則生在岸上，操業打鐵，終年不離金火，所以應貴不貴。

明季戚繼光少保，其太夫人將分娩，其封翁亦擅長星命，感日元甲木太旺，難以得志，適在新正元旦，在隔年立春，木剛得令，門外忽有歌唱，鳴金而至，驚動太夫人輒行臨盆，少保呱呱墮地，封翁大喜，厚賞歌者遣去，謂得意外金聲，可制過旺，究嫌力量不足，祇可棄文就武，後公果以武職貴顯。清左文襄公，功成名就，西征歸鄉掃墓，其表弟陳某住居鄰右，即來拜謁，談及其誕生年月日時，與文襄盡同，一則官至一品，位極人臣，一則依舊故我，僅免饑寒，命運之不足憑如此。後遇一舊友，雅長命理，談及此事，友為兩人推算，謂文襄歷任元戎，不能無誅戮，然所誅者，盡是醜類，除暴適足安良，功在蒼生。令弟世代業屠，不分牝牡，皆是一刀，殺戮過多。陰損其德，功過不同，故境遇亦不同也，文襄常以戒人。誅戮固為惡業，然除惡務盡，殺去猛虎，可以救護較多無辜人畜，若狃於寬恕，以為積德，等於縱虎歸山。明左良玉，為圖久綰兵符，縱張獻忠逸去，後殺人數十萬，後人論良玉之罪，更甚李闖、張獻忠，雖終伏冥誅，其子夢庚跋扈不仁，良玉憂憤以死，後裔亦竟斷絕，不可謂非縱惡之報。文襄果敢除暴，絕無私有一毫愛憎，故年登大耋，後裔昌盛，未始非德澤在人所致，非普通星命家所能解也。

相傳清代中葉粵督某，有中表親晉謁，談及功名富貴，皆有前定。其府中軍官與總督同年月日時誕生，一則晉陞彊圻，一則沉於下僚，其中表以擅長星命自豪，反覆察看，不得其解。後遇一僧，談及此事，僧曰：總督大人與中軍八字皆佳，若誕生獄中，與鐵練為伍，方可大貴，總督或誕生於獄中乎。後再謁總督，問及誕生之地，答謂其封翁被人攀誣，全家盡遭縲絏，故竟誕生於獄地，始知不獨得金土之助，且有貫索星助命。中軍某無此機遇，所以官職高下不同。

至於文昌貴人，天月德，可以逢凶化吉，確甚應驗。友人王君，乙木日元，以寅為用，某年適交申運，論者咸謂不吉，而事實適與相反。緣申為乙木貴人，可以得解。友人某君亦乙木日元，而是從格，交入亥運，以為正印非所喜宜，而反得意，因乙木死於亥。雖經典籍所載，極易忽略，未深注意，故應驗而不驗也，或問劫數，如秦將白起，坑趙卒數十萬，唐黃巢殺人八百萬，豈命運盡凶。蓋天運宰國運，國運宰人運，大劫蒞臨。或千年而一遇，或數百年而一見，如巨雹黑霜。百卉俱厄，蘭艾無分，同歸於盡。細不敵大，多能尅少，未始非人心陷溺，趨利徇私，良知盡失，積惡過多，影響天心，有以致之。若人心向善，風俗敦厚，雖有災厄，為害亦微，禍福無門，惟人自召，理也，亦勢也。

紀文達筆記，清初某大僚微時。從江南循運河赴都，同船十餘人，每人船費皆照例付訖，惟船頭一人，似甚霸悍，必欲折扣，船夥屢與理論，仍堅持不應。右有一道士，歎曰：「命在須臾，尚吝錢數文」。不半時，逆風忽至，掃及篷腳，此人適坐其間，隨之落水，風狂浪急，無法救援。逾兩時許，風勢息而復作，其勢更烈，舟將覆沒，道士禹步念咒風勢便息，同舟人感謝之，道士曰：「諸君不必言謝，因為某是貴人，命該不死，不得不救，諸君皆善良人，得其福庇耳」。某曰：「我從此益當聽命矣」。道士曰：「不然，凡事雖由命定，而人能回天，有志竟成」，歷代名賢，每於天人交困，蔫志匡濟，成事者不乏其人。天之生才，原為補救氣運，若一一付諸於宿命，則諸葛武侯六出祁山，姜維九伐中原為多事，唐六臣五代馮道，宋秦檜諸奸，反為知命矣。先聖曰：「不知命，無以為君子也」。惟知其不可為而為之，殉身為國，此真是知命，絕非袖手不問，任命擺佈如木偶之謂。某大僚再拜受教，後果貴顯，升至直隸總督，為滿籍人士強佔幾輔萬畝民田，奏明發還，萬民獲蘇，歌頌不息。

孔子曰：「五十而知天命」。宋朱子註：即天理之流行，而賦與物者，先聖知天地不能無缺陷，端賴後賢修補，每於朝綱失馭，中原板蕩，起而匡濟，以盡我責，若夫成功，則天也，故於成事之後，角巾私第，口不言功，仍是書生本色，此為吾國文化偉大精神所寄。如唐李林甫六十年禪宗，換二十年太平宰相。北宋蔡京死後，胸前有一卍字，刮磨不去，秦檜前生為禪宗大師，史稱其為彌遠和尚後身，皆乘願再來，盡失故步。北宋蘇東坡為禪宗大德，與我鄉彭啟豐尚書，為啟豐上人後身，慧心不昧，重返蓮座，數十年蒲團靜修之功，一則換取數十年富貴，貪利忘義，永墮泥犁。一則文章道德，益增慧業，賢奸迴殊，果報亦異。今人不信輪迴，譏謂迷信，遂致人慾橫流，務貪現實，命運應吉反凶，豈能盡咎星命家之學術耶。

余外曾祖曹雲洲公，中舉後，不赴公車。繼承醫藥，家學淵源，濟人之急，救人之患，有如飢渴。二十除歲，遇到一術士，觀其五官，再詢其生年月日，斷謂業務必發達，惟兩眼太露，行路不穩，恐有財無命，且係凶死，初不之信。某年吾省大旱，夏月暑氣甚烈，疾疫流行，每日死亡百餘人，適有一鄉民担柴入城求售，行至府橋西街。在公醫寓附近，忽中暑仆倒街衢，觀看者咸謂已將氣絕，公聽到聲響，急步出為之診脈，謂或可救治，命家中人枱竹榻移至家中，先取藥粉用溫水調和，親為灌入，不移時，脈息已見，再處一方，命人至藥店購歸，煎湯緩緩進之。時業務忙迫，匆匆一飯，即出外應診，囑照公妻媳預備人參鬚三錢，燉薄粥湯，倘見病者蘇醒，慢慢給其飲下。及公午夜歸家，再診其脈，已無危險，任其醒睡，翌晨該鄉民自能起坐，問何以臥在此間？急行步出，忽回，至公醫寓，謂挑來之柴，今已失去。問其賣價，云須二百丈，公如數與之。去後忽又來，謂囊中攜有白銀四兩，預備償付田稅，今已失去，歸去必遭父母怒責。眾人感斥鄉民。告其你性命已經先生救治，非惟不謝，反欲索詐白銀。公曰：鄉民四兩白銀，不易賺到，況病新癒，我為你填付，他日尋得，再還我可也。始稱謝而去。

越五六年，洪楊亂起，江南烽煙遍地，公攜妻孥銀錢乾糧，逃避城外，不識道路，誤入無錫縣太湖邊區，兩遭盜劫，竟至空囊，飢渴交并，自忖總是一死，更憫老妻弱息，勢必同死，未忍自戕。詎未及一二小時，遙聽呼聲大起，望見紅旗擁至，知為髮匪。早聞髮匪見到百姓，老者殺去，壯者拉作挑夫，女子則加姦淫。正在千鈞一髮，遙見太湖一船，急鼓櫓而來，船頭人似相招呼，須臾，該船冒險傍岸，扶公全家老幼八人至其艙內，急行回航。時髮匪已至，高呼停船，船夫不理，鼓勇前行，約半日餘，已至湖心，曰：已脫險境矣。始緩緩搖至對岸一港，再轉若干小港。停船後，扶公全家登岸。行數百步，見茅屋七八間，延入屋內，推公上座，相率下拜，且曰：先生認得我七年前在城內賣柴人朱某否？公不獨良醫，且給我醫藥，不取一錢，並賠我四兩白銀，歸家後，見白銀仍在枕下，忘及攜取，我父命即奉還，奈不識道路，留存至今，豈知今日始能報德。急煮茶烹雞蛋十餘枚，俾先解飢喝，並取出鮮魚數尾，鹽肉一方，燒白飯為先生全家壓驚。并知已離蘇城四十餘里，特備草房一間，掃榻留居七日，在後圃竹林內。挖出白銀十六兩，制錢數千，乾糧三大包以酬。再備船搖至上海蘇州河，借得房屋兩椽，懸壺行業，與鄉民朱家結為寄親家，兩家往來不絕。後鄉民之子從公學醫，頗聰慧，亦移居上海懸壺，頗得聲名。同治末年，江南平定，遷回家鄉，以醫世業焉。余幼時，嘗聞先母云，雲洲公親友咸說其非壽相，至五十歲後，忽自轉變。舉止沈著，滿面祥和之氣，老幼皆喜與之親近，享壽八十有五。無疾而終。即以人事論，假令聞鄉人中暑，仆倒於地，路人咸謂不救，而自身醫業甚忙，炎夏之天，揮汗如雨，怕事不問，亦人情之常。而公好善出自天性，不辭艱難，抬之家中，為其醫治，臨別又賠墊白銀四兩，恐其病後憂急，影響健康。其存心之厚，為何如哉。後遭髮匪追迫，千鈞一髮之際，得鄉民拼命援救脫險，全家老幼八人，皆賴更生，得在上海行醫，十年之後，安歸故里，年登大耋，豈非種瓜得瓜，種豆得豆之果報也。彼術士斷公凶死，雖是宿命所定，而不能料公之心地仁慈，人能回天，如影之隨形，絲毫不爽。昔浙紳俞曲園太史，某歲大病，得公治癒，結為至友，特書一聯答酬，句已忘卻，大旨謂公是真知命者。

清末，吾鄉陸鳳石殿撰，得意後，回里掃墓，並見蘇撫趙展如，談及八字命運。趙曰：公官至一品，位尊太傅，惜為末代宰相耳。陸似不愉，轉問中丞，自命當大吉利，趙歎曰：我僅至正二品，此日已至最高地位，恐十年之後，國事變化，不能善終，希望早歸林下，可免此禍。後陸氏以聖眷日隆，不忍舍去，庚子之亂。為剛毅強拉保舉拳匪。辛丑和約，外人指為罪犯，特賜自盡。果不能善終。此與先外曾祖曹雲洲公相對看。一則心地仁慈，好善濟人，一則貪戀富貴，盡失良知，故結果不同，雖曰天命，豈非人事哉。

民國十年辛酉。新正元旦，余偕小兒紹琛同往曹母舅邸第賀年，先拜謁大舅父滄洲徵君，二舅父邃盦太史，行禮後，再晉謁三母舅叔產太史。適堂母舅君直中書蒞止，賀年禮後，命余等隨坐。三母舅書室兩間，遍置書橱，梅花四十餘盆，環繞几案，聞皆親友所贈。兩母舅每於新正元旦，必卜一課，偕至另一書房，約半小時始出。余叩問卦象何如？曰：得坤之六二，應有非常之變。漢儒謂柔居尊位，端賴賢相匡扶。然總非得正。若忠信篤敬，可以無尤於四海。二三年後，恐難如今日苟安，所謂履霜之時，必知有戰，十餘年後，恐兵燹一起，波及全國，大好河山，不可復問，亦劫數使然。今諸母舅昆仲，已墓有宿草，而憂患未息，往事如煙，解得易理，心誠求之，雖不中，不遠矣。

八字雖佳，而交運有生前身後之分。君直母舅，於民國十一年，謂某巨公要交歿世好運，貴不可言，奈人民流離顛沛耳，今果應驗。又謂：關岳兩公，雖同是忠貞殉國，而廟關不獨遍佈國內，南洋巨埠，亦所在多有。而岳廟除河南杭州之外，卻不多見。論功業，關則被呂蒙偷襲，父子同拒降身殉，而為國捐軀，不作降臣，視眼前富貴如糞土者，千百年來不知凡幾。而岳王忠孝兩全，幼稟母訓，精忠報國，身罹酷刑，父子同日成仁，戰功之烈，尤歷代所僅見。以少數步兵，殲金烏珠鐵騎數萬，實踐智仁勇三者兼之，若非高宗昏奸，貪戀高位，不願父兄歸來，用十二金牌召回，則中原可復，國恥可雪。岳王辭去軍職，角巾私第，不矜不伐，文詞兼妙，〈滿江紅〉一詞，傳誦千古，八法亦勢如龍象，並馳蘇米。而聲名雖廣，但不及關公者，蓋吾國四民，惟商人周歷各地，一肩行李，隻身遠行，設遇虧蝕，或忠疾病，全賴同鄉朋友扶助。關公義薄雲天，恰合商人好義天性，故各地任何會館，所奉之神，盡是關公。《三國演義》，華容道義釋曹操，借張遼口說關公傲上不慢下，欺強不凌弱。雖為羅貫中小說私記，卻深知人秉血氣以生，皆有好勝之心，目睹強者侮弱，富者傲貧，無不忿忿不平。關公無意中得此鋤強扶弱評語，更使人盡崇敬，此機緣為之，非關命運也。然紀文達筆記載，遇到術士某，謂大丈夫殉節時日，皆是極盛佳運，蓋身歿一時，榮逾千古，又在李淳風格局之外，亦不能謂其無理由也。

三運通會十干十二支，誕生大貴。例如甲年，丁卯月，乙未日，戊寅時。乙年，己卯月，甲戌日，乙亥時。逐年祇一月一日一時，皆生大貴人。按大貴人莫如皇帝，考明清兩戈帝皇，無一合格者。以中國之大，人口之眾，每年在此日月時，豈無誕生之人，然未見貴如帝皇者。又據記錄，顯貴與平民同年月日時，而榮枯不同，壽夭亦殊。遜清中葉，有太學生兩人，同年月日時誕生，長同發解，相約互通消息。以驗境遇，是否相同。後一授鄂州教官，一授黃州教官，而才任黃州者，先死，任鄂州者為之辦身後事。祝曰：我與君八字干支盡同，今兄先我而死，即我今日便死，亦後兄三日矣，若有陰靈，願托夢見告。果相遇夢中，曰：我生長富貴，享用過當，祿已先盡，當然先死。兄生長寒素，尊翁節衣縮食，以濟孤貧，非惟天祿未盡，且父蔭特豐，晚境必更佳。後果陞至紹興府知府，年逾古稀，有三子，能世其業，有名於時。又有吾鄉喪守芳生員，與鄰居商民顏宗綱，同時誕生，後袁貧而顏富。某年，顏病去世，袁大病獲癒，叩大某星相家，曰：袁雖非富裕，嗜財薄義，又享用奢華，是德不足而祿先盡，故而先死。袁從此益廣積陰德，某歲舉孝廉，連捷進士，子二人，皆中舉人，一子任山東臬使，壽至八十有七，無疾而終。若謂命運不足據，固非智者所許，若認為順逆吉凶皆宿命所限，亦非知命君子。要在濟弱扶困，氣度寬弘，積善降祥，澤及後裔，轉禍為福，事實昭之，亦非星命家所能預斷也。

或曰：誠如君言，何必算命。余曰：此適足要算命也，大善不易積，大惡亦未易為，若為善邀福，如營商存貨，以換善價，仍是自私，即有福報，亦是微薄。吾輩處世，小善小惡，亦是常有，運之轉變，影響無多。知到下步大運或流年與我八字干支相反，儘可虔誠補救，語云：誠則得之，不誠無物。以余經驗所見所聞，大事化小，小事化無，儘多其人。問災不問福，此真知命之所為。附錄可以記憶者數事如下：

前十年，余初來此間，寓友人陸君家中，陸君示一乾命生年月日時，托為推算，今干支已忘，但記其命旺再交正印，流年傷官見官，斷其歲底必死，後果亡故於日本東京。蓋湯恩伯將軍也。

友人錢君介紹一人，邀為推算，七殺獨旺，余謂其是否軍政人物？答謂：此是其至戚，向經商業，近數年業務欠佳，欲占此後能得意否。余察其翌年身旺逢印，又日犯歲君，恐即不祿，春二三月間，最要注意。殊不知來人即為其自算，確是任過軍職，回告錢君，自云身體素好，豈有在此幾個月中即死。蓋來算時，已屆歲暮，後果於明年陰曆二月患盲腸炎，經手術不治去世。又吾鄉用直（地名）應君季常，任上海某銀行經理，於三十九年陰曆年杪，由滬抵港，遇於港九渡論，談及為林慶老挽至紫虛上人算命，斷其此數月中，大為不利，恐有意外災禍。應君以為，在此太空時代，康老尚迷信星相，況共黨對我極優待，聘為金融領導要職。蓋應君亦誤認算命是玄學，并無實在價值，出紫虛上人命單囑余審視，觀其運犯用神，翌年辛卯歲連并臨，告其確甚危險。匆匆別去，後於小除夕回滬，即被中共傳去。逼索外匯，疲勞審問四日夜，不堪凌虐，跳樓自殺，又曾任軍政茅迺功，由滬來港，不聽其同鄉袁樹珊說其傷官見官，勿急回滬。不聽，後回滬，經遭公審而死。又航業家吾蘇金家鳳者，外表似頗壯碩，而患神不守舍，常覺魂飛越於外，屢治不效，邀余診治，服藥旬日而癒，常來閒談，偶以其生年月日時命為推算，余斷其官殺混雜，又交壞運，宜專志營商，勿預他事。詎不久，為人誘騙至廣州，即被拘閉，十餘年已無消息，恐凶多吉少。此皆自命科學頭腦，不信星命，逢凶不避。至於遇到壞運，應有災禍，得謹慎避免者，亦不乏其人。如港地粵籍黃君，與其親戚來此觀光，乘便請紫虛上人算命。云是年夏秋間，防有意外危險，萬一遇到，救治不易。黃君即於七月一日起，杜門不出，適有舊友某，從水路抵港，囊中僅存港幣八元，而帶領黃牛費，需二百元，憂急萬分，黃君即為代付，且留住其家，為之謀成一職，得以生活，兼寄濟大陸妻孥。於中秋後，僅感涼積食，發熱腹瀉，邀余出診，三次而癒。

又如甬籍朱君，有星相家謂其命運欠佳，且是年流年沖及用神，面色亦不正常。恐有災禍。於是謝絕外事，閉戶家門，近鄰某君，結婚四年，誕生一子一女，而夫婦失和，已議定離婚。朱某知之，命其夫人分別邀請兩人至家，細陳利害，竭力勸和，甚至聲淚俱下，居然夫婦大為感動，仍歸和好，再備盛席，兼請尊友親族同來讌飲，力陳其夫婦品格高潔，青年從善如流，實堪欽敬，從此一家團聚，免於分折，是年安然渡過，僅被所保親戚金錢拖累損失一千數百元而已。十餘年來所遇，類比尚多，皆是臨期先後謹慎，無意中濟人患難，身心兼泰，非無故也。

上海龐萊臣京卿，原籍浙江吳興，收藏宋元明清書畫，幾至千餘卷，其中不乏孤本妙蹟，視故宮所藏，互有短長。然故宮尚多贗鼎，蘭艾混淆，龐氏兩宋名畫，雖有贗蹟，主人亦深知之，分別貯藏，以備贈售外人。然其真者，大都傳流有自，紙絹潔白，偶遇殘缺，不惜重金裝裱。平時篤信命運，弱冠曾患重病，幾至危殆，適有其家西席張孝廉，館於其家，算其八字，謂不獨絕無危險，且可年登大耋，後果壽至八十以外。龐君嘗謂其他費用，可省則省，惟算命潤資，應須慷慨，每屆新正，必詳算流年，可以趨吉避凶，今人於酒合徵逐，不惜重資，而於自身安危，反而吝嗇，是輕重倒置，厚人薄己，每舉以戒親友。又於總角時，日者推其八字，謂當以文藝傳名，富甲一郡，而懶於伏案，讀書作文皆拙，然其酷嗜名畫，歷有藏積，恰在民初，國人盲從新派風氣，歷代名人真跡，棄之如遺，代價十元，便可換文徵明、唐六如兩三卷。往往一百銀元，買回畫箱二三只，數十百件盡是宋元明清真蹟，君大量搜購。至民國十年，歐人及東鄰日本咸來競購，代價高至數百倍，竟得名利兩收，豈亦宿命所定耶。

回春醫話

吾國文藝，向乏標準，醫生即屬其一。晚近人才特多，試觀報紙披露文詞，夾了許多神經衰弱、心臟病、某部發炎新名辭，可稱學貫中西，直駕扁鵲之上。惜未經考驗，難定高下，頗多人譏笑中醫拾人牙慧，慣吹大炮，列入江湖術士，真不幸之至。

古代醫書，國醫界絕少注意，而西歐法德兩國，東鄰日本，競相購覓，不恤重重翻譯，若無相當價值，何以如此熱心，樂此不疲。

中醫素無醫院療養院設備，雖有治癒西醫所不能治之病，但無法證明其成績，有之，僅從病家隨便口述而已。多數病家，格於環境，不宜宣露，事過境遷，亦已遺忘。在醫生本以治癒病人為應盡之責，不能自我宣傳，涉於江湖氣派之嫌，以致轉成玄妙，毀譽任人意興，不足徵信也。

去年聞台灣行政院擬籌備中醫院，鄙人特函請主持之人，講求實驗，辨別高下。台灣本省以及東南亞各地，著名中醫，不妨分批聘請來台，出展所長。同時再請台大醫院專科西醫在旁察看，觀其所寫理論決斷處方，與其成績，得有不爭之事實答覆，優劣既見，龐論自息，優者，厚其薪給，聘為教授。下焉者，勉其勤學，以成良才。鄙人父子忝附中醫之末，願先應徵考驗，吾同道諸君子，得到發展甄別機會，自必歡喜歌舞，交相景從也。

東南亞各邦，自都市至於鄉村，無不設有中藥店，有中藥店，必有中醫，不獨吾僑商信仰，即當地人民，亦篤信中醫中藥。近年某方面提倡吾國舊文藝，如圖畫戲劇，皆有相當成績，尤以印刷古畫，白話文註解舊醫書，更受人歡迎，運到香港，轉瞬即售一空。觀港地報紙，諸名醫所著文章，皆兼通中西，亟宜厚其薪給聘請來，將舊醫書，翻成白話，使後人容易領悟，勿使某方面專美於前，不獨可以得到世界學術界尊重，海外人心嚮背，亦有關係。

五十年前，逢到危險急病，多延中醫，辨別虛實，予以療治，倘有出入，功過立見。於半夜、加早來邀出診，無不兢兢小心，不敢懈怠。

病家詰問病理，更不能虛詞宕塞，自西醫盛行後，多數急病皆不延中醫，改請西醫，取其一針注入，立可轉安，事實上雖未必如此，較之中醫處方後，買藥煎藥，花去不少時間，省事多多。中醫失去此類機會，責任固然減輕，然學驗則大打折扣，遠不及前輩豐富，未始非一大損失也。

清末民初，醫生所處藥方，開頭幾行文字，名曰脈案。鄙人學醫時，吾蘇名醫方案，詞翰兼超，咸為珍藏，先父特為搜集，分類裝訂，示鄙人觀摹。醫生之學問識見斷語，皆於此證明，倘胸中典籍虛薄，詞句游移，書法庸俗，病家即不看重。或自己不懂醫理，亦轉求親友鑒別。今則祇寫若干病狀，於脈象理論，皆不詳載。但粵籍醫生習慣不用脈案，陳伯壇以孝廉公尚不書寫，不能議其藏拙。然亦有僅填寫幾種藥味，便算盡責，應酬得法，居然能享大名。而十年寒窗，十年侍診，廣交師友，好學不倦，因不懂交際，門可羅雀，黃鐘毀棄，瓦缶雷鳴，雖不專是中醫界，而中醫界尤為顯著，一榮一枯，惟有歸諸命運而已。

醫生學問高下，關係人生壽夭，若空言寡實，等於自欺欺人，且或誤人生命。西方醫藥，雖後吾國，而政府提倡監督，社會鼓勵，得以日新月異。學習醫生，鄭重考核，專科畢業，再須實習，私人懸壺，不許宣傳，故人盡奮勉，講求實學，醫生地位甚高。回視吾國，既乏鼓勵，且或譏薄，三十年來，災難重重。有云中醫理論，盡是玄虛，無存在必要。有云中藥可存，中醫宜廢。有云中藥未經化驗，缺乏科學根據，不宜服用。遂使業中醫者，不免感到自卑，缺乏進取，利重於名，豈非以往袞袞諸公，崇拜西方學術，自棄祖國文化，有以致之，妾身未分明，可歎亦可憫也。

自醫藥分途以來，醫生不辨藥物，藥店亦未必盡是慧眼，中藥多數是植物，產地採時，關係甚巨，試觀蔬果米麥，採植不時，便不甘美。況藥物療人疾苦，古人立方，君臣佐使，炮製煎炒，皆從累積實驗得來，一物不當，累及全方，服用不效，疑咎醫生，所幸藥店同業，皆鄭重鑒核，不使醫生受難白之冤。

西方重實證，吾國據經驗，兩相配合，供獻必多。鄙人父子此次在越南，治癒某公胃疾，及外交部某，八十四高齡太夫人肝病，小兒針灸治癒某主教足疾，又治癒法國旅越醫學博士某君臂痛，頗得彼邦人士稱許。並謂以忽略東方醫藥為錯誤，略能為吾國醫界吐氣。吾蘇本多針灸名醫，因無人注意，漸見衰退，豈知今日為日本法國採取特予提倡，吾國青年翻負笈彼邦學習，反客為主，是亦可愧也已。

醫論

醫家學問經驗，相等並重，論者經驗更重於學問，見多識廣，決斷用藥，當不致誤。然缺少學問，何以證病之根源，與古方之引用。頗多懸壺日久，而用藥輕微，不涼不熱，經而不驗，亦有讀書雖多，拙而不化，反為書累，太過不及，皆不能稱良醫，人身有病，尋求醫生，每感霧中看花，報紙名醫宣傳文字，大都空洞平庸，咸疑邀人捉刀，不得已，惟有觀其藥味前之脈案，斷症處方是否適當，較有研究價值，非謂文學家與書法家皆盧扁也。但能對客揮毫，詞翰遒邁，決非濫竽俗夫耳。至於醫家真實本領，不全賴此，如粵省名孝廉陳伯壇先生，學問淵博，皖南王仲奇明經詞翰雙絕。陳之精神，全在處方用藥，不用脈案，如倪雲林、黃子久之畫，一邱一壑，亦是勝人，不以多為貴也。王以久居皖南，習尚已除，明知來診之人，未必深諳文理，而脈案仍引經據典，如一篇小品文字。二人皆學驗兼邃，名傳遐邇，陳以傷寒著稱，王則優於婦科，各有擅長，不相伯仲。先母舅曹滄洲徵君，嘗謂醫家能推己飢己溺之心，與知之為知之，不知為不知，庶可無忝醫德，不患不成良醫，學問經驗，尚在其次，脈案有無，更其次者也。似尤肯綮，脈案以淳于意對漢文帝傳註為濫觴，晚近頗有人來問中醫之選取，與脈案之關係，附及此，鄙陋之見，不敢強塗人而同也。

對中醫學院創辦管見

近聞行政院決定中醫院辦法，人才如何，經費如何，此間報紙尚乏記載，在此上下惕厲時期，當有一定規模，不致踏以往決而不行，敷衍塞責覆轍也，竊意研究任何學術，一經費，二人才，三方法，三者不可缺一。

中醫出自黃老，首重養生，以治未病為最高哲理，三代以後，嗜慾日繁，先之以針砭，繼之以藥物，伊尹相湯有天下，發明湯液，周秦以降，名賢疊出，扁鵲、倉公、華陀其尤著也，東漢末葉，長沙太守張仲景集取眾長，稱為神醫，著有《傷寒論》、《金匱玉函》，後世醫家，奉為圭臬。元成無己撰《傷寒明理論》，謂伊尹湯液論在魏晉時失傳，讀張仲聖遺書。猶可想見，因張氏所用一百十三方，除八味丸外，盡是伊尹湯液論也，自日本湯本求真氏用仲景醫理方藥，治癒其親屬西醫斷為不治之症，以留學德國醫科大學之博士，專研吾國醫理，臨床實驗，屢癒不治難治之症，耗十餘年精力，著成《皇漢醫學》一書，銷數之廣，為醫藥書中第一，德國先有譯本，吾國繼起翻譯，近十年德法意醫學博士，頗多向日本留學，金針一科，尤為著名，三千年傳授不衰，足徵吾國先哲創造之功，醫藥文化，不低於外人也。

吾國文藝，高低不一，尤以醫藥一道，更難判別，晚清迄今，政府既不提倡，社會更少注意，凡醫學高者，不用假借，察面部色澤，按兩手之脈搏，診斷詳明，其準確性不下科學儀器，而虛實陰陽，凡儀器不能至者，能見微知著，與西方從臟腑實形取證，似相反而實相成，佛氏宗門所謂空手奪刃，非博學深思，經驗淵博者不能也，下焉者，僅識藥性，問病給藥，既不讀書，又不深思，江湖術士，不能代表整個中醫，奈高者千百難得一二，低者比比皆是，玉石混淆，遂以同類而並薄之耳。

中醫首重系統，分門別類，不許混淆，虛實陰陽，更為深切，或虛中夾實，如身體已弱，而風濕積滯，尚未盡滌，或內熱外寒，或外熱內寒，皆有詳細說明，面部氣色，六部脈象，以及天地氣候，風土習慣，氣血循環，臟腑聯系，細密不下西方科學歸納，西醫診察，等於以人生為機器，注重局部，在中醫譬人為一小天，要在整個氣化，氣血循環，不失正常，雖罹重症，不足憂慮，道家養生，現在盛行氣功太極拳，瑜伽修養皆注重氣化，因氣化空洞無迹，非科學儀器所能燭見。

香港九龍西人，遇到彼國醫家認為不治之症，如廣九鐵路局長杜利華君之頭痛，每一月必發一次，痛時須重量麻醉劑，暫止一時，繼又復痛，西方醫家，咸認不治之病，疑為癌病，祇有待死神降臨而已，後得中國友人介紹，中國醫藥出版社長譚述渠，用溫胎湯，治療一月，霍然告痊，迄今已十年餘，未曾復發，杜君特別佩服，除厚酬外，附親筆簽名照片另贈，附載患病獲治經過。又港政府重要職員，裘探斯基之公子，患高熱度，四肢不暖，腹膨如蠱，西醫斷為奇病，無法治療，裘君從小女讀中國書，因謂其如能飲中國藥，可以侍吾父診視，有無辦法，裘君大喜，當日即親駕車陪我父女同去，余細察之下，告以三日可癒。裘君夫婦，驚喜過望，以為此種危症，何以短時間可癒，疑信參半，余給以四逆湯，服後大小便暢下二次，熱退而腹膨亦消，向日必服安眠藥，方可入睡，今自能呼呼安睡，晨起嬉笑如常，毫無痛苦，翌日再來陪我父女上山，曰：「今日始知中國醫藥如此之炒，非西方可及也」。尤其見余診脈便知病理，更為驚奇。

醫家四要：一曰德、二曰才、三曰學、四曰識。德者，心平氣和，痌瘝在抱，見人病苦，如在己身，知之為知之，不知為不知。才者，清心寡欲，善養吾真，慧日透發，論斷明晰，處方有據。學者，伏案功深，虛懷若谷，雖派別不同，亦屈己就教，不失切蹉求進之意。識者，凡古今典籍所不載者，稗官野史，街談巷議，於療病上特殊方法獲驗者，如俗語單方一味，氣死名醫，亦必記存，歲月既久，識見自富。

古人論「醫者意也」，人之智慧，無不出於善用我意，用意等於用心，然用心在乎專一，用意則旁見側出，較為廣博。歷來成就事業偉人，既有孜孜不倦之用心，亦有隨時見事之意測；如知肝臟與血液之關係，動物之肝。可以補血，小兒胞胎，涵藏母體氣血之內，可以補入精髓。薑葱有蒸發機能，可以散寒發汗。人參生長高原，故能大補元氣。先之以意測，證之以實驗，意測為成事之因，實驗求成事之果，良醫治病用藥，亦不外此，若疑意為空洞，其未深思耳。

近三十年中，江浙世醫，多數捨難就易，讀《傷寒論》、《金匱》者，絕無僅有，即讀〈藥性賦〉、〈湯頭歌訣〉，亦鳳毛麟角。中醫界大約分三路發展，一經濟充裕，負笈國外，改學西醫。二雖表面自稱世代醫家，僅懂些藥性，再學些西醫術語，以宣傳交際為本分。三用中藥加一些西藥，自誇「秘方」，利用廣告，以為生活。數千年真實中國醫藥妙旨，盡失故步，軒岐秘奥，漢唐妙旨，遠不如東鄰日本，歐洲西德之認真研習也。

以敷衍投機之中醫，與精進不懈之西醫相比，三尺童子，亦能辨其高下矣。然十步之內，必有芳草，十室之邑，必有忠信。吾國歷代名醫都出儒學，迄今海內外，能文博識之士，未嘗絕無，其希望發揚廣大之心，久蓄五中，今聞政府提倡中醫，欣慰萬狀。倘能先將台灣一省及香港九龍其他各埠，負有盛名，著者論文之中醫，分批聘請來台中醫院，公開考驗，以實驗證明。除其環境行為有問題，不能應聘，凡名實俱崇，德學兼脩，必惠然肯來，共襄盛舉。外間誣蔑言論，一掃而空。嗣後陸續邀聘來中醫學院依例實驗，能者贈以崇銜，不能者教以研習，承先啟後，實在吾曹，發揚國粹，提高聲譽，造福人類，關係甚大。

吾國歷朝徵取人才，由選舉轉為考試，奉行公正，三年一試，人才輩出，不虞匱乏。考核中醫中藥，以北宋始，據《宋史・選舉志》，分為三科：一內科；二幼科；三瘍科。《困學紀聞》、《日知錄》，載北宋設立醫藥局，隸屬秘書監，觀其治療成績，分出等級，十得八九者，列為一等，十得六七者，列入二等，十得三四者，列入三等。在三等者，命其重加研習，再行考試，不願者，聽其改業。遜清兩江總督端午橋，感於中醫人才複雜，擬照鄉試辦法，來省考試。嗣江督易人，未有結果。民國二年，汪大燮任內政部長，擬廢棄中醫，遭全國反對而罷。國府成立，為中醫存廢，幾經辯論，結果決定考試，然紙上空談，無補絲毫。勝利以後，又舉行考試，仍以寫一篇論文寄院判別，敷衍塞責，整個醫界毫無裨益，反開奔競苞苴之門，累及政府信用，受到不良影響。

而及格證書，隨意送人，其中素不業醫，略識知無，咸購取一紙，濫竽其間，遠不如專制時代之踏實辦事也。至今所稱局方，即北宋醫局試驗有效作品，南宋百餘年權相秉政，無暇及此，在野人才雖多，不免湮沒，而北宋遺傳醫藥局，南渡後變為位置私人機關，虛耗國帑，無補事實。金元兩朝，承北宋培植之後，名醫輩出，李東垣、朱丹溪、劉完素、張子和，皆一時名家，有金元四大家之稱。明清五百餘年，人才之多，幾突過前朝，如王肯堂、李時珍、傅青主。王之醫科準繩，李之《本草綱目》，傅之女科要方，發明生化湯，為婦女產後去瘀生新良方。清雍正乾隆時之徐迴溪、薛生白、葉天士，皆學問淵博，著作等身，妙手回春，萬家生佛。此值舉人所共知者，其他不勝枚舉，雖彼時人心安定，士多向學，亦朝廷崇實獎學之功。康熙帝之《圖書集成》，乾隆帝之《四庫全書》、《醫宗金鑑》，裨益吾國文化甚巨，不僅醫藥而已，上有好者，下必有甚焉者也。髮匪之亂，焚毀東南古代文物，不可勝算，醫藥書畫，尤為髮匪毀滅對象，實現崇拜西方宗教決心。今政府俯順輿情，將中醫醫院歸中醫界辦理，意至良善。竊意人才為事業棟梁，本省東南亞，不乏學驗兩深中醫，似宜設法邀聘。

一、以負盛名，兼有著作論文，在報紙披露者，或辦有學術機關，光後任會長。學校，不論面授、函授校長、院長，不分科目，為聘進對象。

二、來會旅費，由本院供給，食宿即設在院中，倘自備房屋，借宿親友，悉聽自便。

三、每日除在院中工作，餘暇准其為人診病，收取診金。

四、考核辦法，請其即在院中施行治療，院中設立病房病床，病人除其自願就診外，或取看守所疑犯，免費為其鄭重療治。

五、方法，入院第一日，先請台大榮民醫院派西醫診斷，填寫診斷書，存貯中醫學院，再取聘來中醫負責醫病之藥方，抄錄存貯，俟病人痊癒後，一同取出考對，可以實驗中國治病方法、理論、成績之優劣，公開明瞭與西醫之比較，得到不爭事實證明。

在未證明以前，誰優誰拙，任何人不敢輕下斷語。中醫診斷書，即藥方，脈案雖不一定要引經據典，然以愈詳愈好。病狀及受病理由填明「可治」、「難治」、「不可治」，日後大略結果，於傳統十二經陰陽消長之理，尤不可忽。院中備有書籍，可供參考。倘借用西醫術語病名各種理論，祇可附誌於下，勿喪失中醫精神體面。西方儀器，未曾深切學習，亦以慎用為是。工欲善其事，必先利其器，自醫藥分途以來，如以往北京同仁堂、杭州胡慶餘、吾蘇雷允上、沐泰山，皆存心濟世，不求暴利，故選料精良，泡製虔誠，丸散膏丹，脩製之日，必選黃道吉日，主人經理大小職員，先一日齋戒沐浴，不許外人窺探，倘有霉損走性之藥，概行剔除，有忌見鐵者，有忌火烘者，皆恪遵古旨，毫不隨便，故藥到成功，無意外不良反應。迎十年大陸失守，道地藥物，每憾供不敷求，然剝極而復，亦事理之所必然。藥物短缺，是暫時現象，非久遠之喪亡，幸香港尚有存藏，祇能向其轉讓，各地及本台雖有種植，新產之藥，性能如何，尚乏事實經驗，況中藥貴在久陳，藏貯之法，特別審慎，在未經確實試驗之前，似宜慎重引用。新產之品，化驗之後，層層密藏，以待他日應用。晚近人心趨向現實，冒充之藥，不勝枚舉，泡製假炒，更不注意。丸散膏丹，以殘剩頭尾，敷衍塞責，與西方藥丸藥水，重重化驗，吸其精華，去其雜質，無不良反應，確有功效，始許出售，其慎何如。回看吾國適得其反，舊有醫藥道德，幾半論亡，言念及此，愧悚曷極！

針灸為吾國三千年以前發明，晚近東鄰日本，提倡於先，聞日本全國，針灸醫生，有一萬餘人之多，設立學校，崇獎人才，歐西法意西德，闡發於後，吾國反向其求學，一知半解，取得文憑，率爾問世，鄉僻之區，自造藥丸，中附西藥鎮靜劑，售給病家，以求暫時獲效，違背針灸原則。此次應須聘取有盛名針灸醫生，親自出手施治，不許兼用藥物，證實效能，杜絕投機取巧，以歸實在。

名醫診病，處方用藥，必須會同察看，以免方合藥乖，妨害各方信心，力矯弊端，實為急要。藥店存貨，須妥自密藏，勿使受空氣變性，由藥業公會自相檢討，倘有霉爛走性之藥出售，另議取締辦法。

成藥秘方，須報告來源，加以化驗，倘確有成效，應為證明，公開標明，以前政府及中醫公會，限制中藥不准夾雜西藥者，倘成效已著，應予察諒變通，但須公開說明，以昭信實。每月本院備有月刊，注重各國醫理藥物，介紹中醫界以供切磋，中醫治療成績，或有所發明，力藥優劣，選取登載，並贈潤資，以資鼓勵。

德成為上，藝成為下，德行有虧，學識已不足取，此吾等傳統文化精神也，況醫家關係病家安危，視其他藝事為重，一經踏實考驗，涇渭立判，真實德學並重之士，不致埋沒，投機取巧者，知所改變，學識不足者，勸其勗勉，以奔競酒食精神，置諸伏案研習，提高道德學問，事在人為，以往所給中醫考驗及格證書，概行取銷，應試及格，再行頒發，以昭鄭重，知所珍惜，茲私擬就近負盛名，兼醫學著者作家，除台省外，以香港九龍為盛，可以聘請，其他人才，德學兼崇，如越南斐利濱，曼谷，友邦華裔，不乏其人，陸續再聘，其他自願報名參加者，更所歡迎，不佞既献議首倡，願偕小兒紹琛先行就試。

代擬聘請書

「法嚴而道尊，事實見而非議息。吾國醫學，承三千餘年妙旨，燮理陰陽，調和鼎鼐，與良相同功。專制時代，尊以郎中大夫五品崇銜。際此各國競求進取，不進則退，深知吾國醫界必不甘自居下風，岐黃妙理，喪亡於吾輩之手。歷讀諸公著作論文，久所欽佩，惟外間竟及譏謂邀人捉刀，或偷抄冷門醫書。曾參殺人，侮蔑君子，顏淵竊食，毀及大賢，良醫起人沉疴，庸工誤人生命，玉石並列，紫朱混淆，亟應甄別，以衛大道。本會上承政府愛民保存國粹之旨，兼慰海外各界人民之望，感於以前考試，隙漏太多，特為聘請本省及外埠素負盛名各科醫生，分批蒞院，本院自當供給旅費食宿，俾諸君子各展所長，切實表示，同時通知各藥店，選取地道藥材，先供　法眼審閱，以副應用，久仰　台端德學經驗，為中醫一代之宗，敢求於本年某月間左右，命駕蒞臨，並懇先示日期，本會屆時自當派員歡迎照料，濟世惠人，發揚國粹，諒所贊許，無任盼切待命之至，專此祇頌　道綏。

人才為事業之母，吾國歷代專制政體，尚知歲耗巨金，隆重取士，吾國醫藥，人才複雜，不加審辨，惡紫奪朱，誤人生命，貽譏國際，台省已屬輦轂，港九比隣大陸，似較緊要，人才既多，應先邀聘，金針艾灸，本為我國發明，近為日本奪先，歐西醫界，競研中國醫理，不惜多一重翻譯，競赴日本，吾國先哲發明於前，後人整理發揚，不容再緩，最近越南政府，為中醫，他們稱謂東醫一再研究，去年謬採虛聲，面邀不佞先向順化講述吾國宋儒理學，東醫學理，小兒粗涉針灸，亦幸附及。前日報載，要特設東醫院，認真實驗，鄰邦尚知尊重，可見人同此心，心同此理。際此國內既乏研究設備，精研藥物化學人才亦不甚多。發明新醫藥理論，尚須待於後日，而歷傳學識妙方靈藥，不乏適用。祇待我們盡責推闡。以收事半功倍之效，是否有當，幸希察覽，示覆，不勝盼切待命之至。吳子深七月五日

論哮喘

上月下旬接台灣黃君來函，詢及哮喘風濕等病，能否根治。又接曼谷陳雲庵先生來函，云「讀《天文台》《客窗隨筆》，論哮喘病一經患成，辛苦萬狀，倘氣候變化，稍飲凍物，發作更甚，甚至不能平臥，汗下如雨。鄙人患此已歷七八年之久，新舊治療藥物雖多，而功效殊難滿意。台端學驗兩富，又仍虛懷研究，未識古時有無此病，應用何種方藥治療，可以確鑿見效，令郎紹琛在越南治療哮喘風濕，成績特著，引起旅越法國醫學博士聖保羅院長維希先生激賞，其非普通針灸家可知，是否獨用針灸，或飲服藥丸，可否約略示知，俾可遵循。」

謹按《金匱》所論痰飲咳嗽，即哮喘咳嗆痰白而稀是也。其所云飲有四種，一曰痰飲、二曰懸飲、三曰溢飲、四曰支飲，大都水積於內，再受寒涼。方藥正十三，附方有五，治法咸備。後人方藥須多，總不越此也。運用得法，效如桴鼓，雖晚近藥物昂貴，產地採時，未必能如前人精謹，效

驗當然亦減短，二十年來，吾國古法針灸，重又風行，治療哮喘風濕各病，視湯藥尤勝，復有用藥物貼在背後三脊，消瘦濁，散黏結，亦是外治善法，經驗所得，覺單憑一種，遠不及與金針藥灸會同施用，收效穩速，可以根治也。以往所謂伏針，取氣候炎熱，肌膚不密，今海外炎熱時間較長，已不限此，藥丸培補氣血，僉後服之，體力更充，不怕六氣侵襲，故亦不廢也。

小兒紹琛，遲余三年來港，此三年中，再從名師學習，尤得力於方慎庵老先生面授，於檢穴刺法深淺留針時間，灸法壯數，雖出入無多，而效驗確鑿不同，來港後，知港九南洋哮喘風濕兩病特多，朝夕研討，再從親友實驗，覺利用一種，遠不及三種合治，力量充足，不慮復發，哮喘如是，風濕骨痛亦如是，方中肉桂實居為首要。此兩年中，愚父子在越南，承各界惠贈中，不乏世家大族舊藏精品，色香味皆臻上乘，其次者，亦較市上所售者為勝，據越人云：肉桂產於北越山中，以清化為第一，惜談省劃入北越，佳妙者，西堤已難購覓。當時即研細引用，確收事半功倍之效。至於如何設施，學問僅居其三，實驗應居其七，再者，縱有妙方，倘無良藥，亦徒喚奈何，若認哮喘病風濕病為頑固難治之症，敷衍了事，不研究先哲治療方法，或徒守成法，不求精進，皆是岐黃罪臣，至於病家來意不誠，鄙視醫家，重財輕身，形神交脫，扁鵲所列入不治者，吾輩亦無法以勝前賢也。

覆曼谷許耀聲先生

糖尿病等於下消，西漢司馬相如即患此病。其證象，大都口乾嗜飲，夜間小便多，大便不結，亦有頭暈目花，腰腿無力。其得病之由，或先天不足，脾腎素虧。或燕婉過度，身心太勞。新法儀器無從覓證，僅謂神經衰弱而已。其注射內分泌，印素靈針，效用微薄，不夠理想。特效藥之發明。尚待後日。

中醫謂人為一小天地，腎水不足，命門火洩滅，火不生土，脾陽亦薄，減短蒸化穀食能力，拖延日久，失去健康，易生枝節，肌肉破損，便難結合，精神衰頹，不耐久坐，或怕冷畏熱，四肢不暖等症。最忌啖食冷飲生果，重耗熱率。古人成方雖多，不外地黃丸加減，滋斂腎陰，填補命門，使脾臟有力，可以吸收，而逐步減輕。然過熱則傷陰，過寒則耗陽，藥物以陳為貴。晚近新貨偏激。得不償失，今未切脈望色，懸擬一方，藥十四味，請酌量用之。曼谷佛學家陳慕禪先生，德學兼崇，為不佞在泰京舊雨，無妨與之一商。

鹿角霜一兩，原支白芍四錢，茯苓四錢，穭豆衣三錢，活磁石一兩，北五味（後下）七分，淮山藥四錢，銀杏肉（炒香）六粒，老熟地五錢，黨參米炒六錢，巴戟天錢三錢，山萸肉二錢，米炒白朮四錢，菟絲子三錢。

補命門火，本以肉桂為最有效，惜年來缺乏真好貨，越南以清化產生者為第一，因劃入北越，無法購取，與高麗參處境相同。高麗參近因製法失傳，且多新貨，與十餘年前不同，不如黨參可靠也。

西北夢痕錄

吳子深先生，為三吳名士，其書法與畫，已臻神妙，藝林推重。而其醫術，尤能與西法融會貫通，全活無算。前為本報寫《客窗隨筆》、及《回春醫話》，博得讀者好評。茲篇為其舊作，歷敘往西北之行腳。舉凡風土、人情、政治、社會、以至於詩詞文藝、工農狀態，莫不鞭闢入裡，有極詳盡之描摹。當作遊記觀可也，當作史事觀亦可也，當作文藝觀，更無不可也。

——編者識

經豫歷陝

民國二十一年，日軍陷我瀋陽，強佔東化各地，旋又鏖兵淞滬，鋒煙所至，廬舍為墟。國人感於邊隅重要，提倡開發西北。是時，余得舊友陝省水利專家李儀祉先生來函，謂西北連年旱魃為虐，赤地千里，今涇渠開鑿完成，沃野千里，可得灌溉，希望東南工農家前去投資，種植棉麥，公私蒙利。與親友六七人合股一百萬元，從長安附近荒地入手，傚晏陽初辦法，組織新村，議定先合組一調查團，加以探測。聘專家四人，計工業界二人，一為施君，一為陳君，皆蘇省同鄉，金陵大學農科西籍教授二人，（德籍費斯孟、美籍哈華斯。）及秘書汪漱玉，會計林君，總務秦君。又金陵大學男女畢業生四人，內有余堂弟妹一人，勤務一人，本為余侍者。邀請紗廠巨子顧隸三先生同往，取名「華源農工調查團」，因余名華源，即推余為團長，顧為副團長，由余與顧君合墊旅費。徵得陝省政府工商界許可，並先致函李儀祉局長，請其指導。

二十二年陰曆二月初旬，在上海東亞旅館會集，各担被褥衣服食品。搭午前九時火車至南京，先訪謁親友，下榻中央旅社。翌晨，添購餅干香煙紙筆。當晚舊友淞江姚宛雛，表兄包天笑，在中正樓設宴兩桌餞行，合賦詩一章。

姚詩：

當筵一醉便驪歌，遙指秦靈感慨多。
此去蒼生都囑望，相期重整舊山河。

包詩：

滿地關河一望哀，貞元歌舞盡蒿萊，
老謀誰是追充國，且禦羌胡且恤災。

余答句：

水旱何年絕，斯民慣苦飢，
可堪疏濬費，來作閱牆資，
部曲驕難馭，邊庭患日滋。
九州多禹跡，慷慨憶明時。

行李已先送至車站，過江乘津浦路火車，越一日，抵徐州，再換隴海路火車，向西北開駛，擬在洛陽小憩，賞覽名勝古跡。隴海路火車，視津浦路為窄小，頭二等乘客，合共祇五六十人，車行甚緩。據車掌陳君云：屢經內戰，路基已鬆，久廢修理，快車恐有危險。一日一夜，始抵洛陽，車站燈火零落，等於江南小縣。

西行抵洛

洛陽古稱東都，北宋時，甲第連雲，名園相望，繁華僅次帝都汴梁。相率下車，站外旅館接客，競來兜拉，選取新旅社。我等共十五人，大小行李亦有二十餘件。先將行李點交該旅社接客，茅茨土階，低小簡陋，所謂頭等官房，不過土坑稍大，加有木板矮凳二三而已，共選八間。茶房云，若須被褥，每用一次，須加租金二角，適屆初春，北地氣候較寒，我等所帶臥具，不夠應付，而旅舍祗有七被四褥，可以供客，不得已翻出舖蓋合湊用之。伏枕後，蒜蔥之氣，觸鼻難忍，且無廁具，大小便須步至外院，幸非炎夏，否則吾輩江浙人燻久，恐致疾病，各飲白蘭地一小杯，呼呼入睡。

翌晨起床，兩西籍教授未明即起，據云，土坑堅硬，臥至半夜，背脊皆痛，無法安睡，相約沿街散步。至茶肆盥漱早餐，各呼牛肉麵一碗，椒辣極重，仍多腥味，茶杯水壺，遍雜細沙，久耽高粱，殊難下咽，西籍兩人，更不敢沾唇。幸水果甘美，購取生梨二三十枚，取自備餅乾，勉強果腹。

龍門禮佛

龍骨石佛，鐫是北魏，位置合度，刀法敏妙，唐宋以來，名著遐邇。即託旅舍司賬，轉飭茶房，請得嚮導一人，似落魄文士，自云張姓，敝衣殘帽，龍鍾老態，而談吐不俗。僱騾車六乘，僅得其五，每乘索價六元，見有碧眼黃髯西人，及上海游客，不肯減少。分坐前行，離市區里許，遙見崗巒重疊，逶迤不斷，雖屆初春，林木蕭蕭，仍是嚴冬氣象，不能與江南碧桃垂楊相比擬也。沿途人民，老弱居多，衣衫襤褸，袖手縮頸，面盡菜色。嚮導張君，謂本省屢竟兵燹，再加旱荒，壯者負戈當兵，老者填乎溝壑，歷任官吏，保民不足，虐民有餘，括膚見骨，仍嚴催比。常聞家母云，前清末葉，尚是家給戶足，捐稅亦少，官皆讀書人出身，多數畏天恤民。何意改革以後，衰落一至如此。懷想吾幼年，每屆新正，新衣甘食，幾如漢唐盛世，不識以後尚有此歲月否？滿腹牢騷，不敢理他。

車行數里，已抵龍門，石闕高聳，氣象萬千。下車俯視伊水空闊，乾涸見底，行人歷落，褰裳以行。拾級上登，佛象累累，何止千百，高者幾達數丈，人立其下，祇在佛足。西友各出攝影機，為余等攝得六七幀。佛之小者，僅及尺許，鐫刻雖精，而多數有軀乏頭。據云，民國後，打破迷信，佛頭被人砍去，鬻諸西人，可得善價，大者可獲千元，少者亦數百元，各地古肆商咸來購覓。近數年，省府出令保護，不敢公然交易，實則官商勾結，得價朋分，利之所在，無法禁止。時至中午，兩傍食檔，競來兜拉，奈麵粉灰黃，雞湯牛肉湯，皆有灰砂。汪秘書身體孱弱，不能久立，斥銀元兩枚，租賃凳桌，輪流易座，出自備餅干及罐頭雞魚牛肉分食之。並贈嚮導張君餅干牛肉，略食一二片，餘均包納置袖中，云家有老母，已八旬餘，從未嘗此甘美，擬攜獻高堂，同游咸欽其孝，西友尤深感動，檢餅干兩大匣，餐肴四罐贈之。西友再給以銀幣四枚，感激涕零，竟至跪謝。美籍教授哈君云，彼邦子弟，結婚後，各立門戶，不相顧問，往往老年人獨居，死在公寓內六七日，無人知之，毫無人情滋味。今在中國親見五六十歲人對老母尚不忘孝養，足徵東方精神文化之高，令人欽佩。午餐後，再策杖翻高越澗，飽覽中原景物，西友攝照片十餘。夕陽在山，乘原車言旋，除給付車資外，再酬酒資每車銀幣各一枚，並再贈嚮導張君銀幣六枚，稱謝而去。

潼關險要

在洛遊游三日，各處名勝，未及遍覽。購下車票，午後結束行李，相偕登車，眺望窗外，一片平原，黃沙漠漠，既無池塘，又乏林木，甚至一草一苔，亦不可見。翌日上燈時，抵達潼關，枕山倚河，形勢險要。唐安祿山之敗舒哥翰，明李闖之敗孫傳庭，皆由此直搗長安。一則寵任貴妃，政由外戚。一則剛愎自用，賄賂公行。國家有一於此，未或不亡！信乎金湯之固，在德不在險也。下榻潼關城內旅社，社名已忘，房間窄淺，總僅七八間，吾輩一行，幾全佔去。

城內店肆林立，亦頗熱鬧。有老樹矗立一店衝中間，相傳為東漢末葉，馬超追魏武帝於此，樹孔尚存一洞，云為槍之刺痕，迄今約二千年左右，不應猶存。據店中人云，古代確有此樹，屢經枯萎，皆為補植。然幹軀半抱，高枝拂雲，亦有三四百年矣。商店以醬園為多，潼關醬菜，價廉物美，名馳西北，歲銷甚巨，我等各購兩罐，攜歸佐餐。翌晨，西安水利局長李儀祉先生，及建設廳長趙君，各派一代表來迎，備大小汽車各一，奈吾等人多，又有行李舖蓋，仍嫌不敷，展轉設法再借大汽車一輛，始得成行。過潼關，即屬陝省境內，關卡檢查，簡單而有禮貌。建廳代表朱君，謂火車路基，已築至寶雞，連年內戰，未能即舖鐵軌，陰曆年內，或可完成通車。現在隴海路以潼關為終點，今至西安，汽車尚有一天路程，倘經天雨，便難成行。

西安風物

西安古稱長安，為漢唐故都，我國文化發原於此，今屬西北重鎮，城郭遼闊，雄偉古樸，唐王右丞詩：「雲裡帝城雙鳳闕，雨中春樹萬人家」。又曰：「長安居，大不易」，其繁華可知。嚮往已久，今得親歷其地，興奮何如。汽車緩緩駛行，路途崎嶇，稍一不慎，便有翻墮泥坑之險，坐無軟墊，顛簸甚苦，西友體格修偉，頭頂時與車蓋相撞。三年未雨，塵土盈尺，車行前後，灰砂飛揚，有如重霧，不戴眼鏡，幾難開目。一路崗阜重疊，山陽遍列，下車稍憩，見陽下窯洞，鱗次櫛比，又如蟻穴，人家鑽穴而居。借西友望遠鏡睨視，老幼男婦共蹲一坑。凳桌箱冊，絕不一見。所謂家無長物，皆屬實事。登車再行，約二三里，即翻高一坡，我等已歷數十坡，前日所見潼關高峻，已淪在百丈之下。古人詩：「山入潼關不解平」。又曰：「秦關百二重」。非身經其地，不知其寫實之妙，午後抵長安縣境。

西潼公路，才及其半，仰視華嶽，層巒疊嶂，嵐翠雲影，始識五代北宋名畫家荊浩、關得、李成、范寬等山水之所出也。過灞橋，修長雄闊，真如臥虹，環洞七十有二。昔人送客遠行，咸止此驛，破屋一二間，謂即往時驛站，壁間留有數詩，不知何人手筆，惜都漫漶，僅記一章。「灞橋驛畔客停車，惜別人來趁月華。濁酒且謀今夕醉，明朝門外即天涯」。

畫家灞橋風雪，詞曲家折柳陽關，不勝悠然嚮往之感。據汽車司機云：灞橋左端，本有橋亭，且甚寬大。鼎革後，逐漸毀損。今則祇賸數堆瓦礫而已。兩邊破屋頹垣，搖搖風沙中，皆是十年左右內戰所餘跡象。遠近民房，不特無一門窗即棟梁亦不一見。據莫君云：木材多充軍用，稍有存餘，居民自取折買，換得斗麥，以延殘喘。家徒四壁，今始實見。相與慨歎不已。

晚抵西安南門，先經外郭，再入城門。燈火雖繁，而不甚明亮。我等慣見電燈，今沿街店舖，盡用洋油燈。夜市七八時，已全收歇，蕭條可知。李儀祉先生趙廳長為吾等預定四牌樓西北飯店旅舍，設備較新。前後樓下房間六間，全被租用。鐵床木榻，在此已屬第一流裝飾。安置行李舖蓋，征塵甫滌，舊雨新知，咸來問候。趙廳長親來邀請晚餐，婉辭不獲，即在鄰近店肆各食湯麵饅頭雞牛肉湯，味尚鮮美，散別諸友，返寓即睡。西北飯店主人周君，籍本省三原。年約五旬，招待周至。云早歲隨其尊人營商北都，故京語極佳。此店開設迄今未滿一年，左面餐室器具裝置，亦頗精新，官商宴客，都集於此。談及市內熱鬧區域，不滿十條街衢，多屬官廳機關公司商店。支路以民居為多，前清治安尚好，居民聞有四十餘萬，屢經內戰旱荒，現已不足半數，大好國土，一任破壞。良可惜也。

市內馬路闊大，牌樓堅整，頗似北都氣象。惜泥土深掩，天晴塵灰飛揚，如在香爐之中。一雨則泥濘歿足，又在醬缸之內。商民往來，以人力車騾車代步。近年腳踏車漸多，運載貨物，則雇大車，或獨輪車，汽車四五輛，咸屬闊人自備，不領執照，橫衝直撞，警察不敢顧問。人民詬恨，無如之何。少數中上之家。間有自備騾車，全市不過一二百輛，古香古色，宛似晚清京城大官富商所用。余常雇用拜客。西籍教授初次寓目光感興趣，每經乘坐，必攝影數幀，云歸貽細君，以慰遠思。

幹路亦劃分三條，中間專行汽車騾車。兩旁窄狹，為人力車獨輪車腳踏車所用。橫街大小胡同不一，曲折不平。反不如人力車腳踏車之可以穩便直達。電燈聞在籌備，夜市雖早，浴室餐館取價特廉，時常客滿。戲院全唱秦腔，急管繁弦，震耳欲聾。友人楊君於此興趣特濃，承邀去聽過一次。西籍教授，以聞所未聞，必欲隨往，猶記是夕所演《平貴回窯》，為本地故事，西人大為激賞。此劇旦角某某紅者，其名已忘卻，年僅二八美少年，有陝西梅蘭芳之稱。聞去年軍人某必欲招作螟蛉子，與另一軍人爭風吃醋拔槍互擊，皆受重傷，判刑在獄。為一戲員。愍不畏法，殆北方之強也。

連年不雨，汲水困難，灰沙尤重，故浴室業務特佳。普通浴室外廳排列木板，供浴客坐臥。內則大池貯水。分時間早晚收費。午後二時開池，浴價毫洋一角。四時後則為銅元六枚，六時後四枚。初則池水清潔，逐漸混濁，故代價亦遞減。余曾往一次，濁氣薰人，即行退出。後知市內亦有木盆浴所，代價毫洋三角。改就盆湯，尚稱舒適。

市內大小餐館據云有六七十家。除西北飯店兼售西餐外，以大華居、中華樓、長安居為最。大華居為教門館，烹調鮮美，三廳兩樓，陳設高貴，喜慶人家，咸借用之。中型十餘家，教門館居半，皆是平房。普遍餐肴，以河南北京式為多。其他小飲食店，雖僅一二間，而售價便宜。機關中小職員、學校教員邀約知己，以吃小館子為一消遣，故亦不寂寞也。

市內一瞥

西安大街，商店林立，似尚熱鬧，而乞丐遍地，餓莩載道。所謂災民，遠視軀幹脩長，手持竹杖，扶幼攜幼，盡是鳩形鵠面，形瘦骨立。有破衣褲掩蔽者，已算上等乞丐，其下者，僅有破布遮蓋下體而已。聞每日倒斃至少百餘人，十餘齡、六七齡小兒居多，在北城更不止此，所見餓斃大小尸體，多數七孔流血，胸部高聳。詢諸旅社主人周君，謂久經饑餓，得到觀音粉，競相吞噉。因問何謂觀音粉？云亦未研究，據稱久旱地燥，泥土轉為白色，一經吞下，空洞臟腑，霎時被其填塞，氣不能透，倒下即斃，血液湧出。並歎其往時在北都經商，袞袞諸公，汽車洋房，每日中西飲宴，已無虛日，猶欲假題出國考察，從未見吾中原人民如北慘況。閣下生長江南，豈能想到，真有人間地獄，寧作江南犬，莫作西人，非過論也。此中災黎，在數十年前，不乏巨家大族，書香後裔。世事反覆，天人交困，一至於此！正在唏噓，茶房報告王廳長來訪，隨去接見。

現任民廳長王幼農，為本省耆紳，前清貢生，游幕江南。改革後，移居我蘇，篤嗜書畫，雅有收藏。屢相過從，知余抵此，特來過訪。睽隔四五年，風採依舊，歡然道故，知其如夫人患頭痛失眠病，已歷歲餘，屢藥不癒，希望約期前去診視。篋中舊存南宋馬遠絹本山水巨幃、明傅青主徵君自書詩卷可供鑒賞。又云：西安城址，視漢唐舊都已縮減三分之一，明末闖亂，燬壞尚微。清初城郭重經脩建，故頗堅固。七年前，劉鎮華以兩師兵轟擊半年之久，仍未攻破。有清一代，乾隆中葉，吾鄉畢秋帆殿撰撫陝，幕中儘多知名之士。倡導文獻，盛極一時。歌管臺榭，亦不寂寞。清末庚子拳亂，兩宮駐節此間內城。西安向有內外城，今改為軍署，不許人民出入。各省大吏，咸來覲見，南北巨商，競作販鬻，特為繁華，今則迥非昔比。雖曰天災，未始非人為之也。忝任民政廳長，奈軍權高於一切，政事無法改革，在職歲餘，一事無成，每日聽閱下屬報告，皆是悲慘之事，如坐針氈。屢求擺脫，皆未獲准，慨歎不已。訂下星期俟應酬稍稀，派車來接餐敘而去。

盛會歡迎

西北農工改進會會長聶君（已忘其名），畢業日本帝國大學，再轉美國哈佛大學，專學經濟。撰有吾國西北經濟一書。原籍豫北，清末隨侍其尊人任長安縣落籍於此。李儀祉先生介紹往謁，未遇而歸。已知五等華源西北工農調查團，與其改進會宗旨，殊途同歸，特來答訪，謂其會務經濟短絀，成立已逾兩年，發展有限，希望彼此合作。訂期在本市假青年會開會歡迎吾等全體團友，籍商推進步驟。越兩日，下午派其會員某持請帖，並備驢車兩輛來迎。吾全團計同去七人，不夠容納，再雇人力車二乘同行。下午三時餘開會。王民廳、趙建廳、李水利局長，及其屬下友好，商會長王君，工商學各界，先後蒞止，約共五百餘人，濟濟一堂，咸云如此盛會，此間不常經見，足徵中原人民輾望之誠。

先由聶君代表該會起立致歡迎詞，云五六年前曾到蘇垣，訪謁張仲仁、雲搏先生昆仲，及李印泉先生，已悉吳子深先生醫、畫大名，藉豐履厚，而能推己及人，痌瘝在抱，發起西北農工建設，偕同上海紗廠業巨子顧先生、首都金陵大學教授同學，惠蒞此間，謹代表本省各界竭忱歡迎，本省幾經兵燹，復以三年不雨，遍地旱荒，為六十年來僅見。幸得李儀祉先生不嫌煩勞，日間僕僕奔走，親蒞指導，夜間則悉心擘畫，配合工料，幾經艱難，終告厥成。現正著手渭渠，尤其辭去廳長高位，俯就水利局長，以博學高才，為人民辦事，關中數千頃寸草不生荒地，得到灌溉，轉為沃壤，已非難事，所嫌缺少資金，專家人才不敷，現得江南吳、顧兩先生暨金陵大學工農教授，聯翩蒞止，籌備開發，公私蒙利，希望調查完成，早日進行，敬祝康健順利。

王幼農廳長繼起演說：曾僑居蘇省，與吳先生翰墨舊交，本省為吾國文化發創之地，春秋秦孝公以之富國強兵，彼時鄰邦鄭國君臣，感於衝要。恐受侵陵，乃用游說人士勸秦孝公開闢涇渠，欲使勞民傷財，無力擴展，功才及半，始感艱巨，欲罷不能，頗疑說客，然是年灌溉有自，秋收頓倍，始盡力完成。從此沃野千里，家給戶足，益臻富強，命名鄭國渠，以旌其功，傳至始皇，區區之秦，統一六國，漢唐兩朝，建為帝都，國富民強，威振異域，荒遠絕徼，莫不賓服，惜百餘年來忽於脩濬，關中八渠相繼淤塞，逋年旱魅為虐，人民餓莩居半，所幸李儀祉先生不辭艱苦，著手改建，強毅兼具，萬家生佛，尤其品德高潔，感動義賑會慨捐巨資，先後用去銀元一百萬元，以工代賑，活人無算。今吳、顧兩君不遺在遠，籌備開發，二美合湊，前途無量，不佞忝長民社，無所裨益，實深慚愧。李儀祉先生因辛勞過度，喉痛音啞，略致歡迎謙抑數語即止。其他致詞四五人不外鼓舞勗勉，未遑詳記，最後推余致詞答謝：略述吳姓本為周太王後裔，久違故土，幼時誦讀史書，知漢唐兩朝，帝都之盛，惜東漢末葉，董卓強迫遷都，唐玄宗寵用貴妃妻黨，肇安史之亂。陵闕被毀，市廛為墟，而華嶽雄偉，關河險要，常繫胸懷。此五六年中常在上海報紙知貴省兵燹之後，旱荒不絕，哀我同胞，真如倒懸。去年接得舊友李儀祉先生來函，知涇渠脩建完成，並已著手測量渭渠，地盡其利，豐收有望，中原文物，不難復興。自瀋陽事變，淞滬被侵，東南人民已感西北重要，倡導開發，不佞乃與蘇滬工商各界組織本會，倣取晏陽初先生新村辦法，建設新式農村，增加財富，關中穀麥盛名久著，靈寶棉花，可織細紗。最使東南人民欽仰感激者，一為陝省同胞，刻苦耐勞，奮力工作。二為在饑寒之中，仍研究學問，精益求進，古語多難興邦，實非虛誇。倘利用東南游資，互相配合，人力科學資金齊備，何事不成，漢唐盛況，豈難重見。不佞力量微薄，知識淺短。但誓我志願，勉附驥末。今尚在調查期間，不覺汗顏無地。詞畢，掌聲如雷，竟有感動下淚者。時已傍晚，主席宣佈散會，並訂翌日再會，各自散歸。

魚龍鴨鳳

返抵旅社，悉今晚趙廳長邀宴，假長安居餐館樓坐，布置雖不及蘇滬，而寬敞整潔，牆壁配有畫屏書聯，亦頗雅致。入門懸有龍鳳全席招牌，初殊不解，詢之主人，云：本省缺少水塘，魚鴨最不易覓，遠道販來，故甚名貴，代價亦高。惟烹調鮮美，似勝江浙。所謂龍者，魚也。鳳者，鴨也。盛宴魚鴨皆全，售價幾一倍有餘，等於蘇滬魚翅燕窩。除主人趙建廳長外，並邀民廳長王幼農、商會主席及聶會長、士紳四五人作陪。惟李儀祉回去後，微覺寒熱。寫一名片來，云不能參加奉陪為歉。余等全團十餘人，除汪漱玉新受寒涼，頭痛咳嗽未來，餘皆悉到。略事酬應，相推入席，余忝居首座，酒為西北名釀，十餘年前所存，芬芳清冽，且甚醇厚，沾唇似淡，而下飲後即散發全身，通暢溫暖，嘉肴疊陳，美不勝收。西籍兩教授皆篤嗜吾國餐肴，大快朵頤，初嘗西北白酒，連飲十餘盃，咸有醉意，放懷高論，毫無拘束。談及李儀祉先生之水利學，與河南秉農三先生之生物學，在國際上早著盛名。兩先生皆孝廉公仕身，轉治科學，負笈歐美十餘年，始行返國。品德純潔，與詹天佑之鐵路工程，嚴幾道之海軍，先後為吾國傑出人才，各國學術界亦都欽仰。除詹天佑京綏鐵路得有機會表現，餘皆未登大用。而留學日本者，利用宣傳，獵取大位。君子道消，殆有天意。又談及此時上海租界燈火樓臺，仍是歌舞昇平，巨宦豪商往來出入，一二百萬亦尋常無奇，倘得移用振興內地，豈不大妙。否則來日大難，不堪一想。又云：此間香烟、雪茄、洋酒、汽水，代價奇昂，非普通人所能嘗到。所以席間並無此物。水烟袋、旱烟管，居家商店無不備有，以奉客用，所產水果既香且甜，體實肥大，售價極廉。山上藥物產量，質美且多，名額廣博。枸杞、當歸、多利，俯拾即是，奈高山重嶺，運輸艱難，不能多向外銷。飽啖暢飲，酒多逾量，各食小米粥一盂，盡歡而散，已戌末亥初矣。

三多三少

西安報紙不多，報館共有六七家。大報僅兩家，一為《西安日報》，一為《西京日報》，小報四五家，《秦報》、《華報》等。而銷路不大，總共不滿七八千而已，上海報隔五六天可收到，且要經過檢查，有時收不到，售洋三角。除機關、大僚公館外，閱者寥寥，居家房屋咸是北京四合方式，除街市新建築有若干樓房，其餘大都平屋，電話尚清晰，祗有數百號，不及江南一縣。路燈稀疎，概用汽油，夜間十時已息去大半。據趙建廳長云：全省公私大小建設材料，除磚瓦外，其他皆仰給外埠，運費既高，又加捐稅，雖人工便宜，而其物價要比江高出二倍，不得不格外節省。防火極嚴，萬一火災，水料缺乏，容易蔓延。災後重建，談何容易！全市二十餘萬人口，日常用水，僅賴南北兩大井。南井味甘，可煮茶飯，北井味鹹，祇供沖洗。每日侵晨，車聲轆轆，蓋水夫汲水，裝桶輦送。每桶二十觔，甘水售洋一角。鹹水五分。大抵四五口人家每日至少用甘鹹水四桶，所耗水費，比房租為貴。富商大僚，自備浴盆，普通人民皆就浴室。故浴室營業特佳。西安有三多三少之說，三多為一砂泥多，二災民多，三軍人多。三少為一水塘少，二花木少，三米麥少，所希政治安定，得早興建，以挽救也。

西安宦況

省主席楊虎臣（虎城），兼握軍符，軍政集於一身，自製銀元，自印鈔票，私人財富，云可敵國。楊出身綠林，西北黃龍山魁首，前清陝撫招安，先任營官，逐步晉升，改革後一躍而為師長。手腕敏捷，得任今職。去歲某顯宦夫婦偕其公子來此，楊以地主資格，在其官邸特備盛讌歡迎，並邀高級政商作陪。席間，見某顯宦公子美秀可愛，與之閑談，應對亦敏捷，謂某公子曰：「今日少爺可稱我一聲」。即曰：「楊主席」。曰：「此是我之官稱，非名字也」。笑而不答。固命之。乃曰：「主席前，小孩子不敢無禮」。楊曰：「儘說不妨」。即高聲曰：「黃龍山刀客楊九娃」！賓主皆詫愕。莫之奈何。

楊自製銀元銀角，較政府發行者，減少一成，前年某廳長到上海，持以購物，租界警察認為行使偽幣，拘入捕房，後經上海市政府證明釋放，大呼冤枉。但吾等所持銀幣，並不升高，雖成色多出一成，而使用時並無分別。倘本地人民要到外省，則歡迎掉換，云可以便宜一成，且免去折算手續。財政廳長某，為楊之私家賬房，各種捐稅，每年徵收，不知其數，無人敢於查詢。本年一月，沿街遍貼徵收航空救國獎券布告，假此漂亮名目，敲脂吸髓，是否涓滴歸公？抗戰事起，全國飛機，究有若干？若輩之肉，其足食乎。

去年秋季開學。某女中學校特呈請楊主席訓話，預為擬就訓詞稿，由教育廳長秘書長念給楊聽。

及舉行典禮，取出照誦一遍，破句別字，笑話百出。校中某女教員，姿容艷麗，楊大為贊賞，屢邀往軍署，名為研商教育，實則引入其家，先為秘書，繼後聘作二夫人，寵愛逾恆，公文出入，統歸批閱，漸致軍政大權，亦入其掌握，竟墮入共黨陷井而不知，造成西安事變，禍國亡身，可欲也。

開元寺，肇自唐肅宗末年，入門一大空場，寺居中間，破落不堪。傳有唐吳道子畫石刻，然遍尋不得。左右兩旁，盡是妓寮，門懸妓名，不曰姑蘇某某，即曰揚州某某。所謂香閨，皆泥牆竹門，矮屋土坑，別無他物。三四妓女。落粧艷服，尚是十年前舊式。入門登坑，即出煙盤，第一次煙該妓自吸，挖出烟灰，再裝奉客，云是親暱。熟客可以攜妓出外，侑觴一次，祇須白銀一元。若至旅舍，須派人搬取該妓枕被，一夕之歡，約須十元，上等旅社，不許伴夜，然軍政界人，祇能隨便，不敢違拗也。

普通旅店，皆在小弄曲巷，大都破屋土坑，為外縣來省旅客之用，亦供男女幽會，房價低廉，趨之若鶩。呼來之妓，多數本省及豫北籍，真蘇北者寥寥數人。其中不乏大家閨秀，連年荒旱，救死不暇，難顧羞恥，非甘墮落也。

長安郊外，地價低廉，涇渠雖成，而購領者絕無僅有。祇火車站一區，有售至一二千元，普通田畝一二元，尚無人過問，恐一經購領，各種捐稅，紛至沓來，負担翻比田價為重。吾等來此，已屆半月，團員及西籍教授，工作甚勤，每日出外考察，攜歸各種泥土，因儀器僅有顯微鏡二架，祇能約略鑒別，隨筆紀錄，預備歸後運至農校詳加研察，此兩三日，余亦偕同團友往郊區察覓建築新村地址，以草灘整五千餘畝為最合理想。

古廟祀賢

西安東門有一土廟，殘破不堪，牆壁繪有圖畫，模糊不辨，問諸廟祝鄉老，謂祀唐鄭綮者，中間所塑神像，即鄭公也。（公字蘊武，善詩，故使落調，人稱歇後鄭五）。叩其有何功勳？得以廟食後世。答謂：唐末，朱溫獨斷朝政，在廷臣工，無不仰其鼻息，聽受驅策。惟鄭公矯矯獨立，不肯附和。昭宗久憤強藩跋扈，欲圖振作，以侍郎拔擢公為宰相。公騷首曰，鄭五作相，國事可知。命下，托病辭去。人問其故，曰：「大丈夫果有懷抱，如本朝房杜之才，自忖可致治平，當仁不讓可也。其次自知才短，寧捨高位，以免阻塞賢路，尚不失見機。我一章句之儒，任職歲餘，毫無匡濟，已涉尸位之咎。若圖一己之私，濫膺高位，及至家國兩敗，萬世吐罵，子孫蒙羞，追悔何及。天下事敗於奸佞者半，敗於庸臣者亦半，能不懍諸」。宋朱子謂伊尹吾不得而見之矣，得見鄭綮者，斯可矣。後人賢之，為之立廟，勸戒庸才叨居高位者，意旨良深。鼎革後，屢經兵燹，無力重脩，又言牆壁圖畫，皆明代名手所寫，民初尚可辨認。六七年前，楊虎臣來陝，駐兵歲餘，始全毀損。是日為星期日，午後，偕全團十餘人步行東南門一帶，真是走馬看花，隨覓小飯館晚餐，七時半返寓。

西籍兩教授觀此破廟，莫名其故，由汪漱玉以國語再附西語，縷述大意，亦大為欽佩。余謂他日經濟好轉，必加脩葺。本省有兩人可以配享，一為水利局長李儀祉，一為農工改進會會長聶君也。李君辭高居卑，躬自刻苦，其任局長，應每月支薪八十元，而捐去四十元，祇取半數瞻家，非有緊要公事，自徒步。當曰：「我輩伏案多時，缺少運動，假此舒展筋骨，豈不大妙」。在涇陽測量施工，挾被以往，每餐饅頭兩枚，蔬湯一盂，與工人同食宿，全省人士無不欽敬。工人偶有齟齬，得君一言立解，其屬下大小工作人員，皆自動加勤，有病亦不肯休息，君有所知，必命節勞。楊虎臣主席，素自傲慢，對下屬常加呵斥。省府開會時，見君在席，必趨前致敬。其二為農工改進會會長聶君，省府屢欲任其為涇陽縣縣長，兼水利分局長，堅辭不就。謂於政治素乏經驗，水利必須專家，非我所長，強為之，必致僨事。現任市立初中教員，收入祇二十元，夫人日搖紗織布補助之。據其自云，古人簞食瓢飲，亦有樂趣，布衣蔬食，與錦衣玉食，無分軒輊，在我心安而已。隨意閑談，西籍教授素諳吾國之語，聽到後，大為感動。謂我等生活，勝諸公數倍，此次來陝測量研察，尚在初步，見到貴國在此困難中，許多廉潔勤懇人士，吾等按月承吳先生贈給四百元，似嫌過多，願自動減半領取。人之好善，誰不如我，德不孤，必有鄰。於此益信。

涇渠水利

是日星期一，晨起，接水利局秘書壽君電話，謂李局長自前星期感受寒涼，發熱，起初猶勉強辦事，至前日漸覺不支，於星期六已遷入省立醫院六號病房，我等全團人士，無不掃興。隨約壽秘書同往問候，答謂由其先徵醫院許可，下午二時，當來伴往，但人數不宜多，最好二三人，可以省卻接待精神。午後，壽秘書坐一驢車來，余祗偕堂妹兩人前往，見李局長臥在病牀，瘦骨支離，形色清減，枕被殘舊，兩旁滿堆中西書籍，強起招呼，余勸其臥下，勿多談話。隨按其脈，覺左關尺細弱如絲，右寸關滑大而數。熱度雖不高，而舌津乾涸，口渴嗜飲，略談數語，已氣急不繼，知染病不多，全是積勞太過，氣血兩虧。又謂英國新出一部工程學書，代價甚巨，因托上海友人借到，急欲閱讀，兼做筆記，失眠兩夕，竟致病倒。誠懇謙抑，純是學者風度，屢握余手。又說，倘急欲視察涇渠，即屬壽秘書代表伴往，或須留住兩三日。涇陽城門水利局可以下榻，所恨臥病在牀，不能奉陪，殷勤厚意，余感極欲淚，不敢過勞，珍重一聲而出。

越一日清晨，壽秘書假得大卡車兩輛，先蒞余寓，同進早餐，除自煮稀飯醬菜外。並呼牛肉麵塊湯十餘碗，每人一碗。此物在南方屬在粗點，西北則視為珍品。其內容簡單，取燴餅切成方塊，牛肉骨屑醬油加湯共煮，上加椒辣蔥蒜，霎時啖盡。趙建廳長知余等有此行程，特派劉科長、曹工程師、勤務，隨同照料。余偕團員六人，攜大箱鋪蓋各一，卡車無坐位，蹲伏其中，分乘向北開出。各備小型行子箱，隨取出香煙，分贈閑談。知壽秘書為吾蘇淞江籍，在陝已歷十年。劉科長與曹工程師為同鄉，皆是河北保定府籍，隨趙廳長同來者。一見如故，毫無拘束。車行一小時，咸陽城垛在望。渭水本濁，因水乾見底，兩岸支木板為橋，歪斜簡陋，不宜重載，相率下車，空車行過，格格作聲。我等十餘人，緩緩舉步，臨時架一木條，作為扶手。覺此秦代皇都，並不壯麗。壽秘書謂：已幾經變更，面目已改。相傳阿房宮即據渭疏之上，亦無痕跡。劉科長指右面坡基，謂是舊址，然亦想像而已。過咸陽，逐步攀高，山陡谷深，盡是黃土，不見草木。窯洞居戶，多是婦稈，破衣單布，略隱下體，形容枯槁，已無人色。據壽君云，來此十年，初一二年，每屆春二三月，尚有微雨，自經劉鎮華、楊虎臣在西安攻防戰，閱七個月，交通斷絕，羅掘俱窮，天降巨災，三年未下滴雨，人心影響天心，竟成事實。土地龜裂，無法下種，壯丁咸去當兵，一經解散，流而為匪，大好人力，轉為禍患。陝西一省，軍官盡富，百姓皆窮，俗語天高皇帝遠，法紀兩字，也隨革去。

再行兩三小時，咸呼口渴腹饑，正商量覓一山坡休息，取乾粮果腹，忽聽高呼停車檢查，窰內躦出破舊軍服軍帽二三十人，或持長槍或持刀矛，縛有紅布，擋住車路，其中似一隊長者，命各出車，服從搜檢。

若輩見余膚色手指，即問是否外省新來者？余頷首應之。檢余衣袋，彼時氣候尚寒，舊絲棉袍罩一破舊大氅，得水利局李儀祉信，與調查團印刷章程，蘇州寄來家信，及余寫去覆信未寄者，及未完全致友信稿。又詢及兩西籍同來職務，態度忽大為改變，表示敬意。讀到去年李儀祉寫來之信，企早日到陝，並贊許吾等新農村詞句，竟屢聲道歉，命其部下站齊，舉手行禮，且邀我等同往其司令部小飲，藉可暢談。

窰洞入口極小，裏面卻甚寬展。隊長姓李，是本省三原籍，幼時在私塾讀書。十四歲轉入學校，剛要畢業，兵災頻仍，沿街拉夫，竟被拉去，因他識字，命當排長，當了三個月，即升連長。其上級所謂師長者，投入某總司令下。但此公並非科班出身，帶領軍隊，無法控制，復以餉銀缺乏，隊伍天天增加。弟兄吃飯，也發生問題。總司令推托到江南籌款，那知一去不歸，民十一年為省方改編。我這一部份隊伍，年齡平均皆三四十歲，在汰弱留強口號下，被其解散。我帶了兩連弟兄，在此組織保安隊。上面不發月薪，默許我們自己籌劃。一個人進了此間軍隊，真太自由，什麼都隨便，不願意再做其他行業了。但當隊長，也不簡單。他們爭吵，要隊長判斷，飢寒逼迫，也要隊長填款購買。最難者，一有嚴重病痛，要問隊長想法醫療。最近一兩個月，出外做了一些買賣，尚能舒服過去，否則真不得了。

我問其部下若干人。假使此間水利辦好，肯否耕種，有了工廠，可以生產，情願拋去槍竿，去做農工否？曰：「當然情願，有了固定事業，可以成家。本有家庭的，可以團聚。未有家庭的，可以娶妻生子。無奈近四五年中，實無此種機會，今日碰見你們，知道真為我輩苦百姓想法。又知道李老爺的好朋友，貴人降臨，我們此間七十二人，那一個不真心歡迎。說到李老爺，他的大名，叫儀祉，真是天上佛菩薩下降，自己節省，天天為吾老百姓打算。其他什麼司令，什麼主席，什麼要人，嘴裡說得句句動聽，實則不知攪些什麼！今天倘被我們捉到，老實說，要不如此簡單。」一面隨便談天，一面在另一窰洞安排酒席，主人李隊長邀請我們全團人進去吃飯，石櫈舖上木板，前後兩排，陶器碗盞，餐肴多數是牛肉、牛肚、雞肉、雞蛋，中間放一只洋磁面盆，滿裝牛尾湯，又一大盤煨餅烤饅頭。每客白酒一盃，除我們連汽車司機十餘人外，與全隊弟兄共八九十人共餐。主人殷勤勸酒，腹餓已久，放懷大嚼，竟不客氣。天涯作客，遇到爽直痛快許多英雄，無拘無束，興趣特濃。酒醉飯飽，已午後三時矣，急於趕路，不能多留握手道謝，陸續辭出，主人列隊相送。登車後，又命兩個弟兄隨車保護，余一再辭謝。答謂並非客氣，因前程尚有兩三處分派隊伍，恐有煩擾，如此可以免麻煩一些。吾等祗能領情，揮手作別。一路疊疊高坡，路基鬆軟，車行其上，絕無聲響。傍晚抵涇陽南門，贈兩武裝弟兄銀幣各兩枚，雖稱謝而不接受，謂回去必遭隊長責罰，惟乞余一名片回去銷差。方知綠林中亦有紀律，而西北健兒誠實不肯私取，倘高級長官領導有方，的是衛民保疆英雄，南塘不作，湘鄉云亡，可悲也已！

車駛入城，先至涇縣縣政府，酧每司機銀幣各五元，約明日午後再來。縣長黃君在迎，偕同入內，出茶餅相餐。知黃縣長為本省人，原籍武功，曾在北洋大學畢業，故京語特佳。並邀晚餐，因已與此間水利分局有約，祗能留待後日。水利局址，舊為涇陽書院，現在分局長周姓，亦本省籍，畢業工程學校，誠懇謹細，一佳青年也。晤談半小時，即出酒肴共餐，十餘人坐一圓枱，余不慣牛肉，飲白酒一小盃，取烤饅頭和牛尾湯果腹。席間，談及李儀祉先生，現臥病省立醫院，病像雖不嚴重，而脈搏虛旺，是勞傷太過，氣血衰弱之象。其所發熱者，是真陽上浮，非多服中國補劑不可。壽秘書謂：此間雖產中藥，而泡製欠佳，省立醫院設備不全，醫生都是初畢業學生充任。每年經費祗三千元，尚是欠薪，官場辦事，聊備一格而已。然捨此亦無健全醫院，在席諸人，咸為李先生担憂。又談今日途遇見保安隊，起初頗為緊張，後檢得李贔兩先生往來書信，方知敝團宗旨，轉蒙優待，並招同午宴，再派人護送。益感李贔兩君，溫己奉公，高風亮節，誠能格物，草莽英雄，亦自敬仰，為人如此，真是值得。是夕，即下榻局內左首客廳中，頗為安適。

涇陽書院，建自明代，前後四十餘間，整潔寬敞。余等所住客廳，牆壁遍嵌石刻，皆明清兩代名儒在此肄業者。右首築有高臺，題「通儒臺」三大字，雄偉古樸，當是明賢手筆。拾級而登，全城在望，東南方面盡是民居，及店鋪市街。西北多是隙地，自涇渠完工，溝渠開成。得有種植，叢叢綠陰，春意盎然，自來此間，實為僅見。周君謂西北土厚，祇少灌溉，礦產藥料，無不全備，如持金飯碗向人乞食，矛盾之至。本約午後至涇渠閱觀，以汽車昨日趕路，機件損壞，正在修理，決定明日前往。晚間應縣政府之邀，同去餐敘。

本縣耆紳何老先生，為前清陝西宋芝田太史至交。其長公子如康，現任商會會長，書香門第，黃縣長邀請作陪。並約午後三四時即去，可以暢談。

何老先生大名壽康，年逾古稀，前清拔貢，由文郎如康扶間蒞此，縣長特備茶點，殷勤招待。見其精矍澤，談風雅健。寒喧後，詢及浙西沈淇泉太史，前清曾任本省提學使，為其詩友，同移居上海，去冬尚有信來。余告以淇老本係世交，並有戚誼。又云本縣今西北交通要道，道光咸豐兩朝，商業繁盛，甘肅所產青條煙葉，多集涇陽，轉輸各省。又西北煙土，歲出甚巨，各地煙商，集中於此，設有坐莊。江浙綢緞，亦設有分售處。每逢佳節，春風秋月，不減揚州二十四橋之盛。咸豐六年，回亂移，一厥不振，民國後，更形凋蔽，以至今日。

回亂起因

據云：回亂之起，初本極微誤會。鴉片營業，最為熱鬧，江南行商，每以綢緞洋廣糧貨掉換，一轉移間，旅囊便豐。回教民多業煙土，但不自吸。妓寮皆以鴉片饗客。少數回民子弟，家境優裕，日與江南人往來，漸有傳染，家長不責子弟，反咎漢民引誘，已有裂痕。而涇陽知縣郭某某者，皖北孝廉出身，長於八股文試帖詩，而拙於世情，更昧於吏治。差役在外作惡，一無問聞。彼時回教領袖為一馬姓，副手為白某，馬為教中前輩，忠厚率直，而白則智足多謀，本是已革秀才，平時教唆涉訟，兼為人撰寫訴狀，所謂訟師是也。對郭縣知事素看不起，郭雖恨此訟師，奈乏實證可置於法。有一回籍富戶，年逾知命，僅有一子，父母寵愛逾恆，常與漢滿人為友，出入妓寮，既築煙癖，又患梅瘡。平時與之往來最密者，為一張性，因頭髮稀少，皆稱謂張癩痢，其父屢戒勿與往來，仍不俊改。某日，張癩痢又往訪，看門人托詞少爺出外辭之，屢次未遇。某日，遇於妓寮，始知其詳，返家大聲斥責門工，門工謂奉老主人之命而行，時已大醉，竟遷怒其妻，謂其故意播弄，使老父壓他。翌日，其妻訴諸翁姑，某富戶憤甚，面責其子。奈平時寵愛過甚，竟反詞挺撞，老翁怒不可遏，扭訴諸縣。詎郭縣知事反責某富戶家不嚴，縱容至此，且咎及回教教規。斷出問題之外，益令回教人憤恨。時適有回商新開土店，招牌懸有「分拆西土」四字，俗語買煙土皆曰拆土，如江南人向藥店買藥，謂之撮藥，習慣相同，本無足奇。而郭縣知事某日出外拜客，轎中罕見「分拆西土」四字，大發脾氣，認謂本省國家西陲，治下漢回兩族，素向融洽，竟公然標明分拆西土，雖非故意挑撥，亦是不吉戲語，影響心理。回衙門後，即出告示，命於半個月內，凡土商所懸分拆兩字，統行改去，如違提究不貸。認識不清，小題大做。

殊不知此告示發出後，全縣土商，大為不平，咸謂習慣已久。何必多此一舉。漢回兩籍，各推代表詣縣衙門請願，而回籍代表適為白某，與郭知事彼此皆有宿怨，郭本書獃，拙於語言，而白則口齒尖利，質問之餘，竟起衝突。郭不勝忿恨，隨命將白扣押，於是闖出滔天大禍，無法收拾。

白被扣押後，回民集十餘家大商店，請暫保釋。而郭令素恨其為訟師，謂其鼓勵愚民，驚吵官署，不許保出。漢回耆紳聯絡請求，亦歸無效，全縣人民，無不憤憤，漸至罷市。若干流氓，午夜倡請願為名，闖入縣署，劫出白某。差役平時與郭本乏好感，多數請假，秩序大亂。郭祇能派差專稟省城，時藩司為滿州筆帖式出身，素向畏事，即命首道處理，再轉郭令限期息事。郭想及其老祖宗唐汾陽王單騎退回紇方法，誇諸幕友。咸勸此為屬下少數亂民滋事，與往事不同，不如邀請本地耆紳，勸諭和解，自易平息。郭大不為然，竟呼一騎至回教堂，時搗亂者祇少數流氓，見郭獨行，半途攔住郭氏，當面請求。郭大聲呵斥，人數愈聚愈多，語言複雜，先由衝突，繼乃拖之下馬痛毆之。郭年齡已老，身軀肥胖，憤激田地，氣沖氦塞，霎時斃命。彼時有一謠言，謂縣官被戕，法要屠城，傳至全城。漢回亂民藉此激動，見人即殺，有物便搶，全城精華，盡付一炬，人民逃出者不到半數，外省人民，無一倖免。幸省城督撫立派大員帶兵鎮壓，一面出示謂已拏到亂民十餘人，解省正法，餘皆朝廷赤子，各自歸去，概不追究。郭令措置乖方，殃民禍國，姑念已死，祇將生前功名革奪了事，始行恢復。故本城房屋絕少舊築，此屋向為書院，弦歌之地，得免於禍云云。

是夕餐肴豐富，余素有胃疾，不敢多食。壽秘書生長江南，謂沿海魚米之鄉，菜蔬新鮮，魚蝦尤美，已十餘年未嘗此矣。然此間亦有人造魚，由江浙人取魚晒乾磨粉，裝包運來，加少許麵漿，拌勻塗於木製魚骨，捻成魚形，亦有頭尾，再加調味品，煮成應客，其味不失。近幾年，罐頭食品兼有雞、牛肉、沙頭魚，代價較昂，用者不多。時已戌正，名啖小米粥一盂而散。喚驢車送壽老喬梓回鄉，仍歸原處入睡。

涇渠之行

翌晨，局中茶房來報，汽車修理已竣，可以應用。早餐後，隨取餅乾糖果及罐頭食品、香煙火柴，合裝一箱。司機謂水渠高峻，寒風甚緊，宜稍備棉衣。余取皮背心風帽各一，團友亦加一羊毛背心，相偕登車。分局長以嚮導自同行，云本地人習慣，咸呼鄭國渠，建自東周。鄭國君相初欲勞疲其國力，豈知反養成強大，迄今已歷二千餘年。民國後，漸漸感到淤塞，前任水利局長，疊用疏濬之法，詎屢通屢塞。自李儀祉先生就任後，與工人同起居，坐臥渠下，始識歷時過久，地形聳高，下流不暢，淤泥日積，漸至不通。悉心籌劃，乃攀向上面高原，建造兩道水閘，以擋淤泥。轉東另闢一大蓄水池，穿洞鑿谷，造成新渠，距舊渠三百餘尺，工程艱巨，費兩年餘時間，終底於成。君等一經觀覽，在此百物短缺，應歎工作之難。

行行重行行，遙聽奔雷之聲，由小而大，由遠而近，涇渠在望矣。汽車逐步上駛，十餘分鐘，路基鬆陷，不能再行，各自下車。而水聲奔騰，有如千軍萬馬，山高望深，疊疊如屏，洞心駭目。觀水勢下流，皆是清冽，壽秘書指山拗木屋，謂是駐渠辦事處，不妨一觀。兩崖架一木板，為臨時橋樑，過此山坡，繞道而行，抵木屋，見左兩間，為正副處長臥室及辦公處。是日正處長告病回去，由副處長徐君代表招待。附有茶役兩人。外面平台，置有機器，下面水量需要多少，可以控制。辦事處有電話，可以通知。此圓形輪轉，任意轉換，下裝水管，如人身大小血脈，四散分布。

下望如無數圍棋棋盤，分散羅列。據云，可溉田二十萬頃，祇路基尚未舖平，許多勞動階級，正在工作。現在往返辦公，須繞道捫壁，四圍峰巒，牛山濯濯，塞北風砂，無法阻擋，尚待繼續經營，廣植林木。工程師謂著手之初，跟隨李局長選定地址，安放炸藥，各以棉花塞耳，轟然一聲，山振谷動，泥土紛飛。施炸十餘次，然後用人工分別挑去砂泥，以缺乏機器，大小工作，全力人力，備及辛勞。蓋西北高原，土多石少，裝運更艱，一經翻倒，散播坡下，又不勝多載，真是功倍事半。最奇者，新土襍有瓦楞壳、海瓜子壳，遍處皆是。今日之千尋高原，萬年前尚是海底，滄海桑田，於此益信。時交中午，出餅乾罐頭食品，共啖之。朔風凜慄，大氅尚嫌不暖，而鋪路工人，破衣枵腹，幾如牛馬，不覺心酸欲淚，不願久留，向徐處長言別，乘原車歸去。

行一時餘，忽砉然一聲，余坐之車，前輪破裂，幸後之卡車較大，十餘人併裝一車，改向橫路駛行。簸搖不定，頭眩欲嘔，傍晚始回城內水利局。局長預囑備有麵席，慰勞備至，盡興而散。

草堂論古

翌晨，吾等一行，預備回至西安。早餐後，余偕壽秘書訪謁壽康老先生，及其文郎。至則亦四合房屋，中間客廳，額題松筠草堂，主人出迎，知其黎明即行起床，古稀高齡，幾如少壯。談及吾等下榻之書院，前清有一了不起里紳徐公法績，曾任該院山長。徐公字定甫，號熙庵，嘉慶進士，道光十二年，任湖南鄉試正考官，拔左文襄公文章於落卷之中。向例，鄉試同考官（即房官），以各省州縣有科目者為之，試卷先經房官閱看，凡棄而不錄者，主考不復再閱。是科宣宗特命主考搜閱遺卷，時副主考某病故，徐公一人獨閱五千餘卷，於落卷選取六人，文襄其一也。題為「選士厲兵，簡練俊傑，專任有功」。文襄懷抱，得以盡量發揮，不意為房官斥落。向例凡落卷，斷無得中希望，今以正主考激賞，親自拔擢，中第十八名舉人。監臨為廣東吳公榮光，閱讀文襄之文，避席長揖，賀徐公為朝廷得人。後公竟安內攘外，佐成清代中興偉業，兩公於五千人中特識左公，譽為國士，誰謂八股文章，埋沒英雄也。

按此年鄉試未舉行前，宣廟恐屈抑人才，特降御旨云：「三載賓興，掄才大典，各直省立試經朕特別簡任，宜如何滌慮誠心，認真校閱，務求為國得人。順天同考官會試同考官，俱翰苑科道部屬，該員甲第本高，經朕親試，尚無庸才濫充，所以得人較盛。各省同考官年老，舉人居多。勢難聚精會神閱卷，即有近科進士，亦不免偏重簿書錢穀，文理日荒，各省督撫照例考試僚官，仍多視為具文，全恃主試搜閱落卷，庶可嚴去取而選真才，士子十年芸窗，三年大比，一經屈抑，又須三年，或有終身淪棄，豈非國家重大損害。嗣後各主試各督撫，務將廉官鄭重考核，不得徒以資格濫竽充數。典試主考，必須將落卷全行察閱，不得僅於薦卷取中塞責。倘大小正副考官，草率敷衍，一經朕訪聞得知。必提該主試嚴懲不貸。」聞此上諭，出宣宗親筆，其愛士惜賢之心，無不感動恪遵，與後世官以情得，政以賄成，何止堯桀之分而已。

同治八年，左公西征返旆，治軍陝甘，特蒞此間。時徐公墓已宿草，特為脩葺，立碑紀念，親撰徐公神道碑，至今猶存。壽老又言，水利關係國運。金承宋後，河決開封，無法疏濬。元之亡也，自泰定二年，河決河南陳許，至正九年，特立行都水監，以賈魯為監督。十一年，開黃河故道，致釀巨災。先是，脫脫丞相集群臣庭議，人人言殊，賈魯主張塞北開南，工部尚書成遵，親自蒞汴、大名各地，行數千里，掘井量地高下，力主不可塞北。而當局先入賈魯之言。其後漕運雖便，而水勢益激，泛濫不可收拾。光緒初年，張勤果公曜任山東巡撫，兼督河工。蘇北劉鐵雲先生，作毛遂自薦，上書勤果公，獻議水利事宜。公親自接見，談論歡洽，聘先生文案要職，專辦河工。若在今日，一介文士，斷無大僚接見希望，必以開會忙迫為辭，至多派一代表敷衍幾句，已算有面子。在清代大吏，不見來賓，如江督劉坤一，御史參其見客不勤，遭旨詰責，謂其漠視民瘼，足見專制時代，做大官不易。

勤果公得先生佐理河工，用「水由地中行」法，終清之世，魯省未遭水災。三任魯撫，薨於任上，山東全省人民，自動閉市，服孝三日。

余亦告以先二母舅曹再韓先生，中進士後，由桂省學政，升任河南開歸鄭許陳兵備道。兼理河工。按黃河底與開封城堞相埒，家鄉親友，咸以初涉任途，為之擔憂，而吾舅父遍求豫籍京官，介紹該省耆紳，及水利專家指教。到任後，每隔十日會商一次。向例道署，有兵兩營，實則多是虛額，乃親自點名發餉，節省竟十分之七。河壩廳員亦查實委任，節省十之五六。親蒞壩岸察看，徵得豫紳同意，擬議改築石壩，雖工程費用預算要花去二十五萬元，取本年節省餘存十餘萬元，再呈請工戶兩部添撥九萬元。初遭大吏駁斥，後得京官省紳聯名上奏，邀得准許。耗時九月，終告厥成。從此每年節省浮費十餘萬元，工料堅固，及至民國，汴省未告水災。

秀威經典　PC1074

客窗隨筆（增訂本）

原　　著 / 吳子深
主　　編 / 蔡登山
責任編輯 / 周政緯
圖文排版 / 陳彥妏
封面設計 / 吳咏潔

出版策劃 / 秀威經典
發 行 人 / 宋政坤
法律顧問 / 毛國樑　律師
印製發行 / 秀威資訊科技股份有限公司
114台北市內湖區瑞光路76巷65號1樓
電話：+886-2-2796-3638　傳真：+886-2-2796-1377
http://www.showwe.com.tw
劃撥帳號 / 19563868　戶名：秀威資訊科技股份有限公司
讀者服務信箱：service@showwe.com.tw
展售門市 / 國家書店（松江門市）
104台北市中山區松江路209號1樓
電話：+886-2-2518-0207　傳真：+886-2-2518-0778
網路訂購 / 秀威網路書店：https://store.showwe.tw
國家網路書店：https://www.govbooks.com.tw

2023年5月　BOD一版
定價：460元

讀者回函卡

國家圖書館出版品預行編目

客窗隨筆 / 吳子深原著 ; 蔡登山主編. -- 一版.
-- 臺北市 : 秀威經典, 2023.05
面； 公分
BOD版
ISBN 978-626-96838-8-8(平裝)

848.7 112006345